ボルヘスの世界

国書刊行会

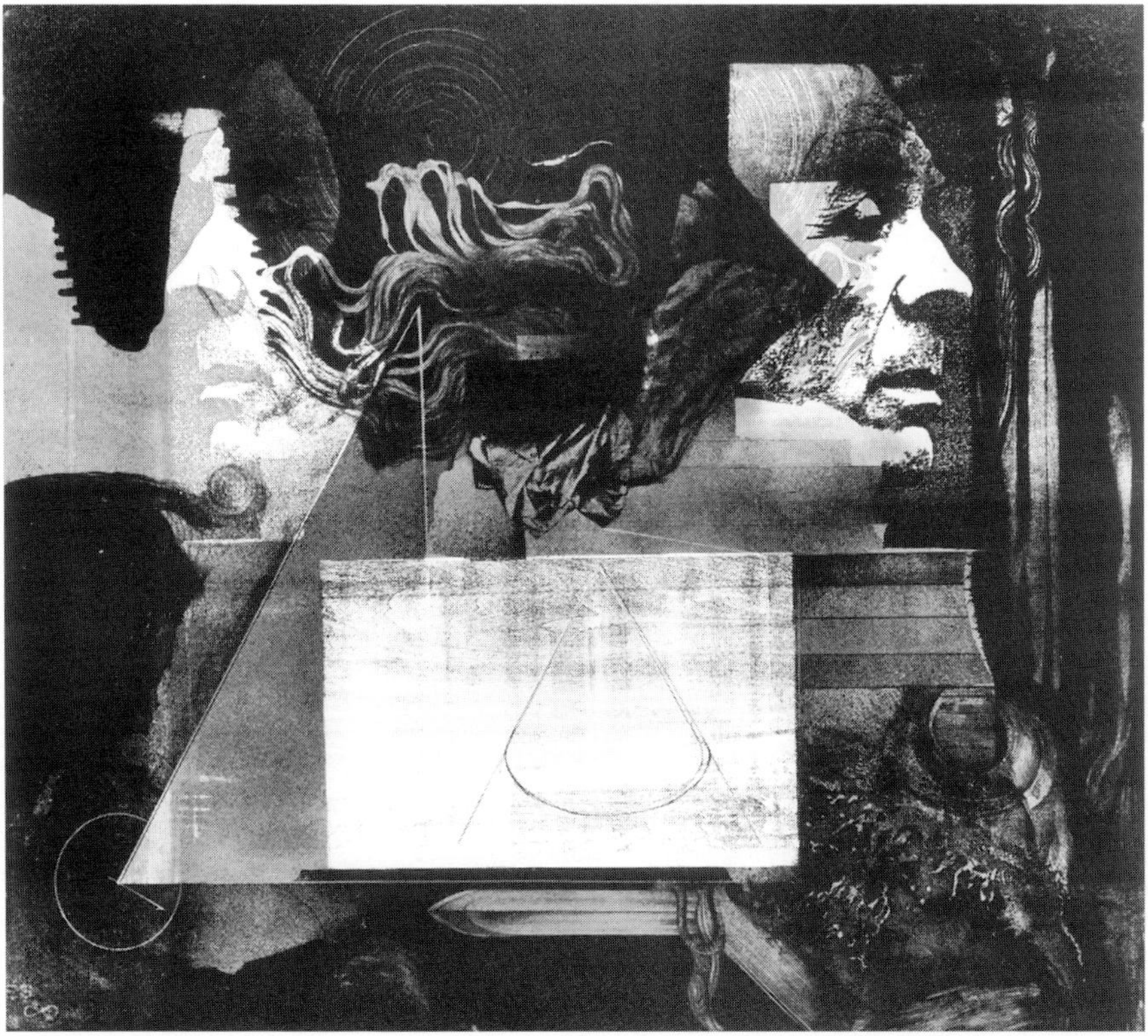

星野美智子「ボルヘス――スフィンクス．謎をかける人」（1987）　　リトグラフ　60.5 × 70.5

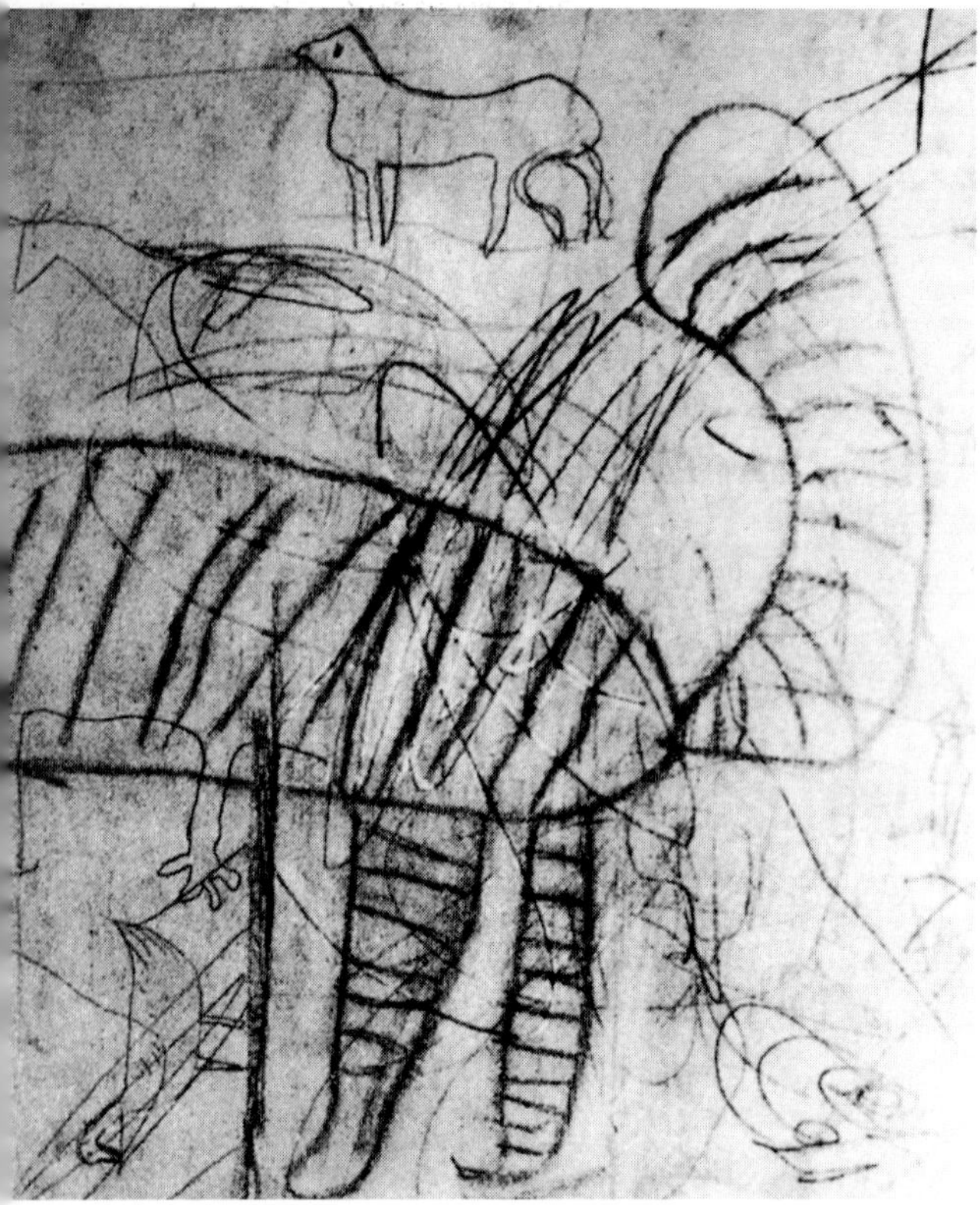

1

1. ボルヘスが幼少のころ描いた虎の絵（1904）．*2.* 処女詩集『ブエノスアイレスの熱狂』（1923）．*3.* 雑誌「プロア」（1923）．*4.* 壁雑誌「プリスマ」（1921）．挿絵は妹ノラによるもの．
5. ボルヘスの未発表作の手稿．*6.* ボルヘスが描いたコンパドリートの絵（1926）．

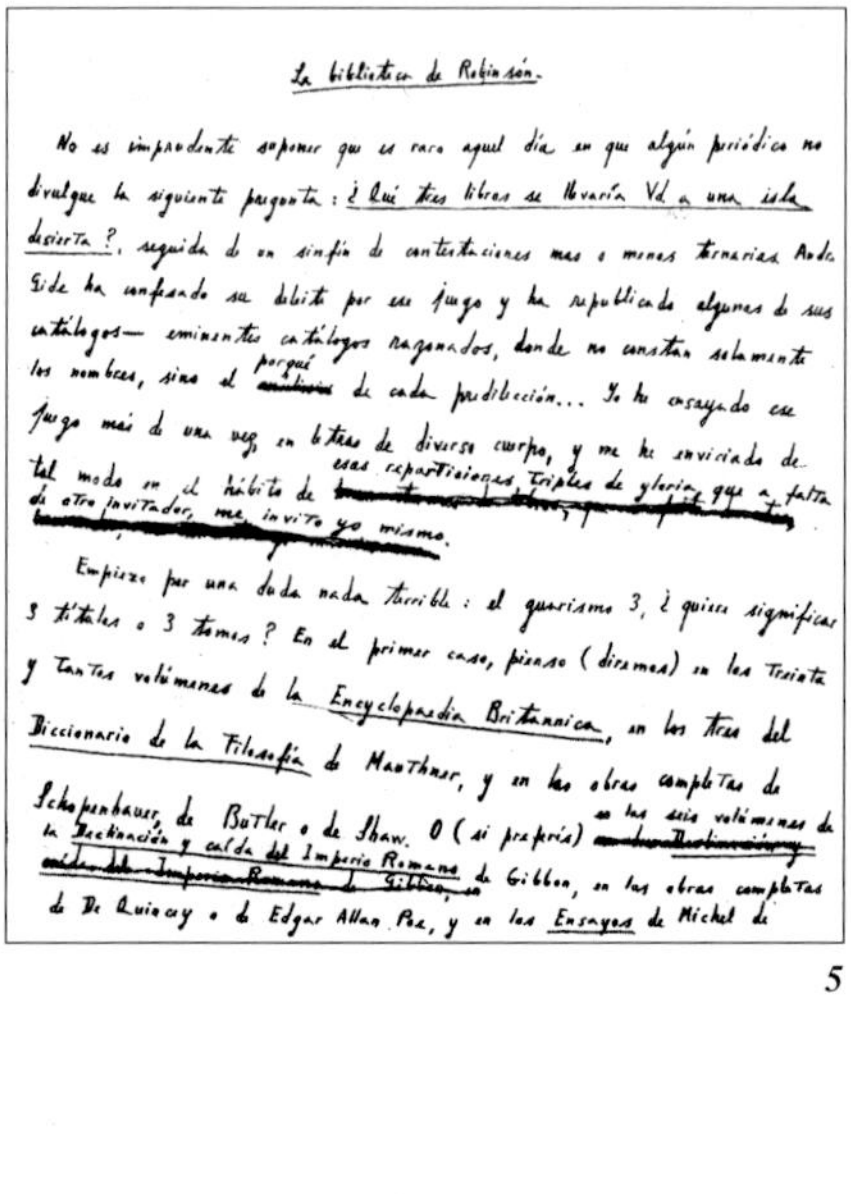

La biblioteca de Robinsón.

No es imprudente suponer que es raro aquel día en que algún periódico no divulgue la siguiente pregunta: ¿Qué tres libros se llevaría Vd a una isla desierta?, seguida de un sinfín de contestaciones mas o menos ternarias. André Gide ha confesado su debilidad por ese juego y ha republicado algunos de sus catálogos— eminentes catálogos razonados, donde no constan solamente los nombres, sino el porqué de cada predilección... Yo he ensayado ese juego más de una vez, en bteas de diverso cuerpo, y me he enviciado de tal modo en el hábito de esas repartisiones triples de gloria que a falta de otro invitador, me invito yo mismo.

Empiezo por una duda nada terrible: el guarismo 3, ¿quiere significar 3 títulos o 3 tomos? En el primer caso, pienso (diremos) en los treinta y tantos volúmenes de la Encyclopaedia Britannica, en los tres del Diccionario de la Filosofía de Mauthner, y en las obras completas de Schopenhauer, de Butler o de Shaw. O (si prefería) en los seis volúmenes de la Declinación y caída del Imperio Romano de Gibbon, en las obras completas de De Quincey o de Edgar Allan Poe, y en los Ensayos de Michel de

5

6

JORGE LUIS BORGES
FERVOR DE BUENOS AIRES
MCMXXIII

2

PROA
REVISTA DE RENOVACION LITERARIA

3

PRISMA
Revista Mural
Dirección:
Viamonte 1367
CAMINOS
EL TREN
NAUFRAGIO
PROCLAMA
RISA
EXTASIS
PUERTO
SOL
ALDEA
ANGUSTIA
Jorge Luis Borges

4

1

2

3

4

1.『伝奇集』（1944）．***2.***『アレフ』（1952，第 2 版）．***3.***『ブロディーの報告書』（1970）．
4. ボルヘスの著書（日黒聴子氏蔵）

目次

編集協力――内田兆史・目黒聡子

ボルヘスの世界

ボルヘス追悼

澁澤龍彦

つい二ヵ月前にジャン・ジュネ追悼の一文を草したと思ったら、このたびはボルヘスである。愛惜の作家が次々に幽明境を異にしてゆくのを見るのはつらいが、しかしボルヘスの死には奇妙な明るさがある。かつて稲垣足穂さんが亡くなったとき、すでに生きているうちから、とっくに永遠の世界へ入ってしまった感のある稲垣さんが亡くなっても、それほど悲しみの気持は湧かないと書いたことがあるが、八十六歳のボルヘスの死に接しても、それと似たような気持を私はおぼえる。

一八九九年生まれ。日本の年号に直せば明治三十二年。ちなみに、この年にはわが国で石川淳が生まれているということを特記しておきたい。ボルヘスがプラトニズムなら石川さんはタオイズムであろう。東と西の差こそあれ、いずれも無をからめとるための精神の武器である。タオイズムを道教と訳しては興ざめなので、ここでは老荘思想という訳語をあてておこうか。

すでに周知のことながら、ボルヘスを日本に最初に紹介したのは篠田一士である。一九五〇年代前半のことだった。ようやくフランスでボルヘスが知られはじめた時期に、さして遅れてはいない日本への導入だった。かりに文芸評論家篠田一士の名前の忘れられることがあるとしても、ボルヘスの最初の紹介者たる篠田氏の名前は永遠に記憶されるであろう。これは冗談。

フランスにおける篠田氏のごとき人物、すなわちボルヘスの熱心な紹介者は、あの頑固一徹な幻想

好きの合理主義者ロジェ・カイヨワであった。途中からシュルレアリストたちと別れ、ブルトンの思想をきびしく批判した人物である。いわば前衛ぎらいになって、いつからか、カイヨワはボルヘスに肩入れするようになったらしい。スペイン語はお手あげだから、私もカイヨワのおかげで、ボルヘスの作品をフランス語で楽しむことができるようになった。

ボルヘスの短篇小説の秘密については、私は前に「エレアのゼノン」という文章の中で論じたことがある。一見したところ、迷宮や鏡や円環のイメージによって錯綜しているように見えないこともないボルヘスの世界は、じつは意外に単純な一つの原理、つまりエレアのゼノンのパラドックスによって支配されているということを論じたものだった。この私の意見はいまでも変っていないし、これにつけ加えることは何もないような気がするから、ここでは、ボルヘスの小説について語ることはやめよう。

ボルヘスを読む楽しさの一つは、ボルヘスとともに古今東西の文学作品を読むという楽しさである。いや、それだけでは意をつくしたことにはならないだろう。ボルヘスの作中に出てくる古今東西の文学作品は、いずれもボルヘス先生お気に入りのものだから、私もそれに教えられて、新たな発見をしたり再発見をしたりすることができる。そういう種類の楽しさだといえばよいだろうか。

思いつくままに書くが、私はボルヘスに教えられて、ペルシア文学初期の神秘主義詩人ファリード・ウッディーン・アッタールの『鳥のことば』や『聖者列伝』に親しむようになった。『鳥のことば』といえば、古くは『ルバイヤート』の名訳で知られるフィッツジェラルドが英訳しているが、最近では、演出家のピーター・ブルックがこれを劇化して、ペルセポリスの廃墟で上演したことが話題になった。ボルヘスは『鳥のことば』が大好きで、再三これにふれている。

ジョヴァンニ・パピーニの短篇のおもしろさを知ったのも、ビオイ・カサーレスの怪作『モレルの発明』を読んで驚嘆したのも、ボルヘスに教えられてのことではなかったろうか。もっとも、ボルヘ

スは大いに気に入っているらしいのだが、私のほうではなかなか読めない作者や作品もある。たとえばフランス十九世紀のレオン・ブロワ。こいつはどうも苦手だ。つい私は敬遠する。

プリニウスやトマス・ブラウンはいわずもがな、『千夜一夜物語』だって、オスカー・ワイルドの童話だって、パスカルの『パンセ』だって、ライプニッツの『単子論』だって、メルヴィルの『バートルビー』だって、ショーペンハウアーの『パラリポーメナ』だって、ヴォルテールの『ミクロメガス』だって、ポーの『アーサー・ゴードン・ピム』だって、もしボルヘスがそれについて述べていなかったら、私は再発見の楽しさを味わうことができたかどうか疑問に思う。

ボルヘスのいうことは、いつでも至極簡単なことである。たとえばワイルドについて、「その悪の習慣や不幸にもかかわらず、びくともしない無垢を保ちつづけている男」とボルヘスはいう。その証拠は、ワイルドの生涯と文学を素直に眺めてみればよい。なるほど、そういわれてみればたしかにその通りで、私たちは目から鱗が落ちたような思いをするだろう。このボルヘスのワイルド評から出発して、卓抜なワイルド論を展開したのは富士川義之氏であった。

ついでに述べておけば、ボルヘスは九歳のとき、ワイルドの「幸福な王子」を翻訳しているという。この幼時体験が、のちのワイルド評をみちびき出す動機の一つになっていることは確実だと私は思う。

私が大いに気に入っていて、ボルヘスも当然好きではないかと思うのに、案に相違して、あまり好きではないらしい作家もいる。たとえば二十世紀におけるゴンゴラの再来というべき詩人ジャン・コクトー。私の気がついたかぎりでは、ビオイ・カサーレスとの共著『怪奇譚集』に『大股びらき』の中の一挿話が収録されているのみである。ちょっと残念でないこともない。

自分のきらいな作家や作品には洟もひっかけないボルヘスの態度は、いかにも精神の貴族を思わせる。ボルヘスは徹底したフロイトぎらい、精神分析ぎらいで通っているが、同時代のパリのシュルレアリストたちがすべてウィーンの学者になびいたことを思い合わせると、この誇り高きプラトン主義

ボルヘスの墓碑（ジュネーヴ）。

者の姿勢はとくに際立って見える。

短いものをほんの少ししか書かないで大作家になった男。ここにもボルヘスという作家の秘密がある。あるいは二十世紀文学の秘密というべきか。もうそろそろ垂れ流し長篇小説公害論が出てきてもよさそうである。

ひとつのボルヘス入門

清水徹

Ⅰ　始めに

じつを申すと、この「ラテンアメリカの文化と文学」連続講座の一環としてボルヘスの話をする資格が私にあるかどうか、たいへんに疑わしい。というのは私はフランス文学を専攻する者で、ボルヘスの作品もボルヘスについての研究や評論も、もっぱらフランス語をとおして読んできたからです。

フランスはボルヘスを最初に発見した国です。一九三三年にピエール・ドゥリュ・ラ・ロシェルという作家が、「旅してもボルヘスを知る価値あり」という題のエッセーを書いていますし、このあいだ死んだロジェ・カイヨワという批評家が第二次大戦中にブエノス・アイレスのフランス文化会館の館長をしていてボルヘスを個人的に知り、一九五〇年代にこのカイヨワが中心となってフランスでかなり精力的にボルヘスの紹介が行われました。これはたぶん世界的に見てももっとも早いボルヘス紹介で、当時ヨーロッパやアメリカでまだほとんど無名に等しかったボルヘスの作品の翻訳が、こうして一九五〇年代のフランスの雑誌に一斉にのりだしたのです。ちょうどそれが、私がフランスの雑誌を読みだした時期で、一方でまた、いま文芸批評家として活躍している篠田一士が『秩序』という同人雑誌に『不死の人』を仏訳から翻訳して掲載し、それを読んでたいへんに面白かった。そういえば、このボルヘスという作家の作品は、このごろあちこちの雑誌でお目にかかる、というわけでボルヘスを読みだし、つづいて《南十字星叢書》というラテンアメリカ文学シリーズで刊行されたボルヘスの仏訳を読んでいったというのが、私のボルヘス読書のありようなのです。

しかし、ここであえてすこし居直れば、ボルヘスの作品をフランス語という一種の国際語をとおして読んだということ、フランス文壇といういわば文学の普遍的な市場においてボルヘスの姿を見たということ、つまりサルトルやカミュ、ブランショや《ヌーヴォー・ロマン》と隣り合わせの位置に置かれたボルヘスと最初に知り合ったということは、もちろん私の偶然ですが、なかなかうまい接近法ではなかったかという気がする。というのは、ボルヘスとは、アルゼンチンという地方性とヨーロッパ世界という国際性ないし普遍性とが、じつにみごとに釣合がとれ、相互に滲透しあっている作家だと言えるからです。だから、仏訳をとおして、フランスにおける評価を知りながら、また、フランスの他の作家たちと比較しながらボルヘスの作品を読むという姿勢は、ボルヘスに対し、ずいぶん有効な視座となりえたと、いまの私には思えるのです。そこから、今日のお話のプログラムの第一、「ボルヘスにおける地方性と国際性」が出てくる。

II　ボルヘスにおける地方性と国際性

ボルヘスがその育ち方においていかに国際的であったか、——まずそういう点からこの問題に入ってゆきましょう。ボルヘスの父親は弁護士で、自分の家では英語とスペイン語を同じように使う生活をしていたので、ボルヘスも子供のときから英語とスペイン語の二カ国語で育った。彼は、「もしも私の人生におけるもっとも重要なことは何かと聞かれたら、父の書庫、と答えるだろう」[*1]と『自伝風エッセー』に書いていますが、実際彼は小さいときから父親の書庫に入りこんで、『ハックルベリ・フィンの冒険』、『宝島』、『ドン・キホーテ』などを、もっぱら英語で読んでいる。（最初、英語で読んだ『ドン・キホーテ』を、あとでスペイン語原典で読み通したとき、「何かまずい翻訳」のように感じたという興味深いことを書いてます。）ボルヘスはたいへんに早熟で、六才か七才くらいから書きはじめ、九才のときオスカー・ワイルドの『幸福な王子』を翻訳して新聞にのせたら、世間のひとはみな、九才のボルヘスじゃなくて父親のボルヘスの手になるものだと思ったというエピソードまで伝えられています。一九一四年から一九年まで一家でヨーロッパに滞在、そのあいだに彼はジュネーヴでリセを卒業。そのあとスペインに一年ほどいて前衛的な文学グループと交流をもち、一九二一年に帰国、二三年に最初の詩集『ブエノスアイレスの熱狂』を刊行。

ボルヘスには中世英文学に関する著書などもあって、博識の権化のような作家、博識によって幻想をつくりだすような作家なのですが、じつはけっしてそれだけではない。彼の短篇小説を読むと、ガウチョ（gaucho）つまりラプラタ河流域の大草原《パンパ》（pampa）で家畜の養育にあたる、いわばアルゼンチンにおけるカウボーイのような役どころである人間と、コンパドリート（compadrito）——都市の場末に住んでいるならず者で、独特のやや悪趣味な服装をして自分では伊達男のつもりでおり、傲然と他人を見下ろし、ナイフで自分の名誉を守ろうとするような人間、このふたつのタイプがよく出てきます。一八一〇年から一六年にかけてのアルゼンチンの独立戦争のとき、このガウチョが活躍したことから、ガウチョの文学がアルゼンチン文学の伝統のはじまりとなった。このガウチョの都会版がコンパドリートだと言ってもいいでしょう。

ボルヘスは幼時をブエノスアイレスの北部のパレルモ地区ですごしました。このパレルモ地区というのは今日では高級住宅地のようですが当時はボルヘス自身の言葉によると、「多くの人びとがそこに住むのを恥として、北のほうに住んでいるという曖昧な言い方をしていた」ような地区、「あまり好ましくない連中と同時に、貧しいが礼儀正しい人びとが住んでいたし、また《コンパドリート》と呼ばれる、ナイフさばきの巧みなならず者たちに象徴されるパレルモもあった」*2——そんな地区です。ところが知的上流階級の生まれで、そういう自分の周囲の環境をまったく無視し、父親の書庫のなかで英語の本を読んで育ったボルヘスが、ヨーロッパでの勉学を終え、二十才そこそこで帰国してふたたびブエノスアイレスに住む、——それは、ほとんど根なし草的な国際性において育ったひとりの青年にとって大変なカルチャー・ショックだったのではないか。しかもこの場合、アルゼンチンという国にはたかだか百年の歴史しかなく、ボルヘスの眼前にあったのはガウチョの文学とコンパドリートの街だったのであり、その場所でボルヘスは文学活動をはじめなければならない。これはボルヘスにとってまさにひとつの事件だったのではないかと想像されます。事実、彼は一九二一年に帰国して、スペインの《ウルトライスモ》にならった前衛的文学グループに加わったときは、「ここといまを超越し、地方色や現在的状況から解放された詩」*3を書こうと思っていた。ところが、一九二三年つまり処女詩集『ブエノスアイレスの熱狂』刊行以後は、「ブエノスアイレスの詩人」になろうと努力したとも語っていて*4、事実彼は一九三〇年にはブエノスアイレスの場末街の民衆詩人エバリスト・カリエゴについて書いているし、彼の短篇小説のなかにはガウチョやコンパドリートを主人公にした一連の作品があります。これはボルヘスの転向なのか、内部の矛盾なのか？

　ボルヘスの著書『エバリスト・カリエゴ』（一九三〇、一九五五）によれば、この民衆詩人はボルヘスが幼時をすごしたパレルモ地区での隣人で、ならず者（コンパドリート）たちとつき合い、いつも黒づくめの服装で、肺を病んで血痰を吐きながら、タンゴの流れる場末街の魂をうたいつづけたという人物です。

　ボルヘスはこの本で、パレルモ地区の過去——「いちじくの木が土塀に影を落とし、落花生売りの頼りなげな角笛の音が夕暮れをまさぐり、シャボテンを無造作に飾った石の壺が貧しい家に置いてある」ような地区、「目深にかぶったミトラ風の鍔広帽と田舎者じみたたっつけズボンの盗賊」が、気取ってわざわざ刃渡りの短いナイフをもって、警察に個人的な決闘を挑むような地区の話を書きながら、ブラウニングの「ここ、まぎれもなくここで、英国は私を救った」（Here and here did England help me）という一句を思い出し、「英国」を「ブエノスアイレス」と入れ換えてこう思う——「その詩句は、私にとって、孤独の夜の象徴であり、街の無限のなかをさまよう恍惚として終ることのない散策の象徴であった。というのも、ブエノスアイレスは果てしがなく、幻滅や苦悩のうちにある私が、その数ある通りへとはいりこんでゆくと、かならず思いもよらぬ慰めが得られたものである。その慰めとは、あるときは非現実の感覚だったり、あるときは中庭の奥から聞えてくるギターの調べだったり、またあるときは、生の交歓だったりしたのだが」*5

また、同じ本の「タンゴの歴史」という章にはこんな言葉がある、――「私たちの国の、あの貧しい生活を強いられている男たち、ラプラタ河とパラナー河流域地方のガウチョと場末街の男たち、彼らは、自分では知らぬ間に、それなりの神秘と殉教者たちとを備えたひとつの信仰、いつでも人を殺せるし自分も死ねるという、勇気という名のきびしく盲目な信仰を育てあげているのだ」*6。明らかにボルヘスは、少年のころはあまり知らなかった《下町の神話》《下町の魂》に素直な共感を寄せています。しかしそれは、いわば生理的な血の衝動にうながされた《祖国の大地への回帰》といった単純な退行現象ではなかった。そのことはすでに引用したふたつの文章からも汲みとれるし、この『エバリスト・カリエゴ』や、ガウチョ、コンパドリートを主人公とする彼の短篇小説を読めば明瞭になるのですが、ボルヘスは《ガウチョ》とか《コンパドリート》というアルゼンチンの土着的なものを、いわばその本質をなすと同時に人間にとって普遍的な要素でもあるものへと還元し、そのことによって透明化するのです。ガウチョやコンパドリートが伊達をつらぬいて、決闘でころりと死んでしまう、――ボルヘスはそういう物語をたくさん書いていますが、それらはアルゼンチンの土着的風俗を表現するための題材としてあるのではなく、人間の生と死をめぐる非常に単純素朴な、それゆえに生と死をめぐる根源的な謎がますますくっきりと浮かびあがるような状況として選ばれているのです。人間の生活のひどく単純な要素と、生と死とをめぐる根元的な不可能さ、時が過ぎ、それとともにいかなる人間的な夢も満たされぬまま過ぎ去って、非情な死が訪れるという現実を感じとるときの、あるエモーショナルなもの、総じて《時間》に関する独特な感覚――たしかにそれは、ガウチョやコンパドリートの風俗をふまえた、《アルゼンチン的悲哀》と名づけられるものではありますが、と同時にたんなる《地方性》といったものではなく、まぎれもなく《時間》というものに関する普遍的で根源的な情感でありましょう。そうした普遍的な情感が、パンパ、ガウチョ、コンパドリート、タンゴ、といった道具立において、じつにくっきりと浮かびあがる、といったふうなのです。

ならず者や伊達男たちのことばかりではなく、ボルヘスは『エバリスト・カリエゴ』や一連のガウチョ物・コンパドリート物のなかで、炭屋の薪、長屋の鉄の扉、薔薇色に塗られた街角の酒屋とそこにたむろする男たち、カード・ゲームといった日常のささやかな事物をかならずといっていいほど描きだすのだが、それらはけっして、堅牢なリアリズム的画面をつくりだすための小道具ではない。カリエゴの日常におけるささやかな習慣的繰り返しに触れて、ボルヘスはこんなことを言っている。

……カリエゴにおけるそうした常数は、彼をわれわれにさらに近づけてくれるものだと思う。そういう常数は、われわれの内部でカリエゴそのひとを無限に繰り返す、まるでカリエゴという人物がわれわれひとりひとりの運命のなかに散らばり入りこんで生きつづけているとでもいうように、また、われわれひとりひとりが、束の間のあいだはカリエゴであるとでもいうように。文字どおり、われわれひとりひとりがカリエゴであるのだと私は思っているし、ごく短いあいだ生起するこうした同一化（繰り返しでは断じてない）こそ、時間は流れるという通念を無と化し、永遠を証しているのだとも思っている。＊7

アルゼンチンの「伝統的」な風俗、ブエノスアイレスの「地方的」な庶民性――それらもボルヘスの作品のなかに取り入れられたとき、「伝統的」とか「地方的」といった言葉に示されるところの、いわば《時間》の相の下において形成された「いま」「ここ」におけるものという性格を失なう。そして一方では、人間の生と死をめぐる根源的なものを浮かびあがらせるための舞台装置という役割にしりぞき、他方ではボルヘス独特の、一見詭弁とも思える時間論を形成してゆくのです。

ボルヘスの巧智。――ボルヘスはここで、いかにも地方色そのものといった風物を点描しながら、場末街のひとりの民衆詩人を論じている。だが、そういうボルヘスの筆はいつのまにか、このカリエゴなる人物が《時間》のなかでもつ一回限りの個体性の輪郭を薄れさせてしまう。かわりに出現するのは、ある素朴な、それゆえに根元的な仕草を繰り返しているように見える人間たち、彼らひとりひとりの個体としてのはかなさと、個体の繰り返しとしての種の永遠との対比、そうした対比を認めるときににじみだす哀愁、そういったものなのです。＊8

ボルヘスは文学における《地方性》と《国際性》の対立とか、自国の伝統に忠実であろうとする国民文学的な考え方などを、まるで信じておりません。彼の『アルゼンチン作家と伝統』というエッセーの主要部分を引用してみましょう。

アルゼンチン詩は独特のアルゼンチン的相貌を呈する必要があるとか、アルゼンチン的地方色に満ちていなければならないという考え方は、わたしには誤りのように思われる。

チョーサーやシェイクスピアの作品においては、イタリア的主題を扱っても、それはイギリスの伝統に属してしまうように、われわれアルゼンチンの作家の作品は、それが優れた作品である限り、すべてアルゼンチンの伝統に属することになるだろう。

だから、われわれの伝承すべきものは世界であると考えるべきである。アルゼンチン的な主題のみに限定したからといって、それでアルゼンチン的になれるものでもない。

もしわれわれが、芸術創造と呼ばれるあの自発的な夢に没頭すれば、われわれはアルゼンチン人になるだろうし、また、すぐれた、あるいはひとかどの作家になるだろうと、わたしは信じている。＊9

文学作品というものは、あるひとりの個人の魂の表現であり、一国の文学はそのひとつの国という有機体の魂の自己表現であるというような考え方、つまり歴史的に形成されたあるかけがえのない主体の自己表現の形式が文学であるとする考え方、――時間、歴史、伝統、個体性、地方性、独創性、といった文学概念は、すべて、ここから生じるのですが、ボルヘスはこうしたロマン主義的、あるいは十九世紀的、あるいは歴史主義的文学観に疑いをさしはさむことからその仕事をはじめたのです。彼が小説のなかに、たえず、永遠、繰り返し、迷宮、彷徨、といった主題を登場させるのも、そうした彼の反歴史主義的な姿勢の端的な現われに他ならない。なかでも、もっとも鮮明なのは、あるいはボルヘスがもっともラディカルな姿勢を示すのは、作家の自己表現という主題に関してです。言いかえれば、作者とはだれか？

III　自己を消すことと自己を表現すること

作者とはだれか？　たぶんこれは、二十世紀文学の中心的課題であり、二十世紀の文学理論および文芸批評はこの中心的課題をめぐって展開してきたと言っても、言いすぎではないでしょう。プルーストが、まず、『サント＝ブーヴに反駁する』という作品で、この問題を徹底的に追究しています。サント＝ブーヴはその批評活動において、たとえばある作家を論じる場合、彼の実生活のさまざまな出来事、交友関係から女性関係にいたるまで調べ、そこから作家の肖像を描きだすという方法をとったが、作家の実生活上の自我と芸術制作上の自我とはまったくちがうもので、サント＝ブーヴの誤ちはこの差異を知らなかったところにある、というのがプルーストの意見でした。

プルーストのこうした意見は、あまりに一方的にサント＝ブーヴを批判しているという嫌いがありますが、彼がここで言った《実生活上の自我》と《芸術制作上の自我》という区別を、ボルヘスの書いた『ボルヘスとわたし』＊10という短い文章に重ねあわせると、この問題に関するボルヘスのラディカルな――プルースト以上にラディカルな姿勢がくっきりと浮かびあがってきます。

「ものごとが起るのは、ボルヘスという他人に対してである」――『ボルヘスとわたし』はこんな文章で始まります。つまり、『伝奇集』とか『異端審問』とか『創造者』といったさまざまな書物の著者としての、いわば帰納的存在としてのボルヘスという人間がいる。他方で、「ブエノスアイレスの街を歩き、時どき足をとめては、アーチ型の古い玄関や意匠を凝らした鉄格子の門などを眺める」《わたし》のほうは、いずれは「滅亡し、無に帰す運命にある」。たしかに、「わたし自身のある瞬間」は、一連の作品から帰納的に想定しうるボルヘスという名の「もう一人の男の内に宿って生きつづけることになろう」が、それにしても、それらの作品のうちのすぐれた部分は、「わたし」のものでもなく「ボルヘス」のものでもない、「それは言語、あるいは伝統に属するものだからである」。

さまざまなミスチフィケーションに満ち、「いま、このページを書いているのが、わたしなのかボルヘスなのか、わたしは知らない」というとどめのミスチフィケーションで仕上げをしている洒落た文章なのですが、重要なのは、《ボルヘス=芸術制作上の自我》、《わたし=実生活上の自我》というプルースト風の二分法を許すような語り口を見せながら、じつはその二分法――あくまで自我概念に固執している思考法――を、作品は言語に属するというより高次の思考法のなかにさらりと溶かしこんでしまうところにある。

この点をさらに明確にするのが『トレーン、ウクバール、オルビス・テルティウス』という短篇です。トレーン地方にあるウクバール国というじつは架空の国についての考証風の記述――それがまたボルヘスの物語の魅力のひとつなのですが――から始まるこの小説は、トレーン人の文学観をこう説明している。

すべての本は唯一の作家の作品であり、その作家は時も名も限定されていないということが確立している。批評はえてして作者を創るものである。批評家は二つの異なる作品――たとえば『道徳経』と『千一夜物語』にしてもいい――をとりあげ、それらを同一の作家のものと見なし、そしてここからこの興味ふかいひとりの文人の心理を探索するだろう。*11

この「ひとりの文人」とは《言語》にほかなりません。そして、『道徳経』と『千一夜物語』ほど時代も性質も異なる作品を、なお同一の作者の手になるものとして、つまり同じ空間内に置いて、その二つを結ぶ関係線を考えようとする「トレーン」的批評の方法は、ただちにボルヘスの『カフカとその先駆者たち』*12というエッセーへとつらなります。「あるときカフカの先駆者たちを調べてみようと思いたった」と始まるこのエッセーは、つづいてカフカの作品と似ているものを列挙し、その相似点を挙げてゆく。いわく――、ゼノンの逆説、韓愈の寓話、キルケゴール、ブラウニング……。ところでこれらの作品は相互には似ていない。カフカの特質がこれらの著者に歴然と現われているが、それに気づいたのは、カフカが書いたから、われわれがカフカの作品を読んだからである。逆に言えばブラウニングは自分の詩を、いまわれわれが読むようには読まなかった。「おのおのの作家はみずからの先駆者をつくりだす」ある作品が出現することによってそれ以後の歴史が変るとともに、過去もまた修正を蒙る。

とすれば、きわめて逆説的な言い方ですが、カフカに対するブラウニングの影響があると同時に、ブラウニングに対するカフカの影響もあると言えるのではないか。それはつまり、作品とは読書という限界のない空間のなかで他の作品とのかずかぎりない関係において生きているということになりましょう。この限界のない空間というのが、さきほどの『道徳経』と『千一夜物語』とを同一の作者の手になるものと想わせるような空間、つまり言語そのものの、さまざまな機能や特質が運用され、たがいに作用し合っている空間にほかなりません。

ところで、この読書という限界のない空間の全体、ある作品が他の作品とのかぎりない関係においてあるような空間の全体をひとりの読者がすべて押えるということなど、だれにもできはしない。だから、ある作品の正確にして唯一なる意味などだれにも決定できないし、書物はすべて読書のたびごとに多少とも異った姿を現わすということになります。とすれば《作者》の像はどこにあるか?

ロマン主義的な作者の神話は消失してしまう。と同時に、読むという行為を基軸とした新しい文学観が浮かびあがる。ボルヘスは文学作品の新しい読み方を教えた。つまり、書物がさまざまな人びとにより、繰り返し、それぞれに多少ともちがう演奏法をもって読みつづけられることによって、ついにはその書物自体にいたりつくという読書法です。それは、この《読書という行為が形成する限界のない空間》と、そこにおける作品相互の反響、関係の網の目をひとつまたひとつと辿ってゆく行為です。

とすると、ここから仮説的に、この読書空間における作品の相互反響の線をすべて辿り直してしまったという状態、そしてまた、一切の本が書かれ、それらの本の相互の全関係を含む空間、そういう二つを考えることができましょう。ボルヘスの『バベルの図書館』*13という小説が、そういう極限的なありようの寓話です。

「バベルの図書館」とは、人間の書きうる一切の書物を収めた図書館のことです。言いかえれば、文学的制作行為の一切が完全に運行を終えたという架空の状態の比喩です。ボルヘスはこの途方もない図書館のなりたちを、こんなふうに説明してゆきます。

いま、文字の数を二十二、句読記号を三つとし、一冊の本とは、一行八十字、一ページ四十行、全四百十ページの形態に統一する。(だから、長い本とは、続き物ということになる)この体裁の本を枠組とする二十五の文字と記号の可能なかぎりのすべての組合せは厖大ではあるがけっして無限ではなく、したがって本の数も無限ではない。しかもそこには二十五の文字と記号の組合せによって書きうる一切の本がすべて、しかも一冊の重複もなく収められていることになる。たとえば『戦争と平和』という作品を例に挙げて考えてみれば、四百十ページの本に入りきらないとしても、『戦争と平和』の最初の四百十ページ分はどこかにあるし、次の四百十ページ分もどこかにあるということになります。そうやって、かつて書かれた書物はすべてここにあるばかりでなく、宇宙の秘密を解き明かした書物も――もし宇宙の秘密が文字で語れるものならば、いや文字のあらゆる組合せの可能性を想ってみれば、それはきっと可能のように見える――この図書館のどこかの棚の上に置かれているにちがいない。だがその図書館はあまりにも巨大であり、めざす本を効率よく見出すことはむずかしい。たいていの人は、求める本を見出せずに死んでゆく。そして「すべてのことがすでに書かれているという確実さが、われわれすべてを無に帰し、幻と化する。〔……〕人類は絶滅への途上にあり、他方、図書館は永遠につづくだろう、輝き、孤独で、無限に、完全に不動で、貴重な書物にみち、無用で、無窮で、ひそやかに」*14。

人間の書く書物とは、二十五の文字・記号の可能な限りのすべての組合せのなかに含まれてしまうのだから、だれかが書きたいと思っている書物、かけがえのない自己をそこに表現しようと思っている著作は、この「バベルの図書館」にはすでに含まれていることになる。とすればひとりの個人が限られた生涯において自己表現に志すことに、いったいどんな意味があるというのか？　すくなくともその人の著者としての独創性の保証をどこに求めうるのか？

Ⅳ　ボルヘス的神話にさらに踏みこめば……

ガウチョやコンパドリートに触れて述べたボルヘスの小説の構造と、同じことがここでも言えましょう。つまり個人と個人を限りなく越えたものとの対立、人間の生の長さと人間の営みという、はかなく短いものと、永遠という途方もない時間、言語総体という途方もなく広大なものとの対比、──そうした衝突、対立、対比の地点を物語ってゆくとき、ボルヘスは好んで迷路、分身、繰り返し、鏡といった小道具を使います。（鏡とは、同じもの、つまり分身を無限にふやしてゆく装置であり、同一のものの時間軸上での繰り返しは時間を消失させます。また、いつまでも同じものの繰り返ししか存在しない空間というのが迷路の最良の定義でしょう。つまり、これらの小道具は、いずれも《時間》を消すものです。）

おそらく、こうしたボルヘス的イメージをもっとも精妙に駆使した傑作が『不死の人』*15です。ここでは、不死の力をあたえてくれる川の水を飲んだ男という幻想的な設定の下に物語がすすめられてゆきます。不死となった人びとは、この地上を永遠にさまよいつづけねばならず、また彼らにとって「あらゆる行為（そしてあらゆる思考）は過去においてそれに先行したものの反響であるか、未来においてめくるめくほど繰り返されるものの正確な兆候である」ということになりましょう。この物語は二十世紀のカルタフィルスなる人物が所有していた『イリアッド』の最終巻のなかから発見された原稿のスペイン語訳という枠組において語られるのですが、物語のなかではじめ古代ローマの軍団司令官ルーフスとして登場してくる人物は何やらホメロスめいた、あるいはヘロドトスめいた旅をつづけるうちに不死の川の水を飲む。やがて彼は一人の老いたる穴居人に出会うと、その穴居人はあるとき『オデュッセイア』の一節をつぶやいてから、「何シロ、ワタシガソレヲ作ッテカラ、モウ、千年モ経ッタノデスカラ」と語る。この穴居人は不死の水を呑んだホメロスなのであり、それとともにルーフス自身もしだいに不死のホメロスに似てくる。そして、以後ルーフスの放浪が語られるが、それはまるで、かつて『イリアッド』と『オデュッセイア』を語ったヨーロッパ文学の父ホメロスがそのまま生きつづけ、語りつづけているかに見える。言いかえれば、このたかだか五十枚くらいの短篇小説の向う側に、ヨーロッパ文学の全体が虚像のように浮かびあがってくる。

《永遠》という観念が設定されるとき、あらゆる事象はいわば《鏡》によって、過去・現在・未来をつうじて限りなく繰り返されることになります。そのとき《永遠》とは《時間の消失》に他なりません。『不死の人』はこのボルヘス的主題の精妙な形象化であったわけですが、そしてまた他にも彼の短篇集からいろいろな例を挙げることもできますが、ボルヘス自身の老いにともない静かな諦念をにじませながらこの主題を声低く語った傑作が、最近の短篇集『砂の本』(一九七五)の冒頭にある「他者」です[*16]。

一九六九年二月、私はボストン郊外の川に面したベンチに坐っていた。川の流れを見つめながら私は《時間》というものを考え、突然、「この瞬間はすでに経験したことがある、という印象をもった」。見るとベンチの向側に一人の若者が坐っている。私はその若者に「アルゼンチンのかたですか?」とたずねると、「アルゼンチンです、しかし一九一四年以来ジュネーヴに住んでいます」という答えが返ってくる。私は言う「それなら、あなたの名はホルヘ・ルイス・ボルヘスです。一九六九年にわれわれはケンブリッジ市にいるのです」。若者いわく、「いや、ぼくはここジュネーヴにいるんです。……ぼくたちが似ているのはどうも妙ですが、あなたはずっと年をとっていられます。髪が白いじゃありませんか」。

二人のボルヘス、一九一九年にジュネーヴにいたボルヘスと、一九六九年にアメリカのボストンにいたボルヘスとが、ベンチの両方の端に坐って、話し合っている。二つの時間、二つの場所、二人のボルヘスが向き合い、その中点に鏡が立っている。鏡が時間を消す。しかし時間がまったく消失し、すべてが完全に繰り返されるのではない。若いボルヘスは「新奇な比喩の発明や発見を信じ」、老いたボルヘスは「人間の老境と落日、夢と人生、時の流れと水」の比喩関係を語るのですから。そこからこの短篇の静かな諦念がにじみだすのです。

さて、それならば世界はだれかある者の見る夢であり、すべては永久に回帰してやまないのか? 書物はすでに(あるいは潜勢として)すべて書かれており、ただそれを適切に探しあてる才覚がないばかりに、つまらぬ本を代わりに書いているのか(そんなつまらぬ本も、あのバベルの図書館にはすでにあるというのに)。永遠を眼前にするとき、人間の営みなど何ものでもないのか? 文学の営みなども、所詮は、バベルの図書館から浮かびあがってくるような、言葉の組合せ術に帰着してしまうのか?

ボルヘスの短篇小説やエッセーを読むと、こんな感慨に捉えられます。そして、こうした感慨は、ひたすら独創性を求め、他人とすこしでもちがえば意味があるとばかり、たえず《私》《私》と自己主張をつづけ、自己表現なるものをめざす十九世紀以降の文学観の行きづまりの現状を知っているわれわれには大変に快いし、共感すら感じられる。たとえばジョイスやエリオットは、文学から文学を作るところにすぐれて二十世紀的な文学の方法があると語っているし、また藤原定家に代表される新古今の歌人たちの業績が、なぜこんにちのわれわれにきわめて現代的に見えるかと言えば、彼らがひとりの小さな個人の抒情を越えて、本歌取りの手法をとおして言語世界全体のゆたかな富をたえず開発し、それによって人間の感受性の種々相、季節感のこまやかなニュアンスを照らしだしているからではないか？

たしかに、そう言えると思います。その意味でボルヘスはじつに前衛的な文学者ですし、そして彼の作品は十九世紀的文学観の行きづまりを照らしだし、それからの脱出の方向を指し示してくれます。しかし、と同時にそういうボルヘス自身はけっして鏡や迷路や繰り返しの魔のなかに吸収されつくすことはないということ、エルネスト・サバトの言葉を借りれば、「人間の特質は純粋精神ではなく、引き裂かれた暗い魂という中間領域、愛や憎しみや神話や虚構や夢など、人生における最も重要な出来事が起きるこの領域」*17であるという劇が、まぎれもなくボルヘスにおいても起こり、それと、永遠の相の下における彼の文学論・人間論とのあいだに、いわば冷たい火花が静かにきらめく、――それがボルヘスの作品の魅力です。そして、ボルヘスが年を取り、やがて視力もほとんど失ってしまうとき、闇のなかから、低く静かな声でつぶやくように聞えるその作品においては、こうした魅力はまるで英知の独白のように響いてくるのです。

それを典型的に示しているものとして、『創造者』（一九六〇）という小品集のなかの標題作*18が挙げられましょう。

この小品の主人公「彼」とは、いましだいに視力が失われつつあるホメロス、創造者の代表ホメロスですが、視力とともに世界が遠ざかるにつれて、それと引きかえに少年のころの思い出がよみがえってくる。他の少年から侮辱されそれを父に訴えたとき、父は短刀を渡して、「お前が男だということを相手に思い知らせてやれ」と言った。

短刀を手に夜を進んだときの胸のふるえるような感覚がよみがえる。また夜の闇のなかを最初の女に会いに行ったときのおののきがよみがえる。いまなぜそれを思い出すのか？　過去を思い出して、なぜ苦悩を感じないでいられるのか？　それは「現に彼がそこへ降りてゆきつつある、断末魔の眼のこの闇のなかでも、愛と危険は彼を待っている」からであった。愛と危険、アレスとアプロディテー、『イリアス』と『オデュッセイア』の声を、すでに彼が予知していたからだった。そう語ってからボルヘスはこう書きそえるのです――「われわれもそこまでは知っている。しかし、彼が究極の闇に降りてゆきながら感じたこと、それは分らない」。

ボルヘスは、少年がはじめて短刀を手にしたときの心の昂り、青年がはじめて恋人に会いにゆくときの胸のときめき、ブエノスアイレスの黄昏、ガウチョやコンパドリートの心情といったささやかなものを歌う。そして同時に、ホメロスが世界から闇によってへだてられて詩人ホメロスとなるときの、いわば文学の秘密から、そっとそのヴェールをはいで、われわれに垣間見させてくれるのです。そうした個体のささやかな真実と文学の永遠との交錯――

時間と水からなっている河の上に身をかがめ
時間は時間で一つの河であると考える
わたしたちもこの河のように消えてゆき
ある人の顔もこの水のように流れてゆくのだから

目覚めとはもう一つの眠り、いま自分は
夢なんか見ていないと、じつは夢に見ているようなもう
　一つの眠りであり
肉体の怖れる死とは、眠りと人の名づける
あの夜ごとの死だと感じる

〔……〕
ときおり夕暮に、顔がひとつ浮かびあがり
鏡の暗い奥から突然わたしたちを凝視する
私は想うのだが　芸術とはこの鏡を模倣することなのだ
わたしたちにわたしたち自身の顔をだしぬけに示すこの
　鏡を＊19

生のはかなさと永遠とが、いまや同じものと見えてきた老ボルヘスが、低い声でうたう文学の秘密。

一人の人間が世界を描くという仕事をもくろむ。長い歳月をかけて、地方、王国、山岳、内海、船、島、魚、器具、星、馬、人などのイメージで空間を埋める。しかし死の直前に気付く。その忍耐づよい線の迷路は、彼自身の顔をなぞっているのだ、と＊20。

文学における個体性と普遍性の切り結ぶ場所、文学という営みがひとりの人間の人生を支え、しかも多くの人びとを感動させることの根源をなす場、――ボルヘスほどそれを語りつづけたひとはないでありましょう。

＊1―ホルヘ・ルイス・ボルヘス「自伝風エッセー」（牛島信明訳『ボルヘスとわたし』新潮社、一九七四年）一五六ページ。
＊2―同前、一五一ページ。
＊3―同前、一七四ページ。
＊4―『ボルヘスとわたし』所載の「著者注釈」のなかの「死とコンパス」の項による。同前、二二一ページ。
＊5―ホルヘ・ルイス・ボルヘス『エバリスト・カリエゴ』（岸本静江訳、国書刊行会、一九七八年）第一章「ブエノスアイレスのパレルモ」、二四―三二ページ。
＊6―同前、一六二ページ。
＊7―同前、五〇ページ。
＊8―こうしたボルヘス独特の時間感覚をもっとも集約的に述べているのはエッセー集『永遠の歴史』（一九三六）のなかの同名の章と『異端審問』（一九五七）のなかの「新時間否認論」（中村

健二訳、晶文社、一九八二年、二四八―二七六ページ）、とくにこの両方に引用されている「死の感覚」と題するボルヘス自身の小さな物語である。
＊9―「アルゼンチン作家と伝統」（牛島信明訳、《même / Borges》エディシオン・エパーヴ刊、一九七五年）
＊10―「ボルヘスとわたし」は、はじめ小品集『創造者』に収められ、自選作品集『ボルヘスとわたし』にも収録された。
＊11―「トレーン、ウクバール、オルビス・テルティウス」篠田一士訳、『伝奇集』所載、集英社《世界の文学》第九巻、二〇ページ。
＊12―エッセー集『異端審問』（中村健二訳、晶文社、一九八二年）に収められている。
＊13―「バベルの図書館」も前記『伝奇集』に収められている。
＊14―同前、六三ページ。
＊15―同じく『伝奇集』にある。
＊16―ホルへ・ルイス・ボルヘス、『砂の本』（篠田一士訳、集英社文庫、一九九五年）
＊17―エルネスト・サバト、「二人のボルヘス」（有田忠郎訳、「カイエ」第一巻第五号、一九七八年十一月《ボルヘスとラテンアメリカ文学》所載）一八五ページ。
＊18―ホルへ・ルイス・ボルヘス、『創造者』（鼓直訳、国書刊行会、一九七五年）一四―二〇ページ。
＊19―前記『創造者』所載の「詩法」。
＊20―『創造者』の「エピローグ」。

付記

これは上智大学イベロアメリカ研究所主催の講座「ラテンアメリカの文化と文学」の第十一回（一九八一年十二月十一日）の講演記録を部分的に書き直したものである。引用は原則として邦訳に従ったが、わかりやすさを狙って仏訳に従ったところもいくつかある。（本稿は、はじめ上智大学刊『イベロアメリカ研究』一九八三年一月号に掲載された。今回、本書に収録されるにあたって、誤植などごくわずかの字句を訂正し、初出時の註にあった原典や仏訳へのレフェランスは削った。なお、この講演のころはとても元気だった篠田一士は、一九八九年、急逝した。ボルヘスの世界に導いてくれた彼に、おくればせながら、この小論を捧げる。二〇〇〇年八月追記）

涸渇蕩尽の文学

ジョン・バース／千石英世訳

ここでは、およそ三つばかりの事柄を、一括して論じたい。第一は、新しいインターメディアの芸術が提起した古い問題。第二は、ぼくが感服してやまぬアルゼンチンの作家ホルへ・ルイス・ボルヘスの諸相。第三は、ぼく自身の職業上の関心。この第三の問題は、第一、第二の問題とも関連するが、さらには「可能性の涸渇した文学」――あるいは少し洒落て、ここに「涸渇蕩尽の文学」と呼ぶ問題とも関連することになる。「涸渇蕩尽」という言葉によってぼくの意図するところは、肉体的、道徳的、また精神的衰弱《デカダンス》などといった手垢のついた問題ではなく、ある種の形式《フォーム》は使い尽されるということ。つまりぼくは、ある種の可能性の涸渇のことを言っているにすぎない――だから、これをもって直ちに絶望の原因《はじまり》とするには及ばない。芸術の手法《メディア》や分野《ジャンル》、あるいは形式《フォーム》については、広く受容公認されてきた定義があるのだけれども、多数の西洋の芸術家が、長い年月をかけて異議を唱えてきたのは、言うまでもなく、このような定義に対してであった。たとえば、最近では、ポップアート、演劇や音楽における「ハプニング」、そして「インターメディア」すなわち「媒体混合《ミクスト・ミーンズ》」による芸術の全領域。これらのものが〈伝統〉に反逆する伝統の存在を立証している。しばらく前に、ぼくの手もとに郵送されてきた一通のカタログには、次のような項目が記載され、宣伝されていた。ロベール・フィリュー作『愚かなる思考のための豊かなる食物』。これは何枚もの葉書の入った箱で、これを購入したものは、「明らかに無意味な質問」（一見、無意味な質問の意もある）と裏書きされたこの葉書を、これぞと思う人に宛てて投函しなくてはならない。あるいは、レイ・ジョンソン作『紙の蛇』。これは、一度はすでに数人の友人宛に郵送された、気まぐれの、しかしカタログの宣伝文句によれば、「しばしば辛辣な」文章の寄せ集めである（なるほどカタログは、彼ら二人のことを〈ニューヨーク通信文学派〉と記している）。また、ダニエル・スポエリの『偶然の逸話的印刷術』なるものは、「表面的には」たまたま作者の居間のテーブルに置かれていたものをすべて記述したものである、「が、実は……スポエリという存在の宇宙論である」というわけである。

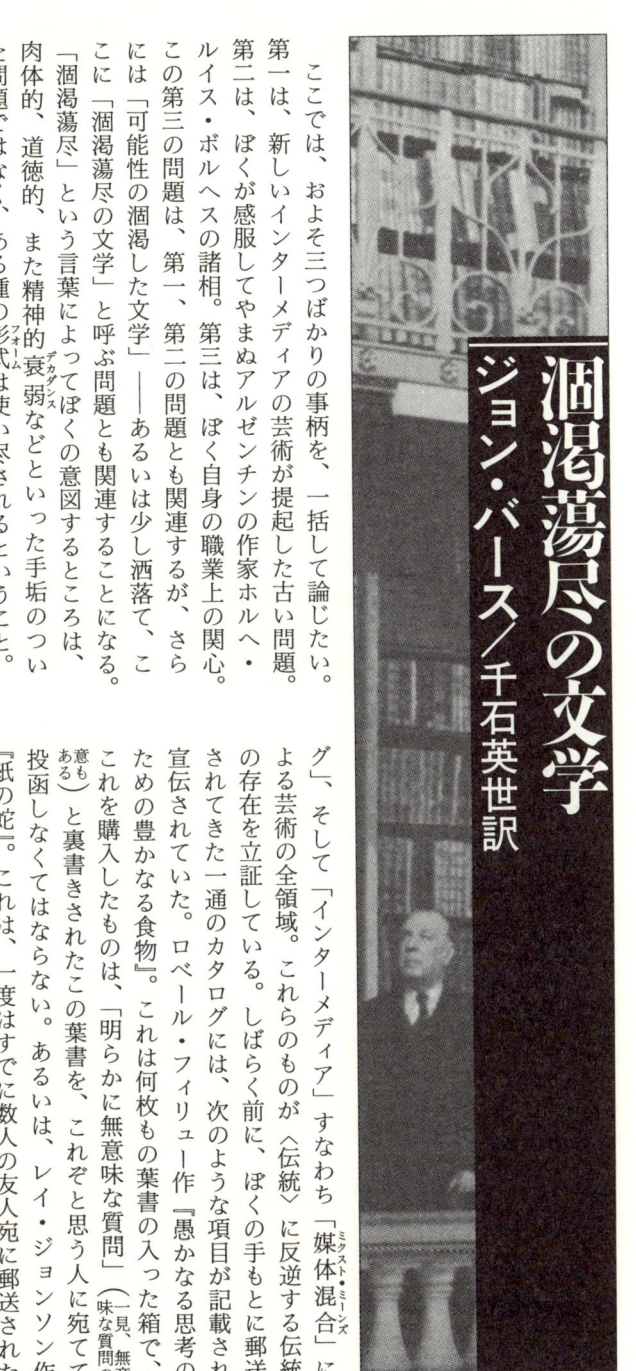

「表面的には」、少なくともこれらの項目を掲載したこの文書は、サムシング・エルス・プレス社のカタログである。つまりは気の利いた商売道具であるわけだ。「が、実は」、それは、彼ら、おそらくは〈ニューヨーク・ダイレクト・メイル広告文学派〉の連中からの寄贈書の一冊であるのかもしれない。それはともかく、彼らの手になる代物《しろもの》は活気に溢れ、読むに足る。それに、創作科クラスでの興味深い議論の足しになっている。たとえば、創作科クラスで、ぼくらは、何某の手になる、ページも打たれてなければ、綴《と》じられてもいない、任意に寄せ集めては箱につめられた箱入り小説について論じあい、また、長い長い巻きタオルに『フィネガンズ・ウェイク』を印刷することは望ましいかどうかを議論する。芸術をつくることにくらべれば、技法《テクニック》について語る方が容易でもあり、また互いの意思交流をはかることにもなるからだ。だが、ほかならぬ「ハプニング」やその類いのものの主たる活動領域は、まさしく美学を論じるところにあるわけで、つまり、それは芸術とその用語《ターム》、またその分野について、多少は有効性をそなえ、興味もそそる問題を「劇的」に説明してみせるものなのだ。

たとえば、伝統的観客——「芸術家の芸術を鑑賞する人々」——を排斥する傾向、そしてさらに、芸術家というもっとも伝統的な概念をも排斥する傾向、このような傾向が、「インターメディア」の芸術に顕著な(『ライフ』誌にまで注目された)特色なのである。(「ハプニング」においては、「環境芸術《エンヴァイアラメント》」と同様、観客自身が「出演者」であることも珍しくはない。)伝統的概念によれば、芸術家とは、技巧と狡知をもって芸術的効果を達成するアリストテレス流の意識的な媒介者の謂である。言いかえれば、尋常ならざる才能を与えられ、与えられたその才能を名人芸にまで鍛えあげ、発展させる人物の謂である。これは明らかに貴族主義的概念、つまりは民主主義的西洋が、しきりに絶縁しようとしていると覚しき概念であるわけだ。政治的反動、ファシスト、と非難されるに至ったのは、一昔まえの小説の「全知」の作者ばかりではない。芸術を統制する芸術家、こうした考え方そのものが非難されるに至ったのだ。

そこでぼく自身について語れば、ぼくは「伝統的な線に沿って反逆する」気質の持ち主である。だから、大多数の人々には実行し得ぬ種類の芸術を好む傾向にある。ということは、美学上の冴えたアイデアとインスピレーションのいずれかを、あるいは、いずれをも必要とし、さらには熟練と練達を必要とする芸術である。バッファローの我が家の数ブロック先にある有名なオルブライト＝ノックス美術館所蔵のポップアートの作品を、ぼくはおおむね生きいきとした会話を楽しむ調子で楽しんでいるが、しかしそれ以上に、ボルティモアの例のヒッポドゥロームで演じられる手品や軽業からは、おしなべて、さらにさらに鮮烈な印象を受けたものであった。演目が変るたびに、そこに通いつめたものであった。そこには、まぎれもない巨匠がいたのだった。思いつきや、あれこれの議論ならば誰にもできるが、しかし、誰ひとりとして実行し得ぬことを彼らは実行していたのだった。

思うに、ことばを弄する――ぼくの世代の人間ならば、まずはビールの一杯も飲みながら――に価することがらと、実行するに価することがらとの間には区別があるということなのか。「昔なつかしい子供の立体絵本のような、画面のとびだす小説をだれかが書くべきなのだ」という意見には、だが、みずからがそれを実行するわけではないという含みがある。

とはいえ、芸術とその形式、またその技法は、歴史の内側で生きている。だから、変化して行く。ソール・ベローの意見とされている次のことばに、ぼくは同意する。すなわち、技法的に尖鋭であるなどということは、一人の作家の属性のなかでは、もっとも瑣末なものだ、ということ。だが、ぼくはこうつけ加えなくてはなるまい。すなわち、このもっとも瑣末な属性は、しかし、それにもかかわらず、本質的なものなのかもしれぬ、と。いずれにせよ、技法の上で時代遅れであるということは致命的欠陥であるということになりそうなのだ。ベートーベンの第六交響曲とか、シャルトル大聖堂とかが、今日もし実際に作られでもしたら、ぼくらはただただ困惑するばかりだろう。だが、多くの現役の小説家のやっていることは、前世紀末または今世紀初頭に書かれたタイプの小説を書くことなのだ。それを大なり小なり二十世紀中葉の言語で、同時代の人間と話題をめぐって書いているにすぎない。これは（ぼくに言わせれば）相当につまらぬことなのだ。技法的にも同時代を反映している優れた作家、たとえば、かつてのジョイスやカフカ、今日のベケットやボルヘスと比較してみればよい。つまり、インターメディアの芸術は、一方に美学の伝統的領域を、他方に芸術的創造を置いて、この両者の仲介《インターメディアリー》者ともなり得る方向を向いているということだ。賢明なる芸術家にして賢明なる市民であるものは、活発に交わされる仕事話に接するように、真面目にインターメディアの芸術に接するものだ、とぼくは考える。たとえみずからがそれに手を染めるのでなくとも、話には注意深く耳を傾けるものだし、たとえ面と向ってではなくとも、インターメディアを志向する同僚には視線をそらさぬものである。インターメディアの芸術が、同時代芸術の真の作品の制作と理解とに役立つ何かを示唆しているかもしれぬとは、大いにあり得ることなのだから。

技法的に時代遅れの芸術家、技法的に尖鋭なる市民、そして技法的に尖鋭なる芸術家、これら三者の相違を見事に例証してみせる人物、それがここで少々論じてみようというホルヘ・ルイス・ボルヘスである。まず右の第一の部類には、まるで二十世紀が存在しなかったかのように、ではなく、まるで過去六十年ばかりの間に偉大な作家が存在しなかったかのように小説を書く人々、その良し悪しは問わず、そのような小説家のすべてが位置づけられる。（ぼくらの世紀はすでにその三分の二を終えてしまっている。それにもかかわらず、なんと多数の現代作家が、ドストエフスキーやトルストイ、フローベールやバルザックに追随していることか。これにはうろたえざるを得ないのだ。技法上の真の問題は、いまや、いかにしてジョイスやカフカの遺産を継承するかにあるのではない。ジョイスやカフカの遺産をすでに継承し終え、しかも、もはや作家としての暮れ方にさしかかっている作家たちの遺産、これをいかにして受け継ぐかにその本質がある。）第二の部類には、バッファローの我が隣人、油布に砂をつめ、死んだ〈小熊のプーさん〉を制作し、ときに記念碑的とも称すべき大きなものを作り、それを棒杙で差し貫いたり、縛り首にしたりする芸術家的市民がいる。そして第三の部類。ここに属す人々はほんの少数だ。それは、フランスのヌーヴォー・ロマンの作家たちに優るとも劣らぬほどの覚醒《ヒップ》的な芸術的思考を持ちながら、しかしそれにもかかわらず、偉大な作家がつねにそうしてきたように、雄弁に語り、雄弁に訴え、からくも人間らしさの片鱗をとどめているぼくらの心と、ぼくらの存在条件に、拭いがたい印象を刻印してのける人々。そのような人々の生きた見本、それもぼくの知る限りの最良の見本、それがベケットとボルヘスの二人にほかならない。ぼくの読み知る限りでは、この二人こそ、二十世紀小説の「巨匠たち《オールド・マスターズ》」とともにその名を並べて語り得るほとんど唯一の同時代人なのだ。あまり興奮したためしのない文学賞の歴史において、一九六一年にベケットとボルヘスが分ちあった国際出版社賞は、まことに仕合わせな例外であった。

　この二人の作家の現代的なところは、一つには、こうである。窮極と「終末的崩壊」の時代にあって——兵器学にはじまり、神学にいたるまでのあらゆる分野に、少なくとも感得はされる窮極性、たとえばすでに名高い社会の非人間化、そして行きづまってゆく小説の歴史——こんな時代にあって、二人の作品は、たとえば『フィネガンズ・ウェイク』ならば、『フィネガンズ・ウェイク』なりに独自の流儀で示しているように、それぞれ、各々の流儀に則しながら、技法と主題の両面に亘って、この窮極を反映し、取り扱っているということ。ところで、その症例の意味するところは別として、ジョイスはついに盲目同然となり、ボルヘスは文字通りの盲目となった。そして、ベケットは、その沈黙において唖者同然となった。周知の通りである。ベケットはまず、その初期に、驚くべき構文からなる英語の文章を書き、ついで簡潔きわまりないフランス語の文章を経、そして『事の次第』の非文法的で、句読点のない散文へと進み、ついには、言葉のない身振狂言《マイム》にいたって、その「窮極」に達した。彼の歩んだ道筋を論理的にたどってみれば、こういうことになるだろう。言語というものは、つまるところ音声によってのみ成立するものではなく、むしろ沈黙があればこそ成立する。したがって、身振り《マイム》もまた伝達だ——「伝達」といえば、いつだったか、イエール大学の学生に「何とまァ十九世紀的な概念を」、と食ってかかられたことがあったが——しかしそれでもなお、それは身振りの言語による伝達なのだ。ところが、身振りの言語とは、動作によってのみ成立するものではなく、むしろ静止があればこそ成立する。ゆえに、ベケットがたどってきた道筋においては、身動き一つせず、もの一つ言わぬ人物といえども、ぎりぎりの窮極に達しているわけではない。では、なにもない、物音ひとつしない舞台ならどうか？　空白のページは？＊1　だれもいないホールで演じられたジョン・ケージの『4分33秒』のように、何のハプニングも起らぬ「ハプニング」は？　しかし演劇における伝達とは、舞台上の役者の存在によってのみ成立するものではなく、むしろその不在があればこそ成立する。「われらは登場することもあれば、退場することもある」（シェイクスピアの台詞に拠る）ということだ。したがって、ベケットにとっては、何のハプニングも起らぬ「ハプニング」、空白のページ、さらには、物音ひとつせず、人ひとりいない舞台ですら、厳密には窮極に達しているとは言えない。では、まったくなにも存在しないというのはどうか？　しかし、〈無〉とは、諸々の存在が必ずこれを背景にして、その存在をはたすところのものであって、それだけを切り離して考えられるものではない。であれば、ベケットにとっては、作家活動の現在地において創作をまったく止めてしまうということが、かなりの意味を帯びているはずだ。創作をまったく止めてしまうということが、彼の掉尾を飾る作品となり、「最後のことば」となりそうなのである。それにしても、自己を描ききるのに、かくも便利な一角が画布に残されてあったとは！

「そして、さァこれで終りだ。二度と私の声を聞くこともないだろう」、と『ワット』の召使いアルセーヌは語り、またモロイは沈黙のことのみを語って、「宇宙は沈黙からなる」と言う。

さて、この沈黙の後に、ぼくは、残されたぼくらのためにこうつけ加えよう。すなわち、先行作家の到達点を自覚し、適切な道を歩めば、言語と文学の術《じゅつ》は――つまり、あの現実離れした概念、たとえば文法、あるいは句読法、……さらには性格描写！　そして、ほかならぬあのプロットなるものですら！――有効なものとして再発見され得るかもしれぬ、と。

そこでボルヘスだ。彼はこうしたことをすべて自覚している。遡《さかのぼ》れば実験文学が花と咲いた偉大なる時代、彼は「壁雑誌」とも称すべき『プリズマ』に加わっていた。壁や掲示板に文面を貼りつけることが、この雑誌の出版であった。彼の後の作品、『迷宮』や『伝奇集』は、サムシング・エルス・プレス社の連中の絞りだした途方もないアイデアの、そのもっとも過激なものをすら、すでに予見していた――とはいえ、これはさほど困難なことではない――というよりむしろ、ボルヘスのこうした作品は、芸術作品として驚嘆すべきものなのであって、美学における窮極という事実と、その芸術的効用とは別のことであると簡潔に例証してみせるものなのだ。すなわち、芸術家とは、窮極を体現するのみならず、さらにはそれを駆使するものである、ということ。

ボルヘスの物語「『ドン・キホーテ』の著者、ピエール・メナール」を取りあげてみよう。主人公は、洗練をきわめた世紀末のフランスのサンボリストである。彼は驚くべき努力を傾けて想像力を駆使し、セルバンテスの小説のいくつかの章を制作する――筆写したり摸写したりするのではない――まさしく制作する。

メナールのドン・キホーテとセルバンテスのものとの比

較は（とボルヘスの語り手は語る）一つの啓示になる。セルバンテスはたとえばこう書いている（第一部第九章）。

……真実、その母は歴史、それは時の好敵手、行為の保管所、過去の証人、現在への規範で且つ教訓、そして未来への警告。

十七世紀に、「天才的な俗人」セルバンテスによって書かれたこの列挙は、単なる修辞的な歴史の賞揚である。メナールは一方こう書いている。

……真実、その母は歴史、それは時の好敵手、行為の保管所、過去の証人、現在への規範で且つ教訓、そして未来への警告。

歴史、真実の母。この考え方は驚異的である。ウィリアム・ジェイムズの同時代人であるメナールは、歴史を現実の調査ではなく、その源泉だと規定するのである……云々。

（篠田一士訳）

さて、これは考慮すべき知的妥当性を有した興味深いアイデアと言ってよい。先にぼくは、ベートーベンの第六交響曲が今日作曲されでもしたら困惑するだろうと言った。けれども、もしも、一人の作曲家が、われわれはかつてどこにいたのか、そしていまどこにいるのか、ということを十分に自覚し、鉄の意志をもって作曲すれば、はっきりと言って、そうとばかりは限るまい。つまりその時、その曲は、良きにつけ悪しきにつけ、アンディ・ウォーホールのキャンベル・スープの広告が持つような意味を潜在的に帯びることになるだろう。ただし、前者の場合は、非芸術作品の代りに芸術作品をとりあげて、それを再制作しているのであって、そこに後者ウォーホールとの相違があるということになる。だからその場合、皮肉の矛先は、文化の情況よりもむしろ芸術の歴史や音楽という分野に一層するどく向けられているわけである。が、実は、知的妥当性を有する主張をするためであれば、もちろん第六交響曲を再作曲することすら無用である。それはメナールが本当は『ドン・キホーテ』を再制作する必要などなかったのと同じだ。知的見地からすれば、『ドン・キホーテ』は私自身の作品だと言ってしまうだけで、メナールにとっては芸術の新しい作品をものするに十分であっただろう。事実、ボルヘスがいくつかの物語で行なっていることは、こうしたアイデアそのものとたわむれるということにほかならない。そこでぼくには、ベケットの次の小説がいかなるものになるかは容易に想像がつく。ちょうどナボコフの最新作があの数巻にわたるプーシキンの注釈付翻訳であるのと同様、ベケットの場合には、たとえばそれは『トム・ジョーンズ』ででもあるだろう。かくいうぼく自身は、バートン版『千一夜物語』を、付録その他も完備して十二巻にわたって、しきりに書きたがっている始末だ。そしてまた、知的目的のためであれば、それを書くことすら不要である。サーリネン（一八七三―一九五〇。現代アメリカの建築家）設計のパルテノン神殿とか、D・H・ローレンス作の『嵐ケ丘』とか、ロバート・ラウシェンバーグが首班であるジョンソン政権とかの話題を（ビールの一杯も飲みながら）論じあって夜をすごせばいいのだ。だがそれにしてもそんな夜はまた、何と美しい夜であろう！

　つまり、このようなことは、知的な意味において真面目なアイデアなのである。しかもそれは、ボルヘスの他の特徴的なアイデアと同様、ほとんどの場合、美学的というよりも、むしろ形而上学的特質を有するアイデアなのである。しかし、ボルヘスが『キホーテ』は私の作品だ、などと言うわけではない。ましてピエール・メナールのようにそれを再制作するわけではない。代りに、ボルヘスは瞠目すべき独創的な文学作品を書く。ここが注目すべき大切なところである。しかも、「『ドン・キホーテ』の著者、ピエール・メナール」に秘められたテーマは、独創的な文学作品を書くことがいかに困難であるか、いや、ひょっとすると、それは無用のことではないか、ということであった。すなわち、知性の袋小路に直面したボルヘスは、この袋小路自体を、新たな人間的事業の完成に利用したのだ。そしてこの袋小路を脱した。これをボルヘスの芸術的勝利と呼んでもよい。このボルヘスの行跡が、神秘家のそれと符合するものであるとしても――たとえばすでにキルケゴールが、「瞬間は一刻一刻、無限のなかへ飛び込んでゆく、しかもそれは刻一刻、確実に有限へ舞い戻ってくる」と語っているとしても――それは単に、昔から存在するあの類似《アナロジー》というものが、いま一つの顔を見せたということであるにすぎない。卑近なことばを用いていえば、風呂の水を刻々汲み捨てようとも、大事な赤子は一瞬たりとも手離してはならぬということだ。

　ボルヘスの達成を、もう一つ別の方法で描いてみせるならば、それは彼自身の好む〈代数学と火〉という一組のことばで表すことができる。選集《アンソロジー》によくとりあげられる物語「トレーン、ウクバール、オルビス・テルティウス」において、ボルヘスは、トレーンというまったくの架空の世界を案出している。トレーンというのは、秘かな交友関係を結んでいる数人の学者たちのデッチ上げた世界であるが、彼らは自らの捏造になるその世界の一切を、一冊の秘密の百科事典に巧緻をつくして封じ込める。ボルヘスはこう語っている。すなわち、『トレーンについての最初の百科事典』（『ブリタニカ百科事典』をデッチ上げておけばよかったと思わぬ小説家とは、一体いかなる小説家か？）には、このぼくらの世界に存在する代数学から火にいたるまでの一切の事物にそれぞれ対応する事物が、すべて完全に記述されており、しかもそれらは、ぼくらの想像力に強く訴えかけるものなので、一旦それらが想像力の世界に受胎されるや、たちまちぼくらのこの現実に闖入をはじめ、場合によってはこれを簒奪するというわけである。ここで重要なのは、代数学であれ火であれ、比喩的に言えば、いずれも、互いの一方を欠けば、このような結果には達し得ぬものだということである。いまぼくは、ボルヘスの代数学に注目して語っている――代数学は火よりも論じやすいので――しかし、知的巨人と称されるほどの人ならば誰でも、代数学の捏造程度のことはできるはずのものである。『トレーンについての最初の百科事典』に書かれている事柄は、小説的であり、現在のニューヨークならそれを出版してみようという出版社もあるかもしれないけれども、この『百科事典』の架空の執筆者たちは芸術家ではない。そして、「トレーン、ウクバール、オルビス・テルティウス」という物語の作者は、単に魅力的な百科事典に言及しているにすぎない。ところが、この人が芸術家なのである。この作者がカフカのような一流の作家である理由は、その偉大なる人間的洞察力、そしてことばを選ぶ力量、そしてさらには自己の方法に対する完璧な習熟、これらのことが、知的深さを湛えたヴィジョンと結合しているところにある。これはすなわち、ぼくらの時代を除けば、いかなる時代にも素直に認められてきた、一流作家に対する定義であったはずである。

　しばらく前、偶然、サー・トマス・ブラウンの校訂本(『壺葬論』であったと思う)の脚注に、トレーンが現実になったと思わせる完全なボルヘス的事実を見出した。ほかならぬトマス・ブラウンの『医師の宗教』にも言及されている『三人の詐欺師』と呼ばれる一冊の書物がそれだ。『三人の詐欺師』なるこの書物は、実はモーゼ、キリスト、モハメッドを冒瀆する架空の評論書であるが、十七世紀には、実在すると考えられたり、また、昔は実在していたのだと考えられたりしていた。注釈家たちは、この書物を書いたのはボッカチオだ、ピエトロ・アレティーノ(一四九二―一五五六。イタリアの詩人、劇作家)だ、いやジョルダノ・ブルーノだ、トマソ・カンパネラだとさまざまに注釈したが、トマス・ブラウンをはじめ、だれ一人として、実際にこの本を見たものはない。にもかかわらず、この本は何かにつけ、引きあいにだされ、論駁され、罵られて、まるでだれもが読んだ本でもあるかのごとく、広く一般に論じられたのであった。そしてついには、一五八九年刊、『詐欺師達《ド・トリプス・インポストリブス》』なる出版年代と書名を捏造した偽書が、十八世紀になってあらわれたのであった。ボルヘスがこの本に言及していないのは不思議である。彼は、この世に存在せぬ書物をも含めて、まさにあらゆるものを読んでいると思われているし、また特に、トマス・ブラウンは彼の好きな作家であるはずなのだ。事実、「トレーン、ウクバール、オルビス・テルティウス」の語り手は、その結末でこう断言する。

……英語、フランス語そしてただのスペイン語はこの地球上から姿を消すだろう。世界はトレーンになるだろう。わたしの知ったことではない。わたしは校訂をつづける。アドログエのホテルでの静寂な日々、サー・トマス・ブラウンの『壺葬論』のケベード風の試験的なスペイン語訳の校訂を(別に出版する意図はないが)。*2　(篠田一士訳)

この、「夢による現実の汚染」とボルヘスが呼ぶところのもの、それがボルヘスの好むテーマであり、この汚染に短評をほどこすこと、それが彼のよく使う小説的工夫である。このような小説的工夫の最良のものの多くがそうであるように、こうした工夫によって、芸術家の様式《モード》あるいは形式《フォーム》というものが、その芸術家の関心のありかを暗示する暗喩《メタファー》となるのである。たとえば『若き日の芸術家の肖像』の日記形式の終りの部分とか、『フィネガンズ・ウェイク』の円環構造がそうであるように。想像によってこの世界にたちあらわれる現実そのものの一断片、ボルヘスの場合それが「トレーン……」の物語なのである。したがってその物語は、トレーンで作られた例のフレニールと呼ばれるものと相似形をなす。なぜなら、フレニールなるものは、自らを実在するものと想像することによって実在しているのである。一口に言えば、物語が一つの暗喩となり、雛型《パラダイム》となって、物語そのものを映しだし、形づくる趣向になっている。だから、物語という形式ばかりではなく、物語という事実もまた象徴的なことなのだ。「メディアはメッセージである。」（マーシャル・マクルーハンの唱える命題。この命題を冠した著作がある）

さて、ボルヘスのすべての作品がそうであるように、この作品もまた、ぼくの語らんとする問題を別の角度から説明してくれる。つまり、芸術家は、現代に感得される窮極性をいかにして逆説的に作品の素材と化し、またその方法と化するのか、ということ。ここで「逆説的に」と言ったのは、芸術家とは、彼の敵と覚しいものを逆説的に超越するものだからである。神秘家は、有限を超越してなお、この有限の世界で肉体的にも精神的にも生きてゆけると言われるが、芸術家の場合も事情は変らない。マクルーハン一派のいう「活字志向野郎」の作家を稼業としていれば、たとえばこうも感じるだろう。物語文学でなくとも、また印刷された文字でなくとも、ともかく小説というものは、レズリー・フィドラー（一九一七―。現代アメリカの批評家）等の主張するように、まさにこの現在までに、その最善のものを蕩尽してしまったのだと。（ぼくとしては、留保をつけ、限定をつけた上で、この考えに賛同しようとは思う。たしかに文学の形式というものは、歴史と共にあるものであり、また歴史的偶然になるものでもある。すなわち、古典悲劇やグランド・オペラ、そしてまた連作ソネットが、「時間がきました、そこまで」となって断えたように、主要な芸術形式の一つとしての小説にも時間がきたのかもしれない。とはいえ、必ずしもここに危機が胚胎するということになるわけでは決してない。もちろん、ある種の小説家にとっては危機であるのかもしれないが。つまり、小説の時代は終った、と感じるのであれば、そうした感じそのものを小説に仕立てあげるということも、一つには考えられるのである。小説というものが歴史的に見て、滅んでしまうにせよ、しぶとく生き残るにせよ、それはぼくには重大なこととは思えない。小説の行く末について終末意識を抱いている小説家や批評家がたくさんいるとしても、それは、西洋文明というもの、ないしは世界というものが、比較的すみやかに終焉をとげるだろうという感じに似ていて、そのように感じること自体が重要な文化現象なのである。思うに、人々を導き、群をなして荒野へ脱出したところ、しかし世界は終焉をとげなかったとなれば、赤恥をかいて戻ってくることになるだろう。だが、芸術の場合、一つの芸術形式の終末的情況がかなり進行したなかで創造された作品それ自体は、その芸術形式が終焉することもなく生きのびたからといって、無効になるものではない。それが、予言者ではなく芸術家であるということの恩典の一つなのだ。こうした恩典はまだまだある。）ウラジーミル・ナボコフであれば、『青白い炎』を書いて、例の感得された窮極性を明らかにするだろう。この作品は、教養をつんだ衒学者の手になる一篇の詩と、その衒学的注釈という形式をとった素晴しい小説であり、しかもその詩はほかでもない、注釈をほどこすために創作された詩だ。ボルヘスであれば、『迷宮』を書くことになるだろう。これは一人の教養ある図書館員の手になる短篇作品集であり、想像架空の書物について語りながら、そこに注釈を加えてゆく形式をとっている＊3。ぼくにはボルヘスのアイデアの方がどちらかと言えば、一層おもしろいと思われるので、さらにつけ加えれば、もしきみが、いま読んでいるこの文章を書いているのであれば、きみは『酔いどれ草の仲買人』とか、『山羊少年ジャイルズ』とかいった作品をすでに書いていたであろう。これらは〈作家〉という役割をまねた作家によって、〈小説〉という形式をまねて書かれた小説である。

　こうしたことが不愉快な頽廃だと感じられるとしても、小説という分野《ジャンル》そのものは、このようにしてはじまったのだ。はじめに、『キホーテ』の『アマディース・デ・ガウラ』（騎士道物語の代表作［一五〇八］）の模倣があった。セルバンテスは、シード・ハメテ・ベネンヘリ（セルバンテスは、この架空のアラビア人を『キホーテ』の原作者だとしている）を装った。（そしてアロンソ・キハーノ（この人物が後に郷士ドン・キホーテを名のる）は、ドン・キホーテを装った。）あるいはフィールディングはリチャードソンのパロディーを書いた（前者の『ジョゼフ・アンドリュース』は後者の『パミラ』のパロディー）。「歴史は茶番《ファルス》となって繰返す」――もちろん、茶番《ファルス》という形式ないしは様式を踏んで繰返すのであって、歴史は茶番《ファルス》ではない。模倣というものは（「インターメディア」流の作品に見えるダダイストの甦りのごとき模倣は）新しい何物かである。そこにいかなる茶番的側面があろうとも、それは、おそらく、きわめて生真面目で情熱的な何物かであるだろう。この点が、本格の小説と、小説を故意に模倣する小説もしくは他の文献を模倣する小説との重大な相違である。前者は、大なり小なり行為の直接的な模倣の試みであり（というか、歴史的に見れば、その傾向にあった）、その型にはまった仕掛け――原因があって結果があるとか、直線的に排列される逸話とか、性格描写とか、作者の裁量による選択、配置、解釈とか――は時代遅れの考え方、あるいは時代遅れの考え方の象徴として、異議が差しはさまれる余地はある。また事実、異議が申し立てられるようになって久しい。たとえば、ロブ＝グリエのエッセイ、『新しい小説のために』が思い当る。もちろんこうした異議に対する応酬はある。が、それにはここでは触れない。いずれにしても、小説を模倣した小説は、この問題を避け得るものではある。つまり、小説を模倣した小説は、生《ライフ》を直接的に表そうとするものではなく、生の現れを表そうと試みるものなのである。事実、リチャードソンやゲーテの書簡体小説は、「生」から遊離してはいない。それと同じく、小説を模倣した小説もまた「生」から遊離するものではない。リチャードソンやゲーテの書簡体小説も、小説を模倣した小説も、ともに「本物」の文書を模造する。しかし、両者ともに、その語るべきところはその文書にあるのではなく、窮極的には、生そのものにある。一通の手紙が現実世界の一断片であるのと同程度に、一篇の小説もまた、現実世界の一断片である。そして『若きウェルテルの悩み』に見える手紙の数々は、つまるところ小説のために模造されたものなのである。

こうした模倣は、想像の限りにおいては、いくらあみ出しても構わない。しかし、ボルヘスはこうした模倣はしない。彼が魅せられているアイデアとはこうだ。たとえば、彼がしばしば引き合いに出す文献に『千一夜物語』の第六百二夜がある。筆耕が物語を写しまちがえた。そのために、その夜シェラザードは王様に千一夜の物語を、そのはじめから語り始めることになる。幸いにして王様はこれを制止した。でなければ、第六百三夜はあり得ぬわけだ。それにまた、これでシェラザードのかかえている問題――であると同時にすべての物語作者のかかえている問題、つまり、語るか、さもなくば滅ぶか――は解決されるだろう。しかし一方、これでは外からシェラザードの物語を見て、それを書いている作者の脱け道はなくなることになる。(ちなみに、この話はすべて、ボルヘスがデッチ上げたことだという疑惑をぼくは抱いている。彼の語っていることは、ぼくがいまのところ調べあげた『千一夜物語』のどの版にも記載されてはいない。けれどもとりあえず、「いまのところ」と言っておこう。というのも、「トレーン、ウクバール……」などを読んだ後では、我が大学勤めに休暇が来るたびに、もう一度調べてみたくなるから。)

さて、ボルヘスが(ボルヘスといえば、昔はほかならぬこのぼくが捏造した作家だ、などと言われたこともあったが)第六百二夜に興味を示す理由は、物語がそこに始まりそこで終る〈物語中物語〉の一例であるからだ。しかも彼はこれに三重の興味を示す。一つには彼みずから言明している通り、われわれはこうしたことに形而上的不安を感じるということ。つまりは、小説作品の登場人物が自らの登場舞台であるその小説の読者であったり、作者であったりするとき、われわれはわれわれの存在自体に虚構性があることを思い知らされるということ。これはボルヘスの基本的なテーマであり、またシェークスピアや、カルデロン、またウナムーノそのほかの連中のテーマでもあった。第二に、「第六百二夜」は〈永劫回帰〉の文学的実例になっているということ。ボルヘスの主要なイメージとモチーフのほとんどすべては、この〈永劫回帰〉にある。第三に、ボルヘスの他の〈永劫回帰〉の作品と同様、この夜シェラザードが物語を最初から語りはじめることになったのは、偶然のなせる布石であったということ。これはすなわち、可能性の涸渇を表すイメージ、あるいは可能性を蕩尽涸渇させようとするイメージにほかならない――ここに言う可能性とは、もちろん文学の可能性のことである――というわけで、われわれもわれわれの中心的主題に回帰することになる。

　たとえば、ナボコフやベケットにくらべて、ぼくがボルヘスの方法に、より強く興味をそそられる理由は、文学に対する彼の前提にある。ボルヘスの作品集の編者のことばを借りれば、「(ボルヘスにとって)文学において、独創性を主張する資格のあるものなど、だれ一人としていない。作家とは、大なり小なり、すべからく精神の忠実な筆記者であり、あらかじめ存在する祖型《アーキタイプ》の翻訳家であり、注釈者である」ということになる。かくしてボルヘスは架空の書物に短評をほどこすことになる。長篇小説《ノヴェル》であればまだしも、伝統的な短篇小説ほどのもので、「独創的」文学の総体に公然と何事かを付け加えようというのは、あまりに無体、あまりに純心というものだろう。文学が終焉してすでに久しいのである。これが図書館員の見解だ！　しかし、文学が終焉してすでに久しい今、この時代にふさわしくもあり、また情熱にも生気にも溢れた形而上的ヴィジョンを切り開くために、この見解が役立たないのであれば、あるいは、この見解そのものが、新たな独創的文学の確固たる創造のために、秘かな逆説を込めて用いられないのであれば、「文学が終焉してすでに久しい」ということの見解そのものが、あまりに不躾《ぶしつけ》というものだろう。ボルヘスはバロックというものを「可能な手法を故意に使いつくし(あるいは蕩尽涸渇させようとし)、ついにはそれ自体が己れのカリカチュアと化すスタイル」と定義している。知性的な面を除けば、ボルヘスの作品は決してバロック的ではない。(バロックというものは、これほどきびきびしたものでもなければ、これほど簡潔で無駄のないものでもない。)しかし彼の作品の示唆するところは、知性と文学の歴史はバロックであった、つまり知性と文学の歴史は、新しいものを生みだす可能性をつぎつぎに蕩尽し涸渇させてきた、ということである。彼の作品は、架空の書物《テクスト》に注釈をほどこしたものであるばかりではなく、それはまさに、眼前に積みあげられた文学の累々たる全集積に付されたあとがきでもあるのだ。

　この前提条件が彼の主要なイメージのすべてと関連づけられて共鳴する。彼の物語にくり返しあらわれる合わせ鏡には、二重の〈回帰〉がある。彼の登場人物たちを混乱におとし入れる分身は、ナボコフの作品に登場する分身と同様、マルティプル(マスプロ工法で大量に制作され得る同大、同型の美術作品。伝統的な版画などもこの分野に含まれる)を思わせ、目まいがしてくる。それにトマス・ブラウンの「人間は自分自身を生きるだけではなく、複数の人間を繰返し生きる」ということばを思わせる。(ボルヘスの先輩はトマス・ブラウンだ、と言えば、ボルヘスを喜ばせることになるだろう。そしてまた、トマス・ブラウンのさきほどのことばの証明ともなるだろう。ボルヘスはカフカに触れたエッセイで、「あらゆる作家は自分自身の先輩を創造する」と語っている。)ボルヘスお気に入りの三世紀の異端派、イストリオネス派は——これはボルヘスの捏造になる異端派であるらしく、またそうあってほしいものでもあるが——歴史に繰返しはあり得ぬと信じ、それゆえ、自分たちの犯す悪徳を未来から祓い清めるために、悪徳の生活を送る。つまり世界の終末を早めるために、世界の可能性を蕩尽し涸渇させるのだ。

　ボルヘスがセルバンテスのつぎによく名前を挙げる作家は

シェークスピアであるが、ある小品で彼は、死の床にあるこの劇作家を想像している。シェークスピアが神にむかって、神よ、私は万人ではあったが、同時に何者でもなかった、私が私自身であり、無二の者であることを許したまえ、と懇願する。すると神は旋風のなかから答えて曰《いわ》く、世界は私の見た夢であった、それはきみの場合と同じだ、その夢にはシェークスピアもあらわれた、というわけだ。ホーマーの『オデッセイ』第四巻、メネラーウスがファロスの岸辺でプロテーウスを捉えた物語、これもまたボルヘスに深く訴えるものである。プロテーウスにしっかり取り押えられたメネラーウスは、「変身する能力を涸渇させて」しまう。プロテーウスはメネラーウスを取り押えるために、変装して待ち伏せていたのだ。〈アキレスと亀〉のゼノンのパラドックスは、〈永劫回帰〉の一例だが、ボルヘスはこれを哲学史に持ち込んで、こう指摘する。このパラドックスを用いて、アリストテレスはプラトンの形態論に反駁し、またヒュームは因果論の可能性に、ルイス・キャロルは三段論法的演繹に、ウィリアム・ジェームズは意識の一過性に、ブラッドレイは論理的関係性の可能性に、それぞれ反論したのだ、と。ボルヘス自身、このパラドックスを使い、さらにショーペンハウェルを証拠にあげて、こう語る。世界とはわれわれの夢であり、観念である。そこに、「不合理という微《かすか》な永遠の裂け目」が走っているのが見える。この裂け目を見たものは、人間が何事かを創造するなどということは虚偽である、いや、少なくとも虚構であると思いいたる、と。

彼のもっともポピュラーな物語の一つに、無限の図書館が語られているが、この図書館のイメージには何よりも涸渇蕩尽の文学にふさわしいものがある。「バベルの図書館」には、アルファベットと、文字区切りの間隔の可能な組み合わせのすべてが、すなわち存在し得る書物、言説のすべてが、ということは、それらに対する反論、擁護も含めてすべてが、収納されている。つまりは、予想される未来の歴史も、またあり得る限りのすべての未来の歴史も、さらに、これはボルヘスが言っているわけではないが、トレーンに関する百科事典のみならず、想像の及ぶ限りの他の世界に関する百科事典の数々も、ことごとくすでに収納されているのである。それというのも、ルクレティウスの語る宇宙と同じく、要素とその組み合わせの数は（膨大ではあるが）有限であり、それと同時に、この図書館そのものと同様、個々の要素と、要素の個々の組み合わせの場合の数は無限であるからである。ここに、ボルヘスが何よりも愛好する迷宮のイメージがあらわれる。そしてぼくの論点もあらわれる。『迷宮』は、彼の一番重要な英訳作品選集の書名でもあり、またボルヘスの全体像を把えた研究書で、英語で読み得るものは、アンナ・マリア・バレネチェアのものだけであるが、その書名を『ボルヘス、迷宮の創造者』という。迷宮とは、つまるところ、あらゆる（この場合は選ぶべき方向の）選択の可能性が形となって表われていると考えられる場所であり——また、テセウスのように特別に与えられたものがない限り——その中心に到達するまでにすでにそうした選択の可能性が涸渇してしまうはずの場所である。しかしそればかりではない。その中心には、ミノタウロスが最後の可能性を二つたずさえて待ち受けているのだ。敗北による死か、さもなくば勝利による自由か。ところで、アリアドネの糸の助けを与えられてはじめて、テセウスはクノッソスの迷宮の近道を選ぶことができた。したがって伝説に語られるテセウスは、実は非バロックである。しかし、たとえば、ファロスの岸辺におけるメネラーウスは、ボルヘス的精神において、まぎれもないバロックなのだ。メネラーウスこそ、涸渇蕩尽の文学における肯定的な芸術倫理の体現者となるものだ。メネラーウスはつまるところ、スリルを求めてファロスに赴いたのではない。（そして、ボルヘスやベケットもまた、健康のために小説家稼業に身をおいているわけではない。）メネラーウスは、何よりもまず迷った。世界と名づけられ、そう名づけられた分だけ拡張された迷宮で、彼は迷った。であればこそ彼は、〈海の老人〉プロテーウスを組伏せなくてはならなかった。数々の恐しい姿をとっては、現実というものに変身するこの老人が、その変身能力を使いつくし消耗涸渇させるまで組伏せていなくてはならなかった。そうして、老人プロテーウスが「真」の姿に戻ったとき、メネラーウスは、みずからの選ぶべき道をこの老人に教えさせることができた。このメネラーウスの行為は英雄的行為である。その目的は救いである。――イストリオネス派の人々の目的は、歴史を終らせることであった。そうすればイエスの再来はそれだけ早くなるかもしれぬ、ということであった。そしてシェークスピアの英雄的変容ぶりがその頂点に達するのは、単に神が彼に顕現したところにあるばかりではなく、彼が神に顕現したところにあった。

　ボルヘスをあらわすもっとも適切なイメージ、これは、神話伝説に語られる人物ならだれでもよいというものではない。そこで最後には、クレタ島の迷宮にあるテセウスが、ボルヘスにもっともふさわしいイメージであるということになる。たしかにぼくら民主党リベラル派にとって、いまの現実は悲しむべきものだが、平民というものは、選ぶべき道のある限り、嗚呼、常につねに道に迷うのだ。そして魂もまた迷う。であれば、バロック的現実に直面し、バロック的歴史に相対《あいたい》し、さらにまた自己の芸術もバロック的局面にいたってなお、芸術の涸渇の可能性を声高に云々《うんぬん》する必要をいささかも覚えぬ人物、そのような人物こそ、選ばれたる生還者、巨匠、テセウス的英雄にほかならぬ。そしてボルヘスとは、『トレーンについての百科事典』や、バベルの図書館所蔵の書物の数々を、実際に書くなどという必要をいささかも覚えぬ人物であった。彼の必要とするところは唯一、そうした書物が存在する、もしくは存在するかもしれぬ、と気付き、確め、そして、まさしく特別に与えられた――ニューヨーク通信文学派の連中には望むべくもない、聖人的、英雄的、空前の――才能をもって、迷宮を通り抜け、作品の完成に達することのみなのだ。

（一九六七年）

原註

＊1―十九世紀に、ニューヨーク州イースト・オーロラの前衛作家、エルバート・ハバード（一八五六―一九一五）の手になる『沈黙論』の到達点は、すでに一つの窮極であった。

＊2―昨年、「トレーン……」を読んだときには、たしか存在しなかったはずのことばが、今回の再読時には目にとまったことをつけ加えておく。すなわち、この百科事典に基金を寄付した変り者のアメリカ人大富豪が、「イエス・キリストとはいかなる契りも結ばぬこと」と条件を付したという個所。

＊3―ボルヘスは一八九九年、アルゼンチンに生まれ、教育はヨーロッパで受けた。その後数年間ブエノスアイレスの国立図書館長をつとめた。ただし、ホアン・ペロンが政治的屈辱を与えるために、彼を地方の養鶏場監督に左遷した期間は除く。現在、ブエノスアイレスの大学の『ベオウルフ』研究者。

訳者付記

ここに訳出した「涸渇蕩尽の文学」は、雑誌『アトランティック』一九六七年八月号に掲載され、後に、マーカス・クラインの編集になる小説論の選集『第二次大戦後のアメリカ小説』（フォーセット社刊、一九六九年）に収録された。訳出にあたっては、後者を底本とした。

ボルヘス年譜

目黒聰子編

一八九九年
八月二四日、アルゼンチンの首都ブエノスアイレスの中心部トゥクマン街八四〇番地に生まれる。父ホルヘ・ギリェルモ・ボルヘス・ハズラム（一八七四―一九三八）は弁護士で、外国語教師養成所で心理学を教える傍ら、小説・詩・翻訳を手がけ、とりわけ英文学と哲学に造詣が深かった。母レオノール・アセベド・スアレス（一八七六―一九七五）は、土地の旧家の出で敬虔なカトリック教徒であった。父方の祖母はイギリス人で、家庭では英語とスペイン語が同じように使われていたので、ボルヘスにはこの二つの言語が母国語であった。父親の膨大な蔵書に囲まれ、幼い頃からマーク・トウェイン、スティーヴンソン、ディケンズなどの作品、グリム童話、「千夜一夜物語」を英語で、「ドン・キホーテ」をスペイン語で読んだ。

一九〇一年（2歳）
三月四日、妹ノラ誕生。一家はパレルモ地区のセラーノ街に移る。

一九〇六年（7歳）
「ドン・キホーテ」の影響を受けたスペイン語の物語「運命の兜」とギリシャ神話の要約を英語で書く。

一九〇八年（9歳）
父親の方針で学校の教育を受けず、イギリス人の家庭教師についていたが、この年、市内の小学校に四年生として入学。

一九〇九年（10歳）
オスカー・ワイルドの「幸せの王子」をスペイン語に翻訳、地元の日刊紙「エル・パイース」に載る。

一九一四年（15歳）
第一次大戦の直前に、父親の眼の治療と兄妹の進学のため、一家でスイスに渡る。パリから北イタリアを経て、大戦終結までジュネーヴに滞在。ボルヘスはカルヴァン学院の中等科に進み、フランス語、ラテン語を習得。ユゴーをはじめ、フローベール、マラルメ、ボードレール、ランボー、イギリス文学ではカーライル、チェスタトンを愛読した。

一九一八年（19歳）
一家でルガーノに移る。ハイネの詩集でドイツ語を学び、ショーペンハウアー、マイリンクを読む。中等科を卒業。

一九一九年（20歳）
家族とスペインに移る。マジョルカ島、セビーリャ、マドリードに行き、前衛的な文学運動「ウルトライスモ」に参加、詩やエッセイ、ドイツ表現主義の詩の翻訳を雑誌「グレシア」に寄稿。ケベードやゴンゴラなどスペインの古典にも親しむ。スペインを代表する作家、オルテガ、インクラン、ヒメネスを識り、後に妹ノラの夫となるギリェルモ・デ・トッレと出合う。ラテン語とともにアラビア語の学習に力を注ぐ。

一九二一年（22歳）

七年ぶりに一家でブエノスアイレスに帰り、本格的な文筆活動に入る。若い作家たちと壁雑誌「プリスマ」を発行、ウルトライスモ宣言を載せる。父親の友人で詩人、作家のマセドニオ・フェルナンデスの影響を受ける。

一九二二年（23歳）

マセドニオ・フェルナンデスらと雑誌「プロア」を創刊。

一九二三年（24歳）

処女詩集『ブエノスアイレスの熱狂』を発表。父親の眼の治療のため一家で再度渡欧。ロンドンからパリ、マドリード、スペイン南部を再訪。

一九二四年（25歳）

ブエノスアイレスでリカルド・グイラルデスらと「プロア」を再刊。雑誌「マルティン・フィエロ」に寄稿。

一九二五年（26歳）

詩集『正面の月』、評論集『審問』を刊行。

一九二九年（30歳）

詩集『サン・マルティンの手帖』刊行。エッセイ『アルゼンチン人の言語』がブエノスアイレス市民文芸賞の第二席となる。

一九三〇年（31歳）

伝記『エバリスト・カリエゴ』発刊。ビクトリア・オカンポに十五歳年下のビオイ・カサレスを紹介される。終生変ることのなかった二人の友情がこの時から芽生える。

一九三一年（32歳）

ビクトリア・オカンポが創刊した「スール」誌に参加。この雑誌は、イスパノアメリカ知識人たちにその後長く影響を与え続けた。

一九三二年（33歳）

評論集『論議』発刊。

一九三三年（34歳）

文芸誌「メガフォノ」第二号がボルヘスの特集を組む。ブエノスアイレスの新聞「クリティカ」の文芸付録の編集を任される。チェスタトン、キプリング、スウィフト、マイリンクなどヨーロッパの作家たちを紹介。後に出版される『汚辱の世界史』の連載を開始。

一九三五年（36歳）

『汚辱の世界史』発行。

一九三六年（37歳）

ジードの『ペルセフォーヌ』、ヴァージニア・ウルフの『ジェイコブの部屋』を翻訳。女性雑誌「エル・オガール」の文芸欄を担当、ウルフ、フローベール、ドストエフスキーなどを紹介していく。評論集『永遠の歴史』発行。

一九三七年（38歳）

ブエノスアイレス市立図書館ミゲル・カネー分館の一等補佐員という職に就く。単調で退屈なこの図書館の勤めから後に数々の作品が生まれた。ウルフの『オーランド』を翻訳。

一九三八年（39歳）

カフカの「変身」その他短編を翻訳刊行。晩年盲目になった父親が亡くなる（64歳）。クリスマス・イヴの事故で敗血症になり、生死の境をさまよう。

一九三九年（40歳）

療養中に「ドン・キホーテの著者、ピエール・メナール」を執筆。ボルヘスの作品がネストル・イバッラの仏訳で「ムスレ」に掲載される。

一九四〇年（41歳）

ビオイ・カサレスとビクトリア・オカンポの妹シルビーナ・オカンポの結婚に立会う。夫妻との共編『幻想文学撰集』刊行。

一九四一年（42歳）

フォークナーの『野性の棕櫚』、ミショーの『アジアにおける一野蛮人』を翻訳出版。

一九四二年（43歳）

ビオイ・カサレスとの共著『ドン・イシドロ・パロディ　六つの難事件』刊行。一家はキンタナ通りのアパートに移る。

一九四三年（44歳）

既刊の三つの詩集と「ナシオン」、「スール」に掲載の詩を集めた『詩集（一九二二―一九四三）』を出版。
一九四四年（45歳）
『伝奇集』出版。アルゼンチン作家協会から栄誉大賞受賞。
一九四六年（47歳）
ペロン政権に抵抗したという理由で、市立図書館三等館員から公共市場の鶏と兎の検査官にさせられ、公務員を辞職する。
一九四九年（50歳）
短編集『アレフ』出版。カーライルとエマソンの作品を翻訳刊行。
一九五〇年（51歳）
アルゼンチン作家協会会長に選出される。アルゼンチン・イギリス文化協会と高等専門学校で英米文学を教える。
一九五二年（53歳）
評論集『続審問』出版。
一九五三年（54歳）
『全集』が刊行開始。第一巻は『永遠の歴史』
一九五四年（55歳）
映画監督レオポルド・トッレ・ニルソンと「エンマ・ツンツ」を素材にしたシナリオ「憎しみの日々」を執筆。
一九五五年（56歳）
ペロン政権崩壊。新政権が国立国会図書館長に任命。アルゼンチン文学アカデミー会員となる。ボルヘス特集が雑誌「都市」に載る。
『怪奇譚集』刊行。
一九五六年（57歳）
ブエノスアイレス大学英米文学教授に就任。この頃から視力が減退し、作品は母レオノールの口述筆記となる。
一九五七年（58歳）
国民文学賞（一九五四―五六）受賞。マルガリータ・ゲレーロとの共著『幻獣辞典』刊行。
一九六〇年（61歳）
ビオイ・カサレスとの共編『天国・地獄百科』刊行。
一九六一年（62歳）
『自撰集』を出版。第一回国際出版社賞（フォルメントール賞）をサミュエル・ベケットと共に受賞。ボルヘスの名が西欧で急速に知られる。テキサス大学の招きで母親とアメリカを訪れ、各地で講演する。
一九六二年（63歳）
フランス政府からコマンドゥール・ド・ロルドル・デ・レットル・エ・デザールの称号を受ける。
一九六三年（64歳）
英国文化振興会の招待で母親と渡欧。マドリード、パリ、ジュネーヴ、ロンドンを訪ね、講演を行なう。帰国後、アルゼンチン芸術大賞受賞。ボルヘスの作品が各国で訳されるようになる。
一九六四年（65歳）
フランスの雑誌「カイエ」（レルヌ社）がボルヘスを特集。『詩作品（一九二三―六四）』出版。ベルリンで開かれた国際作家会議にマリア・エステル・バスケスと出席。パリのシェークスピア記念祭で「シェークスピアと我々」というテーマで講演。イギリス、スウェーデン、デンマークを旅行。
一九六五年（66歳）
マリア・エステル・バスケスと一緒にペルーのマチュピチュに行き、リマで講演。ペルー政府がソル勲章授与。イギリス政府からサーの称号を受ける。
一九六六年（67歳）
ミラノの国際マドニーナ賞受賞。
一九六七年（68歳）
詩集『他者と自身』、ビオイ・カサレスとの共著『ブストス・ドメックのクロニクル』を出版。九月二一日、未亡人エルサ・アステテ・ミジャンと結婚。夫人同伴でアメリカを訪れ、ハーバード大学詩学講師となる。ライデン大学のスペイン語雑誌 Norte がボルヘス特集号を編集。
一九六九年（70歳）
一月二〇日、イスラエル政府の招待で夫人同伴でテル・アヴィヴを訪問、講演を行なう。ニューヨークでドキュメンタリー映画「ボルヘスの内なる世界」上映。『詩作品集』が刊行開始。第一巻は「陰翳礼讃」。十一月、フランスのテレビがボルヘスに関する二時間のドキュメンタリー番組を放映。十二月アメリカを再訪、オクラホマ大学から名誉博士号を受ける。ジョージタウン大学で詩作品を朗読。ホイットマンの『草の葉』翻訳刊行。

一九七〇年（71歳）

『ブロディーの報告書』（全集別巻）刊行。ヴェネチア祭でボルヘスのテレビ映画を放映。イタリア制作ベルトリッチ監督、アリダ・ヴアリ主演「暗殺のオペラ」とフランスのアラン・マグロー監督の「エンマ・ツンツ」の翻案。十月、ミラノ放送によれば、ノーベル賞の候補としてソルジェニーツィンより多くの票を集めたという。同月、離婚。

一九七一年（72歳）

三月、アメリカ文学アカデミーと米国文芸協会の名誉会員に選ばれる。イタリアのテレビがボルヘスのインタビュー番組を放映。コロンビア大学の名誉博士号を受けるため、英訳者ディ・ジョバンニとともに出発。同大学での文化セミナーにラテン・アメリカの作家たちと参加。そこから、永らく望んでいたアイスランドに渡る。イスラエルを再訪、エルサレム賞を受賞。オックスフォード大学から名誉博士号を受ける。ロンドンの現代芸術協会の招待で英語で四つの講演を行ない、好評を博した。

一九七二年（73歳）

三月、渡米。ニューハンプシャー大学でラテン・アメリカ文学の講座を開始する。ミシガン大学が名誉博士号を授与。

『群虎黄金』（詩作品集第五巻）を刊行。

一九七三年（74歳）

国立図書館長を辞職。ブエノスアイレス名誉市民となる。四月、スペイン文化協会とマドリードのアルゼンチン大使館の招待でスペインを訪ね、スペイン王立アカデミーで講演。スペインのテレビがボルヘスの特別番組を放映。メキシコに招かれ、メキシコの代表的文学者アルフォンソ・レイエスの名を冠した賞を受ける。

一九七四年（75歳）

一巻本の全集がエメセ社から出版される。

一九七五年（76歳）

短編集『砂の本』、詩集『永遠の薔薇』を刊行。ブエノスアイレスでボルヘスとビオイ・カサレスのシナリオによる「場末の男たち」を映画化、ウルグアイでボルヘスのプロット「死んだ男」を映画化。イタリアのフランコ・マリーア・リッチ出版社が、ボルヘス編纂の幻想文学全集『バベルの図書館』の刊行を開始。各巻にボルヘスの序文がついたこの全集の最初の三冊は、ジャック・ロンドン、ジョバンニ・パピーニ、レオン・ブロワであった。七月八日、母レオノール・アセベドが九十九歳で死去。九月、教え子であるマリア・コダマ同伴で訪米。ニュールンベルグのエルランゲン大学が雑誌「イベロマニア」でボルヘスを特集する。

一九七六年（77歳）

シンシナティー大学の名誉博士となる。アンソロジー『夢の本』、詩集『鉄の貨幣』、アリシア・フラードとの共著『仏教の手引き』出版。八月、チリを訪問。ウィスコンシン大学で「ボルヘスによるボルヘス」というセミナーを開催。十月、ボルヘスの詩にアストル・ピアソラらが作曲した「ボルヘスを歌う」というアルバムが出る。

一九七七年（78歳）

詩集『夜の歴史』出版。四月、フランコ・マリーア・リッチの招きでパリ、ジュネーヴ、ヴェネチア、ローマを旅行。ブエノスアイレスのコリセオ劇場で「神曲」「千夜一夜」「カバラ」などのテーマで連続講演を行なう。

一九七八年（79歳）

二月、パリを訪れソルボンヌ大学名誉博士号を受ける。ギリシャ、エジプトを旅行。

一九七九年（80歳）
『ボルヘス合作集』刊行。四月、モンテビデオ訪問、エリセオ劇場で「詩」「時間」「悪夢」の三つの講演を行なう。八月、ボルヘスの八十歳の誕生日を記念して様々な記念行事が行なわれた。十一月、国際交流基金の招きで来日。東京、長野、京都、奈良等を廻り、篠田一士氏ほか各氏と会談。
一九八〇年（81歳）
スペインのセルバンテス賞をヘラルド・ディエゴとともに受賞。ニューヨークのペンクラブの招きでアメリカを訪れる。講演集『七つの夜』出版。バルセロナで『全散文集』二巻が刊行。
一九八一年（82歳）
詩集『暗号』出版。ハーバード大学が名誉博士号を授与。
一九八二年（83歳）
フランスの文芸雑誌「エウローペ」五月号がボルヘスの作品の特集号を編集。ジェイムズ・ジョイスを記念するBloom's Dayに出席のためダブリンに行く。エッセイ『ダンテをめぐる九つの随想』出版。
一九八三年（84歳）
フランスのミッテラン大統領よりレジオン・ドヌール勲章授与。スペインのアルフォンソ賢王勲章を与えられる。T・S・エリオット賞受賞。
一九八四年（85歳）
四月、東京で開催された「第二のルネサンス」国際会議に出席するため、秘書マリア・コダマと二度目の来日。ヨーロッパに渡り各地を訪問。ローマ大学名誉博士号を受ける。モロッコで開かれた世界詩人会議に出席。マリア・コダマと写真入りの旅行記『アトラス』を出版。
一九八五年（86歳）
一月五日、イタリア語訳全集にエトルリア文学賞受賞。ムルシア大学の名誉博士号を受ける。イタリアからジュネーヴに行き、病気で重体となり三週間入院する。
一九八六年（87歳）
四月二六日、教え子、秘書、共著者でもあったマリア・コダマ（41歳）と結婚。ホテルに滞在し、ボルヘスは全集の仏語訳を続けた。六月一一日、ジュネーヴのアパートに移る。六月一四日、午前七時四五分、アルゼンチンの偉大な作家は永遠の眠りについた。彼の最期を診た医師は「何の苦しみもなく死はゆっくりと訪れた」という。葬儀は、彼の意に反して盛大に行なわれた。遺体はジュネーヴのプランパレ墓地に葬られた。

（この年譜の作成には、Pickenhayn, J.O.: *Cronologia de Jorge Luis Borges (1899-1986)* と La Biblioteca de Babel 2: Borges の *Cronologia* などを参照した）

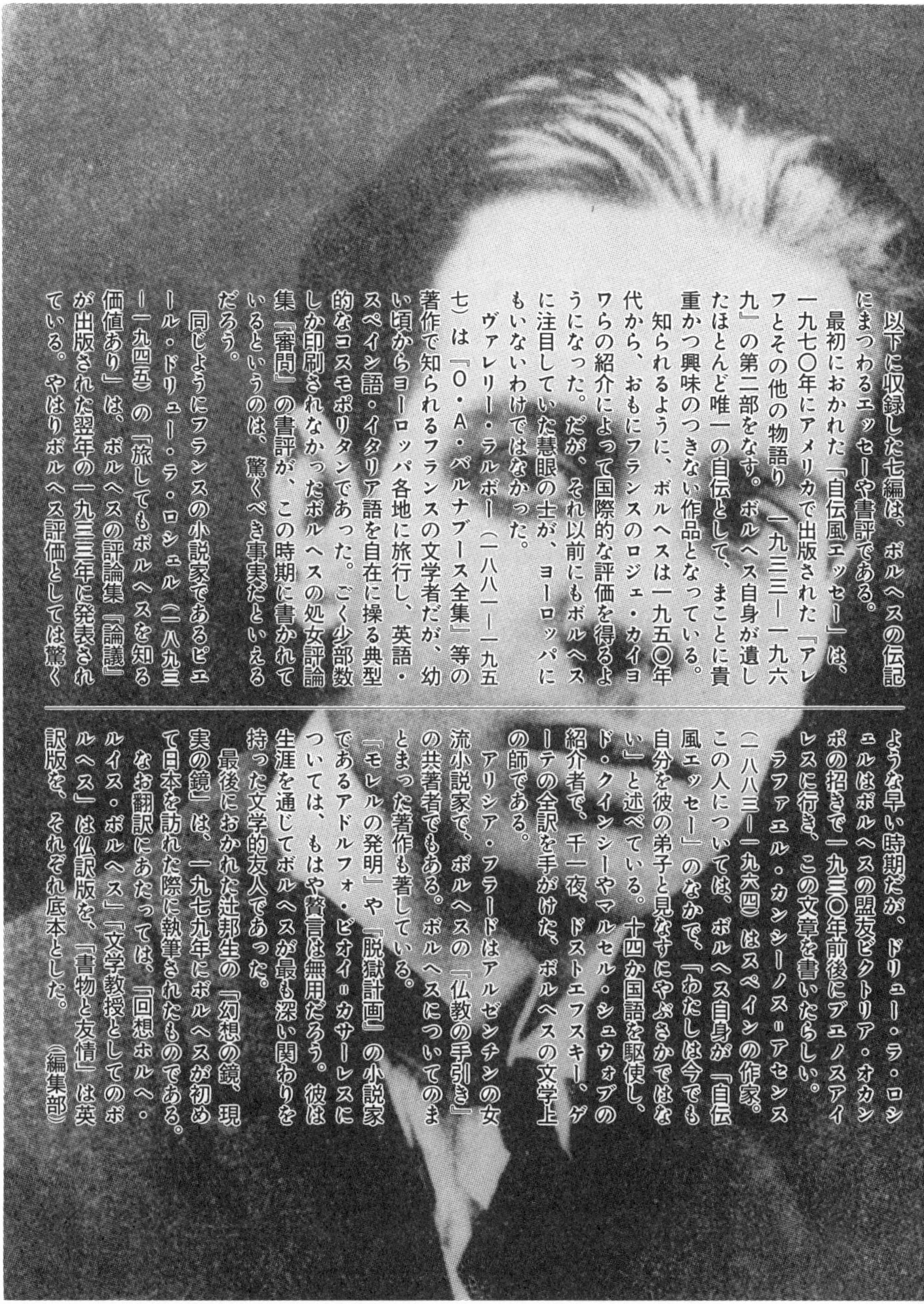

以下に収録した七編は、ボルヘスの伝記にまつわるエッセーや書評である。

最初におかれた「自伝風エッセー」は、一九七〇年にアメリカで出版された『アレフとその他の物語り　一九三三―一九六九』の第二部をなす。ボルヘス自身が遺したほとんど唯一の自伝として、まことに貴重かつ興味のつきない作品となっている。

知られるように、ボルヘスは一九五〇年代から、おもにフランスのロジェ・カイヨワらの紹介によって国際的な評価を得るようになった。だが、それ以前にもボルヘスに注目していた慧眼の士が、ヨーロッパにもいないわけではなかった。

ヴァレリー・ラルボー（一八八一―一九五七）は『Ｏ・Ａ・バルナブース全集』等の著作で知られるフランスの文学者だが、幼い頃からヨーロッパ各地に旅行し、英語・スペイン語・イタリア語を自在に操る典型的なコスモポリタンであった。ごく少部数しか印刷されなかったボルヘスの処女評論集『審問』の書評が、この時期に書かれているというのは、驚くべき事実だといえるだろう。

同じようにフランスの小説家であるピエール・ドリュー・ラ・ロシェル（一八九三―一九四五）の「旅してもボルヘスを知る価値あり」は、ボルヘスの評論集『論議』が出版された翌年の一九三三年に発表されている。やはりボルヘス評価としては驚くような早い時期だが、ドリュー・ラ・ロシェルはボルヘスの盟友ビクトリア・オカンポの招きで一九三〇年前後にブエノスアイレスに行き、この文章を書いたらしい。

ラファエル・カンシーノス＝アセンス（一八八三―一九六四）はスペインの作家。この人については、ボルヘス自身が「自伝風エッセー」のなかで、「わたしは今でも自分を彼の弟子と見なすにやぶさかではない」と述べている。十四か国語を駆使し、ド・クインシーやマルセル・シュウォブの紹介者で、千一夜、ドストエフスキー、ゲーテの全訳を手がけた、ボルヘスの文学上の師である。

アリシア・フラードはアルゼンチンの女流小説家で、ボルヘスの『仏教の手引き』の共著者でもある。ボルヘスについてのまとまった著作も著している。

『モレルの発明』や『脱獄計画』の小説家であるアドルフォ・ビオイ＝カサーレスについては、もはや贅言は無用だろう。彼は生涯を通じてボルヘスが最も深い関わりを持った文学的友人であった。

最後におかれた辻邦生の『幻想の鏡、現実の鏡』は、一九七九年にボルヘスが初めて日本を訪れた際に執筆されたものである。

なお翻訳にあたっては、『回想ホルヘ・ルイス・ボルヘス』『文学教授としてのボルヘス』は仏訳版を、『書物と友情』は英訳版を、それぞれ底本とした。（編集部）

自伝風エッセー
ホルヘ・ルイス・ボルヘス

牛島信明訳

家族と幼年時代

わたしの幼時の記憶が、黄色く濁った水をたたえてゆっくりと流れるラプラタ川の東岸（わたしたちが長いのんびりとした休日を過ごした、叔父フランシスコ・アエードの別荘のあるモンテビデオ）、あるいは西岸（ブエノスアイレス）にまで遡ることができるかどうか心もとない。わたしは一八九九年に、ブエノスアイレスの中心部、ツクマン通りがスイパチャ通りと交差し、やがてエスメラルダ通りに出んとするあたりにある、小さな、これといって際立ったところのない、母方の祖父の家で生まれた。当時のたいていの家と同じく、その家も平屋根で、サグアンと呼ばれる長いアーチ型の玄関、貯水タンク、そして二つの中庭があった。わたしたちは間もなくパレルモ（ブエノスアイレスの東北地区、現在では緑の多い住宅地）に転居したに違いない、というのは、わたしのかすかな記憶の中に、二つの中庭と風車式送水ポンプをそなえた庭、そしてその庭の向う側に空地のあるもうひとつのわが家が、パレルモの地名と共に定着しているからである。当時のパレルモは、市《まち》の北辺のみすぼらしい地域であり、多くの人びとはそこに住むことを恥として、北の方に住んでいるという曖昧な言い方をしていた。わたしたちの家は、低い家並と空地によって形成されていたその周辺では、数少ない二階屋だった。わたしはこの地域のことをしばしばスラムと呼んできたが、わたしの意味するところは、この語のアメリカ的意味合いとはいささか趣を異にする。パレルモには、あまり好ましくない連中と同時に、貧しいが礼儀正しい人びとが住んでいた。また、コンパドリー

トと呼ばれる、ナイフさばきの巧みならず者たちに象徴されるパレルモもあった。しかし、ならず者のパレルモがわたしの想像力をしきりにかき立てるようになったのは、ずっと後のことである。というのは、わたしたちはこのパレルモを無視するために最善をつくし、しかもそれに成功していたからである。わたしたちと逆の態度をとっていたのが隣人のエバリスト・カリエゴで、彼は手近なところにごろごろしている卑俗なものの中に文学的可能性を探求した、最初のアルゼンチンの詩人だった。わたしなど、ほとんど蟄居していたので、コンパドリートの存在にさえ気づかないほどだった。

　わたしの父、ホルヘ・ギリェルモ・ボルヘスは弁護士をしていた。いわば哲学的無政府主義者――スペンサー（ハーバート、一八二〇―一九〇三、英国の哲学者）の愛読者――だった彼は、外国語教師養成所の師範学校で心理学の教師をも勤めていたが、そこではウィリアム・ジェイムズの短い著作をテキストに用い、英語で授業をしていた。父の英語は、ノーサンブリア人の血を受け継いでスタッフォードシャー（イングランド中部の州）に生まれた彼の母親、フランシス・ハズラムの影響によるものである。彼女は奇妙なめぐりあわせで南アメリカにやって来た。ファニー（フランシスの略称）・ハズラムの姉の夫である、ユダヤ系イタリア人の技師ホルヘ・スワレスが鉄道馬車をアルゼンチンに初めてもたらし、それを機に夫婦はそこに定着した。そして妹のファニーを呼んだ、という次第なのである。わたしはこの鉄道馬車導入にまつわる逸話をひとつ覚えている。ある時スワレスはエントレリーオス州のウルキーサ将軍（フスト・ホセ・デ・ウルキーサ、一八〇一―七〇、アルゼンチンの軍人政治家、一八五二年、革命で政権を奪取）の邸宅に招待され、その地方で権力をほしいままにしていた将軍（ウルキーサは一八四一年にエントレリーオス州の知事になっている）とのトランプの勝負に、不用意にも勝ってしまった。仰天した招待客たちがスワレスに、もしこの州における鉄道馬車開設の許可を得たいと思うなら、毎晩一定の金額を負ける必要があると耳うちした。ウルキーサはトランプがことのほか下手だったので、スワレスは一定額を負けるのに非常に苦労したということだ。

　ファニー・ハズラムがフランシスコ・ボルヘス大佐に会ったのは、エントレリーオス州の首都パラナにおいてであった。一八七〇年か一八七一年のことであるが、市がリカルド・ロペス・ホルダンの率いる《モントネーロス》、すなわちガウチョの義勇兵からなる叛乱軍に包囲された時、ボルヘスは連隊の先頭に立って、町を守るために指揮をとっていた。ファニー・ハズラムは家の屋上から彼の勇姿を眼にした。そして、まさしくその晩に、政府の救援隊の到着を祝う舞踏会が催され、ファニーと大佐は顔を見合わせ、踊り、恋に落ち、そして結婚したのである。

　わたしの父は二人息子の下の方であった。生まれはエントレリーオスだったのだが、よくわたしの祖母――威厳のある立派な英国婦人だった――に向って「わたしはパンパスでもうけられた」のだから本当はエントレリーオス人ではない、と強調していた。それに対し祖母は、いかにもイギリス人的な慎しさで、「あなたの言う意味が、わたしにはさっぱり解りませんね」と言うだけだった。父の言葉はもちろん本当だった、というのは、祖父は一八七〇年代の初め、ブエノスアイレス州北西部の辺境守備隊の総司令官であったからである。子供のころ、わたしはファニー・ハズラムから、当時の辺境地域での生活にまつわる話をたくさん聞いた。その一つは『戦士と囚われ女の物語』Historia del guerrero y de la cautiva のなかに書いておいた。祖母の話にはインディオの酋長が沢山出てきたが、その中にはシモン・コリケーオ・カトリエル、ピンセン、そしてナムンクラといった耳慣れない名前もあった。祖父のボルヘス大佐は一八七四年の内乱で死んだ。四十一歳であった。ラベルデにおける戦闘で敗色が濃厚になった時、彼は十二、三人の部下を伴い、白い外套《ポンチョ》を着て馬でこっそりと敵陣に向ったが、そこでレミントン銃の二発を受け絶命したのである。レミントンのライフル銃がアルゼンチンで用いられたのは、この時が最初であった。毎朝わたしのひげを剃っている会社もまた、祖父を殺した銃の会社と同じ名前であることを思うと、奇妙な感興を覚える。

ファニー・ハズラムはたいへんな読書家であった。八十を過ぎても祖母の文学熱はさめず、周囲の人たちは彼女を喜ばせるために、最近の作家にはディケンズやサッカレーに匹敵するようなのはいませんな、などとよく言ったものだ。すると彼女は、「わたしはむしろアーノルド・ベネット、ゴールズワージ、それにウェルズの方が好きですよ」と答えるのだった。一九三五年、九十歳で死んだ時、祖母は家族を枕元に呼び、英語で（彼女のスペイン語は流暢ではあったが語彙に乏しかった）、かぼそい声で、「わたしは他人《ひと》よりも、ゆっくりと死んで行く一人の女に過ぎないのです。これは別にたいしたことでもなければ非凡なことでもありません」と言った。彼女には、家中が上を下への大騒ぎに巻きこまれているのがどうしても納得できなかったのだ。そして死ぬのに手間どっていることを詫びていた。

わたしの父は非常に聡明であり、そしてすべての聡明な人間がそうであるように、非常に親切であった。ある時、彼はわたしに、兵士、軍服、兵舎、旗、教会、僧侶、そして肉屋の店先をとくと見ておきなさい、というのはそれらはすべて間もなく消えてなくなり、わたしが自分の子供たちに、実際に見たことがあるんだと話す日が到来するだろうからと言った。不幸なことに、この予言はまだ実現していない。父はとても控えめな人で、可能な限り人目につかない生活を望んでいたようであった。彼はイギリス人の先祖のことを非常に誇りにしていたが、時おりわざととぼけて、「結局のところイギリス人とは何だろう？　ゲルマンの農夫の集まりにすぎないね」と言って、ちゃかしていた。彼はシェリー、キーツ、チャールズ・スウィンバーン（イギリスの詩人、一八三七―一九〇九）に、心酔していた。読者としての彼の興味は二方面にのびていた。第一には、形而上学と心理学（バークリー、ヒューム、ロイス（ジョサイア、一八五五―一九一六、アメリカの哲学者）、そしてウィリアム・ジェイムズ）、第二は東方情緒の濃厚な文学（エドワード・ウィリアム・レーン（イギリスの東洋学者、一八〇一―七六、『千夜一夜物語』の翻訳もある）、バートン、ジョン・ペイン（いずれも、『千夜一夜物語』の翻訳者である））である。わたしに詩の力を――言葉は伝達の手段であるだけでなく、魔力を持つ記号であり音楽でもあるという事実を――啓示してくれたのは父であった。今でもわたしが英語で詩の朗読をすると、声が彼にそっくりだと母が言う。また、わたしは意識していなかったが、哲学の手ほどきをしてくれたのも父だった。わたしがまだほんの子供だったころ、彼はチェス盤を使って、運動を否定するゼノンの逆説――「アキレスは亀に追いつけない」、「飛ぶ矢は静止している」――を教えてくれた。後になると、バークリーの名前にはふれずに、観念論の基本を熱心に教えてくれた。

わたしの母、レオノール・アセベード・デ・ボルヘスはアルゼンチンの旧家の出で、九十四歳の今なおかくしゃくとした、善良なるカトリック教徒である。わたしの少年時代には、宗教は婦女子のもので、男たちはおおむね自由思想の持主であった――もっとも、もし尋ねられれば、カトリック教徒を自認したであろうが。わたしは母から、人の長所を見出すという特性と、人付き合いの良さを受け継いでいると思う。母は他人に対して常に寛容であった。彼女はわたしの父から英語を学んだが、それからは彼女の読む物は大部分が英語になった。父の死後、彼女は印刷されたページを落着いた気持で追うことができなくなり、意識的に精神を集中させようとして、ウィリアム・サロイアンの『人間喜劇』の翻訳を手がけたりした。その翻訳は出版され、これによってブエノスアイレス・アルメニア人協会から表彰された（サロイアンはアルメニア系移民の子である）。その後もホーソンの短篇を数篇とハーバート・リードの美術論を一つ翻訳した。そして、わたしのものと思われている、メルヴィル、ヴァージニア・ウルフ、フォークナーのいくつかの翻訳も彼女の手になるものである。彼女は常にわたしの良き友であり――特にわたしが視力を失った、彼女の老後において――理解のある寛大な伴侶であった。つい最近まで長年にわたって、わたしの手紙に返事を書いたり、本を読んでくれたり、口述筆記をしたり、はたまた、国内外の旅行に何度も同行したりして、わたしの秘書役を務めてくれた。以前には思い至らなかったが、わたしの文学生活をひそかに、そして効果的に育《はぐく》んでくれたのは、実は母だったのだ。

母の祖父は一八二四年、二十四歳の若さでペルー、コロンビア合同の騎兵隊を指揮し、史上有名な突撃を敢行して、フニン（ペルー）の戦いの形勢を逆転させたイシドロ・スワレス大佐である。これは南アメリカにおける最後から二番目の独立戦争であった。スワレスは、一八三五年から一八五二年まで独裁者としてアルゼンチンを支配したフワン・マヌエル・デ・ロサスのまた従兄弟《いとこ》であったが、彼はブエノスアイレスで圧政の下に住むよりは、モンテビデオにおける貧窮の亡命生活を望んだ。土地はもちろん没収され、兄弟の一人は処刑された。母の親族には、一八一六年、ツクマン市に召集された各州合同会議の議長を務めてアルゼンチン連邦（リオ・デ・ラ・プラタ合衆国ともいう）の独立を宣言し、一八二九年に内乱で死んだフランシスコ・デ・ラプリーダもいる。母の父親は軍人ではなかったが、一八六〇年と一八八〇年の内戦に参加している。このように、父方にも母方にも軍人の先祖がいるが、このことは、神が賢明にもわたしにはお与え下さらなかった、勇壮な叙事詩的運命に対するわたしの強い憧憬を説明するかも知れない。

　わたしが家のなかにこもりがちな子供であったことは前にも述べた。同じ年恰好の友達がいなかったので、妹とわたしは二人の空想上の仲間を作りあげ、なぜか、「キロス君」、「風車君」と名づけた。（彼らと遊ぶのにあきるとわたしたちは母に、あの子たちはもう死んでしまった、と言ったものだ。）わたしは幼いころから近眼で眼鏡をかけ、どちらかというと虚弱であった。親族の大半が軍人だったので――父の兄まで海軍の将校だった――そして、自分は決して軍人にはならないだろうという自覚があったので、わたしは物心がついたころから、自分が非行動的な本の虫であることに忸怩《じくじ》たるものを感じていた。そして、子供心にいつも、愛されるということは、自分には過分なことなのではなかろうかと考えていた。自分が他人から愛される価値のある人間だとは思えなかったのだ。だから誕生日に、それにふさわしいことを何ひとつした覚えがないのに、皆がわたしの前に贈り物を積み上げるのを見ると恥ずかしくてたまらず、自分は一種のぺてん師ではなかろうか、と思ったりした。こういう感情からすっかり解放されるようになるのは、三十歳を過ぎてからである。

　家では普段、英語とスペイン語が同じように使われていた。もしわたしの人生における最も重要なことは何かと聞かれたなら、わたしは父の書庫と答えるであろう。実際、わたしはその書庫から一歩も出たことはないのではなかろうか、と思うことが時どきある。今でもそれが眼前に彷彿としてくる、ガラス張りの棚をめぐらせた大きな部屋全体が書庫になっており、五、六千冊の蔵書に埋っていた。たいへんな近視だったわたしは、当時接した人びとの顔をほとんど忘れてしまった（いま、祖父アセベードの顔を思い浮かべても、おそらくそれは彼の写真を思い出しているのであろう）が、「チェンバーズ百科事典」や「ブリタニカ」に載っていた鋼版印画なら、多くをはっきりと覚えている。わたしが初めて読み通した小説は『ハックルベリ・フィンの冒険』だった。その次は『へこたれるもんか』（いずれもマーク・トウェーンの作品）を読んだ。また、キャプテン・マリアット（フレデリック・マリアット、一七九二―一八四八、イギリスの軍人、作家）の作品、ウェルズの『月世界の人間』、ポー、ロングフェローの撰集、『宝島』、ディケンズ、『ドン・キホーテ』、『トム・ブラウンの学校時代』（イギリスの作家、トマス・ヒューズの作品）、グリムの『童話集』、ルイス・キャロル、『バーダント・グリーン氏の冒険』（今では忘れ去られている本だが）、『千夜一夜物語』のバートン版などを読んだ。バートン版は卑猥であるから読んではいけない、といわれていたので、わたしは屋上でこっそりと読まねばならなかった。しかしわたしはこの本の魔力に完全に心を奪われてしまい、淫らであるとか、不快であるといわれる部分にはまったく気づかなかった。今あげた本はすべて英語で読んだ。後になって『ドン・キホーテ』を原書で読んだが、わたしにはそれが何かまずい翻訳のように響いた。今でも覚えているがそれはガルニエ版で、金文字の赤い分冊であった。父の蔵書には、さして価値のない本も混入していたらしく、とても本物の『ドン・キホーテ』とは思えないような別の版を読んだこともある。後年、ある友人にガルニエ版を手に入れてもらったが、そこには以前と同じ挿絵、同じ脚注、そして同じ誤植があった。こういう経験のすべてが、わたしの『ドン・キホーテ』を形成しているのであり、結局、これが本当の『ドン・キホーテ』なのだと思う。

スペイン語では他に、エドゥワルド・グティエレス（アルゼンチンの作家、一八五三―九〇）の、アルゼンチンの無法者や豪胆なガウチョを描いた作品を沢山読んだが、ボルヘス大佐の死を力強く語っている彼の『軍人の影』も印象に残っている。母は『マルティン・フィエロ』（アルゼンチンの作家、ホセ・エルナンデスの、ガウチョの多難な放浪を描いた歌物語）を禁じていたが、その理由は、この本が与太者にこそふさわしいものであり、しかも、真のガウチョの姿を描いていない、というのであった。わたしはこれも隠れて読んだ。母のこの作品に対する反感は、エルナンデスがかつて独裁者ロサスの支持者であった、それゆえロサスに反抗したわたしたちの先祖の敵である、という事実に基づいていたのだ。それからサルミエント（ドミンゴ・ファウスティーノ、一八一一―八八、アルゼンチンの作家、政治家、大統領にもなった）の『ファクンド、文明か野蛮か』とか、多くのギリシャ神話、北欧神話を読んだ。詩は父が常づね愛唱していた、シェリー、キーツ、フィッツジェラルド、スウィンバーンといったイギリス詩人を介して、わたしのなかに入って来た。

父方の家系には文学的伝統が脈打っていた。父の大叔父、フアン・クリソストモ・ラフィヌールはアルゼンチンが生んだ最初の詩人の一人であり、一八二〇年、友人のマヌエル・ベルグラーノ将軍（一八一〇年の五月革命の指導者でアルゼンチン独立運動の中心人物）の死去に際し、彼に捧げる素晴らしい頌歌を書いた。父の従兄弟の一人で、わたしが幼いころから馴染んでいた、アルバロ・メリアン・ラフィヌールは一流の小詩人《マイナー・ポウエト》であり、後にアルゼンチン学士院の会員にもなった。父の母方の祖父、エドワード・ヤング・ハズラムはアルゼンチンで初めての英字新聞「南十字星」を発行した人物で、ハイデルベルグ大学の哲学だか文学（どちらであったか定かでないが）の博士号を持っていた。ハズラムはオックスフォードやケンブリッジに行く経済的余裕がなかったのでドイツに行き、全課程をラテン語で学んで学位を得たのである。そして彼はパラナで没した。わたしの父はエントレリーオス地方の歴史を扱った小説、『首領』**El caudillo** を書き、一九二一年にマジョルカ島で出版した。また随筆集を一冊書き（これは後に破棄した）、フィッツジェラルドの『オマル・ハイヤーム』を原文と同じ韻律で翻訳し上梓している。彼は東洋風の物語集——『千夜一夜物語』にならったもの——と自分の息子に絶望する男を描いた戯曲、『虚無に向かって』**Hacia la nada** を書いたが、自分でぽつにしてしまった。そして、アルゼンチンの詩人、エンリーケ・バンクスの文体を真似た見事なソネットを出版した。父が視力を失った時わたしはまだほんの子供だったが、そのころから、諸もろの条件が父から奪ってしまった文学的運命を完遂するのが自分の義務であると感じていた。これは何か、ごく自然なことのように思われた。（そして、こういう感情の方が命ぜられたものよりはるかに重要なのだ。）わたしは作家になるように運命づけられていたのである。

わたしがものを書き始めたのは六歳か七歳の時だった。わたしはスペインの古典作家——たとえば、ミゲル・デ・セルバンテス——を模倣しようとした。このころ拙い英語でギリシャ神話に関する一種のハンドブック（明らかにランプリエール（イギリスの古典学者、一七六五—一八二四、『古典事典』の著者）からの剽窃と分るようなものだが）を書いた。おそらくこれが、わたしの最初の文学的冒険であろう。初めて書いた物語は、セルバンテスを真似た『運命の兜』La visera fatal と題する、いささか滑稽な中世風の物語であった。わたしはこれらを、控えのノートにきちんと清書した。父は決して容喙《ようかい》しなかった。彼はわたしがあらゆる試行錯誤を犯すことを望んでいた。そしてある時、「子供が親を教育するのであって、その逆ではない」と言った。確か九歳の時だったと思うが、わたしがスペイン語に翻訳したオスカー・ワイルドの『幸福な王子』が、ブエノスアイレスの日刊紙「エル・パイス」El País に載った。その翻訳には単に「ホルヘ・ボルヘス」とだけ署名されていたので、人びとは当然のように、わたしの父のものと思ったようだ。

　わたしの幼いころの学校生活には、楽しい思い出などまったくない。まず第一に、わたしは他の子供たちよりも遅く、九歳になって入学した。これは、無政府主義的思想家の父が、国家によって運営されるいっさいの制度、施設を信用していなかったからである。また、わたしは眼鏡をかけ、イートンカラーにネクタイをしていたので、大半がアマチュアのチンピラのような級友たちに嘲笑され、いじめられた。学校の名前は覚えていないが、それがテムズ通りにあったことは記憶している。先生は口ぐせのようにアルゼンチンの歴史は公教要理の役割を果してきたのだと言い、われわれはアルゼンチン的なるすべてのものを崇拝するよう期待されていた。例えば、アルゼンチンの建国にかかわった多くの国々や時代に関するいかなる知識をも与えられる前に、アルゼンチンの歴史を教えこまれた。スペイン語作文はと言えば、Aquellos que lucharon por una patria libre, independiente, gloriosa……（祖国の栄光と解放と自主独立のために戦いし人びとは……）といった華麗な文章を書くように指導された。後にわたしはジュネーヴで、こういう書き方は意味がない、要は自分自身の目でものをはっきり見ることだ、と教えられることになるのだが。一九〇一年に生まれた妹のノラはもちろん女学校に通った。

　そのころわたしの家族は、毎年夏をブエノスアイレスから南へ二十二、三キロ行ったところにあるアドロゲで過ごすことにしていた。そこに広い庭のついた平屋、二軒の別荘、風車、そして褐色で毛むくじゃらの羊の番犬を所有していたからである。当時のアドロゲは、石細工のほどこされた門柱を構え、鉄柵をめぐらせた別荘、公園、多くの広場から放射する街路、そして一面にたちこめるユーカリの馥郁《ふくいく》たる芳香などが織りなす、妨げるもののない静かな迷路であった。わたしたちはアドロゲでの避暑を何十年も続けた。

　わたしが初めて、実際にパンパを体験したのは一九〇九年、ブエノスアイレスの北西、サン・ニコラス近くの親戚のところへ旅をした時であった。そこでは最寄りの家が、地平線上にぼんやりとかすんでいたのを記憶している。この果てしない距離がパンパと呼ばれているものであることを知り、また農場労働者たちが、エドゥワルド・グティエレスの作品の中で魅力的に描かれている登場人物と同様、ガウチョと呼ばれていることも知った。わたしの場合、現実に事物に巡り合うのはいつも本で出会った後だった。そこに滞在中のある朝早く、わたしはガウチョたちが馬に乗って家畜を川に連れて行くのに同行させてもらった。男たちは小柄で浅黒く、ボンバーチャスと呼ばれる、幅広でだぶだぶした一種のズボンをはいていた。彼らに泳ぐことができるか、と尋ねたら、「水というものは家畜のためにあるものだ」という答えが返ってきた。母は農夫頭の娘に、大きなボール箱に入った人形を与えた。翌年、わたしたちはふたたび訪問し、その少女のことを尋ねてみた。「あの子にとってあの人形の贈物は何という大きな喜びだったことでしょう！」という答えだった。そして、人形を見せてくれたが、それはまだあの箱に入ったまま、聖像か何かのように壁に釘づけにされていた。少女は人形を見ることができるだけであり、汚したり壊したりするといけないので、手を触れることは許されていなかった。人形は高い安全な所に安置され、遠くから崇拝されていたのだ。ルゴーネス（アルゼンチンの詩人、一八七四―一九三八）は、まだ雑誌が一般化していないころ、コルドバ（アルゼンチンの同名の州の首都）でトランプの札が絵画として用いられ、ガウチョたちの小屋の壁に釘づけにされているのを何度も見たと書いている。なかでも小さなライオンと二つの塔を描きこんだ《盃》（スペイン式トランプは《金》《棍棒》《剣》《盃》の四組からなっている）の4が特に珍重されていたという。わたしはジュネーヴに行く前に、おそらくはイラリオ・アスカスビ（アルゼンチンの詩人、一八〇七―七五）の影響で、ガウチョをテーマにした詩を試みた。そしてできるだけ多くのガウチョの言葉を取り入れようと腐心したが、当時のわたしには技術的にきわめて困難で、ほんの数節を書いただけで頓挫してしまった。

ヨーロッパ

一九一四年、わたしたちはヨーロッパに移った。父の視力はすでに衰え始めており、「一体全体、読むこともできないのに、どうして書類に署名できようか？」と、彼がこぼしていたのを思い出す。かくて弁護士廃業のやむなきにいたった父は、きっかり十日間で旅の計画を立てた。当時はまだ世の中もおおどかで、旅券もいらず、お役所的な煩雑な手続きに悩まされることもなかった。わたしたちはまず、最初の数週間をパリで過ごしたが、その時、そしてそれ以後も、この都会が、他の善良なるアルゼンチン人を魅了したようにわたしを惹きつけることはなかった。おそらく無意識のうちに、わたしはイギリス人気質を帯びていたらしい。事実、わたしはいつもワーテルローから勝利を連想していた（ナポレオン敗戦の地Waterlooには普通名詞として「決定的敗北」という意もある）。この旅行の目的の一つは、妹とわたしがジュネーヴの学校に入学することであり、妹とわたしは、一緒にヨーロッパにやって来て、そこで死んでしまった母方の祖母と共に生活するはずであった。もう一つの目的は、父がジュネーヴの有名な眼科医の治療を受けることであった。そのころのヨーロッパはブエノスアイレスよりも生活費が安く、アルゼンチンのお金はちょっとしたものだった。しかしながら、わたしたちは時勢にまったく疎《うと》かったので、その年の八月に第一次世界大戦が勃発することになろうとは夢想だにしなかった。戦争が起った時、両親はドイツを旅行中であったが、かろうじてジュネーヴに帰ることができた。一年ちょっとしてから、わたしたちは激しい戦争にもかかわらず、アルプスを越えて北イタリアに旅行した。その時見たヴェロナやヴェネチアの街は、まだ鮮烈に脳裡に焼きついている。人気のない広大なヴェロナの円形劇場の階段席で、わたしはガウチョをうたった、アスカスビの詩の数節を音吐朗々と詠《よ》んだものだ。

ヨーロッパで迎えた最初の秋——一九一四年——に、わたしはジャン・カルヴァンによって創設されたジュネーヴの学校で勉強を始めた。その学校は寄宿制ではなかった。クラスには約四十人の生徒がいたが、その大半は外国人であった。主要科目はラテン語であり、間もなくわたしは、その習得のためには、ある程度他の教科をなおざりにすることが許される程、ラテン語が重視されていることに気づいた。しかしながら、他の科目——代数、化学、物理学、鉱物学、植物学、動物学——はすべてフランス語で行われた。その年わたしは、他のすべての試験には合格したが、フランス語を落してしまった。何のことわりもなしに、級友たちは全員で署名した請願書を校長に提出した。わたしが、わたしにとっては外国語であり、それ自体を初歩から学ばねばならぬフランス語で、もろもろの授業を受けねばならなかった点を指摘し、校長にこの点を考慮に入れるよう頼んでくれたのだ。校長は寛大にもそれを受諾した。なにしろ最初のうちは、先生がわたしを呼んでいるのさえ理解できないほどだった。というのは、わたしのBorges［borxes］という二音節の名前が、フランス語式に［bɔrʒ］と一音節で発音されたからである。わたしはいつも級友に肘でそっとつつかれてから、返事をする有様であった。

わたしたちは町の南部、すなわち町のより古い地区にあるアパートで生活した。わたしはいまでも、ブエノスアイレスよりもジュネーヴの市街の方をはるかに良く知っているが、それはジュネーヴには二つとして同じような街角はなく、誰の目にもその差が歴然としているからである。わたしは毎日、市の中心を流れる緑色の冷えびえとしたローヌ川に沿って散歩したが、そこにかかる七つの橋は、それぞれまったく異なった外観を誇っていた。スイス人は概して気位が高く、超然としたところがあった。わたしの親友はともにユダヤ系ポーランド人の、シモン・イヒリンスキーとモーリス・アブラモウィッツの二人であった。一人は弁護士になり、もう一人は医者になった。わたしは彼らにトゥルーコ（ポーカーに似たトランプ遊び）のやり方を教えてやったが、彼らはたちまち上達してしまい、ほんの数回の勝負でわたしを文無しにしてしまった。わたしはラテン語の学習に力を注いだが、読書はたいてい英語でしていた。家ではスペイン語を話していたが、妹はフランス語に熟達し、夢の中でさえフランス語を話すようになった。ある時、母が外出から戻ってみると、ノラが赤いフラシ天のカーテンに身を隠し、こわそうに「Une《ユヌ》 mouche《ムッシュ》, une《ユヌ》 mouche《ムッシュ》 !」と叫んでいたというのである。どうやら、蝿は恐ろしいものであるというフランス人的な観念が、妹に染《し》み着いていたらしいのだ。「さあ、そこから出ていらっしゃい。あなたは蝿がぶんぶん飛び交うなかで生まれ、育ったんですよ！」と、母はいささか非愛国的な言い方をした。戦争のせいで、わたしたちは——イタリア旅行とスイス国内のちょっとした旅行を除いて——旅を楽しむことができなかった。しばらくすると、イギリスに住んでいた祖母がドイツ軍の潜水艦にもひるむことなく、ほんの四、五人の船客と一緒に大陸にやって来て、わたしたちと生活を共にするようになった。

学校の授業の他に、わたしはドイツ語の独習を始めた。ドイツ語習得の冒険へ向う直接の契機となったのは、わたしを魅了すると同時に当惑させたトマス・カーライルの『衣装哲学』であった。ここでは架空の衣装哲学者トイフェルスドレックを通してドイツ観念哲学が説かれているのである。わたしはドイツ文学の中に、タキトゥス（ローマの歴史家、『ゲルマニア』の著者）に類似した、何かゲルマニア的なものを期待していたのだが、それは後になって、古代英語と古代スカンジナビア語の中に見出すことになるのであり、結局ドイツ文学は青白いロマンチックなものでしかないことが分った。まず最初、カントの『純粋理性批判』を手にしてみたが、大多数の人びと——大多数のドイツ人をも含めて——と同様まったく歯が立たなかった。そこで、詩ならば短いから、比較的容易に読めるのではないかと思い、ハイネの初期の詩集『抒情挿曲』と独英辞典を一冊手に入れた。ハイネの簡潔な用語のおかげで、わたしはしだいに辞書なしでも読み進めるようになった。ほどなくしてわたしは、ドイツ語の美しさのなかに浸っていた。マイリンク（グスタフ、ドイツの作家、一八六八—一九三二）の小説『ゴーレム』（ゴーレムとはユダヤ伝説で、生命を与えられた泥人形のこと）も、どうにか読み通すことができた。（一九六九年のイスラエル滞在中に、わたしはユダヤ神秘主義の指導的学者であるゲルショム・ショレムと、ゴーレム伝説について語り合ったが、この学者の名前は、ゴーレムに関するわたし自身の詩の中に二度ほど引用されている。）それからカーライルとド・クインシー（トマス、イギリスの作家、一七八五—一八五九）の賛辞に誘われて、ジャン・パウル・リヒター（ドイツの作家、一七六三—一八二五）に興味を持とうと努めてみた——一九一七年ごろのことである——が、すぐにうんざりしてしまった。イギリスの卓越した二人の批評家の言にもかかわらず、リヒターは非常に冗慢な、そしておそらくは熱情を欠く作家のように思われた。しかしながら、ドイツ表現主義には強く興味を惹かれ、いまでも、それを他の同時代の芸術運動、例えば、写象主義《イマジズム》（英米で一九〇九年頃から一九一七年頃まで栄えた自由詩運動）、キュービズム、未来派、シュールレアリスムなどよりも高く評価している。その数年後、わたしはマドリードで、多くの表現主義詩人たちをスペイン語に翻訳することになるのである。

ショーペンハウアーを読み始めたのもスイス滞在中であっ

た。今、もし哲学者を一人だけあげろと言われたら、わたしはショーペンハウアーを選ぼう。仮に宇宙の謎が言葉に表わし得るものであるならば、その言葉は彼の中にこそ見出されるものであると思う。わたしは彼をドイツ語で、また父と父の親友マセドニオ・フェルナンデスと一緒の時は翻訳で、何度もくり返して読んだ。わたしはいまなお、ドイツ語を美しい言語であると——おそらくそれが生み出した文学よりも美しいと——思っている。やや逆説めくが、これに対してフランス語は、流派活動に溺れるきらいはあるものの素晴らしい文学を持っている、しかし言語自体は、どちらかと言えばきたないと思う。フランス語で言われると、すべてがトリヴィアルに響きがちである。正直なところ、わたしはスペイン語を、単語が長すぎて煩わしいという欠点を考慮に入れても、これらの二つよりすぐれた言語だと思っている。アルゼンチンの作家であるわたしは、スペイン語と格闘しなければならないので、それだけ一層その欠点には敏感なのであるが。ゲーテが自分は世界で最悪の言葉、ドイツ語を取り扱わねばならない、と書いていたのを思い出す。おそらく作家というものはたいてい、自分が格闘しなければならない言葉をこういう風に考えるものなのだろう。イタリア語について言えば、わたしは『神曲』を一ダース以上の異なった版でくり返し読んだ。その他に、アリオスト、タッソー、クローチェ、ジェンティーレなども読んだ。しかしイタリア語で話したり、イタリアの芝居や映画を理解したりすることはまったくできない。

ヨハネス・シュラーフ（ドイツの作家、一八六二—一九四一）によるドイツ語訳（『Als ich in Alabama meinen Morgengang machte』——『アラバマで朝の散歩をした時に』）を通して、ウォルト・ホイットマンと邂逅したのもまたジュネーヴにおいてであった。もちろん、アメリカの詩人をドイツ語で読むことの愚にすぐ気づいたので、ロンドンから『草の葉』を一部とりよせた。いまでも覚えているが、それは緑色の表紙の本であった。しばらくの間ホイットマンを、単に偉大な詩人と思っただけでなく、唯一の詩人と見なしていた。本当にわたしは、一八五五年（『草の葉』出版の年）までの、世界のあらゆる詩人はホイットマンのなかに包摂されてしまっている、だから彼を模倣しないのは無知の証明以外の何物でもない、とまで考えていた。それ以前にも、いまでは耐えられないものになっているカーライルの散文やスウィンバーンの詩について、このような感情に襲われたことがあった。わたしはこういう過程を経てきたのである。その後も、特定の作家に圧倒されるという、同じような経験をくり返すことになる。

　わたしたちは一九一九年までスイスにいた。三、四年ジュネーヴに滞在した後、ルガーノで一年過ごした。わたしはジュネーヴですでに学士号《バチエラー》を取得しており、ごく自然に文筆活動に専念し始めていた。原稿を父に見てもらいたかったが、彼は忠告などあてにせず、試行と錯誤を重ねて、自分の道を独自に開拓すべきだと言った。わたしは英語とフランス語でソネットを書いていた。英語のソネットはワーズワスの下手な模倣であり、フランス語の方は味気ない象徴詩の物真似であった。いまでもフランス語の実験の一行を記憶している――Petite boite noire pour le violin cassé（毀れたバイオリンを入れる小さな黒い箱）。この一篇には「ロシア語の《ポエム・プール・》アクセントで詠まれるべき詩《エートル・レシテ・アヴェク・アン・ナクサン・リユス》」という題がつけられていた。自分が外国人のフランス語を書いていることを自覚していたので、アルゼンチンのアクセントよりもロシア語のアクセントの方がまだましであろうと思ったのである。英語の方の実験では、「over」の代りに「o'er」と書いたり、韻律のため、「sings」の代りに「doth sing」と書いたりする、十八世紀的なマニエリスムを好んで用いた。しかし、スペイン語がわたしにとって不可避の運命であることは、絶えず自覚していた。

　わたしたちはアルゼンチンに戻る決心をしたが、その前に一年ほどスペインで過ごすことになった。そのころスペインは、やっとアルゼンチン人によって発見され始めていた。それまでは、レオポルド・ルゴーネスやリカルド・グイラルデス（一八八六―一九二七、アルゼンチンの作家、『ドン・セグンド・ソンブラ』の作家）といったすぐれた作家でさえ、ヨーロッパ旅行において意識的にスペインを避けていたのである。これはもちろん、気まぐれなどによるものではない。ブエノスアイレスにいるスペイン人たちはたいてい卑しい職業――召使い、給仕、労務者など――に従事しているか、さもなければ小売商人だったので、アルゼンチンの人間は、自分たちがスペイン人の子孫であることを認めようとはしなかった。事実われわれは、一八一六年、スペインからの独立を宣言した時にスペイン人であることをやめていたのだ。わたしは子供のころ、プレスコット（アメリカの歴史家、一七九六―一八五九）の『ペルー征服史』を読み、征服者たちがロマンチックに描かれているのに驚いたものだ。わたし自身、このような征服者の後裔の一人ではあるが、彼らに興味を持つことはできなかった。しかしながら、フランス人の目を媒介として、ラテンアメリカの人間はスペイン人を、ロルカの用いる素材――ジプシー、闘牛、ムーア式建築――が喚起するような色彩豊かな人間と見なしていた。ところで、わたしの家族はスペイン語を母語とし、親族のほとんどがスペイン人かポルトガル人の血をひいているにもかかわらず、このたびのスペインへの旅行を、ほぼ三世紀ぶりの里帰りなどとは少しも考えなかった。

　わたしたちはマジョルカ島に行ったが、それは、そこが風光明媚であるにもかかわらずほとんど観光客がいないし、また経済的にも楽だったからである。わたしたちはパルマ（マジョルカ島のあるバレアレス諸島の首都）と、山腹の村バルデモーサでほぼ一年間生活した。わたしはここである僧侶についてラテン語の勉強を続けたが、この僧侶は、自分の生活には生得のものだけで充分であるから、小説など読もうと思ったこともないといった人物であった。われわれはウェルギリウスを読んだが、わたしはいまでもこの詩人を高く評価している。またわたしは見事な泳ぎっぷりで島民を驚かしたことを覚えている。それも当然で、わたしはウルグワイ川やローヌ川のような流れの早いところで水泳を覚えたのだが、マジョルカ島の人たちは波の静かな海でしか泳いだことがないからである。父は生地エントレリーオス州における一八七〇年代の内戦にまで遡って小説を書いていた。わたしはドイツ表現派からの受け売りの隠喩をいくつか父に提供し、彼があきらめ顔でそれらを受け入れたのを記憶している。彼はその小説を五百部あまり印刷させ、ブエノスアイレスに持ち帰って友人たちに配った。原稿に**Paraná**——父の生まれ故郷の市——という語が出てくる度に、植字工はそれを**Panamá**と換えていたが、もちろん誤りを訂正しているつもりだったのだろう。父は植字工に迷惑をかけないように、そしておそらくそれも一興だと思ったのであろう、その訂正を見過ごした。いまになってわたしは、父のこの小説に容喙した若気を後悔している。（十七年後、父は死ぬ直前に、この小説から細々した書き込みや文飾をすべて取り除き、簡潔な形に書き直して欲しいと言った。）わたし自身はそのころ、狼人《ワーウルフ》（民話で、狼になった人）についての物語を書き、マドリードの大衆雑誌「ラ・エスフェーラ」**La Esfera**に送ったが、編集者は賢明にもそれをぼつにした。

一九一九年から一九二〇年にかけての冬をわたしたちはセビーリャで過ごしたが、そこでわたしの詩が初めて活字になった。それは「海原賛歌」と題され、雑誌「ギリシャ」**Grecia**の一九一九年十二月三十一日号に載った。この詩では、わたしはできるだけウォルト・ホイットマンになろうと努めた。

おお　海よ　神話よ　太陽よ！
おお　広漠たる奥津城《おくつき》よ！
わたしは知っている　お前を愛す理由を
わたしは知っている　われらが共に古く
何世紀も前から知己であることを……
おお　変幻自在のプロテウスの住処よ
わたしはお前から生まれ出たのだ——
われらは共に　鎖に繋がれて彷徨《さまよ》い
われらは共に　星を渇仰し
われらは共に　希望に溢れ　そして　悲嘆にくれる……

いまではわたしは、海も、わたし自身も星を渇仰しているとは、ほとんど思っていない。数年後、アーノルド・ベネットの「第三流の壮大さ」という言葉に出くわした時、その意味するところが直ちに理解できた。それなのに、この詩が発表された二、三ヶ月後、わたしがマドリードにやって来ると、これが公表された唯一の詩だったものだから、人びとはわたしを海の詩人と思いこんでいた。

セビーリャ滞在中に、わたしは「ギリシャ」誌を中心に形成されていた、ある文学グループに加わった。これはウルトライスタ（ウルトライスモを奉ずる者の意。ウルトライスモとは、ダダイズム、未来派のあとを受け、一九二〇年ごろから、スペイン、南米を中心に起った前衛的文学運動である）と称する文学者の集団であり、彼らは、自分たちでさえほとんど何も解っていない芸術の一分野、つまり文学を革新するために立ち上がっていたのである。彼らの一人はわたしに、自分の読書は聖書、セルバンテス、ダリーオ（ルベン・ダリーオ、ニカラグアの詩人）、それに彼らの師たる、ラファエル・カンシーノス＝アセンス（スペインの小説家、批評家、一八八三—一九六四）の作品の一つか二つだけであると言ったことがある。彼らがフランス語も読まなければ、イギリス文学の存在にさえ何らの注意も払っていないことを知って、わたしのアルゼンチン的精神はまったく呆然としてしまった。またある時、古典文学研究者として知られる地方の名士に紹介されたことがあったが、わたしはすぐに、名士のラテン語の力がわたしのよりはるかに乏しいものであることを見抜いた。雑誌「ギリシャ」はといえば、編集者のイサック・デル・バンド・ビリャールなど、自分の詩を助手たちに書かせているしまつだった。彼の助手の一人が、「ぼくはとても忙しいんだ——イサックが詩を書いているんでね」と言っていたのを思い出す。

　次いでわたしたちはマドリードに行ったが、ここで忘れることのできないのは、ラファエル・カンシーノス＝アセンスとの友情である。わたしは今でも自分を彼の弟子と見なすにやぶさかではない。彼はマドリードにやって来る前、セビーリャで聖職者になるための勉強をしていたのだが、宗教裁判所の古文書の中にカンシーノスの名前を発見して自分をユダヤ人と決めこんでしまった。それ以来彼はヘブライ語の勉強に向い、後には割礼さえしたという。わたしを彼に引き合わせてくれたのはアンダルシアからやって来た文学仲間である。わたしはおずおずと、海をうたった彼の詩を称賛した。「ああどうも」と彼は言った、「死ぬまでに一度でいいから海を見たいものです。」彼は背の高い男で、カスティーリャ的なるすべてのものを軽蔑する、アンダルシア的気性の持主であった。カンシーノスにまつわる最も顕著なことは、彼が金銭や名声などに頓着することなく、完全に文学のためだけに生きたという事実である。彼は素晴らしい詩人で、『七枝の燭台』El candelabro de los siete brazos と題する、かなりエロチックな詩集を、一九一五年に出版した。また小説、物語、随筆なども書き、わたしが彼を知った時には文学サークルを主宰していた。

　わたしは毎週土曜日に《カフェ・コロニアル》に行き、真夜中にこの文学仲間と会って、明け方まで語り合ったものだ。時には二、三十人も同志が集まることがあった。このグループはスペイン的な地方色の濃厚なもの——カンテ・ホンド（アンダルシアのジプシーの歌）や闘牛など——を蔑視していた。彼らはアメリカのジャズを称賛し、スペイン人であることよりもヨーロッパ人であることにより大きな関心を示していた。常にカンシーノスが話題を——隠喩、自由詩、伝統的な詩の形式、散文詩、形容詞、動詞——提供していた。彼はきわめて物静かな独裁者で、同時代の作家たちに対する中傷めいた発言は一切許さず、会話を高い水準に保とうと努力していた。

　カンシーノスは非常に幅広く書物を読んでいた。そしてド・クインシーの『阿片常用者の告白』、アンリ・バルビュス（フランスの作家、一八七三—一九三五）の小説、マルセル・シュウォブ（フランスの作家、一八六七—一九〇五）の『想像的伝記』、そしてマルクス・アウレーリウスの『自省録』（これはギリシャ語版から）を翻訳していた。後になって、彼はゲーテとドストエフスキーの全訳を手がけている。また『千夜一夜物語』の最初のスペイン語訳も彼の手になるものである。これはバートン版やレイン版と較べるとかなり自由奔放な訳であるが、それだけ一層楽しい読書を提供していると思う。ある時わたしが訪ねて行ったら、彼は書庫に案内してくれた。いや、むしろ家全体が書庫だといった方がよかろう。まるで森の中を歩いているような気持だった。彼は書棚を整えることのできるほど裕福ではなかったので、書物は床から天井までうず高く積み重ねられており、垂直な本の柱の間を縫って行くのである。カンシーノスはまるで、わたしが置き忘れてきたあのヨーロッパの過去の総体のように、何か西洋と東洋のあらゆる文化の象徴のように思われた。しかし彼にはどこか偏屈なところがあったので、同時代の指導的な文人たちとはそりが合わず、常にアウトサイダーであった。それは彼が二流、三流の作家たちを盛んに持ち上げる文章を書いていたところにもよく現われている。時あたかも、オルテガ・イ・ガセーが一世を風靡していたが、カンシーノスは彼をつまらぬ哲学者、三文文士と見なしていた。わたしが彼から得た最たるものは、文学談議の面白味である。また彼の博覧にも刺激された。書く方でも、わたしは彼の真似をし始めた。彼は決してスペイン的ではない濃厚なヘブライ的情緒をこめて、長い華麗な文章を書いていた。

　奇妙なことに、一九一九年にウルトライスモなる言葉を創り出して革新運動を始めたのが、このカンシーノスだった。彼はスペイン文学が常に時流の後塵を拝していると考えたのだ。そしてファン・ラスというペン・ネームで簡勁なるウルトライスモの宣言をいくつか書いた。カンシーノスはこれらすべてを――今にして思えば――冷やかし半分の気持でやっていたのだが、若かったわれわれはそれを深刻に受けとめた。最も熱心な追随者の一人に、わたしがその春マドリードで会った、ギリェルモ・デ・トーレ（スペインの批評家、一八九九－一九七一）がいた。彼はその九年後にわたしの妹のノラと結婚した。

　当時マドリードには、ラモン・ゴメス・デ・ラ・セルナ（スペインの作家、一八八八－一九六三）を中心とする、もうひとつの文学グループがあった。わたしも一度そこへ行ってみたが、彼らのやり方にすぐ嫌気がさしてしまった。そこには道化が一人いて、その腕輪にはがらがらが付いていた。彼の役目は人びとと握手してがらがら音をたてることであり、その度にラモン・ゴメス・デ・ラ・セルナが、「どこに（がらがら）蛇がいるのかな？」と言うことになっていたのである。彼らにはそれが面白いらしかった。ラモンはわたしの方を向き、誇らしげに「どうだい、ブエノスアイレスでは、こういうものを見たことはないだろう？」と言った。（ありがたいことに）見たことはない、とわたしは答えた。

　スペイン滞在中に、わたしは二冊の本を書いた。一冊はエッセー集で、どうしてこんな題をつけたのか忘れたが、『いかさま賭博師の札』Los naipes del tahurというのだった。これは、ピオ・バロッハ（スペインの作家、一八七二－一九五六）の影響のもとに、文学および政治を論じたものであったが（当時のわたしは無政府主義的な自由思想家で、反戦論を支持していた）、当初意図した、情容赦のない辛辣なものと異なり、まったく手ぬるいものになってしまった。わたしは「馬鹿者」とか「売女」とか「嘘つき」といった言葉を用いることに汲々としていたのだ。出版社を見つけることができなかったので、ブエノスアイレスに帰る途中、原稿を破棄してしまった。もう一冊はたしか、『赤い賛歌』あるいは『赤い律動』という題名だった。これはロシア革命、人民の兄弟愛、平和主義を称賛する自由詩の集成――おそらく全部で二十篇くらい――であった。そのうちの三、四篇――「ボルシェビーキの叙事詩」「塹壕」「ロシア」など――は雑誌に掲載された。わたしはこの本も、わたしたちがスペインを発つ前夜に破棄してしまった。ちょうど帰国の準備が完了した時だった。

ブエノスアイレス

わたしたちはレイナ・ビクトリア・エウヘニア号に乗って、一九二一年三月の末にブエノスアイレスに帰って来た。ヨーロッパの数多くの都市――ジュネーヴ、チューリヒ、ニース、コルドバ、そしてリスボン――で生活し、数々の思い出に満たされて帰国したわたしは、故郷の町が大きく成長し、平屋根の低い建物が、地理学者や文学者がパンパと呼ぶ大草原の西方にどこまでものびる大都市になっているのを目《ま》のあたりにして、仰天してしまった。それは帰郷などというものではなく、新たな発見であった。わたしはブエノスアイレスから長い間離れていたがゆえに、この都市を鋭く熱い意識で眺めることができたのだ。もし、祖国を遠く離れることがなかったとしたら、その時感じたような一種独得の衝撃と興奮で、ブエノスアイレスを眺めることができたかどうか疑問である。

この都市が――といっても、もちろん都市全体ではなく、わたしの情感に訴えたそのなかのいくつかの場所が――わたしの処女出版となった詩集『ブエノスアイレスの熱狂』**Fervor de Buenos Aires** のイメージを形成した。

この詩集が書かれたのは一九二一年と二二年であり、出版されたのが一九二三年の初めであった。この本は急ぎに急いで、わずか五日間で印刷された。というのも、わたしたちはふたたびヨーロッパに行くことになり、それに間に合わせなければならなかったからである。（父が眼疾をジュネーヴの医師に診察してもらいたがっていたのだ。）わたしは印刷屋に、六十四ページの本を依頼したのだが原稿が長すぎたので、最後の段階で――有難いことに――五つの詩を削らねばならなかった。いまではこの五つの詩は全部忘れてしまった。この本のつくりには、いささか児戯めいたところがあった。校正もしなければ目次もなく、またページも付されていなかった。妹の木版画で表紙を飾り、三百部が印刷された。当時、本を出版することは、個人的冒険とでもいうべきことだった。わたしはその本を書店に並べてもらうとか、評論誌に送りつけるなどとは考えもしなかった。そして大半を知人にばらまいた。他に配付の一方法として、こんなこともした。「ノソトロス」**Nosotros**――当時の最も伝統ある、最も堅実な文芸雑誌の一つである――社に出入りする人びとが、外套をクロークルームに掛けておくことに気づいたので、一計を案じて、五十部か百部を編集者の一人であるアルフレード・ビアンチのところに持参した。ビアンチは驚いてわたしを見すえ、言った、「君はわたしにこの詩集を売ってくれというのかね？」「そうではありません」とわたしは答えた。「こんな詩を書いたからといって、気まで狂っているわけじゃありません。ただ、あそこに掛かっている外套のポケットに、一冊ずつそっと入れて頂くわけにはいかないか、と思っただけなんです。」彼は寛大にも願いを聞いてくれた。一年後、ブエノスアイレスに帰って来たわたしは、その時の外套の持主の数人がその詩を読んでおり、なかには批評さえ書いている者もいることを知った。実際のところ、このようにして、わたしは詩人としてのささやかな名声を得たのである。

　この詩集は色艶のない文体で書かれ、簡潔な暗喩に満ちているが、本質的にはロマンチックなものである。それは夕日、寂しい場所、人通りのない街角などを称えている。それはバークリー風の形而上学やわたしの先祖のなかにも踏み入り、また初恋にも触れている。同時に、わたしはスペインの十七世紀を真似し、序文の中ではサー・トマス・ブラウン（一六〇五－一六八二、イギリスの医師・文人）の『医師の宗教』を引用している。わたしはこの詩集が干しぶどう入りプディング——そこにはあまりにも多くの要素が混入している——になっているのではないかと恐れる。にもかかわらず、いまふり返ってみると、現在までその本から一歩も踏み出していないのではないか、それ以後の著作はすべて、そこで取り上げた主題をただ展開してきたにすぎないのではないかと思う。つまり、これまで、あの一冊の本を書き直し続けてきたように感じるのである。

『ブエノスアイレスの熱狂』に収められた詩はウルトライスモのものであろうか？　一九二一年にヨーロッパから帰国した時、わたしはウルトライスモの旗幟《きし》を鮮明にしていた。文学史家たちはいまでもわたしのことをアルゼンチン・ウルトライスモの父と見なしている。帰国直後わたしはアルゼンチンの詩人仲間である、エドゥワルド・ゴンサーレス・ラヌーサ、ノラ・ランへ、フランシスコ・ピネェーロ、わたしの従兄のギリェルモ・フアン・ボルへス、そしてロベルト・オルテーリらと議論し、スペインのウルトライスモは——未来派にならって——新奇とからくりを担いすぎているという結論に達した。われわれは汽車やプロペラや飛行機や扇風機に感動しなくなっていたのだ。われわれの宣言は、スペインのそれと同じように依然として隠喩の優位を認め、装飾的形容詞の除去を唱えていたが、われわれが書きたいと願っていたのは本質的な詩——ここといまを超越し、地方色や現在的状況から解放された詩——であった。「平明」と題する詩は、わたしが個人的に追求していたものをよく示していると思う。

庭の格子状の鉄門は
手あかにまみれた本の
一ページのように楽に開き
中に入れば　もはやぼくらは
すでに　脳裡にやきつけられている
事物に眼をこらす必要はない
ここで家族がつくり出す
言葉やしぐさや感情は

ぼくには慣れ親しんだもの
自分をつくるために　語り
気張る必要などあろうか？
家全体がぼくを知っており
ぼくの悩みと弱さを知っている
これは　神がぼくらに与え給う
この世の至上のこと——
賞賛や勝利を求めることもなく
ただ　路傍の石ころや木々のように
打ち消しがたい「現実」の一部として
はめこまれること

これはスペイン滞在中にウルトライスモの試みとして書いた途方もない詩——例えば、市街電車を鉄砲をかついだ男と、日の出を叫び声と、夕日を西の空における処刑と見なしていた——とは、かけ離れた叫び声であると思う。当時、あのような小心翼々とした馬鹿げた詩を、正常な感覚を持った友人に読んで聞かせたところ、彼は「ああなるほど、君は詩の主たる目的が人を驚かすことにある、と考えているんだね」と言ったものだった。『ブエノスアイレスの熱狂』がウルトライスモのものであるか否かについては、わたしの友人にして、フランス語版の翻訳者でもあるネストル・イバーラが答えを——少なくともわたしには——出している。いわく、「ボルヘスはウルトライスモの最初の詩を書くことによって、ウルトライスモ詩人ではなくなった。」わたしはいまだに、自分の初期のウルトライスモの実践をただただ後悔している。あれからもう半世紀が過ぎ去っているのに、まだ生涯におけるあのぶざまな期間をすすごうとやっきになっているのである。

ヨーロッパから帰ったわたしに、一番大きな意味を持つ存在となったのは、マセドニオ・フェルナンデス（一八七四―一九五二、アルゼンチンの作家）であった。これまで出会ったうちで——かなり多くの並はずれた人物に出会ったが——マセドニオほど強烈な、そして永続的な印象をわたしに与えた人物はいない。わたしたちが北埠頭で船から降りて来た時、黒い山高帽を被った小柄な彼が出迎えてくれた。そしてわたしは父から、彼の友情を受け継ぐようになった。彼もわたしの父も一八七四年生まれのおない年であった。逆説めくが、マセドニオは長い沈黙を続ける寡黙な男でありながら、同時に際立った会話上手であった。われわれは毎週土曜の夜十一番広場の喫茶店《ペルラ》で会い、マセドニオに導かれて明け方まで語り合った。マドリードでカンシーノスがあらゆる知識を象徴していたように、今ではマセドニオが純粋な思考の象徴であった。そのころ、わたしは本をむさぼり読んでいて、めったに外出しなかった（ほとんど毎晩、夕食を済ますと寝室にひきこもり読書にふけった）が、土曜日にマセドニオに会って彼の話を聞くことができるという期待に照らされていたので、一週間は明るいものだった。彼はすぐ近くに住んでいたので、会おうと思えばいつでも会えたのだが、なぜかわたしはそのような特権は行使すべきではないと考え、また土曜日を完璧なものにするためにも、それ以外の日は彼なしですませるようにしていた。土曜に会うと、マセドニオは通常三、四回発言したが、まるで隣の人にささやくような調子で、穏やかに意見を述べるのだった。この意見が肯定的であったことはまずない。しかし、たいそう思いやりのある謙遜な彼は、たとえば、「ところで、まあ君もお気づきのことと思うのですが……」といった具合に切り出し、続けて、驚くべき、きわめて独創的な思想を展開するのだった。それでいて、結局はいつでも、自分の見解を話相手から得たものとしてしまうのだった。

マセドニオは、マーク・トウェーンを思わせる灰色の髪と口ひげをたくわえた、弱々しい感じの男であった。この類似は彼を喜ばせた。しかしポール・ヴァレリーにも似ていることを指摘すると、不快そうな顔をしたが、彼はそれほどまでフランス人を嫌悪していたのだ。いつも例の黒い山高帽をかぶっており、わたしの知る限りでは、眠る時も顔の上にのせていた。彼は寝る時でさえ着物を脱がなかった、そして夜になると、歯痛の原因になるすきま風から身を守るためだといって、頭にタオルを巻きつけていた。そのためまるでアラビア人のようであった。彼には他にも奇行が多かったが、二、三あげると、熱烈なナショナリズム（彼は、アルゼンチンの有権者が全体として過ちを犯すことはありえないというもっともな理由で、誰であろうとアルゼンチンの大統領を崇拝した）、歯科医術恐怖症（歯医者のやっとこを恐れるあまり、他人の面前で、自らの歯を引き抜くことまでした）、そして、街娼を相手に感傷的な恋に陥る癖などである。

作家としてのマセドニオは風変りな本を数冊刊行しており、彼の論文は、死後ほぼ二十年を経た今もなお収集されている。一九二八年に出版された処女作は、『眼を開けし者、必ずしも醒めているにあらず』No toda es vigilia la de los ojos abiertosという題であった。これは観念論についての広範なエッセーであるが、その文体は、おそらく錯綜した現実に見合うようにとの配慮からであろう、詰屈聱牙《きつくつごうが》なものである。翌年、わたし自身が収集、配列、割り付けなどに手を貸した評論集『新参者の評論集』Papeles de Recienvenidoが世に出た。これは冗談としゃれと揶揄の寄せ集めといった底《てい》のものだった。マセドニオはまた小説や詩も書き、いずれも発想には奇驚なところがあるのだが、非常に読みづらいものである。二十章からなる一つの小説に、五十六もの異なった序文が付されているといった具合なのである。そのきらめく才筆にもかかわらず、マセドニオの著作には見るべきものはないように思われる。マセドニオの真骨頂はその会話の中にあるのだ。

マセドニオは質素な下宿生活をしており、しかもその下宿をよく変えていた。家賃が滞《とどこお》って、いつも逃げ出していたというのが実情らしい。引っ越す度に、原稿の束をいくつも置き忘れていた。ある時友人たちが、ああいう仕事をみな失ってしまうのは恥ずべきことだと言って、彼をなじったことがあった。彼は言ったものだ、「本当に君たちは、ぼくが何か失うことができるほど豊かだと思っているのかい？」

ヒュームやショーペンハウアーの読者なら、マセドニオの新しさなどことさら取り立てるほどのものではないと思うであろうが、まったく独自にその結論を得たということが驚嘆に値するのである。確かに彼は後になって、ヒューム、ショーペンハウアー、バークリー、そしてウィリアム・ジェイムズを読んでいるが、その他にはたいした読書もしていないのではないかと思う。（いつでも同じ作家ばかり引用していた。）彼はサー・ウォルター・スコットを最高の小説家と見なしていたが、それはおそらく少年時代の熱狂に対する義理立てによるものだろう。一時、ウィリアム・ジェイムズと手紙のやりとりをしていたが、その手紙は英語とドイツ語とフランス語のごたまぜで書かれており、彼は「わたしはこれらの国語のいずれをも自由に使いこなせないものですから、頭に浮かぶ言葉が絶えず変わってしまうのです」と釈明していた。マセドニオは一、二ページ本を読むとすぐに思考を刺激されて、沈思するような男だったと思われる。彼は、人間は夢のかたまりみたいなものだと言っていただけでなく、本当に夢の世界に生きているのだ、と信じてもいた。マセドニオは真理の伝達の可能性を疑っていた。哲学者の中には真理を発見した者もいるが、それを完全に伝達することはできなかった、と考えていたのだ。そして真理の発見自体は比較的容易なことだと信じていた。彼はわたしに、もし自分が世間を忘れ、また自分自身と自分の願望を忘れ去ってパンパに寝そべれば、真理は不意に啓示されるだろうと言った。むろん、その突然現われる知恵を言葉に移し変えることは不可能だろう、とも言い添えた。

マセドニオは口述で、天才のリストを作りあげるのが好きだった。わたしはそのリストの一つにわれわれの知人である、非常に愛らしい婦人、キカ・ゴンサーレス・アチャ・デ・トムキンソン・アルベアルの名があげられているのを知って仰天したことがある。わたしは啞然として彼を見つめた。わたしには、ヒュームやショーペンハウアーと同列に置かれたキカを想像することができなかったのだ。しかしマセドニオは、「哲学者たちは宇宙を解明しようと努めねばならなかった、ところがキカは宇宙を単純に直感し、それを悟っている」と言った。彼はよく彼女に、「キカ、いったい存在とは何だろうね？」と尋ねた。キカはいつも、「わたしには、あなたの質問の意味がわからないわ、マセドニオ」と答えた。すると彼はわたしに向って、「ほらね、彼女は完全に悟っているものだから、われわれが思い悩んでいる問題など把握さえできないのさ」と言うのだった。これがキカが天才であることの彼の立証だった。しばらくして、わたしが、子供や猫についても同じことが言えるのではないかと言うと、マセドニオは怒り出した。

マセドニオを知る前のわたしは、唯々諾々とした読者であった。そんなわたしを懐疑的な、批判的な読者にしてくれたことが、彼の最高の贈物だった。当初わたしは、彼の文体にみられるあの種のマニエリスムを真似たりして、彼を剽窃することに夢中だったが、後には後悔するようになった。いまふり返ってみると、マセドニオはエデンの園で途方にくれているアダムのようだった。彼の天才はその著作にはほとんど生き残っていない。彼の影響はソクラテス的なものであった。わたしはこの男を心から愛していた、心酔というよりは偶像崇拝というべきほどに。

　一九二一年から一九三〇年までのこの期間は、わたしの最も活動的な時期であるが、活動の成果の大部分は性急な、そして無意味とさえいえるものであった。まず七冊の本――四冊はエッセーで三冊は詩集――を書き、出版した。また三種の雑誌を創刊し、他の十指に余る雑誌――その中には「ラ・プレンサ」La Prensa,「ノソトロス」Nosotros,「イニシアル」Inicial,「クリテリオ」Criterio, そして「シンテシス」Síntesisなどがあった――にひんぱんに寄稿した。この高い生産性は、いま思うと驚嘆に値するが、同時に驚くべきことは、この時期の作品のなかに、わたしの本当の血をひくものが、あまり認められないことだ。そんなわけで四冊のエッセー集のうちの三冊――その題名など忘れてもらうのが一番であるが――については、わたしは断じて再版を許さなかった。事実、一九五三年に、現在もわたしのものを出版しているエメセ書店が、「全集」を申込んできた時、あの馬鹿げたエッセー集は含まないことを唯一の条件として受諾した。これで思い出すのは、蔵書を立派なものにするためには、まずジェーン・オースチンの作品を取り除かねばならない、そして、仮りに蔵書がまったくみすぼらしいものであっても、彼女の本がない限り、それは素晴らしいものだ、というマーク・トウェーンの言葉である。

　これらの無謀な作品の中には、おそらくスペイン語で書かれた最初の、サー・トマス・ブラウンに関する、拙ないエッセーがあった。あたかも、詩の重要な要素である韻律とか音楽性など、平気で無視できるかのような無神経さで、隠喩の分類を試みたものもあった。また、ブラッドリー（フランシス・ハバート、イギリスの哲学者、一八四六－一九二四）、あるいは仏陀、あるいはマセドニオ・フェルナンデスからの換骨奪胎である、自我の不在を説いた長たらしいエッセーもあった。そのころわたしは、サー・トマス・ブラウンの『壺葬《こそう》論』（一六五八、偶然発見された骨壺を契機に独特の死生観、霊魂不滅論を展開したもの）と同種の作品を、無味乾燥なまでに凝った独特のスペイン的な文体で書いた、十七世紀のスペイン・バロックの二人の作家、ケベードとサアベドラ・ファハルドを真似ようとしていた。いってみれば、スペイン語でラテン語を書こうとしていたのだが、できあがったものはその錯雑した文体と教訓癖の重さに、押しつぶされてしまった。この失敗に、その反動とも言うべき、別の失敗が続いた。わたしは先の試みの対極を指向した、つまり、できるだけアルゼンチン的になろうと試みたのだ。リサンドロ・セゴビア編の『アルゼンチン語辞典』を手に入れ、また、調べあげた各地方の方言を並べたてたので、アルゼンチン人でさえ、ほとんど理解できないものになってしまった。いまでは、その辞書を紛失してしまったので、わたし自身その本を読むことができるかどうか心もとない。かくして、二番目の試みもまったく絶望的になり、諦めてしまった。このような口にするのも恥ずかしい試行錯誤の三番目は、一種の部分的贖罪を意味するものだった。わたしは二番目の本の文体からはい出して、徐々に正気に戻りつつあり、文章の晦渋や絢爛でもって読者の眼をくらませることより、論理性を重視した明快な作品を書こうとしていた。

その実験の一つが、初めてブエノスアイレス北部の伝説を扱った、価値のほどは疑わしい作品、『男たちは戦った』Hombres pelearonだった。ここでわたしは、純粋にアルゼンチン的な物語をアルゼンチン風に書こうと努めた。この物語はそれ以後、わたしが少しずつ変化を加えて、くり返し語ってきたところの、理由なき、あるいは利害を超越した決闘の話——勇気のための勇気の話である。これを書いたころ、わたしは言語感覚において、われわれアルゼンチン人はスペイン人と隔たりがある、と主張していた。もっとも現在では、むしろ相互の言語的親近性を強調する必要があると考えているが。そして、それほど露骨にではないが、依然としてスペイン人には理解できないように——いや、理解を求めずにと言った方がよかろう——書いていた。グノーシス派の説くところによると、罪を免れる唯一の方法は、罪を犯すことによってそれから解放されることである。この時期の著作において、わたしは大きな文学的罪悪の大半を犯してしまったように思うが、罪のあるものは、いまでも称賛の念を禁じ得ない偉大な詩人、レオポルド・ルゴーネスの影響のもとに犯されたものだ。この罪とは美文、地方色、奇想の追求、そして十七世紀風の文体である。今日では、もうこれらの過失に対して罪の意識を覚えることはない——当時の本はわたしが書いたのではない、誰か他人が書いたのだ。数年前までは、もしあまりに値段がはるのでなければ、出回っている本を買い集めて、焼いてしまいたいと思っていたが。

　この時期の詩についていえば、二番目の詩集である『正面の月』Luna de enfrenteは破棄すべきであったと思う。一九二五年に出版されたこの詩集は、軽薄で多彩な地方色の狂騒とでもいうべきものである。そこに盛りこまれた数ある戯事《たわごと》の中にはJorgeというわたしの名を、十九世紀のチリ風にJorje（スペイン語ではge, jeは共に[xe]と発音する）と書くこと（発音どおりに表記することの生半可な試み）、英語のandに相当するスペイン語のyをiと表記すること（われわれの偉大な先達であるサルミエント（ドミンゴ・ファウスティーノ、一八一一—一八八八、アルゼンチンの作家）も、できるだけ非スペイン的たらんとして同じことをしている）、そしてautoridáやciudáのように、語尾のdを省略すること、などがある。その後の版で、できの悪い詩を削除したり、奇矯な試みを改めたりしたので——何度も版を重ねるうちに——この詩集も修正されて、落ち着いた、なんとか読んでもらえるようなものになった。この期の第三の詩集『サン・マルティン・ノート』Cuaderno San Martín（この題名は独立運動の国民的英雄とは何の関係もなく、わたしが詩を書きつけていた古びたノートブックの商標名にすぎない）には、「南部で通夜の行われた夜」La noche que en el Sur lo velaron（これはロバート・フィッツジェラルドにより、端的に「南部の通夜」Deathwatch on the Southsideと訳された）や、アルゼンチンの首都にある二大墓地をうたった「ブエノスアイレスの死」Muertes de Buenos Airesのような、かなりましなものもある。また、このなかの「ブエノスアイレス建設の神話」Fundación mítica de Buenos Aires（わたしはあまり好きではないが）がなぜか、ちょっとしたアルゼンチンの古典のようになっている。この詩集も、長年にわたって削除や修正を施した結果、改良、あるいは純化された。

一九二九年、三番目のエッセー集が、第二回ブエノスアイレス市文学賞を受賞し、当時としてはかなりの額である、三千ペソの賞金を獲得した。そこで、わたしはまず古本屋で、「大英百科辞典」の十一版を買った。それから、賞金によって保証された一年間の経済的余裕を利用して、アルゼンチン的なものを主題にした長い作品を書こうと思いたった。母は三人の偉大なアルゼンチンの詩人――アスカスビ（イラリオ、一八〇七―七五）、アルマフエルテ（本名ペドロ・ボニファシオ・パラシオス、一八五四―一九一七）、ルゴーネス――の誰かについて書くことを勧めた。いまにして思えば、彼女の言うとおりにすべきだったと思う。ところが、わたしはほとんど無名の詩人、エバリスト・カリエゴを選んだ。両親は、彼の詩はそんなに優れたものではないと忠告してくれた。「でも、彼はわたしたちの隣人だったし、友人でもあったから」とわたしは言った。「それだけで、彼が一冊の本の主題になる資格があると考えるなら、思いどおりにしなさい」というのが彼らの返事であった。カリエゴはブエノスアイレス郊外のごみごみした地区――わたしが少年時代を過ごしたパレルモ――のなかに、文学的可能性を見出した詩人であった。彼の生涯はタンゴの展開――当初は陽気で快活で勇壮であるがしだいに感傷的になる――とよく似た展開を見せている。一九一二年、彼はただ一冊の本を残して、結核のため二十九歳で夭逝した。彼がわたしの父に贈ったその一部が、ジュネーヴに持参され、わたしがそこで何度もくり返し読んだ、数冊のアルゼンチンの本のなかにあったことを覚えている。一九〇九年ごろだったと思うが、カリエゴはわたしの母に捧げる詩を書いたことがあった。それは彼女のアルバムのなかに書かれたのであるが、そこで彼は、わたしのことを次のようにうたった――「あなたの愛し子が、やがて霊感の翼に乗って舞い上がり、崇高なぶどうから新たな詩《うた》の美酒がうまれるというお告げを、完遂せんことを。」さて、カリエゴの伝記にとりかかってみると、カーライルが『フリードリヒ大王伝』を書いた時に経験したようなことが、わたしにも起った。書き進めば進むほど、わたしは主人公から離れていったのだ。彼の率直な伝記を書くつもりで始めたのだが、途中から徐々に往時のブエノスアイレスの方に興味が移ってしまった。もちろん読者にも、この本がその題名『エバリスト・カリエゴ』にそぐわないことに気づかれてしまい、予期したほどの反響は得られなかった。二十五年後の一九五五年に、「全集」の第四巻として再版された時、わたしはこれに数章を付け加えたが、その一つが「タンゴの歴史」である。加筆の結果、『エバリスト・カリエゴ』もあるまとまりを得て、良くなったと思っている。

一九二一年に創刊され、たった二号で終った「プリズム」**Prisma** は、わたしが編集した最初の雑誌だった。ウルトライスモを奉じていたわれわれの小さなグループは、自分たちの雑誌を発行したくてたまらなかったが、本格的な雑誌を出す資力はなかった。そこでわたしは広告板に貼られた宣伝に目をつけ、われわれも壁雑誌を印刷し、自分達の手で街のあちこちに貼りつけてみようと考えついた。それはただ一枚の大きな紙で、ウルトライスモの宣言と七、八篇の短い詩が載せられ、残りの余白をわたしの妹の木版画がうめていた。夜になるとわれわれ――ゴンサーレス・ラヌーサ、ピニェーロ、わたしの従兄、そしてわたしの四人――は母が準備してくれた糊壺と刷毛を手にして威勢よく飛び出し、街中をくまなく歩きまわり、サンタ・フェ、カリャーオ、エントレリーオス、そしてメヒコなどの通りに、壁雑誌をペタペタと貼りまくった。われわれの手細工の大部分は、面くらった読者によって、ほとんどその場で破られてしまったようだが、幸運なことに、雑誌「ノソトロス」のアルフレード・ビアンチの目にふれ、彼の編集するその一流雑誌に、ウルトライスモ詩人のアンソロジーを発表しないか、と声をかけられた。「プリズム」の次に、われわれは六ページの雑誌を始めたが、これとて一枚の大きな紙の両面に印刷したものを、二度折りしたようなものだった。これが第一次の「舳先《へさき》」Proaであり、三号まで発行された。第二次の「舳先」が出たのは、二年後の一九二四年である。二度目のヨーロッパ旅行から帰国してしばらくの間、わたしの家族はガーデン・ホテルで生活していたのだが、ある午後、ブランダン・カラーファという若い詩人が、コルドバ市からわたしを尋ねて来た。彼の用向きは、リカルド・グイラルデス（アルゼンチンの作家、一八八六―一九二七）とパブロ・ローハス・パス（アルゼンチンの作家、一八九五―一九五六）が、新しい文学世代の声を代表するような雑誌を創る決心をしたが、新しい文学世代の代表というからには、わたしを抜かすことはできないというものであった。むろん、こう言われて悪い気のするわけがない。その晩、わたしはグイラルデスが滞在していたフェニックス・ホテルを訪れてみた。挨拶をすますと彼は言った、「ブランダンから聞いたんだが、なにか君たちは、若い作家の雑誌を創るために一昨夜集まって相談し、どうしてもわたしにも参加しろとかで……。」ちょうどその時、ローハス・パスが入って来て、興奮気味に言った、「ぼくはずいぶん持ち上げられちゃってね。」そこで、わたしが口を出した、「おとついの晩ぼくたちはみんなで、こんどの新しい作家たちの雑誌には、どうしてもあなたが必要だと決めたんですよ。」こういう無邪気な策略のお陰で、第二次「舳先」が生まれることになったのである。われわれはそれぞれ五十ペソずつ出しあい、上質紙の全然誤植のない雑誌を、三百部から五百部発行していった。しかし一年半後、十五号まで発行したところで、購読と広告の減少ゆえに、ついに断念せざるを得なくなった。

この時期は多くの友情に恵まれ、わたしはとても幸福だった。ノラ・ランへ、ピニェーロ、マセドニオらの友情が、そして父の友情があった。われわれの仕事は誠意に支えられており、われわれは散文を、そして詩を革新しているのだという信念に燃えていた。もちろん、すべての若者がそうであるように、わたしは可能な限り不幸に――ハムレットとラスコーリニコフを合わせて一つにしたような人間に――なろうと努めていた。結局われわれのなし得たことはまったく拙いことであったが、そこに生まれた友情、連帯感は永続的なものであった。

一九二四年、わたしは二つの相異なる文学仲間と関係を持つようになった。その一つは、『ドン・セグンド・ソンブラ』を書く前のリカルド・グイラルデスを中心とするグループで、彼らとの交際はいま思い出しても楽しいものである。グイラルデスはわたしに非常に寛大であった。下手な詩を贈るたびに、彼は行間を読みとり、わたしが言いたかったが力不足のために表現できずにいたことを、ちゃんと見抜いてくれたものだ。そして、その点を他の文学仲間に吹聴してくれたのだが、彼らはわたしのテキストのなかに、彼が言っているようなものを見出せずに当惑していた。もう一つのグループは雑誌「マルティン・フィエロ」Martín Fierro に集《つど》ったグループであるが、これに関係したことは、むしろ不幸なことであった。わたしには「マルティン・フィエロ」が提唱していることが気に入らなかった。それは、文学は絶えず新しくなっている——アダムは毎朝生まれ変っている、というフランス的な文学観であり、また、パリでは激論を戦わすことによって耳目をひいている文学的徒党が組まれているから、われわれも時流に遅れないように、そういうものを作らねばならないという考えであった。その結果、ブエノスアイレスにちゃちな二つの文学的党派——フロリダ地区とボエド地区のそれ——が結成され、反目しあうようになった。フロリダ派はプチブルを、ボエド派は、プロレタリアートを代表していた。わたしは古い街である市北部のスラム街を、そしてその衰微と悲哀などを書いていたので、どちらかといえばボエド派に属したかった。しかし、二人の陰謀者——フロリダ派のエルネスト・パラシオとボエド派のロベルト・マリアーニ——のどちらかによって、わたしはすでにフロリダ派の闘士にされていること、そしていまさらボエド派に変わろうと思っても遅すぎることを知らされた。すべてが、あらかじめ仕組まれた八百長だったのだ。なかには、例えばロベルト・アルルやニコラス・オリバーリのように、両方のグループに属していた作家もいる。このようなまやかしの文学活動がいま、軽信的な学者たちによって真剣に研究されている。だが実際は、人目をひきたいという、子供っぽい戯れにすぎなかったのだ。

この時期に交わった友人で忘れることのできないのは、ビクトリア・オカンポ（アルゼンチンの女流作家、一八九〇—一九七九）と妹のシルビーナ・オカンポ（詩人、画家、一九〇六—）、カルロス・マストロナルディ（アルゼンチンの作家、一九〇一—）、エドゥワルド・マリェーア（アルゼンチンの作家、一九〇三—）、そして興味深い人物、アレハンドロ・スル＝ソラールである。神秘思想家にして詩人であり、また画家でもあったスルは、少々乱暴ないい方をすれば、アルゼンチンのウィリアム・ブレイクであった。いまでも覚えているが、ある非常にむし暑い夕刻、わたしは彼に、息苦しいような日だったが何をして過ごしたかと尋ねた。彼はこう答えた、「いや別に、昼食後十二ばかり宗教をつくっただけです。」スルはまた言語学者でもあり、二つの言語をつくり出していた。一つはジョン・ウィルキンス（イギリスの神学者、科学者、一六一四—七二。哲学的言語に関するエッセーがある）に倣った哲学的言語であり、もう一つは多くの英語やドイツ語やギリシャ語を混入してのスペイン語の改革であった。スル＝ソラールは北欧とイタリアの血をひいており、スル Xul は Schulz

を、ソラール Solar は Solari を彼が勝手にスペイン名に変えたものであった。このころわたしは、アルフォンソ・レイエス（メキシコの批評家、歴史家、作家、一八八九―一九六〇）とも親しくなった。駐アルゼンチン・メキシコ大使だった彼は、日曜日ごとに、わたしを大使館での食事に招待してくれたものだった。わたしはレイエスを、今世紀の最も優れたスペイン語の散文家であると思っている。彼からは文章の簡潔、直截性という点で多くを学んだ。

わたしの人生のこの時期を要約し反省してみると、知ったかぶった、そしていささか独善的だった若き日の自分の姿に対し、否定的な気持にならざるを得ない。しかしながら、当時得た友人たちは依然として、わたしの内に親しく生きている。事実、彼らがわたしの貴重な部分を形成していると言えるのである。友情こそ、すべてを償ってあまりある、アルゼンチン的情熱であろう。

成熟期

わたしはこれまでの人生のほとんどを、書物との係わりにおいて過ごしてきたが、長篇小説はたいして読んでいない。しかも、長篇を最後まで読み通したのは、大抵の場合、義務感にかられてである。こんな訳で、わたしが常に読み、読み返していたのは短篇であった。スティーヴンソン、キップリング、ジェイムズ、コンラッド、ポー、チェスタトン、レーン版『千夜一夜物語』のなかのいろいろな物語、そしてホーソーンのある種の物語などが、物心ついたころからの習慣的読書であった。『ドン・キホーテ』や『ハックルベリ・フィンの冒険』のような長い小説には事実上形式が欠如しているという意識が、その不可欠の要素として言葉の節約と明快な起承転結をもっている短篇小説に対する愛好を、一層強めることになった。ところが、作家としてのわたしは長い間、短篇小説は自分の手に余ると考えていた。そして納得のいく本当の短篇が書けるようになったのは、長い回り道をしながら、語り口《ナレーション》の実験をおずおずとくり返した後のことである。

あの自意識過剰の小品『男たちは戦った』から、すっきりとした最初の短篇『バラ色の街角の男』Hombre de la esquina rosada に到達するまでには約六年（一九二七年から一九三三年まで）かかった。ブエノスアイレス北部の政治ごろでプロの博徒でもあったドン・ニコラス・パレーデスが死んだ時、わたしは、わたしの知り合いでもあったこの男の言葉、彼にまつわる逸話、そして彼独特の話しぶりを、いささかなりとも記録に留めておこうと思い立った。彼を描くのにふさわしい文章を探りあてようとして、あくせくと推敲に推敲を重ねた。当時わたしたちは市の南郊、アドロゲに住んでいたのだが、北部のごろつきの話を書くことには、母が本気で反対することが目に見えていたので、見つからないようにこっそりと、三、四ヶ月かけて書きあげた。この短篇小説は当初『場末の男たち』Hombres de las orillas という題名で、日刊の黄色新聞「批評」Crítica の、わたしが編集していた土曜版に載った。しかし、羞恥心から、そしておそらくは、自分の沽券《こけん》にかかわるという意識があったからであろうと思うが、わたしはペン・ネーム——わたしの曾祖父の父の名前であるフランシスコ・ブストス——を用いた。この短篇はこちらが当惑するほどの人気を博したが（いまではわたしはこの作品を芝居がかった気取りの強いものだと思うし、登場人物もまやかしだと思っている）、わたしはこの作品を、自分の確固たる出発点と考えたことは一度もない。それは一種の気まぐれの所産として、そこにあるにすぎないのだ。

　短篇作家としての、わたしの真の出発は、一九三三年から三四年にかけて、「批評」紙に寄稿した、『汚辱の世界史』Historia universal de la infamia と題する短篇集の中にある。いささか皮肉な現象だが、『バラ色の街角の男』はちゃんとした物語であるのに、真の出発点となったこの短篇集と、それに続くところの、わたしを徐々に本格的短篇へと導いたいくつかの空想的な作品は、文学的悪戯《いたずら》、あるいは疑似エッセーといった性質のものである。『汚辱の世界史』では、マルセル・シュウォブが『想像的伝記』でしたことをくり返したくなかった。彼は、実在したがあまり、あるいは全然知られていない人物の伝記を書いた。ところがわたしは、有名な人物の生涯を読みあげ、それをわたし自身の気のおもむくままに改竄《かいざん》し、ゆがめ、潤色したのである。例えば、ハーバート・アスベリー（アメリカのジャーナリスト、作家、一八九一—）の『ニューヨークのギャング』を読んだ後で、ユダヤ人の拳銃使い、モンク・イーストマンを、一目でそれとわかるような矛盾を含んだ、わたしの自由な解釈の中に再現させた。ビリー・ザ・キッド（アメリカ西部の無法者、一八五九—八一）、ジョン・マレル（アメリカの無法者、一八〇四—四四、博徒、馬泥棒から成り上り南部一帯に力をふるった盗賊の首領になる）、ベールを被ったヨラサン（イラン北東部、回教の聖地、メシェッドのある地域）の予言者、ティチュボーン・クレイマント（本名アーサー・オートン、一八三四—九八、イギリスの有名な詐欺師）、そして他にも数人について同じことをした。しかし本にして出版しようなどとは思ってもいなかった。「批評」紙に寄せられたこれらの作品はすべて、大衆に楽しく読んでもらう目的で、場面が眼の前に生き生きと現われるような書き方をした。いまにして思えば、これらの小品の秘めたる価値は——それを書くこと自体のなかにわたしが味わった純粋な喜びの他に——物語体を確立する訓練になったことにあると思う。というのは、この仕事では全体的な構図とか状況はすべて与えられており、わたしはそれらを鮮明な、様々な形に縫いとりさえすればよかったのだから。

　一九三五年に書かれた次の物語、『アル・ムターシムを求めて』El acercamiento a Almotásim は、文学的悪戯《いたずら》であると同時に、疑似エッセーでもある。これは、その三年前にボンベイで初版が発行されたある本の書評のようにもとれる。わたしはボンベイで出版された本の第二版を偽造し、それに実在の作家、ドロシー・L・セイヤーズが序文を寄せたことにした。そして出版したのもロンドンの実在の出版社、ビクター・ゴランツとしたのである。もちろんすべてわたしの捏造である。わたしは——キップリングから借用したり、十二世紀ペルシャの神秘主義詩人、ファリード・ウッ・ディーン・アッタールを調べたりして——その本の梗概を述べ、またある部分は詳細に描写した後、欠点を慎重に指摘していった。そして翌年、この物語をエッセー集『永遠の歴史』Historia de la eternidad の最後に、『侮辱の技術』Arte de injuriar と一緒におしこんだ。『アル・ムターシムを求めて』を読んだ人たちは、わたしの虚構を文字通り受け取ったらしく、ある友人のごときはロンドンに例の第二版を注文したという。わたしがこれを短篇小説として、最初の短篇集『八岐の園』El jardín de senderos que se bifurcan の中に入れ、世に問うたのはやっと一九四二年になってからである。わたしはどうもこの物語に対して、公正を欠いていたようだ。というのは、これはそれ以後わたしが書き続けることになる、そして、わたしに短篇小説作家としての名声を与えることになる作品群を予示し、それらの原型ともなったように思われるからだ。

一九三七年ごろ、わたしは初めて定職についた。それまでにも、ちょっとした編集などはやっていた。「批評」紙の、ごてごてと挿絵の入った娯楽本位の土曜版と、大衆週刊誌「家庭」El hogar の編集をしたのだが、後者には月に二回、外国の書物や作家に関する、二、三ページの文学記事も書いた。またニュース映画のシナリオを書いたり、実はブエノスアイレスの、ある私営地下鉄会社の宣伝機関誌であった似非《えせ》学術雑誌「都会」Urbe の編集もした。しかし、これらはいずれもたいした収入にはならなかったので、わたしは家計のために働き始めるべき標準的年齢を、はるかに過ごしてしまっていたのだ。だがいま、友人たちの紹介で、市の南西部のもの淋しい郊外にある、市立図書館のミゲール・カネ分館の一等補佐員という、低いが安定した地位を得たのだ。わたしの下に、二等、三等補佐員がいたが、上にもまた、分館長の他、一等、二等、三等館員がいた。月給は二百十ペソであったが、後に、二百四十ペソに昇給した。およそ、七、八十アメリカドルに相当する額であった。

図書館の仕事はまったく楽なものだった。十五人で優にできそうな仕事に、五十人ほどがかかっていたのだ。わたしが、十五人から二十人くらいの仲間と分担していた仕事は、未整理の蔵書を分類し、目録を作成することであった。しかし、蔵書はたいして多くはなかったので、体系的な方法などなくても、本を探し出すことは容易だった。だから、われわれが骨折って作りあげた方法など、必要でもなければ、利用されもしなかった。最初の日、わたしはまじめに働いた。しかし次の日、数人の同僚に呼び出され、わたしの仕事ぶりは彼らの調和を乱すから困ると言われた。「それにね」と彼らはわたしを説得した、「この目録作成は、われわれが一応仕事をしているという、外見をとりつくろうために計画されたものだから、君みたいにがつがつやられたら、仕事がなくなってしまうんだよ。」彼らは百冊しか分類しなかったのに、わたしは四百冊かたづけてしまっていたのである。「だからね、もし君がこんなやり方を続けたら」と彼らは言った、「上役だってわれわれに何をさせたらいいのか分らず、きっと怒り出すよ。」現実を維持するという大義名分のもとに、それ以降わたしは八十三冊、九十冊、そして百四冊と、その日その日に指示される仕事だけをするように言われた。

わたしは約九年間この図書館で我慢した。濃厚な不幸の九年であった。仕事中職員たちはサッカーや競馬の話にかまけ、そうでなければ、猥談に興じていた。ある時、閲覧していた婦人が、図書館の便所で強姦されるという事件が起った。この時も連中は平然として、男と女の便所が隣接しているのだからそんなこともあるさ、といった調子であった。またある日、非常に優雅で好意に満ちた二人の友人――社交界に名の通った婦人――が執務中のわたしに、面会を求めて来た。数日後、彼女たちから電話があった、「あなたは楽しんでいらっしゃるのでしょうけど、あんなところで働いていらしてはいけません。今月中に、少なくとも九百ペソは貰える別の仕事を見つけると、わたくしたちに約束していただきたいわ。」わたしは素直に、そうしましょうと言っておいた。皮肉なことに、そのころわたしは――図書館以外では――かなり有名な作家になっていたのだ。同僚の一人が、百科事典の中にホルヘ・ルイス・ボルヘスという名前を見つけ、その生年月日までわたしと同じであるのを不思議がっていたことを思い出す。わたしが図書館に勤務していたころ、われわれ市職員は時おり、特別報酬として二ポンド入りのマテ茶の包みを与えられた。それを手にして、市街電車まで十丁ほどの日暮れの道を歩いていると、わたしの目に涙が溢れた。こういうささやかな贈物が、いつも自分の惨めな、卑屈な存在を確認させたからである。

　わたしは図書館に通う電車の一、二時間を『神曲』の読書にあて、「煉獄篇」までは、ジョン・エイトキン・カーライルの散文訳の力を借りて進み、残りの「天国篇」へは独力で登った。図書館に着くと、最初の一時間で仕事を片付けてしまい、それからこっそりと地下室に行って、残りの五時間を、本を読んだり、ものを書いたりして過ごした。このようにして、ギボンの『ローマ帝国衰亡史』全六巻をくり返し読み、ビセンテ・フィデル・ロペス（アルゼンチンの歴史家、作家、一八一五―一九〇三）の『アルゼンチン共和国史』の多くの巻を読んだのを覚えている。また、レオン・ブロワ（フランスの熱烈なカトリック作家、一八四六―一九一七）、クローデル、グルーサック（ポール、フランス生まれのアルゼンチンの作家、一八四八―一九二九）、バーナード・ショウなども読んだ。休日には、フォークナーやヴァージニア・ウルフを翻訳した。しばらくして、わたしは補佐員から、三等館員という目のくらむような高い地位に昇進した。そんなある朝、母から電話があった。わたしは許可を得て家に飛んで帰り、やっとのことで父の死にめに会えた。彼は長い断末魔を苦しんでいるとみえて、しきりに早く死にたいと言っていた。

　一九三八年――父が死んだ年――のクリスマス・イヴに、わたしは大変な事故にあった。階段をかけ上がっていた。突然、何かがわたしの頭皮に触れた、と思った時にはすでにペンキを塗ったばかりの、あけ放たれた開き窓で頭を傷つけてしまっていた。応急手当にもかかわらず傷は化膿し、わたしは一週間ばかり、高熱にうなされ幻覚に悩まされて、眠ることもできずに横たわっていた。ある晩、ついに言語能力を失ってしまい、大急ぎで病院にかつぎこまれ、ただちに手術を受けた。敗血症に冒されていたのだ。そして一ヶ月余り、まったく意識不明のまま生死の境をさ迷った。（後になってこの体験を『南部』El Sur の中に書くことになる。）快方に向い始めた時、わたしは精神が完全に復元するかどうか、元の自分に完全に戻れるかどうか不安だった。その時の気持はいまでもはっきり覚えている。母が、届いたばかりのC・S・ルイス（イギリスの作家、一八九八―一九六三）著『沈黙の惑星を離れて』を読んで聞かせようとしたが、わたしは二晩も三晩も、読まないでくれと頼んだ。しかし、ついに母に押しきられた。一、二ページ聞いたところで、わたしは思わず泣き出してしまった。母は涙の理由を尋ねた。「それが理解できるから泣いているのです」と答えた。すこしすると今度は、以前のようにものを書くことができるかという不安にかられた。わたしはそれまでに、かなりの数の詩と何十篇もの短い評論を書いていた。だからもしここで評論を試みて失敗したら、知的には駄目になってしまったということになる、しかし、これまで本腰を入れてやったことのないものなら、仮に失敗しても、そんなに悲観しなくてすむし、むしろ最終的な成功のための一つの準備になるだろう、と考えた。そこで短篇小説を書いてみようと決心した。その結果が『ドン・キホーテの著者、ピエール・メナール』Pierre Menard, autor del Quijote であった。『ピエール・メナール』はその先駆ともいうべき『アル・ムターシムを求めて』と同様、まだエッセーと物語の中間に位置するものだった。しかし、これが書けたことで、わたしは元気づいた。次いでもっと野心的なもの――われわれの住むこの現在の世界に、いずれ取って代ることになる新しい世界の発見を扱った、『トレーン、ウクバール、オルビス・テルティウス』Tlön, Uqbar, Orbis Tertius ――を試みた。これらはいずれも友人のビクトリア・オカンポが編集していた雑誌「南」Sur に発表された。わたしは図書館でも相変らず読書を続け、ものを書き続けた。同僚たちは、彼らの騒々しい娯楽に付き合わないわたしを偏屈者と見なしていたが、わたしは気にせず地下室で、そして天気の良い暖い日には屋上で自分の仕事を続けた。わたしのカフカ風の物語『バベルの図書館』La Biblioteca de Babel は、この市立図書館の悪夢、あるいはデフォルメとして書かれたものであり、そのなかに見られるある種の詳細な記述には、なんら特別の意味はない。例えば、物語の中に記録した本や書棚の数は、文字通りわたしの手近にあったそれを用いたのである。犀利な批評家のなかには、そうした具体的な数字に頭を悩ませ、ご丁寧に神秘的な意味を付与している者もある。『バビロニアの富くじ』La lotería en Babilonia,『死とコンパス』La muerte y la brújula, そして『円環の廃墟』Las ruinas circulares もまた全篇を、あるいはその一部を、勤務時間中にぬけ出して書いたものである。これらは、他の物語と共に『八岐の園』として一冊の短篇集になり、一九四四年にはさらに九篇を付け加え、『伝奇集』Ficciones と題名を変えて出版された。この『伝奇集』と『エル・アレフ』El Aleph（一九四九年、一九五二年）の二つの短篇集が、わたしの作品の中核をなすものであろう。

　一九四六年、その名も思い出したくない男（フワン・ペロンのことである）が大統領として権力を握った。彼の就任後間もなく、わたしのもとに公共市場の家禽《かきん》や兎の検査官に昇進させるという、栄誉ある知らせが届いた。わたしは事情を糺《ただ》すために市役所に赴いた。「一体これはどういうことですか」とわたしは言った。「図書館にはあんなに沢山の職員がいるのに、そのなかからわたし一人だけが、この仕事の適任者として選ばれたというのは、ちょっとおかしいじゃありませんか。」「ああ」事務職員は答えた、「あなたは連合国を支持してましたね――それでまだ何か?」彼の言葉には有無を言わせぬ力があった。翌日わたしは辞表を提出した。すぐに友人たちが集まって来て、わたしのために晩餐会を催してくれることになった。わたしはそのパーティーのためにスピーチを書きあげたが、気恥ずかしくて自分では読めないことが分っていたので、友人のペドロ・エンリーケス・ウレーニャ(ドミニカの言語学者、批評家、一八八四―一九四六)に代読してくれるよう頼んだ。

わたしは今や失業の身だった。数ヶ月前、あるイギリスの老婦人がわたしの茶柱が立つのを見て、「あなたは間もなく旅をしながら講演をするようになり、それによって大金持になるでしょう」と占ったことがあった。その時は母と二人して大笑いしたものだった。というのは人前で話をすることなど、とてもわたしにできることではなかったからだ。ところが失業中のわたしに、ある友人が救助の手を差しのべてくれ、わたしはアルゼンチン・イギリス文化協会Asociación Argentina de Cultura Inglesaの英文学の講師にさせられてしまった。時を同じくして、また自由高等専門学校Colegio Libre de Estudios Superioresで、アメリカの古典文学について講義するよう要請された。これらの話があった時、いずれも開講まで三ヶ月の余裕があったので、わりあい気楽に引き受けた。しかしながら、時が迫ってくるにつれて、しだいに不安になり、胸が悪くなってきた。わたしの一連の講義は、ホーソーン、ポー、ソロー、エマソン、メルヴィル、ホイットマン、トウェーン、ヘンリー・ジェイムズ、そしてヴェブラン(ソースタイン・バンド・ヴェブラン、一八五七―一九二九、米国の経済学者、著述家)を扱うことになっていた。最初の講義分のノートは作り終えたが、二回目の準備は未完のまま始まってしまった。しかもわたしは、最初の講義の日に最後の審判が下り、それ以後はもう講義をする必要がなくなるのでは、という不安を抱いていたのである。最初の講義は奇跡的にうまくいった。二回目の前々夜、わたしは母を散歩に連れ出し、アドロゲの周辺を長々と歩きまわりながらリハーサルを聞いてもらった。彼女はずいぶん長く感じると言った。「それならだいじょうぶだ」とわたしは叫んだ。講義に対する不安は消え去った。かくして、四十七歳のわたしの目の前に胸の躍るような新しい人生が開けてきたのである。それからというもの、わたしはアルゼンチンとウルグワイを北へ南へとあちらこちら旅して、スウェデンボルイ(エマヌエル、スウェーデンの宗教思想家、一六八八―一七七二)、ブレイク、ペルシャや中国の神秘思想家、仏教、ガウチョの詩、マルティーン・ブーバー、ユダヤ教神秘哲学、『千夜一夜物語』、T・E・ロレンス(「アラビアのロレンス」の名で知られるイギリスの冒険家、一八八八―一九三五)、中世のゲルマン詩、アイスランドサガ、ハイネ、ダンテ、表現主義、そしてセルバンテスについて講演した。わたしは、二度と訪れることのないであろうホテルに一夜を過ごしながら、町から町へ旅をした。時には母や友人も同行した。こうして、図書館で働いていた時よりも、はるかに多くの収入を得ただけではなく、仕事を心から楽しむことができた。そしてこの仕事はわたしの存在を正当化するように思われた。

　この時期の――そしてわたしの生涯における――最も重大な出来事の一つは、アドルフォ・ビオイ＝カサーレスとの友情の始まりである。われわれが初めて会ったのは一九三〇年か一九三一年、彼が十七歳ぐらいで、わたしが三十を過ぎたばかりのころであった。このような場合、年上の人間が師であり、年下がその弟子であるのが普通である。われわれの場合も当初は確かにそうであったが、数年後、共同で仕事をするようになった時には、控えめであっても事実上ビオイが師となっていた。彼とわたしはさまざまな文学的冒険を企てた。われわれはアルゼンチン詩選集、幻想物語集、探偵小説集を編集した。サー・トマス・ブラウンとグラシアン（バルタサール、一六〇一―一六五八、奇想主義を代表するスペインの作家）に注釈をつけた。ビアボーム（サー・マックス、一八七二―一九五六、イギリスの作家）、キップリング、ウェルズ、そしてダンセイニ卿（一八七八―一九五七、アイルランドの作家）の短篇小説を翻訳した。第三号まで続いた雑誌「時期はずれ」**Destiempo** を創刊した。きまってはねつけられた映画の脚本をいくつか書いた。そしてあちこちの新聞・雑誌に投稿し、いくつかの序文も書いた。感傷的、寸鉄的、そしてバロック的なものに惹かれていたわたしが、静けさと抑制こそより望ましいと思い始めたのは、ビオイの影響によるのである。ビオイがわたしを、徐々に古典主義の方に導いていったと言っても、決して過言ではない。

　ビオイとわたしが合作――その時までわたしには不可能であろうと思われていた芸当――を始めたのは、一九四〇年代の初めであった。わたしは、探偵小説にはうってつけと思われる、面白いからくりを考えついていた。ある雨の朝、彼がひとつそれを試してみようと言い出した。わたしはその時あまり気が進まなかったが同意して、昼前にはそれが実行された。オノリオ・ブストス・ドメック **Honorio Bustos Domecq** という第三者が誕生し、われわれを継承したのである。しばらくすると、彼は鉄の笞でわれわれを支配し始めた。そして面白いことに――後には狼狽するほどに――彼は独特の奇抜な発想、地口、非常に凝った文体を見せて、われわれとは似ても付かなくなった。ドメックというのはビオイの曾祖父の名であり、ブストスはわたしの曾祖父である。かくしてブストス・ドメックの処女作『ドン・イシドロ・パロディの六つの問題』**Seis problemas para don Isidro Parodi**（一九四二）が生まれたが、これが書かれている間、彼の存在が煩わしくなることは一度もなかった。すでにマックス・カラードスが盲目の探偵を試みていたが、ビオイとわたしはさらに一歩を進めて、われわれの探偵を監獄の独房の中に閉じこめた。この本は同時に、アルゼンチン人に対する風刺でもあったのである。ブストス・ドメックの正体は、なかなか露見しなかった。数年後ついに見破られた時、人びとは、ブストスという名が冗談なら、彼が書いたものもまともに受けることはできない、と考えたようだ。

　その次のわれわれの合作は、『死のモデル』（一九四六）

Un modelo para la muerte と題する、これまた探偵小説であった。この作品はきわめてプライベートなものであったし、親しい間柄でなければ理解できないようなジョークに満ちていたので、私家版とし、一般に発売することはしなかった。われわれはこの本の著者をベ・スワレス・リンチュ B. Suárez Lynch と名づけた。Bはビオイとボルヘスの頭文字を取ったのだと思う、そしてSuárez はわたしのもう一人の曾祖父の名であり、Lynch はビオイのもう一人の曾祖父の名であった。一方ブストス・ドメックは一九四六年に、二つの物語を収めたもう一冊の私家版『忘れ難き二つの幻想』Dos fantasías memorables を書いて、再び姿を見せる。その後長い空白があるが、一九六七年になって『ブストス・ドメックのクロニクル』Crónicas de Bustos Domecq を出版した。これは仮想の、あまりにも新奇な芸術家——建築家、彫刻家、画家、料理家、詩人、小説家、婦人服仕立人——を熱烈な現代の批評家が論じたものの集成である。著者も、彼が論じる対象も共に、かつがれた者であってみれば、一体誰が誰をたばかっているのか判然としなくなってくる。この本は「忘れ去られた三人の大家——ピカソ、ジョイス、コルビュジエ（フランスの建築家、グロピウスと共に近代建築の祖、一八八五—一九六五）」に捧げられている。文体自体がパロディである。新語、ラテン語の慣用句、常套語句、混喩、論理の飛躍、大言壮語などをふんだんに用いながら、ブストスは文学的な新聞記事を書いているのである。

わたしはしばしば、如何にして共同作業が可能なのかと尋ねられた。共同作業を実りあるものにするためには、互いに自我を、虚栄心を、そしておそらくは一般的な意味での丁重さを滅却することが必要だと思う。共同作業をする者は、自分のことを忘れ、ただその仕事にのみ意識を向けなければならない。実際、これこれのジョーク、あるいは形容語句が、机のわたしの側から出たものか、あるいはビオイの側からかと人に聞かれても、正直なところどちらとも言えない。わたしは他の友人たちとも——その中にはごく親しい友人もいた——合作を試みたのだが、彼らはある面で鈍感に、またある面では厚顔になることができなかったので、あまり成功しなかった。しかし、こと『ブストス・ドメックのクロニクル』に関する限り、わたしはこれを、わたし自身の名で出版したいかなる作品よりも優れていると思うし、またビオイが一人で書いた最上のものにも匹敵すると思う。

一九五〇年、わたしはアルゼンチン作家協会 Sociedad Argentina de Escritores の会長に選出された。アルゼンチン共和国は、いまでもそうであるが当時も寛大な国であり、アルゼンチン作家協会は、独裁に抵抗する数少ない要塞の一つであった。これは誰の眼にも明らかだったので、卓越した文人でも、革命が独裁を打倒するまで協会のなかに足を踏み入れることさえしなかった者は沢山いる。この独裁にまつわる奇妙な特徴の一つは、その公然たる支持者でさえ、政府をまじめに信頼しているのではなく、私利私欲のためにそのように振舞っているのだと漏らしていたことである。確かにわれわれの同胞の大多数は、道徳的良心はともかく、知的良心を欠いてはいないということを考えれば、この態度は理解できたし、また赦されてしかるべきだったのだ。ペロンとその妻についてささやかれていた卑猥なジョークのほとんどすべてが、せめてもの面目を施そうとするペロン派の連中自らが作り出したものだった。しかし、アルゼンチン作家協会はついに閉鎖された。わたしはそこで許された、わたしの最後の講演を覚えている。わずかばかりの聴衆のなかには当惑顔の刑事もいたが、彼はわたしが二言三言ペルシャのスーフィ教のことに言及すると、何やらぎこちなく手帳に書き留めていた。この絶望的な灰色の期間中、母は——すでに七十代であったのに——自宅監禁の身であった。妹と甥の一人は刑務所で一ヶ月過ごしている。わたし自身は絶えず刑事に尾行され、最初のうちはわざと、あてどもなく長い道を歩いたりしていたが、ついに彼と仲良くなってしまった。彼は自分もまたペロンを憎んでいるが、命令には服従しなければならないのだと言った。ある時エルネスト・パラシオが、わたしをあの口にするのもいやな男に引き合わせてやろう、と言ってきたことがあったが、会いたくなかったので断わった。その手を握りたくもないような男に、どうして紹介されることができようか？

久しく待ち望んでいた革命が、一九五五年九月に成功した。不安と期待で眠れぬ一夜が明けた時、ほとんどすべての市民が街頭にくり出して革命を祝い、主戦場となったコルドバ市をたたえる叫び声が、歓喜のなかに飛びかった。われわれは喜びに陶然となり、しばらくの間雨でびしょ濡れになっているのにも気がつかなかった程である。幸福の絶頂にあったので、打倒された独裁者をののしる言葉など、一言も出る余地はなかった。ペロンは姿を隠したが、後になって亡命を許された。彼がどれ程の財貨を持ち逃げしたか、誰も知らない。

わたしの二人の親友、エステル・センボライン・デ・トーレスとビクトリア・オカンポが、わたしを国立図書館の館長にしようとして、あれこれ画策した。しかし、わたしには途方もない事のように思われ、できることなら市の南部の、どこかこぢんまりした図書館の館長の職でもあればいいがと思っていた。彼らの計画が実行に移されると、たった一日で、雑誌「南」（代表者、ビクトリア・オカンポ）、再び活動を始めたアルゼンチン作家協会（代表、カルロス・アルベルト・エーロ）、アルゼンチン・イギリス文化協会（代表、カルロス・デル・カンピーリョ）、そして自由高等専門学校（代表、ルイス・レイシグ）が署名した請願書ができ上がった。これが文部大臣の机の上に置かれ、その結果わたしは、時の臨時大統領、エドゥワルド・ロナルディ将軍によって、国立図書館長に任命された。その数日前の夜、わたしは母と一緒に国立図書館まで散歩したが、何か迷信的な願掛けのような気がしたので、なかに入るのはやめた。「決まってからにしよう」と母に言った。その週の内に就任式が行われた。わたしの家族も列席し、わたしは職員に自分が館長である——信じられない館長——ことを告げ、スピーチをした。と同時に、数年前エメセ書店からわたしの作品が出版された折に仲介の労をとってくれた、ホセ・エドムンド・クレメンテが副館長に任命された。当然のことながら、わたしは自分の地位を名実ともに極めて重要なものだと思っていたが、その後三ヶ月間、給料は支払われなかった。どうやら、ペロン派の前任者が、まだ正式には解雇されていなかったらしい。彼が自ら、図書館に姿を見せなくなっただけなのだ。そして、わたしが館長に任命されはしたものの、彼を退職させる面倒な手続きが完了していなかったのである。

翌年、また嬉しいことが続いた。ブエノスアイレス大学の英米文学の教授に任命されたのである。他の志願者たちは、翻訳、論文、講演、その他数かずの業績を書き連ねた、労作のリストを送りこんでいた。わたしは次のような文章を書くだけにしておいた、「わたしはこれまで、まったく無意識のうちに、自分をこの地位の適格者たらしめる生活をしてきました。」このような単刀直入な申請が功を奏した。わたしは採用され、その大学で十余年の幸福な日々を過ごしたのである。

緩慢な失明が、すでに子供のころから、わたしに忍び寄っていた。それは暮れなずむ、夏の夕べの薄明りのようなものだった。このことは別段哀れを誘うことでもなければ、劇的なことでもない。一九二七年を最初として、わたしは八回も眼の手術を受けたが、そのかいもなく一九五〇年代の末、「天恵の歌」**Poema de los dones** を書いたころから、読んだり書いたりするためには盲目同然になった。わたしの家系には盲目の血が流れていた。曾祖父、エドワード・ヤング・ハズラムは、自分が受けた眼の手術の模様を、ロンドンの医学雑誌「刃針《はばり》」**Lancet** に書いている。盲目の血はまた、アルゼンチン国立図書館長たちの中をも流れているようである。わたしの二人の優れた先任者、ホセ・マルモル（アルゼンチンの作家、政治小説『アマリア』で有名。一八一五―七一）とポール・グルーサックも同じ運命にあっている。わたしは詩（前記の「天恵の歌」）のなかで、わたしに八十万冊の本と同時に暗闇を授け給うた神の見事な皮肉をうたった。

失明に付随して現われた顕著な結果の一つは、わたしがしだいに自由詩を捨て、古典詩の韻律法に向ったということである。わたしは失明したために、再び詩作に意を致すようになった。もはや草稿に手を入れるなどという操作は許されなかったので、記憶に頼らざるを得なかった。散文よりも韻文の方が、そして自由詩よりも一定の韻律を持った定型詩の方が記憶し易いのは明らかである。いってみれば、定型詩はポータブルなのである。街を歩きながらでも、あるいは地下鉄のなかででも、ソネットを作り推敲することができる、というのはその押韻や歩格が記憶を助ける力を持っているからである。こうしてこの時期に、数十篇のソネットや、十一音綴四行詩《カトラン》からなる比較的長い詩を書いた。わたしはレオポルド・ルゴーネスを手本にしたつもりだったのだが、いざ書き上がってみると友人たちは、残念ながら彼のとは似てもつかないと言った。わたしの後期の詩作品には、常に一筋の物語性が流れている。事実わたしは、詩にもプロットを考えているのである。おそらく、ルゴーネスとわたしの間の最大の相違は、彼がフランス文学をその手本とし、知的にはフランス世界に生きていたのに対し、わたしはイギリス文学を志向していたことであろう。新たに始まったこの詩作活動においては、以前ほとんど習慣ともなっていた連作形式を捨て、一篇一篇がそれだけで完結し、自立するように意を注いだ。このようにして多種多様なテーマを、たとえばエマソンとぶどう酒、スノリ・ストルルソン（十三世紀アイスランドの歴史家、詩人、『エッダ――古代北欧歌謡集』の編者）と砂時計、わたしの祖父の死とチャールズI世（イギリスおよびアイルランドの王、一六二五―四九在位）の斬首刑を詩に書いた。また崇拝する文学的英雄たち――ポー、スウェデンボルイ、ホイットマン、ハイネ、カモンイス（ルイース・デ、十六世紀ポルトガルの詩人、『ウス・ルジーアダス』の著者）、ジョナサン・エドワーズ（アメリカの神学者、詩人、一七〇三―五八）、そしてセルバンテス――を詩に要約していった。もちろん、鏡、ミノタウロス、そしてナイフに対するしかるべき賛辞も忘れることはなかった。

わたしは常に隠喩に興味を持っていたが、この傾向が昂じて、単純なサクソン語の、そして凝りに凝った古代スカンジナビア語の婉曲代称法《ケニング》（一つの名詞を複合語または語群で婉曲に表現する法）を研究するようになっていた。そしてすでに一九三二年に、これらに関するエッセーさえ書いていた。そのものずばりの名詞の代りに用いられた隠喩のかもし出す玄妙な感興と、隠喩が伝統的であると同時に任意のものでもあるという認識がわたしを魅惑し、そして当惑させた。後になると、このような比喩的表現はただ単に、言葉の組合わせの妙と華麗さによって快感を与えるだけではなくて、頭韻法の要求にも応じているのではないかと考えるようになる。婉曲代称法の実例をそれだけ取り出してみても、格別気のきいたものばかりとはいえない。例えば、船を「海の種馬」a sea-stallionと、そして大海を「鯨の道」the whale's-roadとうたっても、あざやかな手際とはいい難い。古代スカンジナビアの吟遊詩人《スコールド》はさらに一歩を進めて、海を「海の種馬の通る道」the sea-stallion's roadとうたっているが、こうなっては元来一つのイメージであったものが、ややこしい方程式になってしまう。ところでわたしは、この婉曲代称法を調べているうちに、古代英語と古代スカンジナビア語の本格的な研究にはまりこんでしまった。わたしをここに誘いこんだもう一つの要因は先祖であった。わたしのロマンチックな迷信に過ぎないかも知れないが、ハズラム一家がノーザンブリア（アングロサクソン時代のイングランド北部の古王国）とマーシア（アングロサクソン時代のイングランド中部の古王国）――現在の呼び名では、ノーザンバランドとミッドランズであるが――に住んでいたという事実が、わたしをサクソン人の過去に、そしてデンマーク人の過去へ向わせるのである。北欧の過去に対する憧憬は、数人の国粋主義的な同胞の怒りを買い、彼らはわたしを英国人と呼んだが、わたしは自分が英国的なるものの多く――紅茶、英王室、いかにも男らしいスポーツ、盲目的なシェイクスピア崇拝――と、まったく相容れないことを、指摘しようとも思わなかった。

大学における講義の一課程が終了した日、図書館にいたわたしのところに数人の学生がやって来た。何か個人的に読んで欲しいというのである。われわれはこの四ヶ月間の講義で、『ベーオウルフ』（八世紀初期の英文学、最初の頭韻叙事詩）からバーナード・ショウにいたる英文学の全貌をひとわたり見てきたので、これからは何かに本格的に取り組めるだろうと思った。そこでわたしが、英文学の原点から始めようと提案したら、彼らも賛成した。わたしの頭には、家の書棚の片隅にある、スウィート（ヘンリー、イギリスの言語学者、一八四五―一九一二）の『アングロ・サクソン語読本』と

『アングロ・サクソン族年代記』が浮かんでいた。次の土曜日の朝学生たちがやって来て、われわれはこの二冊の本を読み始めた。できるだけ文法は省略するようにして、まるでドイツ語のような発音で読み進んだ。するとすぐにローマ(Romeburh)のことにふれたすばらしい文章に出くわし、われわれはたちまち魅せられてしまった。そして陶然とし、感きわまってペルー通りに飛び出し、声を限りにその言葉を叫びながら歩きまわったのである。かくしてわれわれは、長い冒険に乗り出すことになった。わたしは常々、イギリス文学を世界で最も豊かなものと考えていたが、いままた、その敷居をまたいだところに、錦上花を添えるような美しい秘密の部屋を発見したのである。しかしわたし自身、この冒険が果てしないものだということを知っていたし、これから死ぬまで古代英語の勉強を続けることになるだろうと覚悟していた。古代英語に精通するという虚栄ではなく、それを勉強すること自体にある喜びを味わうこと、これがわたしの主たる目的だったのであり、この十二年間一度も失望したことはない。最近古代スカンジナビア語に強い興味をそそられているのも、むしろ論理的必然である。というのは、この二つの古代語は密接な関連を持っているし、また中世のあらゆるゲルマン語文学の中で古代スカンジナビア語のそれが頂点に位置しているからである。わたしの古代英語への散策はまったく個人的なものであったが、それゆえに、わたしの多くの詩の中にも顔を出している。アカデミーの会員仲間の一人がある時、驚いたような顔でわたしに言った、「君は「アングロ・サクソン語文法の学習への船出」Al iniciar el estudio de la gramática anglosajona という題の詩を発表しているけど、あれはどういう意味かね?」わたしは彼に、アングロ・サクソン語の勉強はわたしにとって、夕日を眺めたり、恋に落ちたりするのと同じような親密な体験であると説明した。

一九五四年ごろ、わたしは散文の小品——ちょっとしたスケッチふうのものや寓話など——を書き始めた。ある日、友人であるエメセ書店のカルロス・フリーアスが、わたしのいわゆる全集の一環として新しい本が必要だと言ってきた。わたしはもう出すものは何もないと答えたが、フリーアスは執拗にくいさがって、「作家なら誰だって、その気になって探せば本一冊分くらいの原稿は持っているはずだ」と言った。そこで日曜日に暇にまかせて机の引出しをかきまわし、放擲してあった詩や散文を探し出したが、中には二十年ほど昔、「批評」紙に寄稿していたころのものもあった。こうして寄せ集めたものを取捨選択し整理して、一九六〇年に出版したのが、『創造者』El hacedor である。驚くべきことに、書いたというよりは蓄積したというべきこの本が、わたしには最も個性的な作品に思われ、わたしの好みからいえば、おそらく最上の作品なのである。その理由は至極簡単、『創造者』のどのページにも埋草がないということである。短い詩文の一篇、一篇がそれ自体のために、内的必然にかられて書かれている。『創造者』をまとめたころ、わたしは優れた作品というのは失敗作、空虚から生まれた失敗作ではないかと考えるようになっていた。いまでも、良い作品はひっそりと書かれなければならないと固く信じている。

　わたしは『創造者』の最後のページ（エピローグ）で、世界を描きつくそうという壮図に乗り出した男のことについて語った。彼は長年かかって白壁を、船、塔、馬、武器、人間などで埋めつくすが、死にぎわに、その労作が自分の顔を描き出していることに気づく。おそらくこれは、すべての書物に対して、あるいは作者に対していえるであろう。そして『創造者』にも確かにあてはまることである。

忙しき日々

　失明と同じように名声もゆっくりとわたしに忍び寄っていた。わたしは名声など期待したこともなければ、追求したこともなかったが。一九五〇年代の初頭に、大胆にもわたしの作品をフランス語に翻訳したネストル・イバーラとロジェ・カイヨワが最初の恩人ということになった。一九六一年、わたしはサミュエル・ベケットと共に第一回国際出版社賞（フォルメントール賞）を受賞したが、この賞への道を切り開いてくれたのも、彼らの先駆的な仕事であったと思う。というのは彼らによってフランスに紹介されるまで、わたしは事実上、外国はおろか国内でも、いやブエノスアイレスでさえ無名だったからである。その受賞を機として、わたしの作品は西欧に急速に広まって行った。

　同じく一九六一年にわたしはテキサス大学の客員教授として招待された。それはアメリカ合衆国との最初の物理的出会いであった。ある意味では、わたしは書物を通して、常にそこにいたのであるが、それでも、オースチン（テキサス州の州都）の大学のキャンパスで働いていた溝掘人夫たちが英語で——その時までこの言葉をそういう階層の人たちが自由に操っているとは思わなかった——話しているのを聞いた時ひどく奇異な感じがした。事実、アメリカという国はわたしの頭の中で神話的な、壮大な存在となっていたので、そこに雑草、泥、水溜り、汚い道、蠅、野犬といった、日常的なありふれたものを見出した時には率直な驚きを覚えたものだ。時どきホームシックにかかったものの、いま思えば、同行した母とわたしはしだいにテキサスを愛するようになっていた。そして、以前からフットボールをひどく嫌っていた母も、われわれのフットボールチーム「ロングホーンズ」がライバルの「ベアーズ」を破った時、われわれの勝利を大喜びするほどだった。わたしは大学でアルゼンチン文学の講義を担当したが、同時に一人の学生として、ルドルフ・ウィラード博士のサクソン詩の講義を受けた。日々は充実していた。わたしの見たところアメリカの学生は、アルゼンチンにおける学生の一般的傾向とは異なって、成績よりも自分たちの選んだ課題にはるかに大きな興味を示していた。わたしは学生たちに、アスカスビやルゴーネスに対する興味を植えつけようとしたが、彼らは執拗にわたし自身の作品に関する質問を浴びせかけ、盛んに会見を申しこんできた。またわたしはできるだけ多くの時間を言語学者のラモン・マルティーネス・ロペスと過ごすようにしたが、彼は専門柄、語原に強い関心を持っており、多くのことを教えてくれた。六ヶ月間の合衆国滞在中わたしは母とともに広く旅行し、東岸から西岸にいたるあちこちの大学で講演した。そしてニューメキシコ、サンフランシスコ、ニューヨーク、ニューイングランド、ワシントンを訪れた。わたしにはアメリカが、かつて訪れた国のうちで最も友好的な、最も寛大な、そして最も豊かな国のように思われた。われわれ南アメリカ人は利害を優先させる傾向があるのに対し、合衆国の人間はものごとに倫理的な接近のしかたをする。素人《しろうと》プロテスタントとしてわたしは、なによりもこの点を高く評価する。これはまた、わたしに摩天楼、紙袋、テレヴィジョン、プラスチック製品、そしてあのすさまじいジャングルのような工場設備を見過ごさせる要因でもあった。

一九六七年、わたしはハーバード大学の「チャールズ・エリオット・ノートン詩学講座」の担当を依頼され、好意溢れる聴衆に対し「詩の技巧」This Craft of Verse について講義したが、これが二度目のアメリカ旅行であった。七ヶ月間のケンブリッジ滞在中には、他にアルゼンチンの作家に関する講義も担当し、また、そこからアメリカ的なるものの大部分が発生したと思われるようなニューイングランドの各地を旅してまわった。あちこちに文学巡礼をしたのである。セイレムにホーソーンの、コンコードにエマソンの、ニューベッドフォードにメルヴィルの、アマーストにエミリー・ディキンソン（一八三〇―八六、アメリカの女流詩人）の、そしてわたしが滞在していた家の近くにロングフェローの生家を訪れた。ケンブリッジでは友人がどんどんできた。ホルヘ・ギリェン（スペインの詩人、一八九三―一九八四）、ジョン・マーチソン、ファン・マリチャル（スペインのロマンス語学者、ハーバード大学教授、一九二二―）、ライムンド・リダ（アルゼンチンの批評家、ハーバード大学教授、一九〇八―）、エクトル・イングラーオ、それに、球面時間の理論（わたしにはまったく理解できないものであるが、いつかは作品の中にとりこみたいと思っている）を完成したペルシャの物理学者、ファリッド・フスファルらである。また、ロバート・フィッツジエラルド、ジョン・アップダイク、そして今では故人となったダッドレー・フィッツといった作家たちとも面識をえた。わたしはこの機会を利用して、大陸のまだ見知らぬ土地――わたしの故郷と同じようなパンパが待ちうけていたアイオワ、カール・サンドバーグを想起させたシカゴ、ミズーリ、メリーランド、ヴァージニア――も旅行した。アメリカでの滞在も残り少なくなった時、たいそう光栄なことに、ニューヨークの「青年ヘブライ協会」（Y.M.H.A.）で、わたしの詩の朗読会が催された。わたしの作品の翻訳者数人が朗読したのだが、聴衆の中には詩人も大勢顔を見せていた。一九六九年十一月の、合衆国への三度目の旅行は、わたしの二人の良き理解者、オクラホマ大学のローウェル・ダンハムとイヴァール・イヴァスクのお陰である。彼らはわたしを講師として招待し、同時に多くの学者を集めて、わたしの作品を批評する研究会を催してくれたのだ。イヴァスクはフィンランド製の魚形の短剣を贈り物としてくれたが、これはわたしが少年時代を過ごしたパレルモの伝統的なそれとはいささか趣を異にするものであった。

最近の十年をふり返ってみると、われながら実によくあちこち歩きまわったものだと思う。一九六三年には、ブエノスアイレスの英国文化振興会《ザ・ブリティシュ・カウンスル》のニール・マッケーの力添えで、イングランドとスコットランドを訪れることができた。この時も母を伴って、文学的史跡に満ちたロンドン、ジョンソン博士のリッチフィールド、ド・クインシーのマンチェスター、ヘンリー・ジェイムズのライ、湖畔地方、そしてエディンバラへの巡礼を行なった。また例のアーノルド・ベネットの「五つの町」（スタッフォードシャーに生まれたベネットは、陶磁器製造で知られるストーク、ハンリーなど故郷の五つの町を舞台にして『五つの町のアン』『老婦物語』などを書いた）の一つであるハンリーに、祖父の生地を訪ねた。わたしは、スコットランドとヨークシャーを地上で最も美しい場所に数えたいと思う。スコットランドの丘や谷間では時として、かつてどこかで経験した索漠とした、陰鬱な気持に襲われたが、それがパタゴニア（アルゼンチン南部の台地地方）の荒野で味わったものであることを思い出すまでにはしばらくかかった。数年後、今度はマリーア・エステル・バスケス（アルゼンチンの女流作家、ボルヘスとの合作『イギリス文学入門』（一九六五）がある）と一緒に、またヨーロッパに旅行した。われわれはイングランドで故ハーバート・リードに招かれ、ヒースにおおわれた荒野に建つ彼の別荘で過ごした。彼はわれわれをヨーク（ヨークシャーの主都）の大聖堂《ヨークミンスター》に案内し、付属博物館のヴァイキング・ヨークシャー室で古代デンマークの刀を見せてくれた。後になってわたしはこの時見た刀の一つをソネットに歌った。この時サー・ハーバートはすでに死の床にあったが、ソネットの原題「ヨークのひとふりの刀に寄せて」**A una espada en York** を「ヨークミンスターのひとふりの刀に寄せて」**A una espada en Yorkminster** に直したらどうかと言ってくれたので、わたしは彼の訂正に感謝し、喜んでこのより良い題に変えた。われわれはイングランド滞在後、わたしのものを出しているスウェーデンの出版業者、ボニエーと、スウェーデン駐在のアルゼンチン大使の招きでストックホルムに行った。ストックホルムとコペンハーゲンは、サンフランシスコ、ニューヨーク、エディンバラ、サンチアゴ・デ・コンポステーラ（スペイン北西部コルーニャ県の都市）、そしてジュネーヴと同じく、わたしがこれまでに訪れた最も忘れ難い都市のなかに入っている。

一九六九年の初め、イスラエル政府の招待を受けたわたしは、テルアビブとエルサレムで非常に愉快な十日間を過ごした。そして最古の、と同時に最も若い国に行って来たのだという感慨にふけりながら帰国した時、絶えず緊張が持続している活気に満ちた国から、何かまどろんでいるような地の果てに戻って来たような気がした。ジュネーヴで生活していたころから、わたしは常にユダヤ文化に興味を持っており、それがいわゆる西欧文明の不可欠の要素であると考えていた。数年前のイスラエル・アラブ戦争の最中も、自分が直截的にイスラエルに味方しているのに気付いたものだ。まだ戦局が混沌としていた時に、わたしはこの戦争について詩を書いた。一週間後、もう一つの詩に勝利をうたった。わたしが訪問した時のイスラエルは、もちろんまだ軍隊の野営地の観があった。そしてガリラヤ（イスラエル北部地方で、イエスの活動の主要舞台となった）の地を歩きながら、わたしはシェイクスピアの次のような詩行を思い出していた。

そして　その野原を　千四百年の昔
われらのために　苦悶の十字架に
釘づけされた　聖なる足が歩いた

わたしはこの年齢《とし》になってもまだ転がさずに放置していた多くの石のこと、そして再び転がしてみたいと思う石のことに思いをめぐらせている。いまでも、子供のころマーク・トウェーンの『へこたれるもんか』によって、そしてコナン・ドイルのシャーロック・ホームズものの嚆矢となった『緋色の研究』によって知ったモルモン州（モルモン教の中心地であるところからアメリカ合衆国のユタ州をいう）へ行ってみたいと思っている。もう一つの白日夢はアイスランドに巡礼することであり、さらに広がる夢はテキサスとスコットランドを再訪することである。

わたしは現在（一九七〇年）七十一歳であるがまだ仕事に精を出しており、計画も沢山ある。昨年新しい詩集『闇の賛美』**Elogio de la sombra** を出版した。これは一九六〇年以後の最初の本であり、また一九二九年以降、一冊の本にまとめることを念頭において書かれた最初の詩集でもある。この本における主要な関心事は、そのなかの数篇に端的に示されているように、宗教的もしくは反宗教的先入観とは関係のない倫理的性質のものである。題名にある「闇」**Sombra** とは盲目と死の両方を意味している。『闇の賛美』を書き上げるために、わたしは毎朝国立図書館で口述した。この本が完成した時には図書館での日課がすっかり確立し、しかも実に心楽しいものになっていたので、それを継続させ、口述で今度は物語を書き始めた。こうしてできたのが、今年出版された『ブロディーの報告書』El informe de Brodie である。これは一連の物語作りの実験であり、短篇集としては一九五三年以来のものである。最近、『他者』Los otros と題する映画の脚本を完成した。その着想はわたし自身が得たものであるが、執筆にはアドルフォ・ビオイ＝カサーレスと若いアルゼンチンの映画監督、ウーゴ・サンチアゴの協力を得た。昨今のわたしの午後はたいてい、以前から抱懐していた長期的な計画に向けられている。つまり、わたし自身の翻訳者を身近に持つ幸運に恵まれたわたしは、この三年間彼と共同で十余冊の作品を英語に（これはわたしが使いこなす資格のない言語であり、時として、それが母語であればよいがと思う言語である）翻訳してきたが、いまでも継続しているのである。

わたしはいま新しい本の構想を練っているが、それはダンテとアリオストに関する、そして中世の北欧にまつわるわたしの印象を綴った——学術的なものではない——エッセー集である。また、万般にわたる率直な個人的意見、思いつき、考察、そしてわたしの異端的言動などを一冊の本に書き留めておきたいと思っている。その後のことは誰が知ろう？　わたしにはまだ、人から聞いたものや自分で創ったもので、語っておきたいと思う物語の蓄えがかなりある。さしあたっては、『会議』El Congreso と題する長い物語を書き終えようとしているところだ。題名はカフカ風であるが、わたしとしてはチェスタトン流のものになることを期待している。この物語の背景となっているのはアルゼンチンとウルグワイである。わたしは二十年にわたり機を見てはこの露骨な物語のプロットを話して聞かせ、友人たちをうんざりさせてきたが、やっと、もうこれ以上の推敲は必要ないというところまできたのだ。この他に、これよりもさらに長い間懸案になっていた計画、死ぬ前の父に頼まれた、彼の小説『首領』El caudilloに手を入れる、あるいは書き直すという計画もある。父とわたしはこの小説の多くの問題点を議論さえしていたのだ。だからこの仕事は父との会話の継続、そして本当の意味での合作ということになるだろう。

　わたしはこれまで人びとに、不思議なほど親切にしてもらった。わたしには敵はいない。かりに敵のようなふりをした人がいくらかいたにしても、彼らの心根《こころね》は非常に善良なものだったので、わたしに苦痛を与えることなどついぞなかった。わたしを非難している文章を読むたびに、わたしはそれに同感するだけでなく、わたし自身が筆をとっていたなら、はるかに辛辣に論難できるだろうと思う。おそらくわたしは、敵たらんとする人びとに、前もって不平不満をわたしに書き送るように忠告すべきだろう。そうすれば彼らは間違いなく、わたしからあらゆる情報と援助を得ることができる。実際わたしはひそかに、ペンネームで自分自身を攻撃する機会を狙ってきたのだ。ああ、赤裸な真実のみを心に抱きたいものだ！

　わたしくらいの年齢になれば、人は自分の限界に気づくべきであるし、またこの限界を認識することによって平安が得られるのである。若いころわたしは、文学を技巧と驚くべき変奏のゲームと考えていた。しかしいまでは確固たる自身の声を見出したので、いくらいじりまわし加筆したところで、草稿がたいして良くなるものでも悪くなるものでもないと思っている。むろんこのような態度は、ジョイスのような作家に「進行中の作品」（『フィネガンズ・ウェイク』のこと）といった、これ見よがしな題名の長々しい作品を発表させることになった、今世紀文学の主要な傾向の一つ——虚しい書きすぎ——に対しては、礼を欠くものであろうが。わたしの最上の仕事はすでに終っていると思う。こう考えると、静かな満足と安堵を覚える。それでもなお、自分自身を書き尽したとは思えない。ある意味でわたしは今日、若かりしころより若やいでいるように思われる。いまやわたしは幸福を達成不可能なものとは思わない。かつては、そう思っていたのだ。いまでは幸福はいつ何時でも現われること、しかし決して追求すべきものではないことを知っている。失敗とか名声は幸福とは無関係なものである。わたしがいま求めているものは平安であり、思索と友情の喜びであり、そしてこれは望蜀にすぎるかも知れないが、人を愛しているという、そして愛されているという実感である。

TUTTE LE OPERE
DANTE ALIGHIERI
NOVAMENTE RIVEDUTE
FIRENZE
THOMAS
DE QUINCEY
DON QUIJOTE
DE LA MANCHA
PARIS
Leopoldo Lugones
ROMANCES
DEL
RIO SECO
prólogo de: jorge luis borges
ilustraciones de: carlos alonso

ボルヘスの蔵書より。

ボルヘスについて

ヴァレリー・ラルボー／高遠弘美訳

ホルヘ・ルイス・ボルヘスの『審問《インキシシヨネス》』（ブエノスアイレス、プロア社刊、一九二五年）はラテンアメリカから届いた今までで最良の評論集である。あるいは少なくとも、ブエノスアイレスで出版される評論集というものに対して私たちが抱いていた理想にみごとに合致した書物である。私たちは実際以下のように考えていた。ヨーロッパのどこの首都にもまして国際的な首都ブエノスアイレスでは、遅かれ早かれ知的エリート層が形成されるはずであり、そこからヨーロッパ的であると同時にアメリカ的ともいえるすこぶる幅の広い、自由で大胆きわまりない批評が生まれてくるだろうと。そしてそれはユマニストの批評であるとともに、語源的かつ歴史的意味合いをこめて言えばカトリックの批評でもあって、そこで開陳される見解そのものが私たちヨーロッパの文学者にとって大きな意味を持つような批評であるだろうと。ブエノスアイレスの詩人、すなわち、ブエノスアイレスの日常生活と風景を詩のかたちで表現している詩人たちのなかで、現代的という言葉が最もふさわしいホルヘ・ルイス・ボルヘスは、たとえば最近の詩集『ブエノスアイレスの熱狂《フェルボール・デ・ブエノスアイレス》』によって、私たちの期待が的外れではないと言ってくれているかのようである。その著『審問』がアルゼンチンの批評の新たな時代の到来を告げていることを私たちは高く評価したいと思う。持って生まれた才能と文学者としての文体は当然のことにして、ボルヘスには紛れもなく教養と学識がある。このふたつの言葉は混同されやすい。多くの言葉がそうであるように、一般にこの「教養」という言葉も曖昧模糊とした意味で用いられている。だが、「教養」を「繊細の精神（本来パスカルの言葉。「幾何学的精神」の対）の、調和のとれた発達の結果」と定義するならば、きわめて教養があるのに広い学識を持っていないとか、たくさんのことを知っているのに教養がないといった人間がありうることがわかるだろう。ヨーロッパで最も文明化された、そして最も古くから文明の恩恵に浴してきた諸民族との混淆から生まれたアルゼンチンの人びとのほうが、北アメリカの人びとよりよほど教養というものを身近に感じている。北米の人びとは劣ったとは言わぬまでも、少なくともずっと新しく、したがって（「鵞鳥は進化に対して柔軟性に欠ける生物である」という場合の進化論者の用語を借りて言うなら）柔軟性に欠け、国際感覚に乏しく、知性を重視しない文明の申し子である。今までアルゼンチンの批評文学にともすると不足しがちだったのは、教養ではなく学識であった。その点で無意識のうちにシモン・ボリバル（一七八三〜一八三〇。南米北部の独立運動指導者。ヨーロッパに学び、ミランダらと活動した）の弟子であったラテンアメリカの知識人たちはあまりに長い期間にわたって、もっぱらフランスだけの、あるいはせいぜいフランスとスペインの文化教養だけで満足していたと言わねばならない。英独の文学は彼らの視野の外にあった。「目から離れれば心からも遠くなる」とはよく言われるところで、仮に彼らの関心がそちらの方向に向かうことはなかったし、ダーウィンやニーチェを読んだとしても、それは仏訳を通してであった。イタリアの文化教養も彼らには欠けていた。新大陸にあって最もイタリア的な国であったにもかかわらずである。しかるにボルヘスの『審問』にはそうした文化的素養のほとんどを見いだすことができる。バークリー（一六八五〜一七五八。英国の哲学者。『人知原理論』など）の哲学、トーマス・ブラウン卿（一六〇五〜八二。作家・医師。『医家の宗教』『壺葬論』ほか）、エドワード・フィッツジェラルド（一八〇九〜八八。詩人。ルバイヤートの名訳者）、ジェイムズ・ジョイスについての覚書や研究、ドイツ表現主義研究、トレス・ビリャロエル（一六九三／四〜一七七〇。スペインの作家。予言詩『暦』『自叙伝』など）、ケベード（一五八〇〜一六四五。スペインの文学者・学者・政治家。主著『大悪党』）、ウナムノ（一八六四〜一九三六。スペインの思想家・文学者）、カンシーノス・アセンス、ラモン・ゴメス・デ・ラ・セルナ（一八八八〜一九六八。スペインの表現主義の作家）に関する研究、W・H・ハドソン（一八四一〜一九二二。アルゼンチンに生まれ英国に帰化した作家・博物学者。『はるかな国、遠い昔』など）、ライナー・マリア・リルケ、エドゥワール・デュジャルダン（一八六一〜一九四九。仏の文学者。内的独白の創始者として有名）、マックス・ジャコブ（一八七六〜一九四四。仏の詩人。シュルレアリスムの先駆者の一人）、スペインや英仏の古典作家の名前の引用というように。そしてそれらの研究の内容それ自体と、かような名前が引かれる文脈をみれば、このアルゼンチンの批評家が、前世紀の先輩作家を茫然自失たらしめ、おそらくは憤慨すらさせかねない学識（それは批評の原材料といっていい）を備えていることがよくわかる。ボルヘスはフランスやスペインの批評（ウナムノから「ウルトライスモ（超越主義）（一九一九〜二三。純粋詩を理想とした前衛文学運動。ボルヘスもその中心的存在であった）」を提唱したギリェルモ・デ・トーレ（一八九九〜一九七一。スペインの詩人・批評家。『ヨーロッパの前衛文学』など。のちにボルヘスの義弟）まで）の影響を受けているが、同時に、デ・サンクティス（一八一七〜八三。イタリアの批評家・文学史家。藝術の自立を唱えた）やクローチェ（一八六六〜一九五二。イタリアの哲学者・批評家・政治家。観念論美学をうちたてた）といったイタリアの批評家の理論にも詳しいように私には思われるのだ。

だが、ホルヘ・ルイス・ボルヘスの批評は単にヨーロッパの文学史家やただの物知りの手になる批評ではない。彼には断乎とした美学的主張がある。それはバークリーの観念論に基礎を置くもので、自我とその産物たる時間や空間の存在を否定する。彼はその主義主張のために闘う。詩はそれが純粋なる現在であり永遠であるからこそ「神聖」なのであり、彼が「神秘」というロマン主義的感情や「言葉では言い表せない」風の否定的《ネガティヴ》な形容語に激しい闘いを挑むのはそのゆえなのである（初版『審問』最終章でボルヘスは「神秘」「言葉では言い表せない」「紺碧の」という三語を弾劾している）。

トレス・ビリャロエル（一六九三〜一七七〇）へのオマー

ジュ（「ケベードに対して並びに隠喩への愛において我らの兄弟である」と彼は言う）を巻頭に置く『審問』にはアルゼンチンとウルグアイの本当の「古典的」詩、つまり「クレオール」の名を冠せられる詩についての含蓄に富んだ覚書も収められている。そうした詩はそもそもは民衆詩から生まれ、ボルヘスによれば、その後ウルグアイの詩人バルトロメー・イダルゴ（一七八八～一八二二。パンパのカウボーイ「ガウチョ」の生活を描いたガウチョ文学の代表者の一人）の『恋愛《トゥロ》詩集《ーバス》』（一八二二）を経て、アルゼンチンにおいては、イラリオ・アスカスビ（一八〇七～七五。ガウチョ文学の詩人。『サントス・ベガ』は壮大な物語詩）の『サントス・ベガ』、エスタニスラオ・デル・カンポ（一八三四～八〇。ガウチョ詩人）の『ファウスト』といった初期の記念碑的作品、エルナンデス（一八三四～八六。ガウチョ文学の最高の詩人）の傑作『マルティン・フィエロ』などに結実をみたが、結局「ウルグアイのペドロ・レアンドロ・イプッチェとフェルナン・シルバ・バルデス（ともに一九二七年刊『現代ウルグアイ詩選一九〇〇～一九二七』に収められた詩人。ボルヘスは『審問』で二人に各一章を割いたのみならず同『詩選』に寄せた序文でもこの二人に触れている）の歌を最後に、その偉大な発展はいまや終焉を迎えた」（『審問』第八章「アスカスビ」末尾）のだった（『審問』五十六頁）。

「ラ・ルヴュ・ウーロペエンヌ（ヨーロッパ誌）」一九二五年十二月号

旅してもボルヘスを知る価値あり

ピエール・ドリュー・ラ・ロシェル／高遠弘美訳

ボルヘスはこう、ボルヘスはしかじか。ブエノスアイレスでボルヘスについて私が耳にしたのはこんな言葉だった。ボルヘスは頭がいい、いや知が勝ちすぎると言ってくれた者もある。彼らは言葉を間違えている。彼らはボルヘスが知的な、それもすこぶる知的な作家だと言いたいのだ。

知性という言葉が嫌いな者はたいていこの「頭がいい」という言葉を使う。だが我々はそんな連中は放っておいて、知的な人びとに敬意を払い続けようではないか。そういう人びとはまずもって稀少であり、旺盛な活力にあふれていて、さまざま変化に富んでいるからである。

知的であるということは結局のところ、生命力にあふれていることにほかならない。生命力が涸渇してもなお知的であるということはあり得ない。誰かが知的であるというとき、それはとりもなおさず、彼があまたの属性を同時に体現しているということを意味する。心も感覚も持たない知的な人間というのを果たして見たことがあるだろうか。もしあるというのなら、それはその人物が単に知的な人間ではなかっただけのことである。あるいはこう言ってもいい。つまり、その人間の心と感覚の表現がきわめて精妙に行われていたがゆえに外からは気づかれることなく、したがって心も感覚もないと思われてしまったのだと。

インテリ嫌いの読者諸氏は、『論議』だけでなく、ボルヘスの詩まで読まなくてはならず、さぞかし困惑したことであろう。それならどうしてそんな困惑から脱しようとしないのか。相変わらず「知が勝ちすぎる」などと言い続けるのか。

ボルヘスの性質はまことに好もしい。彼は陽気でいて陰鬱である。知的でかつ多感である。何かに熱中しても何も手にしてはいない。講演者然としたところなど微塵もないのに博識無類である。分析能力とリリシズムを二つとも持ち合わせている。それでちっとも構わないはずなのに、読者はびっくりするのだ。

すべてを理解する能力にたけたボルヘスは同時に、際立った情熱の持ち主である。知的であるがゆえに彼は全身情熱のかたまりと化す。知的な人間は自らの情熱を恐れず、繊細で高貴な手つきでそれを扱うものだが、そうした決意こそが愚かな狂信者と彼を隔てるのである。ボルヘスは地獄の神話について一見冷ややかな筆致で書く。それを無感動と勘違いするのはよほどの間抜けだけだろう。ボルヘスは自分が否定するその種の事柄がまぎれもなく人間の心の奥深いところから発していることをよく心得ている。彼の地獄下りの経験は厳しいまでに無信仰に徹した文章によってかろうじて姿を現す。

懐疑とも狂信とも無縁の、ほんとうに知的な人間。それがボルヘスである。彼はさまざまな考えを持っているが、それを表現する際のあまりに鋭い切っ先をひそかに和らげているのが後ろに隠れた瞑想なのである。

それぞれの国に何人かはこのように頭の良い人間がいると考えるのはまことに心安らぐことと言わねばなるまい。

稀ではあるがそうした人びとが世界に存在するからこそ、旅の甲斐もあるというものではないか。

ボルヘスはこうした旅にふさわしい、まさに必読の作家である。

ブエノスアイレス　一九三三年

(「アトランティック号に乗って」一九三三年十月一日（「メガフォーノ［メガフォン］」誌の抜萃）)

回想ホルヘ・ルイス・ボルヘス

ラファエル・カンシーノス＝アセンス／坂田幸子訳

おそれ多くも、ホルヘ・ルイス・ボルヘスという、文学の巨匠の人と作品について語るにあたり、私は情愛に満ちた深い感慨をおぼえる。彼がみずからを称して私の弟子だと言うのは、嬉しくも光栄なことだ。しかし私はすでに公の場で、自分に帰せられたこの過分の役割を訂正している。私の果たした役割はもっとささやかで、青年時代に供される文学基礎科目の履修において単なる水先案内役をつとめたにすぎない。ボルヘスは、マドリードのカフェ・コロニアルで開かれていたわれわれの集まりにあらわれたとき、ほんの若者だった。一九一八年当時このカフェは、文学上のさまざまな「主義」――創造主義《クレアシオニスモ》やダダイスム、さらに両者が融合して、さらに一層開放的な超越主義《ウルトライスモ》が生まれた――の唱える新しい美的形態の実験室と化していた。若き詩人たちは、すでに耄碌した芸術がつかわすセイレンからも誘惑の声をかけられ、選択の苦悩に突き落とされた。ボルヘスは新しい文学を選び、超越主義《ウルトライスモ》をわがものとし、母国アルゼンチンに帰国するや、かの地に新しい美学の問題意識をもたらし、それを定義づけ、他の若い詩人たちに伝え、『舳先《プロア》』や『われら《ノソートロス》』のような雑誌を創刊した*。これらの雑誌で、一群の若きナイチンゲールたちが芸術の夜明けを高らかに歌ったのである。

その時から現在に至るまで、茫洋たる年月を経て、ボルヘスはそのつぼみを開花させ、今日では見事な大輪の花になった。前途有望なつぼみに予兆として読み取れた未来の偉大さが、今日では現実のものとなったのだ。少しずつ、年月の歩みとともに、彼は作品を創作してきた。われわれが今日、味読することのできる作品、それは巨大かつ繊細で、ヴェルレーヌの円熟期のようであり、多様かつ奇妙で、そこではポーにおけるように現実と神話が渾然としており、太古の響きがあらゆる斬新な印象と混ざり合い、東洋と西洋の魂が結びつく。そこではこの巧みな天才（彼は典拠の真正なものであれ怪しいものであれすべての文学に精通し、タルムード、カバラ、グノーシスに明るく、あらゆる哲学の基礎も修めている）が、知覚される仮象や予知される現実と戯れながら、光が黄昏であり、また、真実の像が鏡のなかの像と入れ替わるような、可能性のみから成るひとつの宇宙を創造しているのだ。
この逆説と仮説の世界、この恐怖と希望の交錯する幻影の世界において、作者は明晰な錯乱の限界をきわめ、スウェーデンボルイ、ポー、メーテルランクという名の至高の幻視者の仲間入りを果たした。そしてすでに彼らとともに、不死の人の域に達しているのである。

一九六三年六月　マドリードにて

訳註
＊——ボルヘスが創刊した雑誌は『舳先』Proaと『プリズム』Prisma であり、『われら』Nosotros ではない。カンシーノス＝アセンスの覚え違いであろう。

文学教授としてのボルヘス
アリシア・フラード／坂田幸子訳

精神の営為にこれほど不向きな私たちの現代社会にあって、ボルヘスほど全身全霊を文学に捧げ尽くしている人物を想像することは難しいだろう。ボルヘスのことを考えるとき、私は必ず図書館を思い浮かべる。それはおそらく彼が子供の頃から実際に本に囲まれてきたからだろう。あるいは彼の百科事典並みの博覧強記が、ありとあらゆる本の並んだ果てしない書架を想起させるからかもしれない。もしくはこれら以上に確かな理由は、文学が彼の会話の主たる話題、いやむしろ唯一の話題であり、彼がもっともくつろいで、もっとも嬉々としてふるまう世界であるからだ。彼が語るところによれば、彼は「忍び返しのある鉄柵をめぐらせた庭と、膨大な英語の本のある図書室の中で育った」。そこで彼はデフォーやスティーヴンソン、キップリングやディケンズ、ウェルズやマーク・トウェイン、『千夜一夜物語』、ギリシャ神話やスカンジナビア神話のヒーローたちと暮らしたのだ。彼にとってこれらのヒーローは、自分の遊び仲間になりえたかもしれない、つまらない生身の人間の子供たちよりも、ずっと現実感のある存在だっただろう。彼は青年時代、もっぱら勉学と文筆活動にいそしんだ。自分の息子の才能を見ぬいた父親が、好きなことに没頭できるようにと、仕事に就かせなかったのだ。父親が死ぬと運命の計らいにより、ボルヘスはつつましい市立図書館に職を見つけた。彼はここでひたすら本を漁って過ごしたという。しかし、民主主義思想の持ち主であるとの理由で、独裁者ペロンにより解雇。暴君が失権するや、国立図書館の館長として、ふたたび書物の迷宮に戻ってきた。彼は現在もこの館長職にある。

このようにボルヘスの身辺につねに本が存在してきたのは、単なる偶然の産物ではない。それは彼の人格を具体的に知覚させるシンボルなのだ。彼はすべてを読み尽くしたかのように見える人物だ。驚異的な記憶力によって彼は信じられないほど正確に、引用文や章や段落、書誌事項や文献一覧を覚えている。多くの人が言うように、「記憶の人・フネス」——彼の短編に出てくる、すべてを記憶している人物だ——は、ボルヘスの個人的な体験を誇張したものにほかならない。しかしここには根本的な違いがある。フネスは自分の実人生で見た、一本一本の木の一枚一枚の葉、日ごとの黄昏や夜明けを記憶していた。しかしフネスの創造主は、文学の中で起こる出来事しか、本の中に出てくる風景や木々、会話や思考しか、強く記憶に残らないようなのだ。彼にとってはすべてが文学的連想に結びつく。どんなことであろうと、それに関連して一行の詩句、ある一段落、ひとりの登場人物、一篇の伝説、ある批評家の意見、作家の誰かにまつわるエピソードを思い出すのだ。どこへ行くときも、彼の道連れは膨大で多種多様な本の群れだ。彼はそれらの本のページをたえず心の中でめくり、私たちに喜びと絶え間ない驚嘆をもたらす。彼自身、人生の活動の中心は読書だったと認めている——「私の人生にはこれといった出来事はほとんど起こらなかったが、本ではたくさんの事を読んだ。いや、むしろこう言えるだろう。私の人生には、ショーペンハウワーの思想やイギリス文学の言葉で綴られた音楽以上に記憶に値するような出来事は、ほとんど起こらなかったと」。このような人物が、相思相愛の自然のなりゆきによって大学教授の座に就いたと聞いても、驚く人はいないだろう。彼は現在、大学でイギリス文学を教えている。幼少の頃からもっとも親しんできた文学だ。

ボルヘスの講義を取って彼の話に耳を傾けるというのは忘れられない体験だ。私は何度も彼の講義を受けたことがあるが、彼の授業は私にとって不断の知的冒険であり、その魔術的魅力と輝きはいつまでも褪せることがない。彼の講義は、その口調といい視点や内容といい、ほかの誰の講義とも異なる。だがいったいどの程度まで、若い学生たちが（なにしろ彼らときたら、少し前までは英語を知らなかったのだし、英語の知識が必要とされるようになってからも、カスティージャ語（スペイン語）には無頓着なままなのだ）、自分たちの教師の質や彼の即興の完成度の高さを理解することができるのか怪しいものだ。適切な場所に置かれない節はひとつとてなく、文法規則上の一致が厳密に守られないことは一度すらなく、緊密な論理で言語と思考を結び付けないような文はひとつもない。この言語という正確無比な道具を駆使して彼は語る。そして、博識という一目瞭然の重みにもかかわらず、彼が力をこめて話すことはすべて、独自の見解であり、彼ならではのものなのだ。

学生たちにまじって教室の長椅子に座るたび、私は彼らが、自分たちの受け取るものと、運命がもたらしてくれた恩恵とに気がついているだろうかと思う。猛然とノートを取り、小声で囁きあったり、あるいは壁に視線を這わせてぼんやりとよそごとを考えたりしているこれらの青年や少女たちは、自分たちの教授をどう考えているのだろう？　ほかのどんな意見も知らないのなら、どうしてある意見の独創性がわかるだろうか？　それが皮肉だと気づかないのならば、皮肉にこめられた微妙なニュアンスをどうして感じ取ることができるだろうか？　きっと彼らに見えているのは、あたかも手品によって現れたり消えたりするごとく、そっと教壇に来ては去っていく、穏やかでおずおずとした物腰の男性の姿にちがいない。彼らの耳に届いているのは、抑揚もつけず、単調な読み方でテキストに注釈を加えるくぐもった声にちがいない。声は句読点上の自然な区切りに着かないうちに途切れ、なんらかの単語の前で聞き手の心を宙吊りにする。ボルヘスはしばらくその単語で歩みを止めてひと息ついた後、ふたたび思索の続きを述べるのだ。あるいは彼ら学生たちの目に映るのは、まるで透明人間の口述する文章を繰り返す自動人形か夢遊病者のもののような、何物をも注視しない、内奥の夢想に迷い込んでしまったような、ほとんど盲目の眼差しだろう。そして、ごくまれにほんのかすかな笑みを浮かべかける無表情な顔と、なにか身振りをしかけたと思うと、すぐさまぐったりして、大急ぎでもとの姿勢に戻ろうとする両手。彼らが聴いている講義はといえば、系統だった教育でもなければ、授業時間や各作家の重要性を勘案して組まれたプログラムでもない。学生たちは単に、ボルヘスの好きな話を聴いているのだ。厳密に教育学的な見地から見れば、もっと効果的に生徒たちの無知と闘うことのできる教師はほかにもいるだろう。しかし、ボルヘスのように間断なく聞き手の思考を刺激する者は、ほかにいない。

したがって私は、若い初学者たちの聴衆はボルヘスの文学講義の大半を忘れてしまっただろうと思う。もしも彼の授業に出るのが大人で、その講義のたぐいまれな素晴らしさを理解できる年齢と読書歴を備えていれば、毎回、毎回、非常に洗練された知的喜びを味わうことができる。ただしそのためには、レトリックよりもロジックを、教育よりも驚嘆を、語りの技巧よりも言語そのものを愛さなければならない。そうすればとつとつと語る単調な声が、少しずつ、完璧な形と驚くべき内容の芸術作品を作り上げていくのを感じることができるだろう。引用をする時だけ、その声は興奮し、生気を帯びる。するとボルヘスは英語の中に飛び込み、立ち上がり、ほとんど歌うようにして詩句を朗読する。感情をあらわにして、まるで果物を味わう人のような恍惚とした表情で。しかし引用を終えると、彼は自分の昂揚ぶりを少し後悔する。そして、隠れた情熱をあらわにしてしまったのを恥じるかのように、いつもの冴えない口調に戻って、そそくさと引用句を訳すのだ。

もうひとつ、私がつねづね運命に感謝しているのは、ボルヘスの講義の準備を手伝うという体験に関してだ。もしくは単に、彼に興味のあるテクストを音読してあげるだけのこともある。特に詩の場合にはそうだ。彼は視力がとても弱っているので、誰かに大きな声で音読してもらい、記憶を蘇らせる必要があるのだ。私はしばしばこのような形で彼と共同作業をするという幸福を味わった。

幸福とは、それほど激しいものではない。おそらくは、言葉を愛する者だけが、言葉からどれほどの喜びを引き出しうるかを理解することができるだろう。私たちは一篇の詩、あるいは韻文で書かれた一頁を選ぶ。それはたとえば、シェイクスピア、ジョン・ダン、チェスタトン、スティーヴンソン、ダンテ・ゲイブリエル・ロセッティなどかもしれない。時代や流派はあまり問題ではない。ボルヘスは、視覚に頼ることなく、自分の蔵書を検索し、必要とする本を探し出す。自分が聴きたいと思う作品のタイトルを完璧に覚えているのだ。さあ、そうしたら急いでページをめくった方がいい。彼はもうすでに、キャンディーの箱を開けてもらうのを待つ子供のように、うずうずして、今にも飛びつきそうになっているから。私は読み始める。すると私の心も美の虜になる。彼は私の声をかじりつくようにして聴いている。しかし彼は自分の記憶の声にも耳を澄ましているのだ。というのも私が読むごとに、彼は覚えている詩句を即座に小声でつぶやき返し、私の朗読をさえぎっては、極上の一文を繰り返してくれるようにと言うからだ。すると彼も自分でそれを繰り返し、「なんて美しいんだ!」と叫ぶ。それがあまりに子供のような喜び方なので、私にもその気持ちが感染してしまい、喜びを数秒間引き伸ばしたくて、立ち止まる。だがボルヘスはふたたびせっかちになり、私をまた急がせる。まるで、私たちふたりがレースに出ているのに、自分がうかつだったばかりに道草をしてしまったとでもいうかのように。「続けて、続けて!」。そこで私は朗読を続ける。このようにして私たちは詩の最後まで辿りつく。つまずきながら、彼がせきたて、中断、繰り返し、後戻り、再出発を重ねながら、私はおとなしく感動して彼に従い、こうしてようやく最後の行を読み終えると、やや緊張感をともなった読書の喜びも次第に鎮まり、やがておだやかな論評の時へと変わる。散文を読む場合はその性質上、もっと落ち着いた調子で進む。しかしボルヘスはここでもまた時折、自分の解釈を述べて朗読をさえぎる。その解釈たるや、実に的を射たものであると同時に予期せざるものであるという逆説的な特徴によって、決して忘れられるものではない。

そういえばボルヘスは、評論や大部分の短編の文体から、読者の多くからは、冷淡で超然としており容赦のない理性一辺倒の人ととられることが多いようだが、そのようなことは全くないと断言しておこう。彼はたいそう内気で——これまでの人生をずっと共にしてきたこの性格と、彼はいまだに手を切れずにいる——、しかもある種の感情を表現するのが、文学的にではなく心理的に不得手なために、人格のほんの一部分、すなわちもっとも知的でもっとも現実に無関心な面だけが、ほとんどすべての著作で表出してしまうこととなったのだ。私たち友人は、彼が、たとえば祖国の政治や状況など身近な問題について、皆と同じように激することのある人間だということを知っている。彼は、私たちのうちでもいちばんの熱血漢に劣らず、直情的で、好き嫌いが激しく、身勝手で、感情に左右されることのある人間だ。明晰で、ほとんど恐怖を感じさせるほどの知性ゆえに、崇敬される人物。だが同時に彼は、人が誰でも抱えている弱さ、脆さゆえに、愛すべき人物でもある。

講義が終わるとボルヘスは、こちらがノートを閉じペンをしまう暇もないうちに教室から姿を消してしまうので、大急ぎで廊下に出て追いつかなければならない。引き続いて、儀式の第二部の始まりだ。フロリダ通りまでいっしょに行き、カフェのカウンターで、いささかがさつな人の往来の中、コーヒーを飲む。私たちふたりだけのこともあれば、三、四人のグループのこともある。その後私はいつも彼をマイプ通りの自宅まで送っていく。その間も文学をめぐる会話は続く。実際、講義はずっと続いているのだ。ただ、講義のときほど整然とした語り口ではなく、もっと陽気で、現実生活にまつわる余談をさしはさむこともある。語り手はもはや壇上の人ではない。彼は生き生きとし、問いかけ、耳を傾け、尽きることのないユーモアで冗談を言う。だが私はしばしばこう思うことがあるのだ。彼の人生のすべて、もしくは少なくとも、座談にあらわれる彼の人生の一面そのものが、めくるめくような、果てしない文学講義にほかならないのではないかと。

一九六三年六月　ブエノスアイレスにて

書物と友情

アドルフォ・ビオイ＝カサーレス／山本空子訳

私の記憶に誤りがなければ私とボルヘスの友情は一九三一年か三二年頃、サン・イシドロからブエノス・アイレスに向かう車中で交わされたはじめての会話に遡る。その当時ボルヘスは、我々の中でも最も知名度の高い若手作家で、私は密かに出版した本一冊と匿名で記したもう一冊の本を出していただけの若僧だった。好きな作家は誰かと尋ねられた私は口を開き、内気さを乗り越え、その結果全ての文章のシンタックスは保ちながらも、ブエノス・アイレスで発行されている新聞の文学欄を編集したひどい詩人の退屈な詩を誉めそやした。雰囲気を変えるためだったのだろう、ボルヘスは質問の枠を広げた。「よろしい」と彼はそれを認めたうえで尋ねた、「では、今世紀あるいは他のどの時代でもいいのだが、誰々さん以外に君が尊敬するのは誰だね？」

「ガブリエル・ミロ、アソリン、ジェイムズ・ジョイス」と、私は返答した。

そのような答えに一体どう対応すればよいものだろうか？私は私で、ミロの等身大で聖書的——教会的とまでいえるような——フレスコ、アソリンが微細に描く村の光景、そして私は殆ど理解していなかったものの、まるで虹色のように空想的で秘めたものをもちつつ、不可思議な、そして近代的なものの魅力が引き出されていた、とめどのないジョイスの言い回しがどれだけ好きかを説明するので精一杯だった。ボルヘスは、言葉があふれ出るようなものを書く作家を通してだけ、若い人は満足できるような分量を文学に見出すというような意味のことを言った。それからボルヘスは人々のジョイスに対する賞賛に言及し、「もちろんそうだ。それは意図的であり、信仰表明であり、約束されたものだ。つまり彼らが（若い人をさしていたのだが）ジョイスを読めば気に入るという約束なのだよ」と付け加えた。

ブエノス・アイレス郊外の一軒屋ばかりの住宅街やアドロゲの別荘街をぬっての二人の散歩や、尽きることのなかった、そして喜びに満ち溢れた、本や本の構想についての語らいに関して、その当時の記憶はおぼろげである。私の記憶に残っているのは、ある夕方、レコレタ墓地の近くでそれから何年も先に私が書いた「雪の偽証」という短篇について彼に打ち明けたこと、また違う日の夕方に、アウストリア通りにあったただっ広い家を訪れ、マヌエル・ペイロウと会って蓄音機でダミアの歌う「よこしまな祈り」のレコードをうやうやしく聞いたことだ。

一九三五年か三六年頃には、ヨーグルトがいかに優れているかを科学的に証明するかのような広告用のパンフレットを共同執筆する目的で、パルドのエスタンシアで一週間共に過ごした。とても寒く、ボロ屋だったこともあって、我々は暖炉があった食堂を決して離れることがなかったのだが、そこではユーカリの薪がパチパチ燃え尽きていくばかりだった。

そのパンフレットは私に本当に貴重なことを学ばせてくれた。執筆後の私は、より経験を積み、より熟練した、前とは異なった書き手となった。ボルヘスとの共同作業は、たとえそれがどのようなものであろうとも、一人で何年も作業を積み重ねることに匹敵する。

我々はソネットを列挙したこともあったが、その三行連句の中に「los molinos, los angeles, las eles」(製粉所、天使たち、L(エル))という件りを入れるにあたって、どうやってこれを正当化したのかを記憶していない。また我々は探偵物語のアウトラインを書いた。構想はボルヘスのものだったのだが、プラエトリウス博士という、でかくて脂ぎったドイツ人の校長の物語だった。彼は快楽主義(義務付けられた遊び、常時かかっている音楽)をもって学校運営をするのだが、それによって子ども達を苦しめ、殺してしまうのだった。この話は決して具体化することがなかったものの、これこそ我々が後にブストス・ドメックとスアレス・リンチというペン・ネームで書いた作品の出発点となった。

忘却されてしまった沢山の会話の中でも、遙か昔のある週に田舎で交わされたものをおぼえている。私は芸術的な、そして文学的な創作をするにあたって、完全な自由、無意識的な自由が欠かせないと信じていた。これは私のお気に入りの作家が主張していたことで、私はどこかで目にしたことがあった「新しいもの」という単語の繰り返しからなる宣言に心酔していたのだ。そこで私は夢と自由連想と狂気の芸術と文学への貢献を誉め出した。ところが私を待ちうけていたのは驚きだった。ボルヘスは周到な芸術を好み、私の英雄たち、すなわちアヴァンギャルドのすばらしい詩人や画家たちに敵対する、ホラティウスや教授たちの味方だったのだ。我々は皆自分自身に夢中で、仲間についてほとんど何も知らず、三十年間ひたすらボルヘスに英国王室のお姫様の伝記やマス釣りについての最新刊しか進めない友人の本屋と結果的には何一つ変わらないのだ。ボルヘスはその議論を私が締めくくるままにしてくれたのだが、これは私があまりに強く主張したがためだったのだろう。しかしその翌日——あるいはその晩だったかもしれないが——立場を変えてみると、批評家や伝記編者の記したページにある程、多くの作家が書くものは立派ではないのだと分かりだした。その時から私はものを考え、物語を書くにあたって、より注意を払うようになったのだ。

ボルヘスと私は作家として同等の立場にはなかったものの、

お互い本への情熱を共有していたがために友情を育むことができた。ジョンソン、ド・クインシー、スティーヴンソン、アルゼンチン人が「幻想文学」と呼ぶもの（幽霊や神秘的、超自然的なものを題材にした物語）、推理小説のプロット、『イリュージョン・コミック』、文学理論、トゥーレの『コントルリーム』、翻訳の抱える問題、セルバンテス、ルゴーネス、ゴンゴラにケベード、ソネット、自由詩、中国文学、マセドニオ・フェルナンデス、ダン、相対論、観念論、ショウペンハウエルのメタフィジカル・ファンタジー、スル・ソラールのネオ・クリオール、マウトナーの『言語批評』について、我々は幾夕も幾夜も語り合った。ボルヘスの魂の中に文学は生きているのだ。我々の会話を通してその当時私が感じたことを、どうやって呼び起こすことができよう？　私がそれまで読んだことのあった詩、批評、小説風の場面をボルヘスが論じると、それらはあたかも新たな真実を持つかのようで、私が読んだことがないものは、人生そのものが一瞬まことに素晴らしい夢になるように、まるで冒険の世界だった。

一九三六年、我々は「デスティエンポ」（時期はずれ）という評論雑誌を創刊した。誌名はその時代の迷信から免れたいという、我々の願いを反映していた。我々は殊に本の本質的価値を伝えようとし、民間伝承的、土着的な要素を持つものや、文学史、社会学、あるいは統計学的なものに依存する批評家達の傾向に反対した。

あの九月の朝、我々の雑誌の創刊号を手にしてオルティゲラ通りのコロンボ印刷を後にした時、ボルヘスは半ば冗談半ば真剣に、歴史に残すために写真をとってもらうべきだと提案した。そこで我々はそこらへんにある店で写真をとってもらった。その写真は余りにもすぐに紛失してしまったから、どのようなものだったかも覚えていない。輝かしい作家達が「デスティエンポ」の誌面を飾り、結果第三号まで発行された。

私はあらゆる作品でボルヘスと共同執筆をした。我々は探偵もの、幻想的な内容の風刺もの、映画脚本（これは失敗に終わったが）、記事や序文を書いた。また、双書を編集したり、アンソロジーを編纂したり、古典作品に注釈をつけたりもした。サー・トマス・ブラウンの『壺葬論』、『キリスト教道徳』、『医師の宗教』、そしてグラシアンの『機知と創意の技法』の注釈をつけた幾つもの夜、またそれより前の冬に『幻想文学選集』に入れる作品を選び、ヴィリエ・ド・リラダン、キプリング、ウェルズ、そしてビアボームを訳したことが私の人生の記憶の中でも最も輝かしい記憶の一つとして残っている。因習やしきたり、怠惰、あるいはスノビズムに決して流されない鋭い精神、豊かな記憶力、埋もれていながらも価値のある、本物のアナロジーを探り当てる能力、見事なイマジネーション、決して尽きることのない創造エネルギー、これら故にボルヘスは完全な文学人として抜きんでているのだ。彼は副業となる活動と本業を明確に、そして正確に区別する。彼は、我々が友達になってすぐの頃、「書きたいのならば本や雑誌を編集するのではない。読んで書くのだ」と、私に警告を与えた。

私は、そのアドバイスを受けてから数年後、「そうすることによって人は良くないものを大量に書いてしまう。あのとき私が出版した本をみるといい」と述べた。

するとボルヘスは、「作家は早いうちに過ちを犯せば犯すほどいいのだ」と言った。「私はスペイン語古語とブエノス・アイレスのスラングについてばかり書いた時代もあれば、ウルトライスモばかりについて書いた時代もある。時折、似たような過ちに苦しむ人々に会うが、その都度『私はそのような過ちをすでに犯しているからこそ自由なのだ』と思える」と答えた。

私が一九三〇年代に記した本全てが、彼が会話していたごくふつうの道理をわきまえているとすら言える人物が、実は不快なまでに過度に過ちを犯す作家を隠し持っていたことを彼に気づかせた筈である。ボルヘスの寛大さ故に、彼はこれらの本の賞賛に値すべき箇所は賞賛し、常に激励してくれた。

一九三九年のある夕方、サン・イシドロの切り立った岬で、ボルヘス、シルビナ・オカンポ、そして私は、ある物語の構想を思いついた（これも決して書かれることのなかったものの一つだが）。これはフランスを舞台にしていた。物語の主人公は地方の文学青年で、数年前になくなった作家の評判に惹かれていた――この青年はこの評判を直感したのだが、それは最も洗練された文学サークルに限られていた評判であった。主人公は骨を折って巨匠の作品を探し出し、収集した。それらは芸術院会員たちが身にまとっている剣を称えた、平凡な文句を連ねつつも完璧な文章で限定部数しか刷られなかった論文や、故ニザールに捧げられた、ヴァッロの『ラテン語論』の一部についての短いモノグラフや、形も中身も冷ややかなソネットだった。これらの堅苦しくて身のない作品と、作家の評判が結びつかないことから主人公は調査をはじめる。彼は巨匠が住んでいた城まで行き、とうとう巨匠の原稿を手にした。そこで彼は素晴らしくも、修復不可能なまでにずたずたにされた草稿を発見した。調査の終盤で彼は禁止事項が記されたリストに突き当たるのだが、我々はそれらをその夕方、『時間との実験』のボロボロの表紙と遊び紙に書きだした。その内容は以下の通りである。

良いものを書くにあたって避けなければならないこととは。

――心理的、逆説的異常事件：良心的殺人、幸福すぎる人の自殺。心理学的にいかなることも可能であることを知らない人間が果たしているのだろうか？

――本や人物についての驚くような解釈。ドン・フアンは女嫌いである等。

――奇抜なもの、複雑なもの、脇役やたまにしか現れない登場人物の秘められた役割。ドン・キホーテにおける小間使いの哲学。文学における登場人物は単なる言葉の集まりでしかないことを忘れるな（スティーヴンソン）。

――明かに異質な登場人物の組み合わせ：キホーテとサンチョ、ホームズとワトソン、ローレルとハーディー。

――主人公が複数いる小説：一方の登場人物ともう一方の登場人物との間を行き来させるような言及は、はた迷惑である。こうした小説手法は問題を引き起こすともいえる：作家が敢えて一方の登場人物だけを観察したとしても、似ても似つかぬような違いやずさんな偶然の一致を避けて、もう一方の登場人物についての観察もすべきである：避けがたい状況：ブーヴァールとペキュシェ。

——会話の妙技、服装等による登場人物の特徴付け。ディッケンズ参照。

——単なる斬新さ、不意な驚かせ方：トリックのある物語。それまで語られていなかったことは教養のある作家には価値がない：教養のある読者はぶしつけな、不意な驚かせ方に余り喜びを示さないだろう。

——物語を語るにあたって時間と空間を使った自己満足のトリック。フォークナー、プリーストリー、ボルヘス、ビオイ等。

——芸術作品における真の主人公はパンパ、原生林、海、雨、孤独、恐怖、剰余価値であることの発見。上記のことが述べられている本を読んだり書いたりすること。

——読者が共感しうる詩、状況、そして登場人物。

——引用句や紋切り型になりうる危険性をはらんでいる、一般的に色々なものに適用できそうな文章（これらは discours cohérent〔首尾一貫した論説〕と矛盾する）。

——伝説的になりうる登場人物。

——計画的にたった一つの時間と場所の登場人物、場面、文章とすること。地域色。

——特定の言葉、特定のテーマに対する心酔。セックス、死に対するこだわり、天使、銅像、古い家具や装飾品。

——混乱を招く列挙。

——豊富な語彙。同義語として使用されるすべての単語。その逆が le mot juste〔的確なことば〕。的確さを求めようとするすべてのこと。

——鮮明な描写。非常に現実味のある世界。フォークナー参照。

——背景、雰囲気、ムード。熱帯、酩酊状態による混乱、ラジオ、繰り返されるフレーズ。

——天気で幕を開けること、幕を閉じること。平行する天候と人間の感情。ラスキンの救いようのない詭弁。ヴァレリーの「風立ちぬ、いざ生きめやも」。

——メタファー全般。特に視覚的なもの：さらに絞るならば農業的、軍事的、あるいは銀行的。プルースト参照。

——あらゆる神人同形説。

——他の人物の行動と平行して追って行くプロットの作品。ジョイスの『ユリシーズ』、『オデュッセイア』。

——献立表、アルバム、旅行日程、コンサートの形をよそおった本。

——写真を暗示するすべてのもの。映画を暗示するすべてのもの。

——批評における非難か賞賛全て（メナールがしいた規則に基づく*）。文学的効果に気づくことだけで十分である。ホメロス、セルバンテス、ミルトン、モリエールの場違いのユーモアを指摘する、見えすいたことをやる奴らほど幼いものはない。
――批評における全ての歴史的、あるいは伝記的言及。作家の気質。心理分析。
――探偵小説における家庭生活やエロチックなシーンの描写。哲学的な会話におけるドラマチックなシーン。
――サスペンス。恋愛小説における感情的な、あるいはエロチックな要素：探偵小説における謎と死：幽霊物語における幽霊。
――虚栄、謙遜、男色、男色の欠如、自殺。

このリストを読んだ数少ない友人は明白な不快感をあらわした。我々が、自分たちを文学的独裁者として位置付け、遅かれ早かれ自由に書くことを制止させるのではないかと思ったのだろうか。あるいは我々の真の目的を理解できないと思ったのかもしれない。我々は決して我々のメイン・テーゼを明らかにしなかったのだから、彼らはこの点において正しいといえる。我々がこの物語を書いていれば、完璧な明晰さをもってても書くことが不可能だということを例証した、作品の多くない文学者であるこの禁止事項の著者の悲しい運命に、いかなる読者といえども十分な説明を見出すことができただろう。

先に引用した「規則」にでてくるメナールとはボルヘスの『ドン・キホーテ』の著者、ピエール・メナール」の主人公である。一方は出版された、もう一方は書かれなかった、この双方の物語の創造は同じ年の殆ど数日の間でなされた。私が間違っていなければ、ボルヘスは、禁止事項を列挙した夕方に「ピエール・メナール」を語ってくれた。

ボルヘスは、興味のあるものならば、たとえそれがどのようなものであったとしても、桁外れの集中力と努力で取り組む。私は、彼がチェスタートン、スティーヴンソン、ダンテ、一連の女性達（いずれもかけがえのない、個性的な女性達だった）、語源、古英語、そして常に文学に対して抱いていた情熱を見てきた。最後に挙げた情熱は、本と人生が相反するものだという格言を振りかざす人々を困惑させるものだ。実際、ボルヘスは『汚辱の世界史』の序文で自ら、最初の物語集は「心理主義の作品ではないし、またそうみせる意図ももたない」と述べている。ボルヘスは登場人物よりも物語に興味を持っていると論評されてきたし、また人間よりもプロットを深く好むのではないかと、疑問を投げかけられてもいる。これは『千一夜物語』の、匿名の著者たちに関して言えないことだろうか？　ボルヘスは偉大な小説家達と物語作家達の流れを組んでいる――つまり、ストーリーテラーの伝統だ。

ボルヘスが浮世離れしているという人達が描く彼の肖像は誤っている。彼の頑固なまでの専制政治への反対や道徳に対するこだわりについてここで確認する必要はない。単純に文学的な思い出にとどめることとしよう。我々の作品を書くために会う時、ボルヘスは登場人物について知らせがあると私に言う。まるで彼らと会ったかのように、まるで彼らと暮らしているかのように、彼はフロッグマンやモンテネグロが昨日したこと、ボナベーナやルイス・ビジャルバ夫人が言ったことを私に報告してくれる。人々と、彼らが織り成す喜劇にこそボルヘスは惹きつけられるのだ。彼は特異なものの鋭い観察者であり、容赦のない風刺作家ではなく、誠実な風刺作家なのだ。

私は未来に引き継がれる今日のブエノス・アイレスに、ボルヘスの創造した小説の登場人物やエピソードが組み込まれるのではないかと考える。多くの人にとってボルヘスの言葉というものは人生そのものよりもよりリアルなものであるということに私は気づいたので、必ずしやそうなるのではないかと思っているのだ。

追伸——「ジョンソン、ド・クインシー、スティーヴンソンについて語り合った幾夕も幾夜も」と書いた。ボルヘスについて学ぶ学生が喜ぶだろうと思うので我々の会話について更なる詳細をしるす。我々が語ったことについてリストの中身を増やすと、以下のものがある。

ジョンソン
ド・クインシー
スティーヴンソン
チェスタートン
ソネット
ゴンゴラのソネット
ケベードのソネット
ロペのソネット
バンチスのソネット
自由詩
韻律、韻を踏んだ詩
ルゴーネス
ロペス・ベラルデと『敬虔な血』
カルロス・マストロナルディと長篇詩の書き方
『マルティン・フィエロ』のスタイル、登場人物、そして
　エピソード
『ドン・キホーテ』とセルバンテスの登場人物
ガウチョ文学
道徳書簡
メネンデス＝イ＝ペラーリョの『ホラティウス書簡』
『ローランの歌』
幻想文学
『神曲』
探偵物語のプロット
マヌエル・ペイロウの散文とプロット
『イリュージョン・コミック』
ダーボブ兄弟、短篇、ドラマチックな状況、そしてモロン
　という街
イエズス会宣教師の書簡
紅楼夢
中国の詩
紫式部

『鳥の会議』
『千一夜物語』
ヴァーノン・リーの『言葉とのつき合い』のような、本について の本
タイトラー、アーノルドとニューマンのホメロス翻訳について の論争など、翻訳の抱える問題についての本
ネストル・イバーラと「海辺の墓地」の翻訳
マクロビウスの『サトゥルナリア』
マセドニオ・フェルナンデス（逸話、付随的意見、計画、プロット）
相対論
四次元
時間の理論と解釈
永遠
スウェーデンボルグ
J・W・ダンの時間と夢についての本
観念論
コンディヤックの立像
マイノングと物の存在
予定調和
ゴールトン
ショウペンハウエルのメタフィジカル・ファンタジー
マウトナーの『言語批評』
スル・ソラールのネオ・クリオール、パン・リングア、パン・ゲーム、パン・クラブと逸話
ゾラ
フローベール
プルースト
エサ・デ・ケイロス
ヘンリー・ジェイムズのプロット
キプリングのプロット
ウェルズのプロット
コンラッドにおける想像力と語りの技法
ジョージ・ムーアの自伝的書物
ユーゴ
ハウスマンの詩
トゥーレのコントルリーム
仲間のアルゼンチン人によってかかれた詩、小説と短篇
倫理の形成

原註

*——我々は、アメリカで（そしてヨーロッパとアルゼンチン共和国で）、論文を書くような大学教授や作家が、これをどれだけ文字通りに適用するかは考えだにしなかった。

幻想の鏡、現実の鏡

辻邦生

国際文化交流基金からボルヘスの歓迎会に出るようにという案内を受けとったのは、昨年(一九七九)の十一月はじめのことであった。

私は、自分が小説家になる以前から、あまり小説家、詩人には会いたいと思ったことがない。文学の世界は、なま身の作者とはどこか切り離され、それ自身で独立していなければならない、というのが私の考えだったからである。もちろんその世界を生み出した作者が、それと無縁であるわけはない。しかし本質的には作品と作者のあいだに断絶がある。すくなくともプルーストが言ったような意味で、作品をつくるのは、現実の作者の〈もう一人の自我〉である、とは言えるのではないか。私はそんなふうに考えていた。

しかしボルヘスに会う、ということは少々意味が違っていた。私には、何とかボルヘスのなかに確かめておきたいものがあった。それは別に何かを訊かなければならないという切羽づまった疑問ではなかった。ただ会って、会うことによってしか感知し得ないものを、自分の身体を通して感じたいという気持に近かった。

そういう小説家は文学史上にも何人かいる。たとえばカフカなどその一人だ。私はヤノーホの『対話』などを読んでいると、無性にあの暗い、童話じみた、緑の濃いプラハの町へ出かけたくなる。迷路のように曲りくねった、硬い石だたみの裏町をぬけ、アーチ形の建物の下の抜け道を通ってゆくと、人気のないガラス窓の閉った森閑とした中庭に、黒い服を着たカフカが立っていて、陰気な、ぎょろっとした、大きな眼を驚いたようにこちらに向け、それから猫背気味に近づいてくる。

「お待ちしていましたよ。そんな予感がしたんです。午後に、役所を出るとき、帽子が帽子掛けから落ちたんです。やはり君だったんですね」

カフカの耳は両側に突っ立っている。頬がこけている。しかし眼だけは写真とは違っている。たしかにぎょろりとしている。怯えたようにも、不敵なようにも見える。でも、この東洋ふうの黒い眼はうるんでいて、柔和なところがあって、何か柔かなもの――肉感的なふわふわの毛糸の玉とかそんなもの――を夢みているようだ。それにカフカの手は……そうだ、手の感触について私は三十頁は書かなくてはならない。

またたとえばトルストイ。白樺の新緑に囲まれたヤスナヤ・ポリャーナの庭でもいい、あるいは冬のモスクワの邸宅の応接間のペーチカの前でもいい。私はまずトルストイの声について書かなければならない。レコードもテープもついにこの天才の声を残すことができなかったのだから。もちろん彼はフランス語で喋ってくれるにちがいない。

「もう五十年前になるかな、日本人の作家がきましたよ。あなたよりもっと疲れた思いつめた顔をしていた。何と言ったっけ。そう、そう、ロカ……トクトミ・ロカって言いましたよ」

私はヤスナヤ・ポリャーナの初夏には、トルストイ夫人がいれてくれた冷たいクワスを飲む。果汁の発酵する匂いが、まるで林檎園にいるように、口のなかに拡がってゆく……。

深夜の私の架空会見はこうして果しなくつづいてゆく。時どき、私はトルストイに怒鳴られたりする。なにしろこの老人は気まぐれなのだ。しかし大声を出したあとで、すぐ悔んで、謝るのだ、声をひそめて。しかし私はそのたびにノートを出してトルストイの言いわけを書きとめておく。こんどヤルタでチェーホフに会ったら、どうしてもそれを話して、胸の悪いあの病人を笑わせてあげなければならないからだ。

ドイツだったら、少し汽車の予定をのばして、フーズムまで出かけてゆく。冬に陰気な雲が垂れこめるあの港町は、まったく退屈そのものだからだ。たぶんシュトルム判事は襟巻をぐるぐる巻いて、駅まで馬車で迎えにきてくれるだろう。私はスイスに寄った途中、ゴットフリート・ケラーに会いましたよ、と言って、この小心な判事をびっくりさせてやろう。おそらくはじめは判事も機嫌がわるいに違いない。二人は尊敬し合っているくせに、お互いにかすかに嫉妬を感じているからだ……。

時どき私は興の赴くままに深夜人々が寝静まってから、こうした架空会見記をせっせと書くことがある。実際シェイクスピアと、芝居の終ったあと、道端に坐って話し合うなどということ以上に、どんな楽しみがこの世にあるだろう。シェイクスピアは、まあ大して出番のない役だけれど、結構プロンプターなども引き受けて疲れているみたいだ。しかしこの人は決してそんな様子を見せない。仲間の役者たちが「じゃ、ウィル、あしたな」なんて言って、握手をしてゆく。

「お疲れじゃありませんか」

「いや、構いませんよ。舞台の上だって、道端だって、流れてゆく時間には変りありませんからね」

しかしボルヘスと会うのは、こうした架空会見ではなかった。私はあまり深夜に架空会見ばかりしていたので、はじめのうち、しばらくその招待状を本物と思えなかった。

「とうとう俺は、深夜だけでなく、白昼、架空会見を夢みるようになったか」

私はそう思って、自分の額をこつこつ敲いてみた。(もっとも深夜の架空会見でも、つねに私は額をこつこつ敲いてみて、その実在感をたしかめているのだから、この場合、どちらが現実でどちらが架空かは、もはや区別がつかないのだった……）

私はその日、ちょうどプラハの裏町を通ってゆくようにして、東京虎の門のホテル・オークラへ歩いていった。指定の時刻は六時半だったが、定刻より早く着いた。小説家たちのパーティと違って、顔見知りの人はほとんどいなかった。もちろん一見して知的職業に従事している人と思われる、端正に背広を着た人々が一人二人と集っていた。簡素だが、立食パーティの用意がされていた。

間もなく、入口で何人かの人々が、かたまったまま、入ってきた。大臣とか、女優とかが入ってくるとき、人々はきまってこうした塊りをつくっている。ボルヘスが入ってきたことはその気配でわかった。

ボルヘスは、最初の印象では、かなり疲れているようだった。腰が立たぬ人を、無理に立たせて、両脇から抱えている、といった感じだった。もちろん彼には通訳の女のひとが一人付き添っていただけだったが。

「ボルヘスは疲れきっているな」

それがその場に居合わせた私たちの印象だった。八十歳。ほとんど全盲に近い。それでいてブエノスアイレスから二十時間も飛行機に乗ってきたのだ。

今日出海氏の歓迎の辞があって、ボルヘスは短く、私は差し向いで話したいから、こうした形の話はやめたい、あとで参会者は来てほしい、と述べて、入口に近い椅子に坐った。

私は、とにかくボルヘスの近くにゆき、ボルヘスを感じればよかった。そこで、まだ人々が場所慣れしないで、ボルヘスのところへ集まらないうちに、この老作家のそばにゆき、自己紹介した。

ボルヘスは会場のざわめきのなかで私の声が聞えなかったらしい。明るい灰色がかった青い眼――それは、眼の奥に拡がる広い世界を覗かせているなんと空白な窓だっただろう――を私のほうに向けて、まるで子供が蝶を網で摑まえるように、私の気配を捉えようとして、仰向けた顔を、探るように左右に動かした。

私はひょっとしたら、私の言い方が唐突で、わからなかったのかもしれないと思い、日本語で通訳の女のひとに、自己紹介を伝えてもらった。

もちろんボルヘスは私を見ているわけではない。ただ儀礼的に、多くの参会者の一人として、やわらかい手で、私のごつごつした手を握ったにすぎない。中学時代の鉄棒の練習でできたまめがまだ残っている私の手――せっせと絶えず書くというプルーストの映像に合わせてひたすら原稿用紙の上に日本語を書くのを快楽と心得ている私の頑丈な手――は、金屏風の置かれた、赤絨毯の、和洋折衷式ホテルの小じんまりした宴会室で、「不死の人」を書き、「バベルの図書館」を書き、ヨーロッパ空間を形づくる無数の書物の頁をめくった白い、すべすべした、柔かなボルヘスの手によって握られたのであった。

実は、私とボルヘスとの現実の会見は、そこで終っていてよかった。というのは、もう私の背後には、早くも名乗りを上げようと待ち構えた人々が近づいていたからだ。私は、こういう際、昔から、あえて人の前で専有を誇る気持がない。首席になった途端、そうした一番初めの席を独占するのは気がひけて、私はさっさと席を譲ることにしている。高等学校のとき、その遠慮が過ぎてか、級友たちに上席を譲り譲りしたため、私はどんどん席次が後退して、あっと気がついたときには、あたかも後ざまにプラットフォームから墜落するように、落第していたことがあったのである。

　とまれ、私は、その日、二度とボルヘスに近付けなかった。ボルヘスは栄光に囲まれているように人垣に覆われて、それを押し分けることは到底人力で為せる業ではなかったからである。

　しかし私は、有り体に言えば、一瞬手を握り合って、自己紹介し、歓迎の言葉を喋り、ボルヘスが「グラシアス、グラシアス」と言うのを聞いただけで、もう最初の目的は達していた。

　私がボルヘスその人に会って確かめておきたかったこと――それは、私がボルヘスの作品を読むときの感じが、一般のボルヘス読者とどうも同じではない、という漠たる気持があって、もしかしたら私の感じ方が本来のボルヘス的なものから離れた、突飛なものなのではないか、という危惧があったからである。

　私はボルヘスを読むと、庭で、いたずらを仕掛けた男の子が、澄んだ声で笑っているような印象を受ける。たとえば初めて『ブストス＝ドメックのクロニクル』を読んだとき、私は冒頭から、この澄んだ楽しげな笑い声を聞きつけた。『セサル・パラディオンへのオマージュ』は言ってみれば、全篇、いたずら好き、冗談好きの男が、ふきだしそうになるのを怺えながら、真面目くさって、まことしやかに書いた短篇といった趣なのだ。

　これは『「ドン・キホーテ」の著者ピエール・メナール』『新自然主義』などと同工異曲のボルヘス好みの冗談なのだ。かりにこのメナールなる架空の作家に架空会見を申し込んで、その著作目録を拝見してみる、ということにしたらどうだろう。実はボルヘスはそれをまことしやかにやってみせる。

「(a)『ラ・コンク』誌に二度（いくつかのヴァリエーションを伴って）掲載された、一篇の象徴派のソネット（一八九九年三月号と十月号）(b)諸観念を表わす詩的用語法を構成することの可能性についての研究論文。これは、わたしたちの日常語をつくりあげている言語の同意語や迂言法に当たるのではなく、『伝統に従い、もっぱら詩的要求を満足させるために創造された理想的なもの』である（ニーム、一九〇一年）(c)……」

　と、まあ、こういった具合に、まことしやかにメナールの業績がつづくが、これは、かりにわれわれが「㈠紀州徳川本『藤原為忠家集』中に現われた百首和歌と『歌合大成[六]』の異同について（『中古文学研究』桜風社、昭和四年）㈡……」と本当のような嘘のような業績目録をつくるのと、ごくごく似ているのである。

ともあれ、この博識の文学者メナールが実にさまざまな理屈と瞑想の揚句に最終的に到達した文芸批評の方法は何であったか。それは、そこにいかなる恣意も判断も加えず「原文」そのものを引用して示すこと、しかも最初の一行から最後の一行まで途中一句も欠けずに。だが、これは、結局は、すでに存在する作品をすっかり転写することではないのか。

セルバンテスの『ドン・キホーテ』と、ジュリアン・バンダと同世代のピエール・メナールの『ドン・キホーテ』を並記した箇所を読めば、シャルボニエのインターヴューに出てくる数学者ならずとも、爆発的に笑うはずだ。ここでは一字一句変えられていない。そっくり転写されている。だが、これとて、メナールの苦吟の果に生れたのであるとすれば、これはメナールの『ドン・キホーテ』と言ってどうして悪かろう。

『セサル・パラディオンへのオマージュ』ではこの冗談はもっと楽しげに表現される。

「かくしてわれわれは今世紀最大の文学的事件であるセサル・パラディオン著『見捨てられし公園』に直面するところとなったのである。これほどエレーラの同名の書からかけ離れた存在というものはない。なぜならエレーラの本は先行する作品を繰り返すということはなかったのだから。この瞬間からパラディオンは、うんざりさせるほど厖大な参考書目を抱え込んで浩瀚ぶりを発揮したり、ただの一行たりといえども自ら書くなどという安易なる虚栄心に身をゆだねたりすることもなく、ただひたすらにその魂の奥深く秘められたところを慎重に観察し、それを十全に表現しおおせているところの書籍をば次々に発刊するという前人未踏の領域へと踏み込んだのであった」(以下引用は斎藤博士訳)

私には、こうした文章を書いているボルヘスの上機嫌がわかるような気がする。もちろん彼にだって嫌なこと、辛いこと、暗い思いを抱かされることはあるだろう。現代の政治や革命や愛や野心や裏切りで刻々に心を引き裂かれることもあるだろう。しかしすくなくともこうした作品を書いているとき、ボルヘスの気持は豊かであり、人類の迷妄に対して寛大であり、文学の楽しみを十全に享楽していたにちがいないのである。

あるものがそっくりそのままというのは笑いを惹き起す動機となる。たとえば大人の服装をした子供、そっくりの双生児、人間のまねをする猿等々。また極端な対比、非連続を含む連続も笑いを惹き起す。たとえば小さな鞄を持った関取り、大きな帽子をかぶった小学生等々。

ボルヘスはこうした滑稽な現象を、書斎的荘重さをもって書いてゆく。だから、はじめは読者もしかつめらしく読んでいる。しかしある瞬間、突然、笑いの爆発が起る。すると私は上機嫌なボルヘスの澄んだ少年の笑い声を聞くのである。

私が好きな『ラモン・ボナベーナとの一夕』など何度読んでも、この笑いが全身を揺さぶる。レアリスム文学の極北をめざすこの大家が、精密な論理を追って、ついに空間の「限定されたる一領域」の詳細な描写に凝集してゆくプロセスほど、抱腹絶倒の滑稽を感じさせるものはない。

「書物机の北北西の一角に常日頃置かれている物体をば記録し尽すというヘラクレス級の大困難事――実に二一一頁を要した大仕事であった――を無事やりおおせた時点で自らこう問うてみたのだ。さて、在庫を追加すべきや否や、とね」

もちろんここには、へその緒のつながっている現実を書くのだと、ボサボサ髪をかきむしり、悲愴な表情でペンを握っているリアリズム作家に対する朗らかな揶揄があることは当然だが、おそらくボルヘスの真意は、そんなあてこすりなどは越えていただろう。極端化した場合に起る非人間化、自動化のおかしさ――そういうものが、むしろボルヘスの心を快く笑いで揺さぶっていたのであろう。

もともとボルヘスが用いる書斎的荘重感も、イヨネスコの笑いと同じく、極端に異質なものの連続という滑稽の効果を狙ったものに他ならない。もっとも重々しい言葉で、もっとも無意味なことを、尤もらしく言うことほど、われわれを笑わせることはないのである。

最大の正確さをもって作成された地図は、実物大の地図である（!）としたら、われわれは途方もない巨大な地図を持たなければならないではないか。しかも本気でその地図作成に乗り出している男がいたとしたら？　そんな地図は持ち運びに不便だとか、その他実物大地図作成の無意味を説く俗論を一々反駁する論拠を詳細に展開しつつ、この地図作成の物語を書くとしたら？

もちろんボルヘスはそれを書いている。

また、たとえば私は、いま机に向って文字を書いているが、この瞬間、篠田一士も何か書いているし、鼓直も机に向って書いているし、神吉敬三も書いているし、筒井康隆も書いている。その他世界各国で無数の人が、いま、この瞬間、何か書いている。とすれば、この「書いている行為」で結びつく一大結社が、そこにでき上っていると考えてもいいだろう。この場合、清水徹は机に向ってはいるが、ちょっと窓の外を見ているので、結社の中に加わらない。中村真一郎は机に腰を下してパイプをくゆらしているので、これも入らない。だが、その瞬間、窓の外を見て物を考えている人の結社の中に清水徹は加わっているし、中村真一郎は机に腰を下してパイプをくゆらしている人の結社に加盟しているのである。

こんなふうに世界じゅうで、無数の結社が一瞬一瞬成立する。玄関を出てゆく人の結社、歯を磨いている人の結社等々。

「ただ今バラルト先生は考えうるかぎりのすべての結社についてのリストを作成中であるという。もちろんこれには障害が存しないわけではない。例えば今現在迷宮のことを考えている人々の結社の例を挙げてみよう。それから一分前に迷宮のことを忘れてしまった人々の結社、又それぞれ二分前、三分前、四分前、四分半前、五分前……に迷宮のすべてを忘れてしまった人々の結社……という風に無限に数えられるのである。迷宮のかわりにランプを取りあげてみるとしよう。事はさらに紛糾の度を増すことであろう」

ボルヘスがこの『結社の原理』を書いたとき、ニーチェの永劫回帰の思想を憂鬱なものとして受けとっていたか、あるいは運命愛《アモル・ファティ》の原理に立って雄々しく生成の流れに合一していたか、私は知らない。しかしこの短篇を読むかぎり、彼は、この〈結社〉の持つ滑稽味と楽しさに、すっかり嬉しくなっている。

『世界劇場』の重々しい演劇史的博学の展開（たとえばわれわれのあいだでオーベルアメルガウ受難劇に関する知識を持った人は何人いるであろう）からブルンチュリの演劇理論にいたる論述（？）は、くすくす笑わずには読むことができない。

もちろんボルヘス自身が言っているように彼はたんなる冗談やユーモアとしてこれらを書いたわけではない。たとえばユーモアとしても傑作の『存在は知覚《エッセ・エスト・ペルキピ》』は、文学の存在の根底を照らしだす深い哲学的内容を持っている。ボルヘスが題名をラテン語にした所以である。しかしそれが哲学的であり、ラテン語的荘重さを響かせれば響かせるほど、この架空のサッカー試合の詳細を話し合うアルゼンチン文学アカデミー会員モンテネグロ博士の存在は、ほとんどグロテスクなまでの滑稽感を帯びてくる。

かりにわれわれが巨人＝阪神戦の詳細を聞き、それをテレビでも見て、実際にあった試合だと思い、やはり小林は凄え意地をみせるなとつぶやいて寝たとしても、それがまったくの架空の試合であることはありうるのである。私はわざわざ球場にいったわけではない。テレビだってモンタージュでないとは誰が保証しよう。まして新聞の試合経過など、私だって架空の戦績を書けるのだから、専門家なら、わけなくでっち上げられるだろう。

そう考えてくると、何が現実で、何が架空であるか、まったく分らなくなっている。そもそもわれわれは本当に存在しているのであろうか。われわれはただ〈存在している〉と思っているだけではないのか。

しかし実際は、ボルヘスはこうした夢が現実となり、現実が夢になる変換性を、文学の持つ幻想の根拠として、むしろ楽しげに引き受けているのである。

私は上智大学で行われたパネル・ディスカッションを楽しみにしていたのに、大学の雑用が長くなって、とうとう参加することができなかった。幸い『朝日ジャーナル』（三月七日号）に詳細な再録が載ったので（これも架空であろうか？）私は当日のボルヘスの言葉を何度か我意を得たりと思いつつ読んだ。

たとえば「文学は言葉よりも、言葉の背後に人々が感じるものにあると思うのです」「人間が誠実に夢を見、自分の信ずること、歴史的現実としてではなく、現実性のある夢として信ずることを書けば、立派に書くことができると思います」「重要なのは、言葉ではなく、読者が言葉を通じて感じること、いやしばしば、書かれている言葉にもかかわらず感じることとです」

こうしたボルヘスの発言は、現代の構造主義的な言語観にわずらわされている読者に、ある健康な、自然な感受性の目ざめを誘わずにはいまい。詩人・小説家が言語の魔術師であることは当然であるけれども、それが一級の作品に達するには、ボルヘスの言うように「情熱」が必要なのだ。「情熱なしには文学作品を書くことはできない」とも「純然たる言葉の遊びに堕する」とも言っているのである。たしかにボルヘス的な奇知にわれわれは喝采する。しかしボルヘスは「理性一本ヤリの作家である」などとは言えない。むしろナイーヴに過ぎる感性を、図書館の奥の無数の本と、その本の喚び起す幻想とで、さりげなく覆っている。それにもかかわらずそのやさしい心情は、庭で朗らかに笑っている男の子のように、作品のなかに、溢れでているのである。

実は、私がボルヘスに会って確かめたかったのは、彼の持っているこうした人柄であった。それを感じるためには、別に多くを話す必要はない。ただ手を握るだけで十分だ――私がそう思ったのも理由があるのである。

しかしパネル・ディスカッションに出られなかったので、私は、最初の機会に遠慮しすぎたのを多少悔む気持になっていた。そこへ計らずも、ボルヘスが日本をたつ前に、もう一度、送別パーティをやるので出席してほしいという案内を受けとった。

六本木にあるアルゼンチン大使館は、戦前の洋風仕立の個人の家であった。それはまるで時間など流れていないといった感じの、不気味な、ヒマラヤ杉の深々と繁る、陰気な感じの洋館で、いかにも底冷えのする応接間で、古めいたガス・ストーヴが燃えていそうな気分だった。

立派な手すりのある階段が二階へ通じている。その玄関の間で大使夫妻が来客を迎えていた。私の前に十人ほど人がいたにすぎない。

ボルヘスはすでに客間のソファに坐って、例の、見えない眼で、相手を触るような様子で、顔を上に向けていた。インド人らしい長身の男がかなり長く喋っていた。だんだんと招待客がつめかけてきていた。私は気が気でなかった。誰もがボルヘスと話したがっている。それに老人を疲れさせたり、苛立たせてはいけない。

インド人はやっと話をやめた。次に日本の若い女性がスペイン語で話しはじめた。ボルヘスは手を握り、やさしく、熱烈に、何か言っている。明らかにボルヘスの翻訳者の一人にちがいない。

ようやく私の番であった。私はフランス語で話してもいいか、と言った。もちろんボルヘスはフランス語で高校教育を受けている。しかし疲れていて母国語のほうがいいと思うこともだってある、と思えたからであった。

「よろこんで。なぜなら……」

ボルヘスは私とA(妻)の手を両方に握り、あの空白な青い眼をやさしくしばたたいた。

「私はいま八十歳(quatre-vingts ans)ですから。フランス語だと、八十といっても、二十の四倍ですからね。ottantoとかeightyとか言うのと違います。二十の四倍、それは若さが四倍になることでしょう」

ボルヘスは笑った。老人というより、老女といったほうがいい、やわらかな、おだやかな顔だった。老人らしく声はいくらか丸味を帯び嗄れていた。

「ああ、人間性が精神の冒険によって浄化されると、こうした朗らかな、言葉と戯れることのできる、安らぎに達するのか」

私はそんなことを思った。ボルヘスを熱烈に愛好しているAが、どんなに楽しく読んでいるか、ということを喋り、良人もいい小説を書くが、ボルヘスさんのように短くないので困ります、と冗談を言った。

「マダム、私の書くものは短いですけれどね、私は長篇を読むのが好きなんです。トルストイも、スタンダールも、フローベールも……」

ボルヘスは上機嫌であった。日本の印象も訊きたかった。カフカについても訊きたかった。物語性についても訊くつもりだった。しかしすでに私たちの背後に長い列ができていた。これ以上ボルヘスを独占するなどということは、とてもできるような状況では、もはやなかった。

それから十分後には、大使館の部屋という部屋は招待客で身動きもできなかった。遅くなって入ってきた中村真一郎は「こんなところにいたら、君、酸欠になりますよ」と叫んで、早々に退散していった。満員電車さながらであった。果してボルヘスはソファに坐っているのかどうか、それも分らなかった。

私たちが大使館を出たとき、何かしら、このお別れパーティ全体がひどくボルヘス的であると思った。いや、夜の六本木そのものがボルヘスの町であった。私たちはまるで夢想のなかの人間たちのように街燈の光の中を歩きつづけた。

(*mars 1980*)

図書館の宇宙誌——書物の引力について

寺山修司

1

ホルヘ・ルイス・ボルヘスが、ウーゴ・サンチャゴのために書きおろした映画シナリオ「はみだした男」（Les Autres）のなかで、書店の本が一冊抜きとられるように、マチウという男が蒸発する。

彼の父親であるロジェという書店主は、息子をさがして、ムードン天文台を訪れる。ムードン天文台は、ボルヘスの思い描いた「図書館」である。

その宇宙（他の人びとはそれを図書館とよぶ）は、中央に巨大な換気孔がつき、非常に低い手摺りをめぐらした不定数の、おそらく、無数の六角形の回廊から成っている。どの六角形からもはてしなく、上下の階がみえる。回廊の配置は不変である。一辺につき五段の長い棚が二十段、二辺を除くすべての辺をおおっている。

（「バベルの図書館」）

父親が息子をさがしに天文台を訪れることと、一冊の抜きとられた書物（とその同じ書物）をさがして図書館を訪れることとは、ボルヘスにとって、同じことを意味している。それは、何億光年の彼方にも見出すことのできぬものであり、同時にすぐ隣の一冊のなかにひそんでいるかも知れないもの、だからである。「図書館は無窮」であり、旅行者は一冊の書物のなかの五行目で生まれて、六行目で死ぬかも知れない存在だ——と、私は考える。

いずれにしても、図書館に保存されるのは、「六行目で死んだ」男の記憶である。「歴史的過去に対する態度と、死の理解とのあいだには、恰も葬式の形に於て表われるが如き深い関係が存する」（O・シュペングラー）

だが、ロジェが「図書館」の中で生きた息子をさがし出すことができなかったように、どんな旅行者も、「図書館」の中に見出せるのは、死せる過去だけである。

愛読者カード

☆お求めの書名

☆お求めの動機　　1.新聞・雑誌等の広告を見て（掲載紙誌名　　　　　　　　　　）
2.書評を読んで（掲載紙誌名　　　　　　　　　　）　3.書店で実物を見て
4.人にすすめられて　5.ダイレクトメールを読んで　6.ホームページを見て
7.その他（　　　　　　　　　　）

本書についての御感想（内容・造本等）、小社刊行物についての御希望、編集部への御意見その他

購入申込欄

お近くに書店がない方は、書名、冊数を明記の上、このはがきでお申し込み下さい。「代金引換便」にてお送りいたします。（送料420円）

☆お申し込みはｅメールでも受け付けております。ｅメールで御注文の場合のみ、送料は小社が負担いたします。

お申込先eメールアドレス: info@kokusho.co.jp

郵便はがき

恐れ入りますが
切手をお貼り下さい

1740056

東京都板橋区
志村1−13−15

国書刊行会 行

＊コンピューターに入力しますので、御氏名・御住所には必ずフリガナをおつけ下さい。

☆御氏名（フリガナ）	☆性別	☆年齢 歳
☆御住所	☆御電話 ☆eメールアドレス	
☆御職業	☆御購読の新聞・雑誌等	
☆お買い上げ書店名 書店	県 市 区 町	

ロジェは、図書館（すなわち天文台）で、息子のかくされていたテキストを解読する。そこには、父親の知らなかった息子の、さまざまな面が見出されるのだ。

「しかし、」

とロジェは、つぶやく。「語られているのは、本当に息子自身のことなのか？」

人々は、マチウを解釈するよりも、解釈を解釈することに忙がしい。ひとたび姿を消した息子は、もはや、ただの記号にすぎない存在となり、言説の対象にすぎなくなる。言説は、息子マチウの回帰を約束するが、同時に（ほぼ永久にと言ってもいいほどに）おくれさせられる。

ミシェル・フーコーはこうした言説化を、とりあえず「知」と名づけ、知に固有なものは、見ることでも証明することでもなく、解釈することだ、と定義づけている。「他のいかなる主題に関する書物よりも、書物に関する書物のほうが沢山あり、われわれはたがいに、註解しあっている」というモンテーニュのことばも、おそらく十六世紀の言説をめぐる関係性にとどまるものではないだろう。

ロジェは、息子をさがすことをやめ、自らをも記号化することで、「図書館」の中に消える。

「息子の死後、一人の男から別の男へとすりかわった。それからまた、別の男に。それしかなかった。私に出来る事、我を忘れさせてくれることは。突然、私は他人になったのだ」。

2

「図書館」は、無数の書物の集合した空間である。

と、同時に全世界の比喩であり、同時に「唯一の書物」に還元させるべき宿命の機会である、というのがボルヘスの考えである。では、その唯一の書物とは何か？

ラ・クロワ・デュメーヌはそれを「〈百科辞典〉であると同時に〈図書館〉でもあるひとつの空間」と考えている。「世界そのものによって指定される隣接関係、近縁関係、類比関係、従属関係の諸形象にしたがって、書かれたテクスト」（完全な図書館のための百の書架）を配置すれば、言説と物との通底口が見出され、そこに私を解説する謎ときの鍵がある、という空想である。

しかし、これはあくまでも「書かれたものの絶対的特権」を意味しているにすぎない。印刷術の出現、東方写本のヨーロッパへの到来、文学の複製化、宗教上の原典解釈は、吟遊詩人や音読者たちの口に猿ぐつわを嚙ませ、伝統や教会の権威を「書かれたもの」の支配下におさめてしまったのである。「〈律法〉は人間の記憶にではなく、〈石の板〉にゆだねられた。真実の〈ことば《パロール》〉は、書物のなかにこそ求められなければならない。ヴィジュネールとデュレ（「暗号文学論」と「言語の歴史の宝庫」の著者）はこもごも――それもほとんど同一の言葉で――自然においてはもちろんのこと、おそらくは人間の知においてさえも、書かれたものは語られたものにつ

ねに先行すると述べている」（ミシェル・フーコー）

　こうして書物は、ことではなくものとして定義づけられることになる。

　ロジェにとって、消えた息子は「あらかじめ書かれていたもの」だったにすぎない、と図書館の女ベアトリスは語る。

　なるほど、ロジェにしたところで、ボルヘスによって「書かれたシナリオ」の中の一人物であり、俳優によって演じられる喩にすぎないのだ。だが、と私は考える。書物というのは、あらかじめ在ったのではなく、読者の読む行為によって〈成らしめられる〉無名の形態であってもいいのではないのか？

　至高の書物、無限の天地を封じこめた一冊の宇宙誌といった「書かれたもの」への絶対的特権は、私たち読者の行為を疎外することになる。そこで、私は

> もし、全世界が一冊の書物か、一つの図書館であるなら、その中ではページはわれわれの足でめくらねばならないし、一行ずつは巡礼の歩みのごとく読まれねばならない。

と言ったパラケルススの言葉を、もう一度思い起してみることにしたい。ページは、足だけではなく、腕で、あるいは櫂で、車輪で、想像力でめくられねばならない。それも、「書く速度」を上まわる速さで、だ。

　中世の修道士の「書物閲覧席」は、実際には歌唱練習のための個室であったが、閲覧者たちに、「読者は啞の存在ではない」ということを思い出す機会を作った。

　そこを訪れた読者は、書物を〈知の封印〉を解くようにではなく、さながら生きた人間と話をするように、大声で（あるいは、ブツブツと小声で）読むことができた。マクルーハンは、中世の修道士のための「書物閲覧席」という個室と、現代の公衆電話とが、「気味の悪いほど類似していた」と記述している。

　さしずめ「あなたは私の書物である」という訳だろう。しかし、その閲覧席を無数に内蔵した「図書館」は、知の劇場として、人々の記憶力をよみがえらせているだけだろうか？

　現代人の記憶力が不完全なものとなったのは印刷術のせいだ、というのは一般的な通念である。グーテンベルグの発明は、個に内在化していた記憶を外に持ち出し、書物の中に定着させてしまった、と信じられている。

　書物、あるいは図書館は、人々の記憶の外在化を集合体としてとらえると共に、視覚を、聴覚と触覚から分離させてしまった。図書館を訪れた近代の閲覧者たちは、すべて「耳無し芳一」であり、ひっそりと視覚だけで知にかかわろうとした人々だという訳だ。

　だが、「公衆電話ボックス」の中の閲覧者は、記憶の外在化（人格化）を相手に話している訳ではない。

　動態としてのラリー（集会）は、その相互性によって、実在しない無数の書物を生みだしつづけるのである。「図書館」は、制度でも機構でもない。閲覧者の主観性のなかで、書物、

劇場、都市をすべて世界に還元しつづける、無限の行為の総称なのである。

そのことを忘れたとき、人々はロジェのように書架のあいだで自分の顔を消失し、全身が見えなくなり、他人の記憶の中の喩として、記号化されてしまうことになるのだ。

3

実在しないアングロ・アメリカン百科辞典のウクバールの項によると
「霊的認識をもつ者にとっては、可視の宇宙は幻影か(より正確に言えば)誤謬である。

鏡と父とは、その宇宙を繁殖させ、拡散させるがゆえに忌わしいものである」(ボルヘス)ということになる。

たしかに性交と鏡、父と鏡とは宇宙を繁殖させ、拡散させるがゆえに忌わしい。だが、その忌わしさは、印刷術にも通じるものだ。なぜなら、活字による宇宙の再現と、その複製は、あらゆる事物を拡散させることになるのである。

父親としてのロジェが、「父親」として図書館の中で蒸発したのは、繁殖が繁殖を食いつくした、という寓話にすぎないだろう。ロジェは、「唯一の書物」としてのマチウを訪ねて、そこに拡散した無数のマチウ、無数の記号につきあたってしまう。

それは、アリババが四十人の盗賊の目をごまかすために、ドアにしるすべき唯一のマークを、町中のドアのすべてに書きなぐり、繁殖と拡散の中に自らを消してしまった話を思い出させる。

いまや、図書館はアリババによってマークされたドアを、書物の数だけ並べたてた、「実在しない唯一書としての百科辞典」に還元されるべき世界の喩である。

現代人は「唯一の」書物との関係を、想像力によって組織すべく、旅をしつづける。だが、たった一つで全宇宙を内蔵した、胡桃の殻のような無限の内密性が易すく見出される訳ではない。

ボルヘスは、それを仮に〈アレフ〉と名づける。〈アレフ〉は、錬金術士とヘブライ神秘家たちの小宇宙〈少の中の多〉なる格言の実現、完全なる書物だ。


息子のマチウをさがしにゆくロジェと、唯一の書物としての球体〈アレフ〉をさがしにゆく「わたし」とは、ボルヘスの中で二重写しとなってあらわれる。〈アレフ〉は直径2、3センチにすぎないが、宇宙空間が大きさを減ずることなく存在しているという点では、史上最大の「図書館」に匹敵する。

「わたし」はそこに、ありとあらゆるものを見る。「黎明と黄昏、アメリカの群衆、黒いピラミッドの中央の銀色の蜘蛛の巣、こわれた迷宮、鏡の中をのぞくようにわたしの内面をのぞきこんでいる無数の目、ソレル街の奥庭、三十年以前フレイ・ベントスの一軒の家の玄関で見たと同じタイルの舗石、フィレモン・ホランド訳のプリニウスの最初の英訳本の一冊、一ページごとの一字ずつ……
子供の頃、夜の間に閉じた本の文字が、どうしてごっちゃになって消えてしまわないのかと、不思議に思ったものだ。
（ボルヘス）

「わたし」は、〈アレフ〉の中に地球を見、地球の中に再び〈アレフ〉を、〈アレフ〉の中に地球を見た。わたしの顔と、わたしの臟腑。その限りない繁殖と拡散。注解を加えるならば〈アレフ〉というのは、神聖な言語アルファベットの最初の文字なのである。

ボルヘスは、ほんとうに〈アレフ〉を見たのだろうか？「わたしは、あらゆるものを見た時にそれを見、そして忘れてしまったのかも知れない」と、ボルヘスは書いている。「何しろ、わたしたちの精神は穴だらけで、忘却に向いている。」と。

私がはじめて図書館を訪れたとき、世界はまだ、ことばと註解の力とによって確立されていた。私は生まれたとき、全て記憶していた世界を、成長と共に少しずつ忘却し、次第に穴だらけの青年となっていった。

そこで、その穴を補完すべく図書館に通い、多くの書物と出会った。しかし、すべてが一つのテキストから発して、またそこへ戻ってくるような「唯一の書物」と出会うことはなかった。

まして、モーリス・ブランショの言うような「生の掟や真理を求めたとき出会うのが、世界ではなく一冊の書物であり、その書物の持つ神秘と命であるような世界としてのユダヤ教」などとは、目を交すことさえなかった。

私が図書館で出会ったのは、一人の年上の男である。

彼は私にサモサタのルキアノスが月の中に認めることのできた鏡、自分の妹にひそむ魔性、プリニウスの「博物誌」の中の白馬をめぐる二、三の挿話、夢野久作や宮沢賢治の短歌などについて話してくれた。

図書館の司書は、すでに停年を過ぎた学校の用務員のようによぼよぼで、何よりも不思議なことには、自分の扱っている書物の中に意味を見出すという「無駄な迷信的習慣」をふりすて、それを夢占いや手相見になぞらえていることだった。

私と司書のおじさんと年上の男とは、図書館の中庭の芝生に寝ころんで、それぞれの生立ちについて語りあった。今から思えば、そのこと自体が、私の読書体験のはじまりだったということになる。

書物は咳払いし、小便し、ときには中庭を走り、そしてイジドール・デュカスについて語ってくれた。

だが、だからと言ってブラッドベリの「華氏４５１」の中に出てくる、「愛する書物を暗記し、反復するだけの人間」だったという訳ではない。ブラッドベリは「書物になった人間」を描くことで、書物を生かしたのではなく、人間を死物化してしまったが、年上の男は「人間になった書物」として、私と世界とを媒介するために、死せる過去から生ける現在を見出してくれたのだ。

4

広場のざわめきを背後に残して図書館に入っていく。ほとんど肉体的にと言ってもよいが、わたしは書物の引力を、ある秩序が支配する静謐な場を、みごとに剝製化して保存された時間を感知する。右に左に、明晰な夢に没頭する読者たちの顔が、ミルトンの代換法さながら、好学のランプの光に照らされて一瞬浮かびあがる。

というのが、盲目のボルヘスの図書館について書いた詩のはじまりである。この詩のなかでボルヘスは、図書館を世界の謎、迷宮としてとらえ、同時に「図書館は無限で、しかも周期的である」ということを証そうとしている。

ボルヘスは、図書館の執務室にレオポルド・ルゴーネスを訪ねる。自作の詩を、ルゴーネスに献じるためにである。だが、

ここでわたしの夢は崩れる、水が水に消えていくように。わたしを取り囲んでいる図書館はロドリゲス・ペーニャ通りではなくメキシコ通りにあり、ルゴーネスよ、あなたはすでに一九三八年の初めに自殺している。わたし自身の見栄と懐旧の情が、ありえない光景を生み出したのだ。そのとおりかも知れない、とわたしは呟やく。だが、明日はわたしも死ぬのだ、わたしたち二人の時はない交ぜられ、年譜は象徴の世界に消える。だからある意味では、わたしはこの書物を持参し、あなたは心よくそれを受けたと言ってもよいのではないだろうか。

時の配列の無秩序さは、「くり返されることによって秩序を構成するものだ」と、ボルヘスは言っている。「もし、永遠の旅人がどの方向かにそれを横切るとすれば、数世紀の後に、同じ書物が、同じ無秩序でくり返されているのを見出すだろう。わたしの孤独は、この風雅な希望を喜んでいる」と。

だが、図書館がこうした時の迷宮であるという認識は、死せる過去と現在とを同一化させてしまうことになる。まよいこんだら最後、(ロジェのように) 生きては帰れなくなってしまうという訳だ。「Scripta Maner Verba Volat」という引用句は、「書かれたものは残り、言われたことばは飛び去る」のではない。

ボルヘスが、後年に修正したように、

書かれたものは死物として取り残され、言われたことばは羽のように軽々と、自由に伝播する

のだ。ブラッドベリの登場人物「愛する書物を暗記し、それを反復する男A」は、高度文化の類型性の問題、その文化

接触と、反時代的な構造と、統合について、現代の書物と読者との関係をそのまま反映している。生きていながら、日常的な身体性を停止している男A、すなわち「書物」——「過去という一連の夢を思い出すための媒介者」は、現代における書物＝図書館を否定するものとして把えられる。

問題は、唯一の書物（あるいは百科辞典）か、無数の書物の集合場所としての図書館か、ということではない。まして、制度化された現代の一機関としての図書館の是非でもない。天文台や植物園。そして円型劇場から日常の連続態としての現実まですべてを引き受けて、どの部分を「図書館」たらしむるべきか、ということなのだ。

図書館は、建築物の中の死せる過去、忌わしい宇宙の拡散と繁殖の「場」ではなく、生ける現在の「事件」として成るべき、幻想なのだ。それは、まさしくシュペングラーが予言したように、「書物から歴史を奪う」機会だ、と言ってもいいだろう。

夜の酒場に、三、三、五五と集まってきた学生や浮浪者、娼婦、哲学者などが、それぞれの欲するままに個人的な精神の所有、一思想の発想、時代の概念などを重大な役として持つこともないまま語りはじめるとき、それが無名の形態に於て、あざやかに「図書館」だと呼ばれるべきではないだろうか。

ボルヘスむだばなし

入沢康夫

1　バベルの図書館は一枚の垂直面なのだろうか

ボルヘスの愛読者なら誰しも先刻御承知の通り、「バベルの図書館」は、『伝奇集』（すでに十余年前に、篠田一士氏の訳がある）の一篇、――今すこし詳しく言えば、その第一部《八岐の園》を構成する八篇のうちの一篇で、いつの時代、どこの場所とも判らぬ（「バベル」というのは、所詮「バベルの塔」からの連想で仮に選ばれた固有名詞に過ぎまい）図書館、しかし、無限のひろがりを持ち、その内に、ありとあらゆる本を蔵していると称される図書館の話だ。その構造については、作品の冒頭で、次のように説かれている。

「その宇宙（他の人びとはそれを図書館とよぶ）は、中央に巨大な換気孔がつき、非常に低く手摺《てすり》をめぐらした不定数の、おそらく無数の六角形の回廊から成っている。どの六角形からも、はてしなく上下の階がみえる。回廊の配置は不変である。一辺につき五段の長い棚《たな》が二十段、二辺を除くすべての辺をおおっている。その高さ、すなわち各階の高さは、ふつうの図書館の本棚の高さをほとんど超えていない。棚のない一辺はせまいホールに通じ、それは最初の及び他のすべてのものと同じもう一つの回廊に通じる。ホールの左と右には二つの小さな部屋がある。ひとつの部屋の中では立って眠ることができ、他のひとつでは排泄《はいせつ》の用を足すことができる。ここにはまた螺旋《らせん》階段が通っており、下は底なしの淵に沈み、はるかな高みへと昇っている。」（篠田一士氏訳による）

さて、この叙述から私がただちに想像したのは、前後、左右、上下に果しなく連らなり、いわば立体的な迷宮を形造っている、無数の回廊のイメージだった。そして、そのように受けとっても、作品を終りまで読み進むのには、何の障碍にもならなかったのである。

その後、この作品の不思議な幻惑に魅せられるまま、二度三度と読みかえしたのだったが、そのうちに興にかられて、この図書館の図面を書いてみようという気を起し、そこではじめて（本当なら文章で読んだだけでも気付いてよかったことだけれど）一つの奇妙な事実に気が付いた。六角形の各回廊はすべて同じ構造で、六つの面のうち四面に書棚があり、残る二面がそれぞれ（「せまいホール」を介して）他の同じような回廊へ通じている。ということは、同じことのくり返しだが、一つの回廊から外への出口は（上下方向はしばらく措き、水平方向だけで考えるなら）二つしかないということである。したがって、或る一つの戸口から回廊へ入った人にとっては、その入ったのと同じ戸口から出るのでないかぎり、そこから出る戸口は、選択の余地なく、残る一つでしかない。そして、その残る一つの戸口から出てホールを抜ければ、そこは次の回廊の、二つしかない戸口の一つであり、そこから回廊内へ入れば、そこからの出口は（あと戻りするのでなければ）やはり一つしかないのである。結局、この図書館のすべての回廊は、水平方向には、一本の紐状に（線状にと言ってもよい）連らなっているわけだ。これは、最初に持った、前後、左右に無限に連らなりひろがった迷宮というイメージとは、はっきり喰いちがっている。私は、この図書館は、同一水平面上でも、次々と分岐し、増殖して、その平面全体へと無限の迷路をくりひろげているかのように、早のみこみしたのだが、それは誤りで、回廊は、水平方向には、ひたすら線状に連らなるばかりで、その順序も不変なのである。

仮に、元いた回廊を「0」番と名付ければ、そこから一つの戸口を選んで出て行き、以後あと戻りをしないで進めば、通っていく回廊は「1」「2」「3」……と、次々と名付けられよう（最初に別な戸口を選んで進めば、「−1」「−2」「−3」……）。そして、この順序性は、誰にとっても同じなのである。分岐はないのだ。この回廊の作る「線」を、あえて平面の上にひろがらせようとするには、平面上を無限にくりかえして蛇行させるとか、またはその「線」を二つ折りにして、その折ったところを中心にして渦を巻かせるとかすることになろうと思うが、そうして見ても、回廊同士の一次元的な順序性は元のままで、少しも変らない。

ここで、一旦は措いた上下の方向性を考えに入れよう。ところがボルヘスの説く所では、各回廊は、その上方にも下方にも全く同じような回廊を無限に連らねているというのだから、ここで構成されるのは、一つの垂直な面である。つまり、バベルの図書館は、一枚の面、——空間に垂直に立った、無限の面積（体積ではなく）を持つ一枚の格子面ということになりそうだが、これが果してボルヘスの想い描いたものだったろうか。

もしも、六角形の回廊の三つの壁が本棚で、三つの壁が他への通路を成すことになっていたら、話は大きく変っていたと思う。ところがボルヘスはそうしなかった。何故だろう。強いてこじつければ、それは、「書くこと」「読むこと」の一方進向性、直線順序性と関わると言えるかも知れず、また、文字の横に連らなる行が上下に並ぶ書物のページのアナロジーと見られるかも知れぬ。しかし、どうもあまり説得的ではない。世に多いといわれる熱烈なボルヘス好きの方々の、御意見を聞かせていただきたいものである。

2　バベルの図書館の大きさ

ボルヘスの作品に出てくるバベルの図書館の形状をあげつらったついでにというのも何だが、今度はその規模を問題にしてみたい。バベルの図書館が実在したとすると、それはどれ位の空間を占有するか。この問に対して答えよう。できるかぎり馬鹿正直に、できるかぎり野暮ったく。

「図書館の規模だって？　無限大にきまっているじゃないか」と言われそうだ。そう、たしかに、物語の中に次の言葉がある。「図書館は無限でしかも周期的である。」

しかしながら、この言葉が出てくるのは、作品の最終部に至ってである。そこではじめて、この架空の手記の筆者は、一つの「風雅な希望」として、この考え方を提出するのであって、そこまでのところでは、バベルの図書館は、有限の一世界であるとの考えが示されていた。すなわち次のごとくである。

(1)広大な全図書館に同じ本は二冊とない。
(2)本はすべて同型で、四百十ページ、各ページは四十行、各行は八十字から成る。
(3)用いられている綴字記号は、二十二の文字、ピリオド、コンマ、字空き《スペース》、の計二十五種である。
(4)図書館は右の二十五の記号のあらゆる可能な並べ替えによって出来る本のすべてを収蔵している。その数は「厖大ではあるが無限ではない。」

こうして、この図書館には「あらゆるものがある」とされ、次のようなものが例示されている。

「未来の細密な歴史、大天使の自伝、図書館の信ずべきカタログ、何千という偽のカタログ、これらのカタログの虚偽性の論証、真実のカタログの虚偽性の論証、王たちのグノーシス派の福音書、この福音書の注解、この福音書の注解の注解、きみの死の真実の記述、それぞれの本のすべての言語による翻訳、すべての本の中でのあらゆる本の書きかえ。」（篠田一士氏訳による）

右のようなものを、(1)〜(4)の特質を有する図書館が真に収蔵することが、論理的に可能か否かについても、議論の余地があるが、ここではそれには立ち入らない。また、この図書館の寓意についても触れない。ひたすら単純かつ愚直に、この「厖大ではあるが無限ではない」バベルの図書館にとって、どれだけの空間が必要であるかを、(1)〜(4)の条件にしたがって割り出してみよう。

問題は順列の数に帰着する。二十五のたがいに異った記号を、重複を許して、80×40×410 つまり百三十一万二千個並べる、その並べ方の総数を求めるわけで、これは周知のように、二十五の百三十一万二千乗、つまり

$$25^{1312000} \fallingdotseq 2 \times 10^{1834097}$$

これは、二の次に零が百八十三万四千とんで九十七個つく数である。これだけの冊数の本が収められているわけだ。

たしかに無限ではなく、有限の数である。

しかし、これはまた、何という巨きな数であることか。どんなに巨きな数かを、今すこし具体的に示してみよう。

バベルの図書館の本の一冊一冊は、作中の叙述から見て、おそらく普通の本の大きさであると思われるが、ここで仮に、本のマイクロ化が進んで、一冊が一ミリ立方の大きさに縮少されたとしよう。そのとき、2×10^{1834097}冊の本を、すきまも無しに空間につめ込むと、それはどの位の広がりを占めると、読者はお考えだろうか。地球全体ぐらいでおさまるとは、まさかお思いではあるまい。太陽系（つまり冥王星の軌道を大円とする球体）ぐらいか。とんでもない。では、銀河系宇宙全体ではどうか。どうして、どうして。とすると、全宇宙を考えねばなるまい。

宇宙の形や大きさについては諸説あると思われるが、ここでは、多くの通俗解説書に見られる、差渡しおよそ百億光年の球体として、その体積を立方ミリで出してみよう。一光年は9.46×10^{12}km だから、五十億光年は$5\times10^{9}\times9.46\times10^{12}\times10^{3}\times10^{2}\times10=4.73\times10^{28}$mm であり、それを半径とする球状宇宙の体積は

$$\frac{4}{3}\pi(4.73\times10^{28})^{3}\fallingdotseq4.4\times10^{86}\mathrm{mm}^{3}$$

となる。

四四の次に零《ゼロ》が八十五個つくこの数は、それ自体たいへんに大きな数だが、しかし、バベルの図書館の本の総数（二の次に百八十三万四千とんで九十七個の零《ゼロ》）に比べれば、ほとんど無に等しい。図書館の本全体を収めるためには、この宇宙が、$(2\times10^{1834097})\div(4.4\times10^{86})\fallingdotseq4.5\times10^{1834010}$個必要となる。

どうか、錯覚しないでいただきたいが、これはもちろん四・五に百八十三万四千とんで十を掛けた数ではない。四五の次に零が百八十三万四千とんで九個続く数である。それだけの数の宇宙が要るのだ。本の大きさを一ミリ立方として（さらに小さく、水素原子の大きさにしても、事情はあまり変らない。零の数が二十ばかり減るだけだ）、しかもなお、このような厖大な空間が必要であると、読者は果して予想されたであろうか。そして、ひょっとしたら、作者のボルヘスも、これほど大きな数とは実感してみなかったのではないか。

作品末尾の「図書館は無限でしかも周期的である」という言葉の次には、こうある。「もし永遠の旅人がどの方向かにそれを横切るとすれば、数世紀の後に、同じ本が同じ無秩序でくり返されているのを見出すだろう」（篠田氏訳による。傍点は入沢）。たとえその旅人が、光の速さで図書館をよぎって行ったとしても、一つのサイクルを渡り切るのに、一の次に零が数十万個つくほどの数の世紀を経ねばならないだろう。

3　「当り」「外れ」の問題

ボルヘスの「バベルの図書館」から始めたこの「むだばなし」を、「バビロンのくじ」にかかわる小さな感想で結ぼうと思う。

バビロン（これまた架空のバビロンだが）の人々をことご

とく熱狂させた、その奇怪なくじの物語は、「バベルの図書館」と同様な「無限」と「総体性」のテーマを扱っているはずなのに、なぜか「図書館」ほどには、すっきりと私の心の底に落着いてくれなかった。つまりは、私にとっては、どことなく腑に落ちないところの残る作品であり続けて来たものである。

その「腑に落ちなさ」の感じの由って来るところを、今度、あらためて見つめてみたいと、邦訳を読み直してみた。そして、どうやら、問題のすべては、この「くじ」のルールの根本的転換を語る次のような一節から来ているらしいことに気がついた。

「当然この『くじ』(引用者補記：単に当選者が賞金を受けとるくじ)は失敗した。その倫理的価値は無だった。それは人間の無力には訴えるところがまったくなく、単に希望に訴えるのみであった。大衆にそっぽをむかれて、この貪欲なくじをつくった商人たちは金を失いはじめた。だれかがちょっとした変改を試みた。外れくじのいくつかを、当り番号の中に書きかえたのである。この変改によって番号札の買い手は、合計額を手に入れるか、しばしば相当の額にのぼる罰金を払うかの、倍のリスクに立たされることになった。このちょっとした危険は——三十枚の当りに対して一枚の外れになる——きわめて当然ながら、大衆の興味をそそった。バビロンの人びとはすっかりそのゲームに入れあげてしまった。くじを手に入れないものは臆病者、根性のけちな者とみなされた。やがて、この軽蔑は倍増した。くじをやらない者はさげすまれたが、はずれて罰金を払う者も軽蔑された。」(篠田一士氏訳による)

右の中でも、(a)「外れくじのいくつかを、当り番号の中に書きかえた」という部分、そして、その次の「この変改によって」で始まる文の(b)「合計額を手に入れるか、しばしば相当の額にのぼる罰金を払うかの、倍のリスク」という部分が、この「くじ」の「システム」についての私の了解を困難にして来たらしいと気がついたのである。とりわけ問題は「外れ」という言葉についての理解にかかわると思われる。私たちの通念では、「くじ」の結果は「当り」か「外れ」かのどちらかなのであって、「当り」でなければ、それはとりも直さず「外れ」なのだ。ところが、前後関係から判断して、ここでは「外れ」という話は、どうもそれとは違った意味で用いられているらしいのである。仮に十万本のくじの中に三千本の「当り」があるとしよう。すると、私たちの通念では、残る九万七千本が「外れ」なのだが、そしてその通念の延長として(a)の部分をそのまま読めば、九万七千本の中のいくつかを「当り番号の中に書きかえる」——つまり、何枚かの「外れ札」を「当り札」の方へ移すということのように受けとれるのだが、しかし、ここで言われていることは、どうやらそういう操作ではないらしいのである。むしろここで「外れくじ」と呼ばれているものは、「悪運くじ」「逆運くじ」とでも呼ばれるべきものであって、(a)の部分は、そうでなければ、以下の部分とうまくつながって行かない。今一つ、「書きかえた」というところにも曖昧さがあって、このままだと

「書き変えた」あるいは「書き替えた」としか読めないが、本来は「書き加えた」であって、ひょっとしたら訳者の原稿ではそうなっていたのが、草書体の「か」と「加」の形の類似から、誤植されたままになったのではないだろうか。こんな風に考えると、(a)の部分は、次のように読めることになる。

(多少語順も変える。)

「いくつかの逆運くじを当りくじ（のリスト）の中に書き加えた」

つまり、先の例で言えば、十万本のくじについて、発表される当選番号のリストには、三千本の「好運番号」と、若干数（そのあとの記述を勘案すれば百本）の「逆運番号」が記されていることになる。

さらに(b)の部分の、「合計額」という言葉も、問題を不透明化しているのではあるまいか。「合計額」というなら、それは何の「合計」なのかという疑問が、私の心の流れをおしとどめる。しかし、これが、フランス語の une somme という語からの類推で思うのだが、単に「或る金額」「しかじかの賞金額」の意味で使われている可能性はないだろうか。そう考えて、ここを次のように読み替えてみる。

「しかじかの賞金額を手に入れるか、（あるいはまた）相当の額にのぼることもしばしばある罰金を払うかの、倍のリスク」

(a)(b)を例えば右のような具合に読み替えてみるとき、私には、この作品の面白さが――ほとんど「バベルの図書館」と甲乙をつけ難い面白さが――障碍なくすっきりと理解できるようになる。

「外れ」「外れくじ」を「逆運」「逆運くじ」と読むことが、語学的に正しいかどうか、原文を知らず、仮に知っていたとしてもスペイン語の判らぬ私にとっては、判断できないが、少くとも、「外れ」とは「当り」以外のすべてととるのが普通のわが言語習慣の中で、ここの部分が、この作品の理解に靄をただよわせているのではないかという気がしてならない。この点もまた愛好家各位の御教示を仰ぎたいところである。

付記

本稿は、「現代思想」誌一九七九年二月・四月・六月・八月・十月・十二月号の六回にわたって「歩行と思索」欄に掲載された随想文から抄出したもので、「1」は二月、「2」は四月、「3」は十二月の各号分である。六―十月号分は「作品は作者を作るのだろうか（その一）（その二）（その三）」であったが、ここでは紙幅の関係で省略した。

Palimpsesto としての文学

―ボルヘスの Obras Completas について

土岐恒二

すべての作品はただ一人の作家の作品である……

ボルヘス「トレーン、ウクバール、オルビス・テルティウス」

　ある作家のかつて一度発表された作品が、装いを新たにして再刊されるということは、それ自体としては別に奇異なことではない。詩集なら、新聞や雑誌に掲載された作品がある程度の数に達したところで一本にまとめられてできあがるのが普通だし、評論集や短篇集の場合も事情はほぼ同じであろう。書き下しの長篇でも、その一部または全部が雑誌に載ることがあるし、さらには既刊の作品がその作家の選集や全集に再録されたり、なにか別の形の（例えば「××全集」といったような）アンソロジーに採録されることもある。そして、書籍の形で発刊されたものであれば、版を重ねたり、改めたり、場合によっては改稿ということもあるだろう。

　しかし、個人作家の全集の、それも同じ版《エディション》に、同一の作品が重複して収められていることは常識的にはありえない。むろん、ある完成した作品の初稿や素描、下書きといったものではなく、あるいは改稿や加筆によって生じた異本でもなく、ほとんど、あるいはまったく同一の作品の場合のことを言っているのである。

　ところが、そういうことが現にある。ボルヘスの場合がそれだ。ブエノスアイレスのエメセ書肆から現在までのところ九分冊で刊行されている *Obras Completas* が問題の全集であるが、「ホイットマン小論」と、ゼノンの逆説のさまざまな現われを論じた「亀の化身」とは、『もうひとつの審問』と『ディスクシオン』の二冊の評論集に重複してはいっているし、「アル・ムウタスィムを求めて」という作品は、『永遠の歴史』と『伝奇集』の両巻に収められている。また、詩と短文を集めた『創造者』（*El hacedor* これはギリシア語のポイエーテースと同義語である）は全体の約半分が詩であるが、この詩の部分は一九六七年に増補された詩集の巻にそっくり編入されてしまっている。

こういった事実から、*Obras Completas* について、あるいは文学作品というものについて、ボルヘスの抱いている観念を演繹ないし帰納できるように思われる。まず第一に、「アル・ムウタスィムを求めて」が評論集と短篇集（もっとも、ボルヘスの『全集』各巻の表題にはジャンルを明記したことばは見当らない）の両方にはいっているということは、ボルヘスの作品においてジャンルの別が判然としてはいないことを示している。アル・ムウタスィムとは、八つの戦いに勝ち、八男八女の父となり、八千人の奴隷を残し、八年八カ月と八日のあいだ世を治めた、アッバース朝第八代のカリフと同名であるが、それはまた「神の表象《エンブレマ》」であり、アル・ムウタスィムを求めるこの作品の主人公の旅は、ある点では「神秘的な上昇をとげる魂の前進過程」であって、しかも「全能者もある者を探しており、そのある者もまた上位の（あるいは単に不可欠にして同等の）ある者を探しており、こうして時の終りまで――あるいはむしろ終りなく――あるいは円環形式をとって、探求は続く」というのであるから、主題は「永遠の物語《イストリア》」であるといってもいいし、あるいは、謎の人物アル・ムウタスィムの正体《アイデンティティ》を追求する、一種の変格派の探偵物語という見方も成立する。事実、この作品を含む『伝奇集』第一部は、かつて『八岐《やまた》の園』という題で出版されたことのある、一種の推理小説集であった。（単行本『八岐の園』は現行版全集の表題にはなっていないから先ほどの『創造者』の場合とは事情が違うが、これも『伝奇集』という別の書物のなかに吸収されてしまった例である。）

「アル・ムウタスィムを求めて」が、永遠という観念をめぐるエッセイであり、同時に短篇小説の形式をとっていることは確かだが、それだけで同じ全集のなかに重複して採録する理由とはならないだろう。それだけのことならば、作品の分類方法を変えるなりなんなりして、重複というぶざまなことは避けることができるはずだ。理由はもっと深いところにある。ここで、もうひとつの重複作品である「ウォルト・ホイットマン小論」に例をとってみよう。

『もうひとつの審問』の「ウォルト・ホイットマン小論」と『ディスクシオン』の同作品とのあいだには、些細ながら意味深長な異同がある。ボルヘスはこのホイットマン論において、まず、「一冊の絶対的書物」をめざして書かれた古来の文学的先例にふれたあと、つづいてホイットマンの例を考察するにあたり、そのまえに「わたしの言わんとするところを多少とも予示する二、三の意見をここに書き写しておきたい」といって、その第三の意見として彼自身の説（！）を引用するのだが、『もうひとつの審問』の方で「それは拙著『ディスクシオン』（一九三二年）の第七〇ページに明らかである」と書かれてある部分が『ディスクシオン』の方では削除され、そのかわりに「この版の五十一ページ」という脚注がつけられているのである。つまり、指定された七〇ページには現行全集版では該当する個所がなく、さらに後者の指示する五十一ページには「もうひとりのホイットマン」という小論はあるがやはり該当する個所はなく、実際には『ディスクシオン』の一二二～三ページに出典が見いだされるものの、そのホイットマン論自体が、最初に出典を指示した『もうひとつの審問』のホイットマン論そのものであるという、一種の円環形状、あるいはトートロジーに陥っている。このことは、「アル・ムウタスィムを求めて」が、「ウィルキー・コリンズと十二世紀の令名高きペルシア人ファリード・ウッ・ディーン・アッタールとによる二重の、うそのような後見」に護られたミール・バハードゥル・アリの小説『アル・ムウタスィムを求めて』をめぐる、それこそイギリス探偵小説の鼻祖ウィルキー・コリンズと十二世紀ペルシアの神秘詩人アッタールを後ろだてとした作品であるのと似ている。

もうひとつ、『伝奇集』中の短篇「『ドン・キホーテ』の著者、ピエール・メナール」の不可解な例を思いだしてみよう。南仏ニーム出身の作家で、ウィリアム・ジェイムズやバートランド・ラッセルの同時代人であるピエール・メナールは、その生涯において、象徴派ふうのソネットからチェスの研究にいたる雑多な作品を残したが、とりわけ、ミゲール・デ・セルバンテスの「内発的な作品を逐語的に再構築するという不思議な義務」をみずからに課して、現代の『ドン・キホーテ』でも、もうひとつの『ドン・キホーテ』でもないまさに『ドン・キホーテ』そのものを——ミゲール・デ・セルバンテスのページと一語一語、一行一行が符合するページを——作ろうとした。結局それは、『ドン・キホーテ』第一部の第九および第三十八章と、第二十二章の断片とから成る未完の作品として残されたが、セルバンテスの原典《テクスト》とメナールのそれとは、言葉は同じでありながら、メナールの断片のほうが限りなく豊かであるといって、この短篇の語り手「わたし」は次のように書く。

　メナールのドン・キホーテとセルバンテスのそれとを照合することはひとつの啓示である。例えば、セルバンテスはこう書いている（『ドン・キホーテ』第一部第九章）。

　……真実、その母は歴史であり、時間の好敵手、行為の保管所、過去の証人、現在への規範にして且つ教訓、そして未来への警告である。

　十七世紀に書かれた、「無学な天才」セルバンテスによって書かれたこの列挙は、たんなる修辞的な歴史への賛辞にすぎない。これに反してメナールは次のように書く。

　……真実、その母は歴史であり、時間の好敵手、行為の保管所、過去の証人、現在への規範にして且つ教訓、そして未来への警告である。

この奇怪な同語反復は何を意味するのだろうか。徒らな試行錯誤をくりかえす主人公ドン・キホーテの心理に対する作者メナールの驚くべき典型的な隷属であろうか。それともメナールによる『ドン・キホーテ』のたんなる転写であろうか。それともニーチェの永劫回帰がここにも影響を及ぼしているのだろうか。語り手「わたし」は考える。セルバンテスが十七世紀の母国語を駆使しているのに対して、現代の外国人であるメナールの文体は擬古的な気取りを免れていない。すべての知的営為は所詮無用のものであるが、メナールはおよそ人間の努力を待ち伏せているむなしさに先手を打とうとしたのだと。「彼はもっとも複雑な、しかも最初から無益とわかっていることをやろうとしたのである。彼はすでに存在している書物を異なった言葉で反復することに、細心の注意と不眠の努力を捧げたのである。」

もしセルバンテスの『ドン・キホーテ』がピエール・メナールの『ドン・キホーテ』の原型であり、もしセルバンテス以後のすべてのピエール・メナールたちの努力がシーシュポスの苦役にすぎないとしたら、文学的営為はすべて徒労に終るのであろうか。そうではない。『ドン・キホーテ』という真実は、そこにもうひとつの『ドン・キホーテ』という歴史を重ねることによって生みだされる。歴史は真実の母である。ピエール・メナールはもうひとつの『ドン・キホーテ』を書くことによってセルバンテスの『ドン・キホーテ』に生命を与えるであろう。ピエール・メナールは歴史をつくりだすことによって真実を生むのだ。

「窮極の」ドン・キホーテは一種のパリンプセスト（再記写本）であると考えるのが正当なように思う。そこには、われらが友人の「前の」文字の――かすかではあるが判読不可能ではない――書跡が透けて見えるはずである。残念ながら、第二のピエール・メナールだけがその先行者の作品を逆さにして、これらの失われたトロイアを発掘し蘇らせることができるのである……

この「窮極の『ドン・キホーテ』」という概念は、マラルメの夢みた窮極の書物と正確に重なりあうとともに、ボルヘスの作品のいたるところに見いだされる同種の表現を包括的に示している。例えば、「ある一冊の絶対的書物――プラトン的原型のようにあらゆるものを包含する書物の中の書物」（「ホイットマン小論」）、「過去・現在・未来のすべての詩歌はこの地上の全詩人によって構築されるただ一篇の無限の詩歌のエピソードまたは断片である」（「コールリッジの花」）など。そして、この窮極の『ドン・キホーテ』が、前に書いた文字を消してその上に重ね書きするパリンプセストのようなものであるとするならば、ボルヘスにとって彼の窮極の作品であるべき『全集』（*Obras Completas*）もまた、永遠に再記を重ねてゆくパリンプセストであるにちがいない。同一作品の重複採録は、消したはずの作品がまだ判読可能な程度に透けて見えている状態を示しており、それはこのパリンプセスト理論から必然的に創り出されたボルヘス文学固有の手法なのである。『もうひとつの審問』という表題の評論集の場合は逆にその消去がほぼ完全に行なわれている。ボルヘスはかつて、『もうひとつの審問』（*Otras inquisiciones*）という表題から当然予想される『審問』という評論集を出したことがあったが、現行の全集にはそういう表題をもった巻はないし、そこに収録されていた作品も全集からは漏れている。この消去の名残りはかろうじて「もうひとつの」という形容詞一個に見いだされるにすぎない。

このようなパリンプセストの手法は、作品あるいは作品集の単位で行なわれるとは限らない。一つの作品のなかの謎を秘めた片言隻句についても同様のことは言えるのであって、それらが同一作品のなかで、あるいは他の作品のそういう部分と互いに照応しあい補足しあって謎の解読に重要な鍵を提供し、あるいは思いがけない意味の増幅をもたらすことがしばしばある。たとえば「ウォルト・ホイットマン小論」において言及されている怪鳥シムルグを求めての鳥たちの巡歴の物語は、「アル・ムウタスィムを求めて」の作者自注を重ねあわせることによってその形而上性がいっそう明瞭な相貌を帯びてくるであろうし、また、傑作「不死の人」において「名詞というものを知らない言語」、「非人称動詞または語尾変化のない形容詞だけの言語」になぞらえられているトログロデュタエ人アルゴスの世界は、実は「基本的な単語は動詞ではなく単音節の形容詞で」あり「名詞は形容詞を積み重ねることによって形成される」というトレーン国の言語（「トレーン、ウクバール、オルビス・テルティウス」）にほかならず、言いかえればそれは「人間によって計画された迷路であり、人間によって解読されるべく定められた迷路」、すなわち書物のなかの世界であることがわかるというように。

パリンプセストは常に同じ手跡で再記されるとはかぎらない。ボルヘスの作品には、いたるところに他人の言葉がいろいろな変装を凝らして挿入されているが、『創造者』のように他人の作品がそっくりそのまま所を得ておさまっているものもある。『全集』には収録されていないが、他人との共著も多く、その場合、筆者の分担は決して明記されていない。その事実を説明するには次のようなボルヘス自身の言葉がもっともふさわしいであろう。

……作家はそれぞれ自分の先駆者をつくりだす。彼の作品は、過去についてのわれわれの概念を修正する、ちょうどそれが未来を修正せずにはおかないように。この相関関係においては人間の自己同一性または複数性はまったく問題にならない。『観察』を書いた初期のカフカは、陰鬱な神話や残酷な制度を書いたカフカの先駆者としては、ブラウニングやダンセイニ卿に劣るのである。（「カフカとその先駆者たち」）

このようにしてボルヘスの『全集』は、つねに「進行中の作品」という形をとりながら、ボルヘス個人の手を離れて、誰のものでもあって誰のものでもない言語空間、「まったき作品《オブラス・コンプレタス》」をめざすのである。

ボルヘスと映画の審問

四方田犬彦

本書をなす散文物語の試みは一九三三年と三四年に書かれた。思うに、それらはスティーヴンソンとチェスタトンの読書、それにスタンバーグの初期作品、加えておそらくエバリスト・カリエゴの伝記に由来している。

処女小説集『汚辱の世界史』の序文をこう書き始めるのは、一九三五年のボルヘスである。青年ボルヘスにとって映画館通いはブリタニカ百科全書読破に似た、総合的な知の体験であった。彼は世界のあらゆる事物をフィルムと照合し、そして解釈した。のちに談話に答えて、彼はこう答えている。「今日では、文学者たちはどうやら叙事詩の義務をなおざりにしてしまったようだ。叙事詩は、きわめて奇怪なことに、西部劇によって救済されてきた。……今世界の間、叙事詩の伝統を保存してきたのはハリウッドだとは面白いことだ」（「パリ・レビュー」六七年四〇号、ロナルド・クリストによるインタビュー）。

とりわけボルヘスが叙事詩的伝統を強く感じ、気に入っていたのが、マレーネ・デートリッヒと組んで一世を風靡した監督フォン・スタンバーグの作品である。スタンバーグのギャング映画、たとえば『暗黒街』に見られる人物の様式化と儀礼的な非感性化を施された暴力の提示は、ボルヘスの大いに喜ぶところだった。彼の審美眼によれば、『紐育の波止場』はあっけらかんとしてステキであり、『モロッコ』にはやや疲れが見えるものの、『非常線』は見事な出来で、知的喜びに満ちているという。『汚辱の世界史』に収録された短編に『暗黒街』から直接に物語を借りたものがあることは、両者を照合してみるならば明白である（ちなみに、ボルヘスは同短編集に吉良上野介の物語を収めているが、いかなる出典によったものか。日本のチャンバラ映画の『忠臣蔵』を彼が見たという証拠はないだろうか）。

『汚辱の世界史』にはボルヘスのオリジナルによる物語は存在していない。いずれもが再話であったり、著名な大悪人の物語からの引用である。作者はのちにこれを、みずから物語を創造するにはあまりに内気であった自己の性格といった言葉で説明している。しかしながら、この書物が刊行されてからおよそ二〇年後に付された序文には、次のように記されている。

本書は外見以外の何物でもない。映像の表層にすぎないのだ。

　これではまるでスクリーンに投射された映画ではないか！という声があるかもしれない。それもそのはずで、ボルヘスは『汚辱の世界史』を執筆する数年前の三一年から十四年間にわたって、知人の主催する文芸誌『南《スール》』に映画時評を書き続けてきたのである。それらは便利なことにエドガルド・コザリンスキの手によって『ボルヘス、映画を語る』なる一冊の書物のなかにまとめられ、アルバトロス社から仏訳が刊行されている。以下、この書物を手掛りに論を進めてみよう。

　ボルヘスが住んだブエノスアイレスには、一九二三年の時点ですでに五百館の映画館が存在していた。このアルゼンチンの首都はラテンアメリカにおけるハリウッドのもっとも巨大な市場であり、他のどの地域にもまして映画的に恵まれた環境にあった。二次大戦中も中立を守ったために、第三帝国のメロドラマが輸入公開されたことは、プイグの『蜘蛛女のキス』からも了解のいく事実である。三〇年代には二つのスタジオが設置され、自国での映画製作は少しずつ発展した。三九年にはなんと五〇本ほどのフィルムが製作されている。

　こうした環境のなかで、ボルヘスはかなりハイブロウな印象批評を書き続けた。選ばれたフィルムのなかには、彼が幼少時より親しんできたウェルズやスティーヴンソンの映画化、すなわちメンジスの『来るべき世界』やフレミングの『ジキル博士とハイド氏』をめぐる不満や失望が含まれている。また、いくつかのアルゼンチン映画をめぐる容赦ない批判が含まれている。たとえばマヌエル・ロメロの甘ったるい感傷趣味の懐古劇『古《いにしえ》の男はチック《ゴミナ》をつけなかった』については「アルゼンチンの最良のフィルムの一つ、すなわち世界の最悪のフィルムの一つということだ」という罵倒が浴びせかけられている。

　ボルヘスによれば、チャップリンは正常すぎて退屈であり、キートンに及ばない。ジョン・フォードの『男の敵』は今年の一本というべき作品だが、ダブリンをサン・フランシスコととり違え、最初と最後が甘い。ヒッチコックの『三十九夜』は、ジョン・バカンのヒロイズム一点張りの原作と比較して、悪戯っぽい挿話を加えたり物語にエロチックな起伏を与えていて、よく出来ている。スタンバーグは、ともかくいい。

　こうした評言のなかでもとりわけ強烈な読後感を与えるのが、オースン・ウェルズの処女作『市民ケーン』に関するものである。四一年にハリウッドで製作されたこの作品はアメリカでは激しい賛否両論を巻き起こした。ブエノスアイレスでそれは『市民』El Ciudadano なる題名で公開され、ボルヘスはいち早く批評の筆をとった。彼によれば、『市民ケーン』は二通りの主題からなるという。一つは、万能にして富裕な蒐集家が臨終のまぎわに求めた、幼年期の橇であり、これは通俗的だ。もう一つはカフカ的とも形容すべきもので、形而上学と寓意に満ちている。すなわち無数の断片の集積を通して探求される人間の秘密の魂といった主題である。その点で『市民ケーン』と比較すべきなのは、コンラッドの『偶然』であり、グリーンの『権力と栄光』であろう。

　ボルヘスはヒュームを援用していう。「何人からも嫌われたフォスター・ケーンとは模像《シミュラクル》であり、外見のカオスである。……中心を欠いた迷路ほどに恐ろしいものは、もはや存在していないと、チェスタトンの短編の主人公は気付く。このフィルムこそはまさにその迷路なのだ」。ボルヘスはこの「巨人症、衒学趣味、アンニュイ」を病んだ作品が、ラファエル前派を思わせるパン・フォーカスで撮られていることを称讃し、グリフィスやプドフキンの作品同様に「歴史的価値」を所有していることを明言する（もっとも二度見る人はいないだろうが、と約言するのだが）。『市民ケーン』は秀才のフィルムではない。「その呪われた言葉のもっとも陰惨でもっともドイツ的な意味での、天才の作である」。この批評が「ドイツ鎮魂曲」の作者によって二次大戦中に執筆されたことは、十分に興味深いことである。

　では、映画の側からの『伝奇集』の作者への接近は、どのように行なわれたのだろうか。五〇年代にロジェ・カイヨワがボルヘスを〈発見〉し、次々とその作品がフランス語に移植されるにつれて、ヌーヴェル・ヴァーグの開花を目前に控えたフランスの映画批評家や監督の卵たちが熱心に読み耽ったことは、残されたフィルムから瞭然としている。

　ただちに思いつくのはレネとロブ＝グリエの手になる『去年マリエンバートで』（六一年）である。記憶と実在の錯綜によって真とも偽ともつかぬ多元的な物語宇宙が開示されるというこの作品は、無限志向において容易にボルヘスを連想させる。過去の改訂という発想は『伝奇集』に特有のものである。事実ロブ＝グリエは五三年に、彼を引き立ててくれたバタイユの主催する『クリティック』誌（六九号）に、ボルヘスに関する短いエッセイを寄せているし、『カイエ・デュ・シネマ』六一年九月号のインタビューでもボルヘスの盟友ビオイ＝カサーレスの中篇『モレルの発明』を「驚嘆すべき作品」と呼び、深い共感を示している。おそらくビオイ＝カサーレス経由でボルヘスは『マリエンバート』に影を投じている。クロード・オリエにこの二作を比較した論文があるが、詳しくは『モレルの発明』というまさにファンタスマゴリアの原理とも呼ぶべき作品が本邦に紹介される日まで待つことにしたい。

　ロブ＝グリエの協力者だったアラン・レネもまた、ボルヘスに無関心ではなかったようだ。『マリエンバート』に先立つこと五年、彼はパリの大図書館を主題として『世界のすべての記憶』なる短編ドキュメンタリーを撮っている。直接ボルヘスへの言及はないが、そこに『バベルの図書館』への親しげな眴《めくばせ》を読みとるのは筆者ばかりではあるまい。レネのボルヘスへの傾斜は『マリエンバート』以後きわめて濃厚となり、『ジュテーム・ジュテーム』ではパタフィジックな装置を用いた多元宇宙説が展開され、登場人物はいくたびもなく過去の同一の光景を描じなければならなくなる。

ジャック・リヴェットもまたボルヘスに深く心を奪われ、その原型的な形而上学を映画作りの核に据えるにいたった一人である。処女長編『パリはわれらがもの』（六〇年）には、ボルヘスのエッセイ集『異端審問』に読み耽ける女子大生がヒロインとして登場する。冷戦下の暗く陰鬱なパリで展開される陰謀と自殺からなるこの作品の構造については、先にリヴェット論を発表したので（「ジャック・リヴェットあるいは反復装置としての映画」『夜想』11号）そちらを参照していただきたいが、陰謀の無根拠性と物語の循環、犯人の論理的消滅といった主題が『伝奇集』、とりわけ集中の「裏切りと英雄のテーマ」の圧倒的な影響下にあることは確実である。偶然の跳梁する魔都という発想は、「バビロンのくじ」とフリッツ・ラングの『メトロポリス』の結合に由来しているのだろう。レネが時空の多元化の方向に進んだのに対して、リヴェットは探求とそのウロボロス的自己撞着という主題をボルヘスから借り受け、それを畸型的な規模にまで伸長させた。『パリはわれらがもの』のテープの探求は、十二時間にわたる『アウト・ワン』における登場人物の同一性の探求にまで及んでいる。『セリーヌとジュリーは舟で行く』で幻想世界から幼女を拉致するセリーヌとジュリーの挿話が、『異端審問』中の「コールリッジの花」に基づいていることは、疑いのないところだ。

ヌーヴェル・ヴァーグでは、最後にジャン＝リュック・ゴダールの場合を掲げよう。彼は『カラビニエ』の冒頭に「磨滅した隠喩は永遠である」というボルヘスの言葉（出典不詳、乞教示）を提示し、戦争を極度に様式化して描き、現代の寓話たらしめた。さらに『アルファヴィル』では、反ユートピア都市を牛耳る巨大なコンピューターに、「新時間否認論」から次のような一節を抜きとって、語らせている。

時間はわたしを作りあげる素材である。時間はわたしを運び去る川だが、わたしが川なのだ。時間はわたしを引きちぎる虎だが、わたしが虎なのだ。……不幸なことに、世界は現実なのであり、不幸なことにわたしはボルヘスである。

この「ボルヘス」の一語をコンピューターの名に替えたものが、コンピューターの臨終直前の遺言として『アルファヴィル』では語られる（それはロラン・バルトの声によって語られる予定だったが、バルトが断わって以来、ゴダールと彼の間はきわめて険悪になったという）。もちろん、ヌーヴェル・ヴァーグ以外にも、ボルヘスに霊感を得たフィルムは枚挙に暇がない。『赤い影』や『パフォーマンス』のニコラス・ローグにボルヘスの影響があることはつとに評されているところであるし、ジル・ドゥルーズが『マイナー宣言』で論じたイタリアの演出家兼映画作家のカルメロ・ベネの存在も忘れてはならない。ベネのフィルム『ドン・ジュアン』では、「鏡と性交は忌まわしいものである」という「トレーン、ウクバール、オルビス・テルティウス」の警句を口ずさみながら主人公が鏡にぶつかりその破片とともに消滅するという場面がある。そう、ボルヘシアンの映画作家の列に、先日物故した寺山修司を加えてもいいはずだ。彼は機会あるたびにボルヘスについて語ったし、『田園に死す』は過去の改訂というまさにボルヘスの主題の延長上に位置しているのだ。

ベルトリッチの『暗殺のオペラ』や、サンチャゴの『他者』といった、直接ボルヘスを原作や脚本とした作品については、別に稿を改めることにしよう。齢八〇を越え盲目に達したボルヘスが心中に想起するのは、どんなフィルムだろうか。

ボルヘス関係の映画リスト

★『Días de Odio』――『エル・アレフ』「エンマ・ツンツ」、レオポルド・トーレ・ニールソン監督、脚本にはボルヘスも参加、一九五四年、なお、「エンマ・ツンツ」は後にフランスとアメリカでTVドラマ化された。

★『Hombre de la Esquina Rosende』――『汚辱の世界史』「ばら色の街角の男」、レネ・ムギカ監督。

★『蜘蛛の戦略（邦題、暗殺のオペラ）』――『伝奇集』の「裏切りと英雄のテーマ」を原作とする。ベルナルド・ベルトリッチ監督、一九六九年。

★『侵入』――ユーゴ・サンチャゴ監督、ボルヘス＋ビオイ＝カサーレス脚本、一九六九年。

★『他者』――ユーゴ・サンチャゴ監督、ボルヘス＋ビオイ＝カサーレス脚本、一九七四年。

ウソッパチのおしゃべり

田中小実昌

ここにぼくが書いてることは、この本*1をいっしょに読んだ方々との、ぼくのかってなおしゃべりで、だから、よけいなおせっかいだけど、どうか、この本をお読みになったあとで、おしゃべりの仲間にいれてください。

ぼくは、いま、この小説の訳本をサンフランシスコにもってきて、あらためて読み返しているのだが、はたしてこのぼくに、この本についてなにか書けるのかな、とおそろしいおもいだ。

読んでいておもしろいんだけど、くりかえすが、はたしてぼくになにか書けるのか? たとえば、いちばんさいしょの「トレーン、ウクバール、オルビス・テルティウス」という短編のその書きだしから、たいへんおもしろい。こんなふうなのだ。

わたしのウクバール発見は、一枚の鏡と一冊の百科事典の結合のおかげである。鏡は、ラモス・メヒアのガオナ街のとある別荘の廊下の奥で、人を脅していたものである。百科事典はもっともらしく『アングロ・アメリカ百科事典』(ニューヨーク、一九一七年版)と呼ばれていたけれども、一九〇二年版の『ブリタニカ』の忠実だが時期を失した感もある焼き直しだ。話は五年ほど前にさかのぼる。その夜ビオイ=カサレスと夕食をともにしたあと、わたしたちは長ながと議論していた。語り手が事実を省略もしくは歪曲し、さまざまな矛盾を冒すために、少数の読者にしか——ごく少数の読者にしか——恐るべき、あるいは平凡な現実の予測が許されない、一人称形式の小説の執筆についてであった。廊下の遠い奥から、鏡がわたしたちの様子を窺っていた。深夜ともなれば避けがたい発見だが、わたしたちは、鏡には妖怪めいたところがあることに気づいた。そしてビオイ=カサレスが、ウクバールの異端の教祖の一人のことばを思い出した。鏡と交合は、人間の数を増殖するが故にいまわしい、と言ったというのだ。この記憶に値することばの出所を訊ねると、『アングロ・アメリカ百科事典』のウクバールの項に載っているという答えだった。

しかし、たまたま、この別荘にアングロ・アメリカ百科事典があったので、しらべてみたが、そんなものはどこにものってやしない。だから、わたしは、この記録されていない国と無名の教祖とは、あの寸言を裏づけるために、ビオイの謙遜から出たフィクションだとにらんだりする。

ところが、その翌日、ビオイは、実際にそれがのってるアングロ・アメリカ百科事典の第四十六巻をもってくる。れいの言葉は、百科事典のなかでは、ちょっとちがうが、ほとんど同じ言葉で成り立っている。「それらグノーシス派に属する者にとっては、可視の宇宙は幻影か、より正確には誤謬である。鏡と父性はいまわしい —— mirrors and fatherhood are abominable ——、宇宙を増殖し拡散させるからである」。

もちろん、この百科事典のウクバールの項目は、ビオイが印刷させ、製本させたのだろう。

そんな手のこんだデッチアゲを、しかも、翌日さっそくやるというのは、たいへんにヒマなはなしだが、こんなことでおどろいたり、うれしがってるどころではない。こういうかたちのあるものではない、フィクティシアスな考えが（考えとよべるかどうかもわからない）つぎからつぎに、もとが虚なのだから、虚のドライブ（虚力とでもいうか）で、迷路をつくりつづけていく。

こんな文章を理解しようとしたりしたら、ソンではないのか。この本の原題名は、どう発音するのかもしらないが、FICCIONESというのは、ウソッパチ、つくり話ですよ、みたいなところかもしれない。

著者は、のっけから、ウソ話だよ、とことわって、しゃべりかけてきているのだ。そして、そのおしゃべりをきいてるのは、たのしく、おもしろい。

だけど、前に言ったとおり、そのことで、なにか書くというのは、これはべつで、とぼくはなやんだ。

しかし、著者がうれしがって（と、ぼくにはおもえるのだが）しゃべってるのなら、こっちも、かまわず、かってにしゃべりかえしてやろう。

ぜんぶの本がそういうわけでもあるまいが、とくにこの本は、読みながら、いや、読んでいるということが、ぼくがぶつぶつしゃべってることではないか。

しかし、たとえば、ニホン人ならば、ニホン人がしゃべることは、なんでもききとれるというものではない。

じつは、ききとれないことがおおいのではないか。そのひとが、この本のように、そのひとらしいはなしかたをしているときは、だいたいききとれない。

だけど、だれでもがしゃべってるようなことを、きいてみたってしようがない。それで、そのひとが、そのひとらしいはなし方をしているときには、まず、耳をかたむけなくてはならない。

ところが、耳をかたむけるということを、あんまりしないみたいだ。耳をかたむけなくても、はなせば、わかる、とそういう連中は言う。そして、えてして、そういう連中の言うことは、耳をかたむけなくてもわかるのだ。だれでもがしゃべってることを、自分の意見、考えとしてはなしてるからだろう。くりかえすが、小説のなかで、そんなものをきいたって、ぼくはおもしろくもなんともない。

この耳をかたむけるというのが、なかなかできるものではない。自分はいっしょうけんめい耳をかたむけている、とおもってる者はいる。だけど、実際に耳をかたむけているだろうか。耳をかたむけるポーズをして、それに自分がだまされているのではないか。

耳をかたむけるときには、相手が好きにならなければいけないのだろう。だけど、この好きになるというニホン語は、またやっかいで、好き、きらいはどうしようもない、とおっしゃるにちがいない。きらいなものが、どうして好きになれますか。

だから、ニホン語としては大げさなようだが、愛する、という言葉をつかったほうがいいのかもしれない。

はなしてる相手を愛してるから、そのはなしてる言葉に耳をかたむけることができるのだろう。

きらいな相手は好きになれなくても、愛することはできるのではないか。おまえの敵を愛せよ、とイエスは言った。愛せないから、敵だろうというのは屁理屈だ。敵でもなんでも、まわりにいる人たち、相手を愛さずにはいられない。ニンゲンとはそういうものじゃないのか、とイエスは言ったのではないか。イエスは、敵さえも愛しなさいよ、と教訓をたれたわけではあるまい。

げんに、イエスは敵を愛した。そんな者は、イエスたったひとりだったかもしれないけど……。しかし、たったひとりでも、イエスが敵を愛したというのは、それこそひとごとではあるまい。

この本のなかの「刀の形」という小説のなかで、著者はこう書いている。

……それを聞いて、こいつはどうしようもない臆病者だなと思いました。わたしはぎこちない口調で大事にするように言い、引き退りました。ヴィンセント・ムーンではなくこちらが臆病者になったような気分で、不安そうなあの男のことを考えるだけで顔が赤くなりました。一人の人間のやることは、言ってみれば万人のやることです。ですから、ある庭園で行なわれた違反的な行為が全人類の恥となっても、おかしくはないわけです。また、一人のユダヤ人の磔刑が全人類を救っても、決しておかしくはないのです。

愛などと大げさで、しかも、ぼく自身にもわからない言葉をもちだしてきょうしゅくだが、この著者の言葉、そのひびき、そのおしゃべりのながれに、肌でにじむようにして、和《なご》んでいきだしたのには、たとえば、「アル・ムターシムを求めて」という小説のなかで、ペルシアの神秘主義者ファリッド・ウッ・ディン・アッタールの『鳥の会話』という詩の注なるものがある。こんな言い方をするのは、無学なぼくは、そんなペルシアの神秘主義者がいたのかどうかもしらないし、もしかしたら、また、著者によるデッチアゲではないかとおもったりするからだ。

……古い鳥たちの王シムルグがシナの中央部に一本の美しい羽根を落とす。昔からの混乱に倦いていた鳥たちは、その羽根を捜す決心をする。彼らは、その王の名前が三十羽の鳥を意味していることを知っている。また、王宮が地球をぐるりと囲むカフ山脈にあることを知っている。彼らはほとんど終りのない冒険に乗りだす。七つの谷、あるいは七つの海を越える。最後から二番目の海の名称は「眩暈」であり、最後の海は「寂滅」と呼ばれる。多くの巡歴の鳥が逃亡し、なかには死んだものもいる。苦行によって浄められた三十羽がシムルグの山に到達する。彼らはついに王の姿を見た。すなわち、彼らこそシムルグであり、シムルグとは彼らの一羽一羽、そして全員であることに気づく。(プロティーノスもその『エンネアデス』〈V・8・4〉で同一性の原理の楽園的な展開について述べている。「英知界においては、あらゆる物があらゆる場所にある。一つの物はあらゆる物である。太陽はあらゆる星であり、一つの星はあらゆる星、そして太陽である」。)

サンフランシスコにきて、もう一カ月ほどたった。用があって、サンフランシスコにきたわけではない。サンフランシスコは涼しいときいてやってきたら、涼しいどころか寒くて、風邪をひき、腹が痛み、なさけないおもいをした。

それでもこりずに、毎夜、飲みあるいてるうちに、また十二指腸潰瘍が痛み、なにか食べれば吐いちまうし、きょうまで、三日ほどホテルのベッドに寝たっきりでいた。

そして、その痛みが永遠につづくようにおもった。チンケな病気でうなりながら、死んじまえば、病気だって、当然、痛みだっておしまいになるのに、死をこえた(こえてるかどうかしらないが)永遠をおもう。そんな永遠なんて、これまたどうせチンケな永遠だろうが……。

そして、けっして覚めてるのではないが、眠ってるのでもない状態がずっとつづいた。そのあいだ、夢のようなものを見ているのだが、眠ってるわけではないので、夢ではあるまい。ただ、幻覚といったものともちがうようだ。眠ってるのでも覚めてるのでもないときの……なにかなんだな。

たとえば、ショート・ケーキの表面の甘い皮みたいなのがごっちゃになり、それでいて、ショート・ケーキがくっついたかたちにならんでいたりして、そいつが、きりがなくながれて、うごく。それは、ぼく自身のようなのだが、ぼくにぼく自身が見えるわけがないから、ぼくがぶつぶつ言ってることを、耳できくかわりに、見ているのかもしれない。ただ、上から見るとかいったわけではなく、ごっちゃにならんだショート・ケーキのようなものと、おなじ水平線にいて、なんだかそのなかであっぷあっぷしながら見てるみたいで、(見てるのかなあ?)それがきりがないんだから、ほんとにつかれる。

いや、そういったことや、どこにもいかず、なにもせず、ただ、サンフランシスコにのろーっといたというのは、この本に和《なご》むのには、よかったようだ。

それに、さっきおもいついたことを書いておく、この本はB級映画みたいなものではないか、と感じたのだ。

B級映画というものがあるわけがない。しかし、大作とか名作とか言われる映画とちがい、あまり大スターでない俳優がショボクレた私立探偵になったりとか、そういう映画だ。

この本を読んでこられて、これこそ世界の大名作とおもわれた方々にさからうわけではない。ただ、ふっと、ぼくはそんなふうにおもったのだ。

しかし、B級映画とよばれるのは、つまりは金のかかってない映画だが、これは、ぜいたくな小説だろう。そのぜいたくすぎるところにも、B級映画をおもわせるものがある。B級映画でも金をかけないからこそ、おもしろいB級映画には、ぜいたくさと映画ではほとんどゆるされないいくらかのわがままが（わがままなんて、いちばんぜいたくなものだろう）ある。

「記憶の人フネス」もおもしろい小説だった。バカのひとつおぼえみたいに、おもしろい、という言葉をつかうのを、かんべんしてください。だけど、ほかになんと言ったらいいか？　いい小説などと言えば、ぼくが判断をくだしたことになる。感心したという言葉もおなじようなものだろう。ぼくみたいな者には、そんなことはおこがましい。よけいな弁解はこれくらいにして、「記憶の人フネス」のなかから、かってに引用させてもらう。

……われわれはテーブルの上の三つのグラスを一目で知覚する。フネスは一つのブドウ棚の若芽、房、粒などの一切を知覚する。彼は、一八八二年四月三十日の夜明けの南方の雲の形を知っていて、それらを記憶のなかで、一度だけ見たスペインの革装の本の模様と比べることができた。また、ケブラーチョの戦いの前夜、舟のオールがネグロ河で描いた波紋と比べることができた。これらの記憶は単純なものではなかった。それぞれの視覚的映像が筋肉や熱などの感覚と結びついていた。彼はあらゆる夢を、あらゆる半醒状態を再生することができた。二度か三度、まる一日を再現してみせたこともある。一度もためらったことはないが、再現はそのつどまる一日を要した。彼はわたしに言った、「世界が始まって以来、あらゆる人間が持ったものをはるかに超える記憶を、わたし一人で持っています」。

以下また引用……。

……十七世紀にロックは、個々のもの、個々の石、個々の鳥、個々の木の枝などが固有の名前を持つという不可能な言語を仮定した（そして否定した）。フネスも一度、類似の言語の発明を試みたけれども、あまりにも包括的で、あまりにも曖昧だというので放棄してしまった。実際、フネスはあらゆる森の、あらゆる木の、あらゆる葉を記憶しているばかりか、それを知覚したか想像した場合の一つ一つを記憶していた。

……フネスは包括的なプラトン的観念を持つことはおよそできない男であった。包括的な「犬」という記号が、さまざまな大きさや形をした多くの異なる個体を含むということが理解しがたいだけではない。三時十四分の（横から眺めた）犬が、三時十五分の（前から眺めた）犬と同一の名前を持つことが気になったのである。


……しかしながら、彼には大して思考の能力はなかったように思う。考えるということは、さまざまな相違を忘れることであり、一般化し、抽象化することである。フネスの充満した世界には細部しか、直接的なものしか存在しなかった。


小説というものは、細部、連続した細部と、べったり・ぴったりひとつになって吸収するような読みかたが、いちばんたのしいんだろうなあ。もっとも、そんなことを読者が言ったら、たいていの作家はゾッとするにちがいないが。

ともかく、前にも言ったように、こんな小説は理解しようとしたりしたら、ソンにきまってる。しかし、理解する読み方が、読み方としては、いちばん早いはずだ。暴言を吐けば、その本を読まなくても、理解することはできる。あるいは、理解できないと思って、読まない、これも早い。

「死とコンパス」は、今まで、ぼくが読んだ探偵小説のうちでも、たいへんおもしろいもののひとつだ。著者は、もちろん探偵小説として書いており、また、探偵小説のパロディにもなっている。

探偵小説というからには、そのできぐあいがよくなくちゃしようがないけど、できぐあいはすばらしく、ふしぎな探偵小説であり、いわゆる本格派でもある。

だが、すぐれた探偵小説、すぐれた推理小説には（ぼくは、すぐれてるとか、すぐれてないとか、言えた柄ではないが、世間の言葉にしたがって）できぐあいがいいだけでなく、なにかがなくてはならないように言われている。

完全なプロット、アッとおどろかせる結末のほかに、人物や社会がよくかけているとか、主人公の探偵の実生活がにじみでているとかってぐあいだ。

この作品には、そのなにかがある。著者の口ぶりを真似すれば、なにかであって、ぜんぶがある。だが、それは、主人公の探偵の実生活みたいなものではない。実生活でないものだ。だから、ぼくにはおもしろい。しかし、実生活ではないが、この著者にはありありとあるものだろう。これは、この本のほかの小説についても言えそうだが、そういう解説は、ただ安っぽいだけだろう。

夏時間のせいもあって、サンフランシスコの黄昏《たそがれ》はながい。いや、たそがれないで、いつまでもあかるい空が、時計では夜の時間の丘の街の上にある。

そして、やがて、光はうしなっても、まだあかるい空に、霧が流れだす。霧はうすい真綿のように、丘の上の家をつつみ、高層ビルにからまり、だがけっして静止せずに、あるいは真綿がひきちぎれるみたいに、ときには、真綿の透けて見えるすそをひくようにして、流れていき、また流れてくる。「記憶の人フネス」ならば、このさまざまにかわる（もう、かたちともいえない）霧を、とぎれない細部、概念的ではない全体として、霧のうつりかわりよりも、もっとこまかな、もっとゆたかな記憶にとどめることだろう。

　この小説のなかのわたしがフネスにあったときは、じつは、フネスは十九歳だった。そして、その翌々年の一八八九年にフネスは肺充血で死んだ。

　しかし、フネスならば、一九七八年のこの夏の死後遠くはなれたサンフランシスコの霧も、肌にふれるそのつめたさ、高層ビルにからんでながれる、そのかろやかなかたちのあたたかさなどを、ひしひしと記憶していたかもしれない。

　だが、ぼくはフネスではない。サンフランシスコをはなれたら、サンフランシスコの霧も、まるっきりなくなってしまうだろう。かと言って、サンフランシスコにいるあいだは、霧をつかまえられるかというと、そうでもない。街に公園に霧が流れ、ただ、それを見ている。だからさっき、霧のことを真綿がどうのと言ったときは、いささか苦痛だった。

　それに、見ていると言っても、夢を見てるように見てるのか。あれは、夢を文字にするときの苦痛……なんて大げさだが、そういったしんどさみたいなものか。

　とつぜんのようだが、この本の著者はカトリックのひとなのだろう。カトリック教徒というのは、ぼくにはわからない。たぶん、それは歴史の教科書とか、政治のこととかにでてくるような言葉だろう。

　ともかく、この本の著者は、まるっきりカトリックのひとというようなひとなのではないかともおもったりする。ただ、そんなことは、この本のなかにはでてこない。

　この本には、「ユダについての三つの解釈」という小説もあり、これも、おもしろく読み、ぶつぶつ、ぼくもかってなおしゃべりをしたが、それを書くことはやめる。やめるなんて調子いいが、ちょっと文字にできないのだ。

　しかし、イエスを裏切ったというユダのことを、なぜか、ぼくは、子供のときからわるい人のようにはおもっていなかった。ユダはふつうの人で、ふつうの人のうちでも、たぶんマジメな人で、だから、熱心党のシモンなどとはちがった意味の口惜しがり屋ではなかったのか。これは、この小説のユダとはちがう。

＊1――この論文は、『伝奇集』（『キリスト教文学の世界18／バレーラ＋ボルヘス集』所収、主婦の友社、一九七八年）の解説として書かれた。（N. de B.）

ボルヘスの詩と真実——ボルヘス『砂の本』を読む

高橋睦郎

このように計算の上に計算された完璧な作品集に論評を加えようという企ては、なんと馬鹿げて見えることか。

とりあえずは作者じしんの言葉を導きにして、始めることにしようか。

線は無数の点から成り、平面は無数の線から成る。体積は無数の平面から成り、超体積は無数の体積から成る……いや、たしかに、このような「幾何学の法則《モレ・ゲオメトリコ》による」のは、わたしの物語をはじめる最上の方法ではない。これは真実だと主張するのが、いまや、あらゆる架空の物語の慣例である。しかしながら、わたしの話は、本当に本当なのである。

この作品集の最後に置かれた一篇「砂の本」の冒頭である。この作品集ぜんたいが同じくこの一篇の表題を当てられていることから考えて、このコメンタリは作品「砂の本」の自己注釈であるとともに、作品集『砂の本』の自己批評でもある、と言えよう。さて、この注釈・批評をどう注釈・批評しようか。

作品「砂の本」の作品としての構造は、むしろ単純である。国立図書館を退職した作者が、一人住まいのアパートを訪れた聖書を売り歩いている男から一冊の本を大変な代価を払って手に入れるが、やがてその本の怖ろしさに耐えられなくなって、かつての勤務先の館員の不注意につけこんで、九十万冊の本の中にまぎれこませてしまう、というにすぎない。

その筋立てをおもしろくする細部にしても、とくべつ手の込んだ装飾があるわけではない。よく言われるこの作者の衒学趣味というやつにしても、聖書のジョン・ウィクリフ訳、シプリアーノ・デ・バレラ訳、ルター訳、標準ラテン語訳のヴルガタ聖書、それにスコットランドのオークニー諸島、そこを治めていたノルウェーの族長たち、スコットランド出身の文人、スティーヴンスン、ヒューム、バーンズ……と、まずは常識の範囲内である。

重要なのはその本の怖ろしさの内容であろう。

わたしは何気なくその本を開いた。知らない文字だった。粗末な印字の、古びたページは、聖書によく見られるように二列に印刷されていた。テクストはぎっしりつまっており、一節ごとに区切られているページの上の隅には、アラビヤ数字がうってあった。偶数ページに（たとえば）四〇五一四という数字があるとすると、次のページは九九九になっているのが、わたしの注意を引いた。ページをめくってみる。裏面には、八桁の数字がならぶ番号がうたれていた。よく辞書に使われるような小さな挿絵があった。子供がかいたような、まずいペンがきの錨《いかり》だった。

見知らぬ男がこう言ったのはその時だ。

「それをよくごらんなさい。もう二度と見られませんよ。」

声にはでないが、その断言の仕方には一種の脅迫があった。その場所をよく心にとめて、わたしは本を閉じた。すぐさま、また本を開いた。一枚一枚、あの錨の絵を探したが、だめだった。狼狽をかくすためにわたしは言った。

「これはインド語訳の聖書ですな、ちがいますか？」

「ちがいます」と彼は答えた。

それから、秘密を打ち明けるように声をおとした。

「わたしは、平原の村で、数ルピーと一冊の聖書と引きかえに、それを手に入れたのです。持ち主は、読み方を知りませんでした。察するところ、『本の中の本』（聖書）を一種の護符だと思っていたんでしょうな。彼は最下級のカーストでした。その男の影を踏んだだけでも、汚《けが》れることまちがいなしというやつなんです。彼が言うには、この本は『砂の本』というのです。砂と同じくその本にも、はじめもなければ終りもない、というわけです。」

＊

夏が過ぎ去る頃、その本は怪物だと気づいた。それを両眼で知覚し、爪ともども十本の指で触知しているこのわたしも、劣らず怪物じみているのだと考えたが、どうにもならなかった。それは悪夢の産物、真実を傷つけ、おとしめる淫らな物体だと感じられた。

引用はこれぐらいでいいだろう。ここまで読めば、この「砂の本」が作者じしんの自作への意図であることがわかる。作者は「砂と同じく」「はじめもなければ終りもない」そういう作品を意図している。おそらく、それは人間をとり囲む世界が「はじめもなければ終りもない」からだろう。「はじめもなければ終りもない」世界に耐えるには（べつの言いかたをすれば、生きるには）「はじめもなければ終りもない」世界の模造物を拵えあげるほかはない。

だから、この作者の作品は、ヴォルフガング・ゲーテのあの「世界は開かれた本である」のちょうど真反対に「本は閉ざされた世界」なのであろう。ただし、その「閉ざされた世界」を「本当に本当」というところに、この作者の「詩と真実」がある、と言うべきなのだろう。

「はじめもなければ終りもない」世界の模造品を目指しつつ、

この作者の作品は大きく三つに分けうる、と思われる。その一はそういう世界の怪物性に焦点を当てたもの、したがって幻想小説のかたちをとるもの。その二は世界の怪物性の前での人間の有限性それじたいを凝視したもの、結果としては写実小説と呼ばれるべきもの。その三は前二者の総合でもあるが、世界の怪物性と人間の有限性を詩の枠内で闘わせてみたもの。それゆえに架空物語の体裁を持つもの。以上である。

この作品集でいえば、「他者」、「ウルリーケ」、「会議」、「疲れた男のユートピア」、「砂の本」がその一に、「恵みの夜」、「贈賄」、「アベリーノ・アレドンド」がその二に、「人智の思い及ばぬこと」、「三十派」、「ウンドル」、「鏡と仮面」、「円盤」がその三に属するだろう。もっとも、「ウンドル」のようにその一とその三の要素を意図的に兼備させられた作品もあるが。

最後に私的な好みを言わせてもらえれば、「ウルリーケ」は集中、最も好もしい一篇である。作者じしん「後書き」に言うとおり、この作者の「散文にはあらわれない」「例外」的なこの「愛のテーマ」は、知られるかぎり最もエロティックな文学成果のひとつだろう。

だが、ひょっとして、じしんの言にもかかわらず、この作者の根本的なテーマは「愛のテーマ」かもしれない。『砂の本』は「愛の本」なのかもしれない。

原著初版『砂の本』
(1975年　エメセ社刊)

明晰なユーモア——ボルヘス&ビオイ=カサーレス

天沢退二郎

深遠な原理論の徹底的探究は、単純至極な子ども向き笑い話と通底する。両極端は相通ずるというのは周知の公理でありながら、ひとはなかなかその具体的例示を認識したがらないものだが、それだけにまた、この公理を先取りして、《徹底的探究》などという御大層な手続きを一気に跳ねこえ、いわばありうべき障子を突きぬけてむこう側の結論だけをズバリとつかみ出すという作業には、まことに鹿爪らしいユーモアが伴い出ずにいないのであって、そこで話は原理論の探究どころか一篇の厳粛なファンタジーとならざるをえないのである。ボルヘスとビオイ=カサーレス合作の『ブストス=ドメックのクロニクル』を繙くと、その種の笑えぬ笑話、大笑いの原理的述作が、ぽろり、ぽろぽろと転げ出てくるという寸法である。たとえばまず巻頭の「セサル・パラディオンへのオマージュ」。このパラディオンという偉大な作家の作品群は『エミール』『バスカーヴィル家の犬』『アンクル・トムの小屋』というぐあいに列挙される。その方法論が確立された第一作『見捨てられし公園』とは《エレーラ・イ・レイシグの完結せる作品『見捨てられし公園』そっくりそのままをいわば併合して》いるのであって、このエレーラの本のどの頁も十二分にパラディオン自身を表現しており、十二分に《同化》しうると判断したパラディオンは、《この書に自らの名を付し印刷所へとまわした》のであった。コンマひとつとして削りも加えもしないこの方法が以後、この《多重人格的作家》の終生変らぬスタイルとなる。

一方、「新自然主義」と題された作品は、イラリオ・ラムキンというこれももちろん架空の作家の話である。《イラリオ・ラムキンとセサル・パラディオンというような無関係の関係を性懲りもなく捏造し続けるような種類の人々も後を絶たない》と冒頭にも述べられているとおり、ラムキンの《作品》は見掛け上はパラディオンのそれに類似している。パラディオンが作家として、レイシグやストウ夫人やの作品に同化するのに対して、ラムキンは批評家であって、最初《批評の対象となっている本の帯を飾っている常套句そのままの引き移し》であった彼の批評文は、やがて書物の体裁を詳述するようになり、最後に『神曲』の批評研究に身を捧げた彼は、《詩の記述が詩の各語と厳密に一致していなければならない》という考えに到達して、ついに《ダンテの作品そのものだけを印刷所へとまわしたのであった。》つまり、ラムキンの《批評作品》は、パラディオンの《同化作品》と見掛けこそ酷似しているものの、本質的意味はまったく異るということになる。この、ラムキンによる『神曲』こそは、《最初の記述主義の記念碑》なのだ！　同じ「新自然主義」はもうひとつ、《別の様相を呈する》詩人ウルバスの場合を語る。一九三八年、ある詩コンクールの課題「薔薇」に多くの名ある詩人が功を争ったが《ウルバスが提示したコロンブスの卵の前にはすべてがその顔色を失ったのだ。ウルバスが衒わず臆せず差し出したのは薔薇そのものに他ならなかった。》

「ローミスの様々なる書目とその分析」も同種のコントである。ローミスなる作家は、作品準備のためにさまざまな困難と危険の伴う作業に没頭する。『熊』のためにはビュフォン他の博物学的著作の研究や、動物園、さらにアリゾナの洞穴での実地踏査、そして標本の収集……。『寝台』のためにはわざわざスラム長屋に入りこんで貧乏暮しの経験、『月』のためには天体望遠鏡ｅｔｃ、『ベレー』のためにはおそらくバスク語の深い研究……。ところでこのローミスの《作品》とはいかなるものか。《他の著作家の場合には、内容と書名との間には分裂というかある種の亀裂が存在する〔……〕それにひきかえローミスにおいては、書名が即ち作品なのである。〔……〕例えば『寝台』の本文はただ一語、寝台、で成り立っているのである。》しかしこの単語の背後に、芸術家の手によって何という豊富な経験、情熱、充満が蒸溜されたことであろうか、というわけだ。

これらのコントのアイディアを、過日私は電車の中で同僚に口早に紹介しながら、思わず笑い出さずにいられなかった。単純といえば単純、アイディアだけとり出せば、笑い話にもならないと横を向く人もいるかもしれない。しかしこれらのコントの主題は、いずれも《文学》なる謎と魅惑にみちた営為の核心のところに、ある意味ではまことに怪しからぬやりかたではあるが、ちゃんとさわっているようになっている。ラムキンの批評は、おそらくたとえばブランショの、批評とは対象となる本を《繰返すこと》だというテーゼのカリカチュア的な極論であり、パラディオンの作品は、《引用》という昨今注目されている奇妙に本質的な方法のこれまたカリカチュア的極論であり、ローミスの作品本文は、おそらく《主題と表現》という古来の確執の徹底的極論である……。などといってみてもじつははじまらないのだ。これらのアイディアは、一方ではボルヘス好みの高尚な冗談であり、そのアイディアのひとつひとつが、ボルヘスとビオイ＝カサーレスの筆になるペダンティスムもどきの、緩急自在の語り口によって展開していく、その語りの魅惑の方こそがじつは作品の血肉なのだから。

アンケート

A―私のボルヘス作品ベスト3
B―私にとってのボルヘスの魅力

平野啓一郎
日野啓三
谷川渥
高橋睦郎
山尾悠子
天沢退二郎
多田智満子
室井光広
清水徹
入沢康夫
四方田犬彦
川村二郎
高遠弘美
森村進
服部正
東雅夫

＊掲載は原稿到着順です。

平野啓一郎　作家

A　「バベルの図書館」
「不死の人」
「円環の廃墟」

B　その「モダン」で、根無し草的で、無国籍的な作品の雰囲気故に、後続のマルケスなどの世代の南米作家よりも、近しさを感じます。ボルヘスは、二十世紀の終りになって再評価されましたが、実際の彼は、そうした人々が期待したボルヘス像からは、かなりの部分をはみ出している筈です。ボルヘスが偉大であったとするならば、それは彼が、あの時代の博識家であったにも拘らず、シニシズムとニヒリズムとに陥ることを免れていたからであり（懐疑は深かった筈なのに）、一方で、二十世紀後半に蔓延した知的無気力とも凡そ無関係であったからです。そして、それ故にこそ、依然としてボルヘスは読むに値する作家なのだと思います。

日野啓三　作家

A　「八岐の園」　ベトナム戦争の苛烈な歴史的現実の即物的報道と人間主義的論評にボロボロになって帰国した直後、

「文藝」誌上で川村二郎氏の確かドイツ語からの重訳によるこの短篇の翻訳を読んで、小説を書くということのめくるめく魅惑と危険を思い知らされた衝撃的な作品。

「神の書跡」　スペインの征服者の手で地下の石牢に閉じこめられたインディオの老神官が死を前に究極の言葉、イメージ、思念を思考し想像し続ける凄絶な小篇だが、その中の「ある夜、わたしはある明確な思い出に自分が近づいているのを感じた」という一文に、私は限りないリアリティーを覚えるようになった。私たちにできることは発見でも発明でもなく「想起」なのだ、ということを感ずる。それは後ろ向きのことではなく、始原の創造の、永遠に前向きの瞬間の聖なる焔を浴びることに違いない。昔錯綜するイメージの無限に強く引かれたこともあったが、究極のブラックホールを暗示するようなこの作品のイメージに戦慄するようになった。戦慄と同時に無限の元気を覚える。

「ウルリーケ」は硬質の形而上的イメージのちりばめられたボルヘスの小説作品らしくない作品だが、最近この短い作品が私はとても好きだ。南米の大学の老教授が真冬のイギリスの旅先で北欧からの若い知的な女性と知り合い不意に恋に落ちる。女はやせて背が高くとがった顔立ちと灰色の目、黒服を着た謎めいた静かさ。まさに北欧神話の、猛々しく柔媚な神話的な金髪の乙女に見える。ふたりはオオカミの遠吠えが聞こえる雪の野を宿まで歩く。宿で「あなたのものになるから、それまではさわらないで」と若い女は毅然と言う。「年老いた独身の男にとっては、愛の提供はもはや望むべくもない贈り物である。わたしが好きかときくようなあやまちは犯さなかった。彼女にとってはこれが初めてでも最後でもないことがわかっていた。わたしにとってはおそらく最後のアヴァンチュール」

「この瞬間が永久に続いたらなあ」とわたしは呟いた。「〝永久に〟というのは、人間には禁じられている言葉よ」とウルリーケは言った。

恥かしいことだがこの箇所を読む度に最近の私は涙ぐむ。牡が老いるということがどういうことか惻々とわかるのである。そして一度も女と寐たことのない若者よりも純粋に熱烈に、若い女体にひかれることがある、ということが。

B「ウルリーケ」のような作品を私が最も心をこめて読むと言うと奇異の思いをなさる方があるかもしれない。それはとても非ボルヘス的なボルヘスの読み方のようであろう。だが格別に知的な、形而上的思考の詩人というボルヘス作品の印象も、少し身を入れて感じてみれば、イメージとイメージとの、言葉と言葉との、観念と観念との、ほとんどエロティックな親密な関係によって成り立ち、無限に増殖していることがわかるだろう。いわば無限と個物、絶対と有限の事物とのあられもない交情のマンダラ図のようにさえ見える。

知的、観念的、形而上的であることが不感症的であることではない。《無限》という形而上的観念にこそ発情しないで、何が詩人か。

世界が、宇宙がどのように成り立ち、どのようにうごめいているかを感じつくしている真の詩人が、ボルヘスであろう。その意味でボルヘスは宇宙的《コスミック》な恋愛作家とさえ言えるだろう。「ウルリーケ」は比類なく哀切で、痛切で、そして官能的である。

観念的であることを冷感症的と思いこんでいる限り、この国に形而上的な文学は育たないだろう。《無限》に欲情し、《宇宙》に恋しなければならないのだ。

谷川渥

美学

A「不死の人」
「アレフ」
「学問の厳密さについて」

B 南米文学の存在を決定的に告知してくれたばかりではない。小説を卑近なもの、感情的なもの、およそ「私」的なものから解放し、知の目くるめく迷宮へとわれわれを誘《いざな》った二十世紀最高の文学者、それがボルヘスである。宇宙論的《コスモロジック》とでも形容するほかはないその言語的営為は、もはや文学と哲学の境界を抹消し、名づけようのない場所に、しかしそれゆえにこそまたバベルの図書館とも円環の廃墟とも八岐の園ともいかようにも名づけられる場所に、われわれを置き去りにしたのだった。

高橋睦郎　詩人

A「トレーン、ウクバール、オルビス・テルティウス」

「めぐり合い」

「会議」

その他、何であってもいいのだが。

B　二〇世紀、とくに二〇世紀後半というおよそ反詩的時代に、ボルヘスという詩人＝作る人の原型のような人物が存在しえたという奇蹟。

山尾悠子　作家

A「円環の廃墟」

「砂の本」

「バベルの図書館」

B　映像として想像してみる。「中央に巨大な換気孔がつき、非常に低い手摺をめぐらせた不定数の、おそらく無数の六角形の回廊から成っている」という図書館の映像を。少なくとも数世紀を経てなお存続する蔵書の背表紙を、その無表情な列を、古書の匂いを想像する。各階にふたつしかないランプの乏しい光量を、想像上の画面に加えてみる。
六角形の換気孔の直径は何メートルくらい？　前後の記述から考えて、そうむやみに大きくはない筈。従ってこの世界は無限であると同時に、閉所恐怖症気味の翳りを持つ。たぶん腿あたりの高さの手摺は古びた飴色であり、その手摺を撫でながら図書館員であるわたしは回廊を歩く。螺旋階段が上下に貫通しているホールで、薄暗がりの奥に光るものを見る。鏡は回廊の灯りを反射し、すべてのものを二重にし、盲目の図書館長である老人の姿が一瞬だけそこをよぎる。

天沢退二郎　詩人・フランス文学

A①「バベルの図書館」
②「円環の廃墟」
③「不死の人」

B　ボルヘスのテクストの特徴的な魅力は、一口《ひとくち》で言ってのけることができる。一つの小さなものの中に、沢山の、あるいは大変なものが塡《つ》まっているのだ——アレフであれ、図書館であれ、一個のレモンであれ。即ちボルヘスの特徴的な魅力とは、それが「一口《ひとくち》で言ってのけることができる」ことに存する。

多田智満子

詩人

A「円環の廃墟」
「不死の人」
「王宮の寓話」

B「私にとってのボルヘス」
日本でもっとも早いボルヘスの紹介者の一人である土岐恒二氏訳の『不死の人』(一九六九年)を読んだとき、私は渦巻の中にひき入れられるようなめまいを覚えたが、しかし同時に、これが完璧に明晰な眩暈であることに気づいていた。なんという怖るべき知のたくらみであることか——

何人かの人に言われて納得したのだけれど、私の詩はかなりボルヘス的なのが多い。むろんボルヘスの足もとにも及ばないけれど、感性の形式に共通したものがある。二十歳のころニーチェに心酔して以来、永劫回帰の観念にとりつかれていたが、じつはもっとさかのぼって十二歳のころ、無限の観念に悩まされた揚句、円環状の時間というものを考えついてちょっと安心した、という前歴があり、素質的に「円環」は私の基本様式であったと思う。「円環の廃墟」を読む以前から、私はボルヘス派だったのだ。

室井光広

作家

A「『ドン・キホーテ』の著者、ピエール・メナール」
「記憶の人、フネス」
「南部」

B 詩と批評(形而上学)と物語という文学総合神殿に仕える祭司として、長い時間かけそれら三種の神器をサンミイッタイのアマルガムに仕立て上げたこと。ウチデノコヅチと化したその虚構器《フイクシオン》を無限の前に打ち振りつづけたこと。

清水徹

フランス文学

A ①「トレーン、ウクバール、オルビス・テルティウス」
②「不死の人」
③「詩法」(『創造者』収録の詩)

B 何よりもまず、あの語り口です。穏やかで、親密で、端正な距離を置いて憂愁と倦怠を漂わせ、ときどきまったく何くわぬ顔つきで、トリックが挿入される。だから、継ぎ目に気がつかない。ただ、うっすらとしたユーモア、——いや、「ユーモア」という言葉ではすこしきつすぎる、ユーモアと憂愁と倦怠とが溶けあった、何かしら雰囲気めいたとしか言いようのないもの、それが作品の全面を浸すのです。そういう語り口があるからこそ、博識が精妙に織りあげられて幻想に達するあのボルヘスの世界が成立する。

アンケートには、「バベルの図書館」を入れるか、「砂の本」はどうしようと、ひどく悩んだのだけれど、これが「私の選ぶボルヘス一冊」だったら簡単だった。一も二もなく『創造者』を選ぶ。ここには自伝風エッセーやまさしくボルヘスといった掌篇のほか、(私にはスペイン語の詩の魅力を語る資格はないのだが)すばらしい詩がたくさん収められているから。

入沢康夫

詩人

A「不死の人」
「バベルの図書館」
「アレフ」

B　小説としては、あるいはパンパのならず者の生と死を扱った作品の方が、味が濃いとも言えましょうが、やはり私にとってボルヘスのボルヘスたる由縁は上記の三作のような作品ということになります。昔、「不死の人」の篠田訳ではじめてボルヘスを知ったときの興奮は、今も生々しく思い出されます。

四方田犬彦

比較文化史・映画

ボルヘスが重要なのは、文学作品を個々のものとして捕らえるのではなく、ジャンルそのものがひとつの巨大な作品であるという提言をしたことです。わたしの文学的出発点にあたるスウィフト研究は、その理論的枠組みをバフチンとともにボルヘスに依拠しています。あらゆる人間は父殺しのさなかにハムレットであるという彼の提言が正しいとするならば、年老いて盲目となったボルヘスが、ホメロスであり、ミルトンであったとして、どうしていけないことがあるでしょう。

川村二郎

ドイツ文学・文芸評論

A　ベスト3というのではなく、①初めて読んだ作、②自分が関った作、③多分未邦訳の作の三点をあげる。
①「不死の人」一九五四年、同人誌「秩序」に篠田一士の訳で発表された本邦初訳。一読して目のくらむような衝撃を受けた。博識と幻視のかつて見たこともない複合を前にして恍惚とした。

②「**分岐する小径の庭**」　一九六三年、雑誌「文芸」二月号に、ドイツ語訳とフランス語訳を突き合わせて当方が訳出し、「シナの迷宮」と題して掲載された。ミステリーと深遠な時間論の名人芸風な組み合わせに、強い興味をそそられたのだった。

③「**ゲルマン古文学試論**」　一九六五年、M・E・バスケスとの共著になる、アイスランドやドイツの中世文学についてのエッセー。当方が読んだのは六六年度版のフランス語訳だが、エッダ、サガなど実在の資料が、ボルヘスの手にかかるとまるで幻の作めいて見えてくる。

高遠弘美

フランス文学

A　ボルヘス作品のベスト3を択ぶというのは、ほとんど不可能か限りなく無意味な行為ではないでしょうか。

それゆえ、せめて以下のように分類した上で択ぶことをお赦しください。

【対話・講演などのベスト3】

① **Radioscopie de Jacques Chancel**

②『**七つの夜**』

③『**ボルヘス、オラル**』

【単行本ベスト3】

①『**アトラス**』

②『**ボルヘスの「神曲」講義**』

③『**永遠の歴史**』

【作品ベスト3・某月某日】

①「**砂の本**」

②「**不死の人**」

③「『**ドン・キホーテ**』**の著者、ピエール・メナール**」

【作品ベスト3・さる日さる時】

①「**南部**」

②「**ブロディーの報告書**」

③「**鏡と仮面**」

附記――

本来なら詩人ボルヘスの作品からも択ぶべきところですが、原詩を解せぬ無学の悲しさ、ピアソラが曲をつけて演奏した「ハシント・チクラーナ」の名を挙げるにとどめます。

B　ボルヘスほど「ミクロコスモス」という言葉が似合う文学者は尠い。と同時に、ボルヘスにまして「的」ないしは「の」の一字を介して宏大な時空間に読者を導き入れる作家もそうはあるまい。たとえば、ボルヘス的迷宮、ボルヘスの夢、ボルヘスの図書館、ボルヘス的時間……、こう呟いただけで、たちまち我々の日常は厖大な書物の宇宙と繋がって、「永遠の歴史」が反復する太古以来の大海原を漂い始める。

ボルヘスの批評に反撥を覚えたこともある。ボルヘス自身のある種の作品に苛立ちを感じたこともないではない。だが、ボルヘスを愛読するということがなければ、『神曲』や『千一夜物語』はもちろん、無数の詩とも、あるいは今ほどに深く関わっては来なかったかも知れない。ボルヘスに導かれて、いつまでも繰り返して書物を読み続け、言葉の織りなすミクロコスモスを夢見ること。それこそが、ひそやかに忍び寄る忘却と死の予感に抗する手だてにほかならない。

森村進　法哲学

A ①「トレーン、ウクバール、オルビス・テルティウス」
②「コウルリッジの花」
③「『ドン・キホーテ』の著者、ピエール・メナール」

B　私が最初にボルヘスの本を読んだのは白水社版『不死の人』で、当時は形而上学的短編の名手として感嘆した。この系統では①や③や「神学者たち」が特に傑作だ。その後『続審問』やアンソロジー『バベルの図書館』の序文を読んで、彼の文芸批評の方に関心が移った。澁澤龍彦が言うように、「ボルヘスを読む楽しさの一つは、ボルヘスとともに古今東西の文学作品を読むという楽しさである。」この系統では著作者のアイデンティティの重要さを否定する②や「カフカとその先駆者たち」が印象に残る。ボルヘスの著作の大きな魅力は、その博識もさることながら、権威や流行に右顧左眄せず自分の感性を信じて、単純な真理を簡潔明瞭に述べるという点にある。冗長なボルヘスなど想像できない。

今度刊行される「コレクション」では彼の未訳の評論がまとまって訳されるそうなので、刊行を首を長くして待っている。特に『序文つき序文集』はたくさんの新たな発見をさせてくれるに違いない。

服部正　作家

A「八岐の園」
「トレーン、ウクバール、オルビス・テルティウス」
「アル・ムターシスを求めて」

B　驚異こそ世界の真実であるべきだ、という考え方。作品に頻出する『書物』と『夢』は、考えてみれば『思い出』であり、それこそが文学の根本ではないかと思っています。

また十九世紀の良質な西欧文学の教養と、それに由来する繊細な文章表現（引用も含めて）に感じ入ります。

東雅夫

ホラー評論家

A ①「トレーン、ウクバール、オルビス・テルティウス」
②「人智の思い及ばぬこと《ゼアラー・モア・シングズ》」
③『ボルヘス怪奇譚集』

B さるにても故篠田一士の慧眼には頭が下がります。中南米出身の「前衛」文学作家の日本初紹介にあたって、Ficciones を『伝奇集』と訳してみせるなどという芸当は、誰にもできることではないと思うからです。そのため小学生の頃の私は同書を徹頭徹尾「伝奇と怪異」の物語集として、『聊斎志異』や『怪奇小説傑作集』と一緒に虚心に愉しんだものでした。ところでボルヘス伝奇の劈頭を飾る傑作である①といい、あるいは暗黒神話大系の一場面を彷彿させる「円環の廃墟」といい、ボルヘスの幻想質が大恐慌時代米国の怪奇作家H・P・ラヴクラフトのそれに酷似しているということは、コリン・ウィルスンが大仰に驚いてみせて以来、自明のことでしょうが、②はボルヘス自身がラヴクラフト風の短編を志向した珍品で、初読の際大笑いしたものです。③は伝奇作家&アンソロジストとしてのボルヘスの奥義伝授の書として。今回はあえてホラー評論家モードでお答えしました。

分類学者ボルヘス

アンジェラ・カーター／中村紘一訳

一九八九年十月十八日　英国学士院における講演

あの甘美にして奇怪な書物、『幻獣辞典』という小さな辞典に寄せた序文の一つによれば、ホルヘ・ルイス・ボルヘスは「時間と空間を通して人間の想像力によって考えられた奇妙な創造物の小冊子」に記載すべき項目について厳密なルールを設けているとのことです。皇子ハムレット、あるいはその他想像上の人類は除外する。人間狼のように人間が無骨に変身した創造物は除外する。そういったものは断固除外して、記載するのは優雅で文学的な動物、多くは哺乳類で、それらを辞典のようにアルファベット順に並べ、それぞれにその起源あるいは初見の例を添えて手際のよい定義を与えるとのことです。

『幻獣辞典』は一冊の参考図書である――文学に登場する幻獣のための優れたガイドブックである――と同時に、参考図書のパロディでもあります。それが記述する創造物には実体がないというまさしくその理由のために参考図書のパロディであるのです。参考図書は本来われわれを外界へ、現実世界の客観的事実へと案内してくれるはずですが、この書物はそうではないのです。

もちろん、『幻獣辞典』は別の広がりを持った参考図書でもあります。大きな魅力を備えた文学引用辞典なのです。さらに、ある意味では、自画像でもあるのです。なぜなら読者は、編者が自ら作り上げたすばらしい動物園の動物から編者の好き嫌い、癖、考えについてのかなり正確な肖像を得ることが出来るからです。例えば、Mの項目を見てみましょう。「マンドレイク」(Mandrake)、「ミノタウロス」(Minotaur)、そして、「墨壺の猿」(the Monkey of the Inkpot)が並んでいます。墨壺の猿とは目は深紅、柔らかい皮は漆黒《しっこく》で、墨を好み、人が座って書き物をしようとすると、この猿はそのそばに胡座《あぐら》をかいて待っていて、書き物が終わると、残った墨をすっかり飲んでしまうと定義されています。この編者はなかなかのくせ者なのです。

編者はアルファベットを、獣を、忘れられた奇怪な伝説を順に並べることによって、マニエリスムの流儀で自画像を描いていきます。それは秘義に通じた編者が面白く思う動物たちを集めて描かれたものですが、その動物たちが実在しないからといって本当らしさが減るというわけではありません。それらを集める方法は、十六世紀のイタリアの画家アルチンボルド（一五二七—九三）が料理人の肖像を鍋釜で、夏の女神の肖像を果物と花で、司書の肖像を書物で描いたのと同じです。

そう、書物です。『幻獣辞典』はとりわけ書物へとわれわれを誘《いざな》うのです。書物が貯蔵庫であり、宝庫であり、盗賊のたまり場であり、贋金づくりの巣であり、博物館であり、インフォメーション・デスクなのです。『幻獣辞典』は参考図書ではないが、確かに最初はそんなふうにも見えます。火星人の襲来の後、もしそれが人類の唯一の書物として残存するようなことになれば、火星人は現在のわれわれの動物学よりももっと独創的な動物学の遺品を相続することになりましょう。それは——火星人には唯一の参考図書であり、それとは相容れない証拠はもはや存在しないのだから——どこまでももっともらしく思われるに違いないのです。（この事自体ボルヘス流の仕掛けなのです。）

ボルヘスの『幻獣辞典』のモデルであり、幻獣の幾つかはすでにそこにも掲載されている中世の動物寓話集の読者がその中の哺乳動物の話を読んだとき、実際に現実世界の情報を得ようとしていたかどうかは今では議論の余地があるところです。例えば、蟻獅子（ミルメコレオ）ですが、ボルヘスは喜んで想像上の動物と認めています。しかし、蟻獅子の存在を本当に信じた者がいたでしょうか？　蟻獅子は紀元二、三世紀のアレクサンドリアで書かれたギリシャ語の『フィシオロゴス』に言及されています。確かに『フィシオロゴス』は学問的な書物ですが、科学というよりも神学の分野において学問的なのです。現実の動物と想像上の動物の両方を編集・記述した書物ですが、これらの動物は徹頭徹尾キリスト教の教義と倫理を教えるために用いられているのです。（それらの教訓ほどボルヘスの意図からかけ離れたものはありません。）千年経った後でもなお、ヨーロッパでは蟻獅子はラテン語とフランス語の両方の動物参考図書の中で幅を利かせていましたが、その理由は寓意物語のために非常に役立ったからでした。そのような書物の一つには次のように記述されています。

> それは顔（あるいはからだ前半分）が獅子《しし》で、からだ後ろ半分は蟻《あり》である。父親は獅子の顔をしていて肉を食うが、母親は穀類を食う。それでもし蟻獅子が生まれれば、二つの性質を持ったものが生まれる。つまり母親の性質のために肉を食わず、父親の性質のために穀類を食わない。それ故、栄養がとれないために亡ぶ。

この動物についてどのような寓意的解釈がなされたかはみなさんにお任せしましょう。

キリスト教初期は言うに及ばず中世後期の人々は、現在のわれわれよりもはるかに親密に動物と暮らしていました。彼らは蟻獅子にはどこか胡散臭いところがあることを、誕生後この世での生存のチャンスがゼロであるばかりかその生殖はいくら想像を逞しくしても理解不能であることも知っていたに違いありません。彼らは動物寓話集をわれわれがＳＦを読むような気持ちで――すなわち「もし……ならどうだろう？」という気分で読んでいたに違いありません。あるいは、不信の念を意図的に停止するあの精神的態度で読んでいたに違いありません。これは現在われわれが小説を読もうとする時に奨められる精神的態度であり、中世の敬虔な人々はそのような態度で世界の到底ありそうにもない巨大な幻影に接していたのです。（これは、もちろん、現代の優れた仏教徒の思考方法であり、また後にお話しする中国式分類法に影響を与えているのかも知れません。）

あるいは、おそらく、これは「俗信」とでも言えば一番いい思考の方法であり、そういうものとして、先進産業国においてすら、今なおわれわれの間で盛んに行われています。「俗信」とは懐疑の念を捨てる能力に他なりません。例えば、かつて親友が――犬を散歩に連れて出て――ちょっとした食事のために中華レストランに立ち寄った時のこと、やがて順番が来て七十三番目のメニューとしてプードルが甘酸あんかけになって運ばれてきたという話をする人にわれわれはたいていどこかでお目に掛かったことがあるはずです。われわれは本当にこの話を信じるでしょうか？　この話をしている人も本当にそれを信じているのでしょうか？　それでいて、その話は広まっている、恐ろしいくらい広まっていて、多くの人たちはこのような出来事が誰かに――必ず誰か他人に、しばしば親友に――起こったと信じているのです。ちょうど、例えば、『サンデー・スポーツ』紙のトップ記事を信じるようにです。あの新聞はデマを事実のように報道することを専門にしているのにです。

ボルヘスは、もう一つの途方もない書物、今度は単独の著作である『汚辱の世界史』の一九五四年版に寄せた序文では、潤色してその中に収めた物語――すなわち、実在の人物と出来事に基づいているが彼が粉飾した作品――について「自ら作品を書く勇気はなく、他人の書いたものを偽り歪めることで……自らを娯しませていた臆病な若者――作品はすべてこの若者の無責任なひとり遊びである」と述べています。

伝統的な物語作家は自分が継承した物語に対していつもこれに似たことをしてきました。（不運な犬の飼い主とさらに不運な犬についての物語を語る人物は民間伝承物語の語り手の衣鉢をついでいる、すなわち、われらの時代のシェヘラザード（千一夜の間毎夜アラビア夜話を王に聞かせて殺害を免れた妻）なのです。）物語は口伝えで次のようにして受け継がれていきます。語り手は、完全な話としてあるいはいくつかの話の断片としてすでに存在する題材を受け取り、それをいじくり回し、手術や移植を施し、現場を換え、王女の髪の色もしくは犬の品種を変え、縮小拡大し、教訓を差し挟み、いたずらっぽい、それとも哀れをそそるような味付けをし、いけ好かない婆さんを少しばかり変身させたりするが、それでもたいていはすでにそこにあった題材を再構築するのです。

わたしはボルヘスが実に驚嘆すべき参考図書であるアールネとトンプソンの『昔話の型目録』(一九二七)を目にしたことがあるかどうかを知りませんが、これは世界中のおとぎ話の構成要素をきちんと表にしたもので、整然と番号が付けられています——例えば、「英雄は地獄の釜を耳にする。タイプ475」さらに「ナップサック、帽子、角笛。タイプ569」という具合にです。『昔話の型目録』はおとぎ話を作り上げている物語の要素をばらばらにして煉瓦のように並べています。一般に、物語は分解され新たに組み合わされて、新しい物語が作られます。その結果、もし誰かが何とかしてすべての適切な要素を適切な順序で組み合わせるなら、その人は最初の物語を、これまでのすべての物語のすべての要素を含むような偉大な原初の物語を、母なる物語を——ボルヘスの「バベルの図書館」の本のような物語を——「他のすべての本の公式であり、完全な大要であるような本を」作り上げることができるという果てしなく面倒な仕事の可能性があることになります。

ボルヘスは、『汚辱の世界史』で物語のひとり遊びをして他人の物語を偽り歪めているうちに、ほとんど偶然にまったく新しい物語を——「ばら色の街角の男」のような彼には初めての物語を——創造してしまったと言っています。歪められた事実を収めた『汚辱の世界史』の中では、まったくのフィクションである「ばら色の街角の男」はどう見ても場違いな作品です。この物語はもともとそこに入っていませんでした。まったく別のコンテクストの中に入っていたのです。それは参考図書には、まやかしの参考図書にすら、居場所がありませんでした。その中に収められるための条件を一つも満たしてはいませんでした。ボルヘスは偶然にも独創的な作品を作り上げたのです。しかしながら、もし「ばら色の街角の男」がフィクションとして分類し直されることになれば、ボルヘスも同じようにフィクションの項目で物語作家として分類し直されねばならないことになります。分類し直されることは生まれ変わることであり、世界という巨大なカタログにもう一度登録される機会が与えられるのです。

「わたしは一冊の本を求めて、おそらくカタログ類のカタログを求めて遍歴した」と「バベルの図書館」の語り手は述べています。司書の情熱とは——本を順序よく並べ、誤った場所におかれた本を同じ種類の仲間の所に戻してやることです。分類するとは混沌に秩序をもたらすことであり、カタログを作るとは存在の証を登録することです。類別し、分類し、区分けし、仕訳し、きちんと保管したいという衝動——つまり、分類学者の情熱は、ボルヘスの物語では烈しい炎となって燃え上がっています。

「砂の本」というすばらしい物語の中に出てくる背表紙に聖書と記された無限の書物は、始めもなければ終わりもありませんが、挿し絵が添えられています。「小さな挿し絵は……二千頁離れたところにあった。わたしはノートにそれらをアルファベット順に並べる作業に取りかかった。」アルファベット順のリストを作るなんて、これぞまさしく分類する語り手、いや語り手は分類者というわけです。そして、その書物は実は世界であり、同時にこの世界のカタログなのです。「砂の本」で背表紙に聖書と記された書物は「バベルの図書館」の最後の脚註に言及されている書物を、すなわち、本の中の本、母なる本、すべての本を収める一巻を、「普通の判型で、九ポイントもしくは十ポイントの活字で印刷され、無限に薄い頁の無限数からなる一巻の書物」をはっきりと具体的な形で表したものです。実を言うと、この書物はアレフの一種で、アレフとは「他のすべての点を含む宇宙の一点」であり、情報の超越的焦点であり、知識の鼓動であり、どこにでもありながらどこにもない光の可視的かつ普遍的中枢なのです。（実際、アレフは、六歳になるわたしの子供の方がわたしよりも上手に操作する知識集積・処理のためのあの電子器具に悔しいほど似ているのです。）

それで、「砂の本」の語り手はその挿し絵をアルファベット順に並べるという不可能な仕事に取りかかります。『幻獣辞典』の序文が言うように、「むだで横道にそれた知識には一種のけだるい喜びがある」としても、知識を集積してカテゴリーに分類することはけだるい仕事ではありません。知識自体はいかに無用で不必要であってもです。わたしがボルヘスで一番好きなのはこの分類学的情熱です。これは自然科学者としての作家という意識でもあり、フランスの文学者アルフレッド・ジャリの愉快な傑作『フォーストロール博士の言行録』（一九一一）の主人公フォーストロール博士は時計と棹《さお》尺と音叉《おんさ》を持って分類しに出かけるのです――が、いったい何を分類するのでしょうか？

そう、それが問題なのです。

ミシェル・フーコーは『言葉と物――人文科学の考古学』（一九六六）に寄せた序文で、この記念碑的な書物の出生地はボルヘスのあるテクストの中にある、それを読みすすみながら催した笑い、思考におなじみなあらゆる事柄を揺さぶらずにおかぬ、あの笑いの中にだと述べています。あるテクストというのは「ジョン・ウィルキンズの分析言語」というボルヘスのエッセイから引用したものです。フーコーは次のように書いています。

> ところで、そのテクストは「シナのある百科事典」を引用しており、そこにはこう書かれている。「動物は次のごとく分けられる。(a) 皇帝に属するもの、(b) 香の匂いを放つもの、(c) 飼いならされたもの、(d) 乳呑み豚、(e) 人魚、(f) お話に出てくるもの、(g) 放し飼いの犬、(h) この分類自体に含まれているもの、(i) 気違いのように騒ぐもの、(j) 数えきれぬもの、(k) 駱駝の毛のごとく細の毛筆で描かれたもの、(l) その他、(m) いましがた壺をこわしたもの、(n) とおくから蝿のように見えるもの。」

フーコーはまったく別の思考体系の可能性に、すなわち、われわれ自身の思考体系の限界を露わにするような体系の可能性に魅せられたのです。われわれの方はそんな思考体系は不可能だと思うのですが。

ボルヘスの「トレーン、ウクバール、オルビス・テルティウス」は「そんな思考体系」についての、つまり、別の思考体系に完全に入っていくことについての物語です。ボルヘスは次のように書いています。トレーンの天体の人々は

空間ではなく時間のうちに継続的に展開する一連の心的過程として、宇宙を認識している。スピノザは外延と思考の属性を人間の無窮の神聖さに帰した。トレーンでは誰ひとり、(ある状態を表象するものでしかない)前者と(宇宙の完全な同義語である)後者との並置を理解しようとしない。換言すれば、彼らは空間的なものが時間のなかで持続するとは思わないのだ。地平線に立ちのぼる煙、その後に見かけた野火、さらにその後の、消えずに火元となった夕バコなどの知覚が、観念連合の一例として考えられる。

トレーンの文化はわれわれには異質のものです。それは知識についてのまったく違った理論に基づいているから異質なのです。異質のトレーン文化は百科事典の項目として初めてわれわれの世界に明らかになりました。百科事典はわれわれ西欧を基盤にした知識理論の記念碑で、その理論とは、あらゆるものは認識可能であり、一連の証明された事実としてアルファベット順に適切に分類されて蓄積できるというものです。百科事典、辞書、参考図書はわれわれの世界の動きについての思考方法を形成します。いったん参考図書にまったく別の性質を持った内容が取り入れられると、それらも世界の動きについてのわれわれの思考方法を形成することになります。別の思考体系が第二の天性となるのです。われわれの参考図書はわれわれをトレーンに引きずりこんだのです。今では、われわれはかつて不可能だと考えていたことを考えるばかりか、かつて不可能だと考えた方法によってそれらについて考えることができるのです――実際、そうするより他ないことを知るのです。

次のような疑問が――何が思考可能か、それをどのような方法で思考できるかという――疑問が知識の問題を扱ったボルヘスの物語には、すなわち、書物についての、アレフについての、迷宮についての物語にはいつも存在しています。同じ疑問がまやかしの参考図書にも密かに存在しています。幻獣を発明することは比較的やさしいのですが、知識についてのわれわれの観念そのものを説明するような類別方法を発明することはそうはいきません。

ボルヘスは似非《えせ》中国式分類法をいくつか発明し、そのために普段は謹厳なミシェル・フーコーも爆笑したのです。次に挙げるのは極東で実際に行われた分類法です。

むつかしげ (むさくるしげ) なるもの

(a) ぬひ物の裏 (刺繍の裏面)、(b) 猫の耳の中、(c) ねずみの子の毛もまだ生《お》ひぬを、巣の中よりまろばし出でたる、(d) ことにきよげならぬ (格別きれいでもない) 所の暗き。

このリストは審美眼、好み、感情を基にして作られたように思われます。まったく主観的な、編者を不快にさせるもののリストで、きわめて不快であるために読者にもそれが伝わってきます。読者は身もだえします。このリストは精密そのものですが、まったく科学的でありません。非常に高度な分類をしようとする衝動は見られるが、清少納言の分類体系の趣旨を特定することは困難です。
　別のリストを見てみましょう。

くるしげなる（困惑している風に見える）もの
(a) 夜泣きといふわざするちごの乳母《めのと》、(b) 思ふ人二人もちて、こなたかなたふすべらるる男（愛人を二人持って両方で嫉妬される男）、(c) こはき物の怪《け》にあづかりたる験者《げんざ》（頑固な物の怪の調伏を引き受けた修験者）。験《げん》だにいちはやからばよかるべきを、さしもあらず、さすがに人わらはれならじと念ずる（祈禱の効験だけでも早速現れたらよかろうに、なかなかそうもゆかず、それでもさすがに物笑いにならぬようにと我慢している）。

リストに験者が並んでいることで初めてこの分類法が表す文化はまじないを基盤にしていて、おそらくトレーンのそれと同じくわれわれには異質のものであると思われてくるのです。そして、験者がただ物笑いにならぬことだけに気をもんでいるという事実はわれわれがここで見ている文化はまったく違った信念体系のみならず行動規範を備えていることのより大きな証拠になっているのです。
　これらのリストは千年ほど前のもので、ややもすると洗練しすぎた日本の宮廷に仕えた婦人、清少納言によって作られました。彼女はこれを日記にしたためて木製の枕の中に隠していたので『枕草子』と呼ばれています。彼女は時間、空間、知的方法の点でわれわれとは遥かに遠い存在です。が、分類しなければという強迫感に捕らわれていました。さらに別のリストを引用したいと思います。

こころときめきする（胸がときめく）もの
(a) 雀の子飼《こがひ》（雀の雛を飼育すること）、(b) ちごあそばする所のまへわたる（幼児を遊ばしている所を通り過ぎる）、(c) よき男の車とどめて案内《あない》し問はせたる（従者に取次を乞わせ何か尋ねさせている）。

ミシェル・フーコーをかくも喜ばせたボルヘスの似非中国式目録は明らかにこの種の一つであり、清少納言自身もある意味で「似非中国式」と言えます――彼女は日本語を漢字をもとに書いたからです。この分類熱は中国に、すなわち、あの高度の官僚制の文化に由来し、そこではたとえカテゴリーが感受性、感情、自由な観念連想に基づいたものであっても、何事も部類《カテゴリー》なしでは絶対に済まされないのです。何事も雑然と置いておかれてはならないのです。家鴨《あひる》の卵ですらそうです。その家鴨の卵（かりのこ）に出くわすと、清少納言はすぐさまそれを「あてなる（上品な）もの」のリストに入れるのです。酔って千鳥足の恋人も直ちに分類され、レッテルを貼られ、整理されて片づけられます。「かたはらいたき（わきから見ていて気がかりな）もの」のリストには「思ふ人のいたく酔《ゑ》ひて、おなじことしたる（愛する男がひどく酔って同じことをくり返している）」というのが入っています。

　尽きることのないこの仕事には避けることのできない重大事があるのです。もしその獣に四本の脚があれば、それを四足獣と分類しなさい――翼もあるというならば別の話ですが。結局のところ、人間のすべての知的生活は経験をより精妙に定義されたカテゴリーに分類し、それを別々の箱にきちんとしまい込むということに捧げられているのです。たとえその箱からは絶えずものが飛び出してきて、あかんべをしながら暴れ回ることがあってもです。そのうえ、その仕事は終わることがなく、この世の終わりの日まで――そして、おそらくその後も――ずっと、ずっと続くことでしょう。と言うのも、天使たちにはわれわれがいなくなった後の世界に残されているもののリストを作る必要があるからです。

　存在しない動物の脚を数えることがどうして分類することになるのでしょうか？　重要なのは動物そのものでなくて、分類する過程なのです。そのうえ、継続的な存在は物事の永続的特徴ではありません。偉大な一九一一年版の『ブリタニカ大百科事典』は――執筆者たちの、彼らの情報改訂の、あるいは彼らの熱意の欠如のせいではないのに――二十世紀後半の世界のガイドとしてはすでに不完全なものとなっています。最新版の『ブリタニカ』もやがて同じ運命をたどることでしょう。不信の念の意図的な停止をつねに要求してきたことが明らかな幻獣動物園でもクォークが蟻獅子の仲間入りをする日が来るでしょう。

　そういうわけでボルヘスの愛好するものが間違った先例であったり、誤りが判明する情報であったり、いんちき書誌であったり、多分に異教の始祖である古代の著者たちであったりするのです。その著者たるや十二世紀の似非サン＝ヴィクトールのユーグというふうに「似非」という接頭語を付けて不思議な二重性を備えています。ちなみに、彼は『獣とその他のものについて』の著者ということですが、それはサン＝ヴィクトールのユーグ（一〇九六―一一四一）の著作とされていてももちろん嘘です。他の人たちが弾劾してきたことだけで有名であるような作品の著者をとりわけ愛好するボルヘスは知識を誇らしげに、挑戦的にすら身につけていますが、その知識が彼自身の落ち度ではないにしても誤りである時に、それをもっとも愛好するのです。

　知識についてのあの普遍的な書物をついに見つけて震えながら手にするとき、それが偽物、あるいはもっとひどいことにはトレーンの百科事典のように人の精神につけこんだものと判明することがあるかも知れません。図書館は迷宮で、その真ん中には罠があって人身牛頭のミーノータウロスが若者の命を狙って待ち受けているということがあるかもしれません。アレフは最後には偽のアレフであることが判明するかも知れません。しかし、悲しいかな、それがわれわれの所有するすべて――われわれの体系なのです。われわれの体系とはわれわれを人間に留めておくところのものなのです。知識の体系はどんな体系でも、たとえユダヤ秘教のカバラのように難解で神聖で魔術的であっても、ないよりはましで、どんな分類法でも原始の混沌を改良するものなのです。

そこで、ボルヘスが書こうとしていることは、われわれがどのようにして世界を知るか、それをどのようにして発見し言葉で定義するか、それはどのようにしてわれわれを驚かせるかについてであるとわたしには思われます。それゆえ、彼には、この壮大な企図において、過去に遡って古代人の行った知識に関する事業を、分類の事業を――驚異物語集や獣百科やオカルト事典を――探索する必要がありました。と言うのも、かつて人々が世界には何があるかという問題を追求したとき彼らがありうると考えたすべてのものについて（さらに、どのようにしてそれらがありうると考えたかについて）彼は研究しなければならないからです。

というわけで、われわれは出発点に――『幻獣辞典』に――戻ることになります。マルティコラスの項を見てみましょう。「……歯が三列に並び、それが櫛の歯のようにかみあい、人間の顔と耳を持ち、目は群青、からだは血の色をし、獅子の姿をして、尾の先端は蠍《さそり》のように棘《とげ》になっている。」中世の動物寓話集では、マルティコラスは背後にうるさい象徴的意味をつけた尻尾を引きずりながら登場します。だが、ボルヘスはマルティコラスが何を象徴しているかなどにはまったく関心がありません。ボルヘスにとっては、マルティコラスはマルティコラスであって、寓話である必要はないのです。その獣にとっても――もしあなたがしばらくの間、不信の念を停止して下さるなら――歯を数えてもらい、リストに載せてもらうための間存在できればそれだけで十分なのです。『幻獣辞典』は一人の人間のマニエリスム的自画像であるということが明らかになったことでしょう。その人は本に囲まれていても――のんきにくつろいで読書しているのではなくて、探求しているのです。探求に探求を重ねているのです。「トレーン、ウクバール、オルビス・テルティウス」、「バベルの図書館」、「アレフ」、「八岐《やまた》の園」といった作品は、われわれは自分の知っていることをいかにして知るか、そして何を知っていると考えるかについての研究であると思っていただきたいのです。われわれは時間をいかにして知るか、言葉をいかにして知るかについての研究であり、われわれと知識それ自体との関係についての研究であると。

訳者付記

既訳のあるものについては、作品の題名も含めてなるべくそれに従った。『枕草子』からの引用は岩波版『日本古典文學大系』（一九五八）に拠った。

時間の偶有性

カルロス・フエンテス／立林良一訳

一九九〇年十一月六日　英国学士院における講演

私はスペイン語と英語の緊張関係の中で育ちました。スペイン語はメキシコ人である家族の言葉であり、英語はワシントンDCでの小学校時代の言葉でした。ニューディール時代に父がメキシコ大使館の参事官をしていたのです。さらにスペイン語は、私が入れられたメキシコシティのサマースクールの言葉でもあり、そのお蔭で私は毎年、スペイン語を勉強するために休みを取り上げられてしまったのです。そしてそれは、外交官である父が次に赴任したチリのメキシコ大使館においても、詩と政治の両方に係わる言葉でもありました。そこで私は、サンティアゴにある優れた英国学校のひとつであるグレーンジ校に通いました。一方でネルーダと人民戦線を目にしながらも、私たちの学校時代は小さな英国そのもので、ブレザー、ネクタイに学帽を身につけ、スポーツと言えばクリケットやラグビーで、モンゴメリー陸軍元帥が北アフリカで勝利したと聞けば、学帽を宙に放り上げて鬨の声を挙げたものです。

一九四三年に父はブエノスアイレスに転任となりました。彼のそこでの、羨ましいとも思われない役目は、アルゼンチンの軍事政権が反枢軸国側の一員として参戦するよう働きかけることでしたが、それは実現不可能な任務でした。国連から除名されないためにアルゼンチンがようやく宣戦を布告したのは、連合国側がヨーロッパで勝利を収める直前のことだったのです。しかし嬉しいことに、私はまる一年間学校には全く行きませんでした。と言うのはまず第一に、私の家族は通達があり次第アルゼンチンを離れるよう待機していなければならなかったからです。また、当時文部大臣をしていた小説家のウーゴ・ワストが、中等教育をファシスト的で反ユダヤ的な色に染めあげていたというのが第二の理由でした。ラサロ・カルデナス大統領のメキシコ、フランクリン・ルーズベルトのアメリカ合衆国、そして人民戦線のチリを経てきた私たち家族にとって、ワストの施策は身の毛がよだつようなものでした。

当時労働大臣だったペロン大佐も陰に控えていましたが、私は猶予期間としての一年を与えられてブエノスアイレスの通りを歩き回り、おそらく他のどこよりもこの街を愛し、またそこで見出したもの——タンゴ、女たち、そしてホルヘ・ルイス・ボルヘス——を愛しました。

初めてボルヘスの本を買ったのはフロリダ通りのアテネオ書店でした。その本が私の人生を変えたのです。とうとうそこで、他の言語はすべて排除され、あらゆる想像力の可能性が取り込まれて、私の言語と想像力は完璧に結びついたのです。ボルヘスを読んだとき、真の読書が引き起こす個人的な発見を通して、私はスペイン語で夢を見ているのだからスペイン語こそが本当の自分の言葉であるということを、独力で見出したのです。私はそのときに、一度も英語で夢を見たことがないことに気づいたのでした。

これと同時に、たとえ愛する相手の言葉が何語であろうとも、自分はスペイン語でしか愛を語れないこと、またスペイン語でしか罵ることができないということも認識しました(私にとって他の言葉で罵ることは何の意味も持ちませんが、スペイン語でつく悪態は闘牛士が牛の背に打つ銛のようなものなのです)。ボルヘスはスペイン語で見る私の夢をとても強固なものにし、それをブエノスアイレスやその通り、街の驚くべき移り変わりや街角での胸の高鳴りと大変親密に結びつけてくれました。だから私はそのときそこでスペイン語の作家になろうと決心したのです。スペイン語で夢を見たり、悪態をついたり、恋をしたりするからというだけではなく、ボルヘスが私に教えてくれたように、スペイン語で書くことは英語で書くことよりも大きな冒険、おそらくはより大きな危険を伴う冒険だからです。それと言うのも、英語には途切れることのない伝統があるのに対し、スペイン語の場合は、黄金世紀最後の詩人である十七世紀メキシコの修道尼ソル・フアナ・イネスから、それに続く偉大な詩人、ニカラグア生まれの漂白の人ルベン・ダリオまで、途方もない空白期間が存在するからです。彼が開花したのは一八八〇年のことでした。この言語は、その最高の小説であり、礎となる小説——多分読むのにとても骨の折れる、しかしスペインにおいても西洋においても決して語り尽くされることのない——『ドン・キホーテ』と、それに次ぐ偉大な小説家たち、十九世紀スペインのベニート・ペレス・ガルドスとクラリンの間に、さらに長い真空状態の期間を有しています。

ボルヘスは文学相互の間にある障壁を壊してくれました。彼はスペイン語の世界を、東洋、西洋を問わず、思いつく限りの世界文学の宝によって豊かなものにしてくれました。そして、私たちはこれまでに書いてきた以上のもの、すなわち、ホメロスからミルトンを経てジョイスに至るまでの、私たちが読んできたものすべてを所有しているのだという確信を持って未来へ進んでいくことを可能にしてくれました。おそらく彼らはすべて、ボルヘスと共に、同じ盲目の予言者なのです。

ボルヘスは究極的な物語の統合を試みました。彼の物語においては、今の私たちが何者であるかということ——それは私たちが何者であったかという過去の記憶の上にあるわけですが――を十全に描写するため、文学的想像力はあらゆる文化的伝統を流用しています。例えばスペインにおけるアラブとユダヤの文化的伝統は、キリスト教信仰と血の純潔という双子の正当性に支えられた絶対王政によって断ち切られてしまったわけですが、ボルヘスの物語の中に驚くほど生き生きと鮮やかに蘇っています。「アヴェロエスの探求」、「ザーヒル」、「アル・ムターシムを求めて」といった物語がなければ、私が自分自身の内にあるアラブやユダヤの伝統を、これほど早い時期に、また親近感を持って見出すことはきっとなかったでありましょう。

初めてボルヘスを読んで次に決心したのは、決して彼には個人的に会わないようにしよう、彼の物理的な存在に対して目をつぶっていようということでした。私は作家としての彼を読んだ純粋無垢な感動を生涯持ち続けたかったのですが、それは単に彼が（たとえ三十年の歳の差があろうとも）私と同時代の人だからではありません。私は彼の書物の中だけに彼を求めていたのです。書かれたページの不可視性の中だけに姿を現してほしかったのです。私がボルヘスを読みボルヘスとなったとき、初めて真っ白なページは命を得て、姿を現すのです。

そして三つ目の決心があります。今日と同じようなある晩のことでしたが、私は立派な方々の前に立ち、作家の中でも最も多面性に富んだこの人物について、たった一つか二つの側面に限定して語らなければならない困惑を正直に申し上げようとしていました。ボルヘスの作品のたった一つか二つの側面だけを選んだために、おそらくは他の、より重要な面を犠牲にしてしまうかもしれないということは十分に分かっていました。このジレンマはチェスの試合についてのヤコブ・ブロノウスキーの、気休めとなる考え方を思い出させてくれます。それは、私たちが心の中で思い描きながら結局捨ててしまった手は、実際に打った手と同様に試合の一部なのだ、というものです。このことはボルヘスを読む上でも常に当てはまると私は信じています。

実際、可能性と不可能性についてのボルヘスの守備範囲はあまりにも広いため、彼の規範における可能性、あるいは不可能性の一つ一つについて、いくつもの説を唱えることができるくらいです。いくつか挙げてみましょう。

〈探偵小説作家ボルヘス〉においては、真の謎は自分自身を探る探偵の心の働きそのもので、あたかもポワロがポワロを探り、シャーロック・ホームズが自分はモリアーティであるということを発見するようなものです。

〈幻想的な物語作家としてのボルヘス〉という側面は、神学は幻想文学の一部門に過ぎず、幻想文学の主題の可能性は四つしかない――作品中の作品、時間旅行、分身、夢による現実の浸食――という有名な指摘によって明るく照らし出されています。

そしてこのことは、四つの面を持つボルヘスを私たちに示してくれます。一つ目は、目を覚ましたときに、自分は他の人間によって夢に見られていた存在に過ぎないと気づく夢見る人間です。これは形而上学者であり、また個人的な形而上学の創設者で、その条件は、それが決して一つの体系に堕さないということです。絶えず世界の神秘に驚いている詩人ですが、皮肉なことに、(手袋のような、球体のような)神秘的なものの反転に没頭しています。例えばケベードの有名な詩行、「何も私を驚かせはしない。世界が私に魔法をかけてしまった」、にあるような神秘的なものです。二つ目は作品中の作品です。ボルヘスはピエール・メナールの作者であり、ピエール・メナールはドン・キホーテの作者で、そのドン・キホーテはセルバンテスの作者であり、セルバンテスはボルヘスの作者で、ボルヘスは誰の作者かと言えば……。三つ目は時間旅行。一度ならず何度も繰り返される八岐の園、「分岐し、収束し、そして平行しながら、眩暈を起こすほどに大きくなり、いつまでも広がっていく時間の網の目」というわけです。そして四つめが分身、ボルヘスと私です。「何年か前」と、彼は書き、そしておそらく私が書いたのですが、「私は何とか彼から逃れようとし、街外れにあるスラムの神話から離れ、時間や永遠性と戯れようとしたのだが、そうした遊びはもうボルヘスの一部となっているため、私は何か別のものに向かわなければならないだろう。」「このページを書いているのは私たちのどちらなのだろうか。」——彼が書き、私が書き、私たち二人が書き、果てしがありません——「私には分からない。」

夢見る人、形而上学者、分身、時間旅行者、そして詩人という、とてつもなく豊かなボルヘスの系譜から、私はここで次なるもくろみとして、つつましやかな主題を打ち立てたいと思います。このきらびやかな知識の宝庫との関係は薄いのですが、アルゼンチンの作家、ラテンアメリカの作家、ラテンアメリカの都市作家としてのボルヘスについてです。彼を裏切ったり、狭く限定しようとしているわけではありません。その作家活動において、彼は本当にアルゼンチンの作家と言えるのかどうか、またもしそうであるなら、なぜ、どのようにしてそうなのか、という問題よりももっと重要なことが多分他にあるということは、私にもよく分かっています。

しかしこの問題は、彼の有名な「アルゼンチン作家と伝統」という講演からも分かる通り、彼の心をとらえていたものであり、より毒性の強い文学的ナショナリズムの傾向がラテンアメリカ文学の本体から姿を消してしまった今、私はボルヘスに、およそ半世紀も前の彼の言葉を通して迫ってみたいと思うのです。彼はこう書いています。「私たちアルゼンチンの作家が見事に作り上げたものはすべてアルゼンチンの伝統の一部となるだろう。」

私も彼と同様、私自身のメキシコという国の伝統について同じことが言えるであろうと信じています。しかし同時に、メキシコとアルゼンチンの違いについても思いを巡らせます。メキシコは先住民が築いた過去と、植民地時代の遺産から受け継いだ豊かさによって支えられていると感じます。メキシコではふとしたきっかけで、チチェン・イツァーのピラミッドや、蛇の衣装をまとった大地の女神コアトリクエの威圧的な魅力、そしてオアハカのサント・ドミンゴ教会やプエブラのロサリオ礼拝堂のバロックの壮麗さを思い起こすことができます。

アルゼンチンでは作家は、果てしなく広がるまっ平らなパンパの外れで、ぽつんと立っているオンブーの木を思い起こすだけです。だからボルヘスはアレフという空間を創り出さなければなりませんでした。それは「すべての場所が、重なり合ったり混ざり合ったりせず、あるゆる角度から眺められる地球上で唯一の場所」なのです。私は一行も書くことなく、トナンツィントラにあるバロック様式の先住民の礼拝堂で同じことができます。ボルヘスは八岐の園を創り出さなければなりませんでした。そこでは時は無数に連なる時、「分岐し、収束し、そして平行しながら、眩暈を起こすほどに大きくなり、いつまでも広がっていく時間の網の目」なのです。私はメキシコシティにある人類学博物館のアステカの暦を、自分が時間と化すまで見つめていることができますが、文学と化すことはありません。

こうした決定的な違い、それは一見、私がトレーンやウクバール、オルビス・テルティウスを想像しなければならないことを免除してくれるものの、ボルヘスのようなアルゼンチン生まれの作家の不在を想像することを強いるものなのですが、そうしたことにも拘わらず、メキシコ人とアルゼンチン人は間違いなく言語を共有しています。しかしまた、それぞれの国において引き裂かれた自己、分身も共有しているのです。あるいはベンジャミン・ディズレーリ（一八〇四～八一。英国保守党の政治家、小説家）に倣って言うならば、ラテンアメリカのそれぞれの境界線の内側、リオ・ブラーボからパタゴニアまでのラテンアメリカ社会全体の内側にある二つの国においてということです。都市化した国と農業国、現実の国と法に基づく国という二つです。そして都市化したものと農業中心のものの間には両方に跨がっているものがあります。現実の国と法に基づく国の間で、都市は都市文化と農業中心の文化の両方を共有していますが、私たちの都市は、ますます似たような問題を共有しながらも、きわめて多様性に富んだ文学的想像力によってそうした問題と向き合っています。それはメキシコのグスタボ・サインスからブラジルのネリダ・ピニョン、ペルーのマリオ・バルガス＝リョサ、チリのホセ・ドノソ、ウルグアイのファン・カルロス・オネッティに至る作家たちです。

しかし、農業主体の奥地である第二の国を救うための計画の大部分は都市の作家たち、とはつまり第一の国から出てきていることを押さえておきましょう。アルゼンチンのドミンゴ・ファウスティノ・サルミエント、ブラジルのエウクリデス・ダ・クニャ、そしてベネズエラのロムロ・ガジェゴスといった人々です。そうした計画が真の選択肢として第二の国自身から出てくると、十八世紀のトゥパック・アマルから二十世紀のエミリアーノ・サパタに至るまで、つねに殺戮や暗殺で幕を閉じてきました。

それではボルヘスを、都市の作家、とりわけ、断固としてアルゼンチン文学の伝統の内部にいるブエノスアイレスの作家として考えてみましょう。ラテンアメリカの都市小説が最高の語りのレベルに達した国がアルゼンチンであるというのは、当然であると同時に逆説的なことでもあります。当然というのはよく分かりますが、逆説的でもあるのです。ブエノスアイレスとは結局のところ、決して都会だったことのない都会とも言えます。一五三六年のペドロ・デ・メンドサによる最初の町の建設は惨憺たるものでした。飢餓と死が待ち受け、ラプラタ川に投げ込まれたその創設者の死体を貪る食人が行われたと言う人さえいます。最初の建設は狂気じみたものでしたが、一五八〇年のフアン・デ・ガライによる第二の建設において、町はやっとまともに機能し始めました。チェッカー盤のようなブエノスアイレスは、整然とした官僚支配と商業の中心地、ヨーロッパと南米奥地との間の商取引きの拠点となろうとしていました。そこは人が出会う場所でした。内陸からの移住者が仕事と富を求めて集まってきました。十九世紀ヨーロッパの工場や畑からも移住者たちがやって来ました。一八六九年のアルゼンチンの人口は二百万そこそこでしたが、その後一八八〇年から一九〇五年にかけて三百万近い移民がこの国に流れ込んできたのです。一九〇〇年にはブエノスアイレスの人口の三分の一が外国生まれとなっていました。しかし二度の建設を経験した街は、運命にも二面性を有しているのに違いありません。ブエノスアイレスは繁栄と欠乏、真の姿と見せかけの両方を具えた都市であり、ヨーロッパを模倣しようとすることによってしか自分自身になれないこともありました。何よりもブエノスアイレスは静けさと詩の街でした。

二つの広大な静けさがこの都市で出会います。地平線の彼方まで、どこまでも百八十度見渡せる世界、果てしなく続くパンパの静けさと、途轍もない広がりを持つ大西洋の静けさとです。この二つが出会うのがラプラタ川のほとりの街なのです。静けさのただ中でこう叫んでいます。「頼むからしゃべってくれ。お願いだから私に言葉を聞かせてくれ。」これはまさに、叙事詩マルティン・フィエロからカルロス・ガルデルのタンゴ、ホルヘ・ルイス・ボルヘスの物語に至るまで、アルゼンチン人がやってきたことです。ですからこれは、不在の上に組み立てられた言語表現であり、沈黙に答えてはいますが、不在に基づいているのです。

逆説的というのは、ブエノスアイレスがラテンアメリカで最も洗練された都市であり、そしてまたその都会らしさに最も意識的な、あるゆる中で一番都市的な都市であった、あるいはそうであるように見えたということです。洗練されたと私が言うのは、どこまでも混沌としたカラカスや、腐敗したリマ、際限なく広がり続けるしみのようなメキシコシティと比べてのことです。しかし、しみとはもちろんラ・マンチャの意味です。ラ・マンチャ地方の男たちと女たち、セルバンテスの王国です。スペイン語の作家たちはそのしみの住人なのです。レオポルド・マレチャルの『アダン・ブエノスアイレス』やエドゥアルド・マリェアの小説、あるいはエルネスト・サバトの文飾あふれる喚起的な心理劇など、古典的な都市的主題と構成を持つ作品の中に都市を見出すことはできますが、それらは都市、小説、歴史の間の関係において、私が根本的不在と呼ぼうとするものによって特徴づけられる他のアルゼンチンの作品と比べると重要性は低いように思われます。

これはまさに、すべてを打ち砕くような空虚感を呼び起こすことのできる、不在の文明の光景です。空虚感とは一種の、平行関係にある幽霊のようなもので、その亡霊、なりえないもの、それとは逆のものを通してしか都市のことを語れないのです。偉大なアルゼンチンのエッセイスト、エセキエル・マルティネス・エストラーダが書いてよく知られているように、ブエノスアイレスは、アルゼンチンというダビデの体に載ったゴリアテの頭なのです。

都市的要素はあまりに多く、歴史はあまりに少ないが、現実はどれくらいあるのでしょうか。不在の度合いがアルゼンチンの小説を計る物差しになっています。ボルヘスが彼のすばらしい構築物、彼の図書館、彼のアレフ、そして彼の都市によって満たしているのはこの不在なのです。その都市——トレーン、ウクバール、オルビス・テルティウス——は他の都市の記憶の中にしか存在しないものです。しかし最近は、全くその不在を満たすことができない作家が多くなってきました。不在は不在のままであり、例外は、それを伝える言葉が存在している場合です。ある若手のアルゼンチン人作家たちは無を、単なる（あるいは、他ならぬ）言葉によって置き換えようとしてきました。しかし言葉さえも時には、アルゼンチンの歴史の様々な局面の根本において、不在を打ち破ることに失敗します。例えば、発見や植民地時代、先住民の運命などにおいてです。

ボルヘスは別の現実を創造して、気づいてしまった不在を満たすため、死に物狂いで現実の世界を忘れ去ろうとします。だからユカタンやオアハカではなく、トレーン、ウクバール、オルビス・テルティウスなのです。しかし、エクトル・リベルテリャ、あるいはフアン・ホセ・サエールは、海に投げ込まれたビンのごときマゼランの航海の記録係を務めたアントニオ・ピガフェッタが目撃したものを私たちに示すことしかできません。そして、先住民の、あるいはむしろ、もう一つのアメリカ文明を形作る、閉ざされ孤立した部族的世界の不在の本質へと迫ります。アベル・ポッセは彼の小説の中で、アメリカの発見が、実際にはアメリカを覆い隠していることを明らかにしています。そこでこの作家は自分に、文学的想像力を通して本当に発見する義務を課すのです。

こうした問題はすべて、存在としてよりも不在として上手に扱うことができるということを示してくれたのは、さらに若い世代の、才能あふれるアルゼンチン人小説家、セサル・アイラです。彼は小さな傑作『バラ色のドレス』の中でこう述べています。「先住民は、もし本当に見るなら、純粋な不在であった。しかしそれは彼らの存在だけが有する特質によって作られた不在である。だから彼らは恐怖を引き起こしたのだ。」ポッセ、アイラ、サエール、リベルテリャが、未開地の明らかな不在へと回帰したことが私たちの気にとまるとするなら、彼らのすぐ先輩に当たるアドルフォ・ビオイ＝カサーレスとホセ・ビアンコもそれに劣らず気になる存在です。

それはただただ、彼らの風景が直ちに認識しうるものであるため、あるいは少なくとも見た目には、あまり人里離れた感じがしないためです。

ビオイ゠カサーレスの『モレルの発明』において不在は、心理的あるいは科学的な仕掛けを通して表現されています。それは冷酷無情な装置、一種の形而上学的ループ・ゴールドバーグ機械で、レーザーホログラフィーの先駆けのような、あるいは、心を揺さぶる原初の認識——他人、仲間、友、敵、または鏡に写った自分自身の姿——を記憶する機能を持っています。ビアンコの『いつも影をまとう』では不在は、死という慰めとなる結末を持たない、平行した、幽霊のような、大変気にかかる現実です。死が何の終わりでもないというのは、恐るべき疑念です。

死ではなく、より一層油断がならない不在、すなわち失踪による不在は、ダビッド・ビーニャス、ダニエル・モヤーノ、ルイサ・バレンスエラ、オスバルド・ソリアーノ、エルビーラ・オルペエの小説において、今日その最も悲劇的な響きを聞かせてくれます。私たちはこうした作家たちの中に、都市とその住民、ブエノスアイレスの市民が、平原の孤独に包まれてではなく、近代的生活と安逸のただ中で実際に姿を消すのを目撃します。ブエノスアイレスとそこの人々は、誘拐、拷問、殺人、そして軍隊による抑圧のせいでいなくなったために不在なのです。

不在はあらゆる侵略の美学にもまさる物理的、政治的な事実となり、それは暴力に基づいています。アルゼンチンの最も偉大な都市小説家であるフリオ・コルタサルは、彼の『マヌエルの書』という小説において行方不明者《デサパレシード》の悲劇を予言しています。その中では、まだ生まれていない子どもの両親が、その子のためにスクラップブックを用意しているのですが、そこにはその子が生まれたときに思い出し、耐えていかなければならない、あらゆる暴力の記事が収められています。これまでに誰一人として、私がラテンアメリカ最高の都市小説と考える『石蹴り遊び』の中でコルタサルが描き出した以上に、豊かにアルゼンチンの不在を満たしている人はいません。そこでコルタサルは対立都市、パリとブエノスアイレスの両者を作り上げています。それぞれが他方の不在を補完し、そこから反゠神話が流れ出して、従来のやり方で意志疎通をしたり、書いたり、あるいは話したりする私たちの能力に影を投げかけるのです。コルタサルはこの言語の衰弱の中に、暴力へと結びつく孤独の頽廃を見ています。

コルタサルは私たちの、争いに満ちた近代都市に贈り物をしてくれました。彼は言語を越え、反゠言語を作り出していますが、それは読者と作家の共謀、要求過多な共犯関係によって生み出されます。それは単にラテンアメリカの現代史を書くだけではなく、書き直し、ときには書かずにおくこともできる言語なのです。コルタサルの恐ろしいほど厳格な、近代性の批判的概念が言語によって創られているのは、イベロアメリカが言語——ルネサンスの夢である、新世界における完璧なキリスト教社会というユートピアの言語——によって建設されたからです。私たちの希望の根本にその言語があります。その言語の裏切りが、私たちの存在の最も長い影なのです。ユートピアは最初は鉱山や牛の牧場となり、それがファヴェーラ、ビリャ・ミセリア、シウダー・ペルディーダと呼ばれる都市のスラム街へと結びついていきました。そこからヨーロッパ人、先住民、黒人、メスティソ、ムラートらの多様な言語が現れました。

私たちの言語を一つ残らず拡張すること、それをコルタサルは求めています。それらを習慣、記憶喪失、あるいは沈黙から解放し、私たちのあらゆる言語形式——混交し、バロック的で、矛盾し、融合し、多文化的な——を容認する、ダイナミックで包括的な隠喩へと変えることを求めているのです。コルタサルが自分自身と読者に求めたものは、ラテンアメリカ文学の伝統の一部になっています。ネルーダの『地上の住みか』——そこでの彼は、靴屋の店先で立ち止まり、理髪店に入り、一番見すぼらしいアーチチョークに名前をつけています——から始まり、ルイス・ラファエル・サンチェスの『マチョ・カマーチョの鼓動』——作者はその中で、恋人に会いにいく途中、プエルトリコの首都サン・フアンの交通渋滞に巻き込まれ、FMラジオからひっきりなしに流れてくるメロドラマやトロピカル音楽に身を任せています——までを含む伝統です。

ですから都市とフィクションの関係は、パブロ・ネルーダやルイス・ラファエル・サンチェスの作品のように物質的、直接的な存在から結ばれることもありえるし、不在——セサル・アイラやエクトル・リベルテリャの作品のように物理的な、アドルフォ・ビオイ＝カサーレスのように形而上学的な、ホセ・ビアンコのようにぼんやりとした、オスバルド・ソリアーノやルイサ・バレンスエラのように絶対的な、あるいはフリオ・コルタサルのように願わくば批判的で創造的な——不在から結ばれることもありえます。しかしこうした取り組みは実際にはすべて（近代的な様式においては）ボルヘス自身と、敢えて言うなら「死とコンパス」というひとつの短篇から発しているのです。数ページのうちに作者は、夢と死、不在と暴力、殺人と失踪、言語と沈黙の都市を私たちに見せてくれます。彼はどのようにしてそうしたことを行っているのでしょうか。

ボルヘスは死を、私たちの人生のすべての瞬間を再発見し、夢と同じように自由にそれらを組み合わせる機会として描いています。私たちは神、友人、そしてウィリアム・シェークスピアとの共同によってそういうことができるのだと、彼は付け加えます。死そのものから解放されたすべてのそうした瞬間に形を与えることによって、ついに死を克服するのが夢であるとするならば、当然のことながらボルヘスは、ブエノスアイレスの街の、彼にとって最も深遠な姿を描写するために、夢に見たものを利用します。「死とコンパス」ではブエノスアイレスは一度も言及されてはいませんが、この物語はボルヘスが、自分の生まれた街を最も詩的に描いたもので、「ばら色の街角の男」のような物語の、より自然主義的な取り組み方と比べても、はるかに詩的です。作者自身が次のように説明しています。

「死とコンパス」は一種の悪夢で、そこには悪夢の恐怖によって歪められたブエノスアイレスの諸要素が存在しています。私はコロン通りのことを思いながら、それをトゥーロン街とし、アドロゲの邸宅を思いながら、それをトリスト・ル・ロワとしました。この物語が出版されたとき友人たちは、とうとう私が書いたものの中にブエノスアイレス郊外の雰囲気を発見したと言ったものです。その雰囲気を見つけ出そうとしなかったからこそ、夢に身を任せたからこそ、何年もかかって捜し求めながらもうまくいかなかったことを達成することができたのです。

ブエノスアイレスは彼が捜し求めていたものであり、彼の最初の詩集『ブエノスアイレスの熱狂』は、いかにしてそれを、熱烈に捜し求めていたかを私たちに語ってくれます。しかしブエノスアイレスの現実は結局、夢を通して、つまり想像力を通してしかやって来なかったのです。私もまた大変若い頃に、ボルヘスを読みながらその街を捜し求めていましたが、ボルヘス自身と同様、「死とコンパス」の中の次のような言葉の中にしかそれを見出せませんでした。「汽車は人けのない貨物用のプラットフォームにやって来て停車した。レンロットが下車した。それは夜明けと同じくらいに空虚な、いつものうら寂しい夕暮れどきであった。」その隠喩を読んだときに、それは私自身のブエノスアイレスとの関係の墓碑銘となりました。ジェイムス・ジョイスが言うであろうように、それは繊細な束の間の時で、私たちの毎日の最も忘れがたい、あるいは最も平凡な時の最中に現れる突然の精神的現実なのですが、それは常にはかなく、移ろいやすいものです。私はこの啓示を捨てられずにいます。アイラ、ビアンコ、ボルヘス、ビオイ、そしてコルタサルといったアルゼンチンの作家たちを通して、存在はおそらく夢であり、夢はフィクションで、歴史は不在から新たに始まりうるということも分かっている、といったことを一方で述べていながらもです。

アルゼンチンの小説は総じて、イスパノアメリカの中でも最も豊かです。おそらくそれは、私が先に述べたように、物事を言葉に置き換えることを求める声が大きいためでしょう。しかし言葉を求めることによって、ラプラタ川の作家たちは、実際の歴史と同等の、あるいはそれ以上の正当性を有する第二の歴史を生み出します。それはボルヘスが「死とコンパス」において成し遂げたことで、その作品は私たちに驚異を感じさせ、彼の作品の深みへとさらに私たちを引きずり込んでいきます。

ボルヘスは、この第二の歴史を創り出し、それを実際の歴史の欠くべからざる一部に仕立て上げるために、どのように取り組んでいるのでしょうか。実際の歴史とは当然、未だ完成していない叙事詩であり、現在進行中の小説的な私たちの可能性、すなわち私たちの想像力の歴史なのです。才能あふれるアルゼンチン人エッセイスト、ベアトリス・サルロは魅力的な理論を提示しています。ボルヘスは基準に合致した様々な地域を作品に用い、そしてそれらを捨て去ってきた、というものです。祖先の地であるパンパ（「私の祖先はこうした広がりと友情を結んだ」と彼は若い頃に書いています）から始まり、次にブエノスアイレスの街（「私は都市の、町の、通りの出身である。」「ブエノスアイレスの通りは私の魂の核だ。」）、そしてオリージャスと呼ばれる街の場末へときて、最終的にボルヘスの基準の正当性を満たすもの、それはもはやアルゼンチンの歴史の周辺部《オリージャス》ではなく、ヨーロッパやアジアの周辺部《オリージャス》にあるのです。

　こうした進展がひとつの批評的意味において正しいとするなら、べつの批評的意味においては、若い頃のモダニズムの前衛としての彼の過激さと見事に対応する結果を生み出しています。それはミメーシス的リアリズム、地方色、自然主義を放棄するということです。ですからまさにボルヘスこそが、イスパノアメリカの平板なリアリズムが棲息する部屋の閉めきった窓を開け放ち、臨床的な人物の代わりに、もっと幅広い可能性を持った登場人物像を私たちに示してくれたということを忘れないようにしたいものです。干からびた心理学や抑圧的ミメーシス主義を超えて、鏡と迷路、書物と庭、時間と空間に主要な役割を与えたのです。彼は、私たちの文化が、文学的であれ政治的であれ、いかなる還元主義的な定義よりも幅広いということ、そしてそれは、現実がそうした定義のどれよりも豊かであるからだということを、私たちに思い出させてくれました。

　ウルグアイのフェリスベルト・エルナンデスの空想的物語や、同じアルゼンチンのマセドニオ・フェルナンデスが達成した言語的自由から受けた明白で実りある影響を乗り越え、ボルヘスは作家として初めて真に私たちを自然主義から解放し、文学的な意味、すなわち想像的な意味において現実とは何かということを再定義したのです。文学においては、人が想像しているものが現実なのです。私はこれをボルヘス憲法と呼んでいます。それはあらゆるジャンルの融合、あらゆる伝統の救済、アイロニーやユーモア、たくらみの家を建設するための新たな風景の創造であり、また、自由と想像力を同等のものと見なし、その両者によって新たな言語を提示する根本的な革命でもあります。

　こうした教えによってボルヘスは、ラテンアメリカの作家たちに、何よりもまず近代の時間と空間の、包括的でありながらも相対主義的な現実を示してくれます。つまり、閉じて自己充足的な知識の体系など全く有りえないということです。と言うのは、個々の観察者は所与の出来事を異なった視点から描こうとするでしょうが、そうするため、すなわち出来事を描き出すためには言語が必要だからです。だから時間と空間とは、環境を描写するために観察者が必要としている言語の要素なのです。空間と時間は言語なのです。空間と時間は、ひとつの相対的で開いた描写体系の名前なのです。

　もしこれが本当であるとするなら、言語は多くの異なった時間と空間を飲み込むことが可能となります。まさに「八岐の園」の「分岐し、収束し、平行する時間」であり、すべての場所が存在し、また同時に見ることもできる「アレフ」の空間です。時間と空間はボルヘスの作品の主人公であり、写実的な物語におけるトム・ジョーンズやアンナ・カレーニナと同じだけの権利と特権を有しています。しかし、ボルヘスの取り上げ方の新味は、時間と空間が単にすべての時間と空間を包括したものではなく、相対的な、私たちの時間、私たちの空間であるという点です。

アンドレ・モーロワ（一八八五〜一九六七。フランスの小説家）が書いているように、形而上学者としてのボルヘスは、形而上学に惹かれてはいますが、いかなる体系も真実として受け入れることはありません。この相対主義によってボルヘスは、普遍的で不変な人間の性質を擁護するヨーロッパ人たちとは一線を画しています。それはとどのつまり、広範な知識を持つ、ほとんどが中流に属するヨーロッパ人擁護者たちの性質に過ぎないのです。反対にボルヘスは、多様な空間、増殖する時間を提示します。ひとつひとつが独特で、特有の文化的経験から生み出された価値を担っており、そして同時に、他のものと通じ合ってもいます。孤立した文化は、ヨーロッパであれアメリカであれ、消え去っていくものだからです。こうした多元主義的世界の時間と空間のひとつがラテンアメリカと呼ばれているのです。

言い換えればボルヘスは、ラテンアメリカ文学のために、私たちが時間と空間の多様性の中で生きているということを明確にし、文化の多様性を明らかにしてくれているのです。もちろん彼一人だけというわけではありません。確かに彼は、ミゲル・アンヘル・アストゥリアスやアレホ・カルペンティエルのように、私たちの文化の先住民系やアフリカ系の構成要素には触れていません。おそらく言葉の中に不在を持ち込もうと必死のアルゼンチン人だけが、西洋の文化的全体性を引き受け、ヨーロッパ中心主義の限界を証明することができたのです。それはかつては私たちの国々で正式に受け入れられ、今では、近代の文化的良心によって否定されているものです。主題が特にラテンアメリカに限定されていない場合でさえも、彼は私たちに、勢力の中心地が移動し、衰退し、また復活しながら移り変わっていくこの世界を認識し、敷衍し、そうしたことを知覚しながら前進していくための道具を与えてくれます。私たちのこうした新世界がボルヘスの、「秘密の慈悲深い社会が、一つの国を造るために立ち上がった」、という控えめな願いと相容れないのは実に残念なことです。

その一方、謎めいて、死に物狂いで、絶望しているアルゼンチンはスペイン系アメリカの一部なのです。その文学はスペイン語の言語的世界、セルバンテスの王国に属しています。しかしスペイン系アメリカの文学は世界文学の一部であり、そこから得ることもあれば、そこに寄与することもあります。ボルヘスはこうしたことをすべて一つにまとめ上げました。と言うのも私が、アルゼンチンの小説はスペイン系アメリカ文学と世界文学の一部であると言うとき、私が言わんとしているのは、それが不完全な形式、物語の形式の一部であり、遠く隔たった歴史や対立する言語同士が出会う土俵の上で、終わることなく姿を現し続けるものだということなのです。そこで単一言語や単一宗教、あるいは単一の世界観の正当性といったものを乗り越えていくわけですが、それは私たちラテンアメリカの場合に限ってみれば、先住民神政国家の言語や世界観、スペインの反宗教改革、十八世紀の幸福に満ちた合理主義、あるいは今日の産業社会、あるいは脱産業社会におけるクロイソス的享楽主義ということになるのではないでしょうか。

このことは私を第三の最終局面へと導いていくのですが、それは文字通り文学的な営為、自らの物語を書くホルヘ・ルイス・ボルヘスです。

おそらく二十世紀最大の小説理論家であるロシアのミハイル・バフチンは、小説が歴史を同化するプロセスは、時間と空間によって組み立てられる必要があると指摘しています。この枠組みをバフチンはクロノトポス――クロノスとトポス――と呼んでおり、それは物語において出来事が活発に編成される中心となります。クロノトポスは小説空間における小説の時間を目に見えるものとし、そうすることで小説に形と伝達可能性を付与します。

そこで再び、ラテンアメリカにおいて物語を書く上でのボルヘスの決定的重要性が理解されます。高く評価される彼の簡潔性、あるいは修辞面でのそっけなさは、私の考えでは、それ自体何の価値もありません。それは時には深さ、複雑さ、そして反アウグスティヌス主義的な脇道へと迷い込む権利を犠牲にしています。しかしこうした簡潔性やそっけなさこそが、時間と空間の構造、クロノトポスを、物語の天空にまたたく星のように目に見えるものとしてくれるのです。「アレフ」や「トレーン、ウクバール、オルビス・テルティウス」においては空間が主人公であり、写実的な小説の主人公と同じだけの特性を具えています。同じことは「記憶の人、フネス」や「不死の人びと」、「八岐の園」における時間についても言うことができるでしょう。こうした物語においてボルヘスはすべての時間とすべての空間を見渡しているのですが、それは一見、完全な知識をもってして初めて可能となるように思われます。しかしボルヘスはプラトン主義者でもなければ、始めに全体性を主張しながら後でそれを不可能であると証明するような、ひねくれた新・新プラトン主義者でもありません。

「バベルの図書館」という傑作においてボルヘスは、一冊の完全な書物の中にすべての知識が書き込まれている完全な図書館というものを私たちに示しています。私たちは何にもまして、本の世界は年代学的要求や空間における偶然性に拘束されていないことを感じ取ることができます。図書館ではすべての作者と本が今、ここに存在しており、それぞれがみな、創り出された空間（アレフ、バベルの図書館）においてだけでなく、時間においても同時代のものなのです。図書館ではダンテとディドロが肩を触れ合わせ、セルバンテスがボルヘスと同時に存在しているではありませんか。図書館とはどんな人もすべての人であり、シェークスピアの詩を朗唱する人はみなシェークスピアであるような空間、時間ではないでしょうか。

時間と空間の全体はひとつの図書館に納められていて、すぐ近くにあります。そこには一冊の本しかありませんが、それはすべての本であり、すべての読者である一人の読者がそれを読むのです。とはいえ、これを知覚している人、片方の手にセルバンテスの本を持ち、同時にもう一方にはボルヘスの本を持って、しかもシェークスピアの詩を朗唱することができる人とは誰なのでしょうか。誰がそのような自由を持っているのでしょうか。一人ではなく多数である人とはどういう人なのでしょうか。シェリーが言ったように、たとえ仮に詩がひとつであり、かつまた普遍であるとして、それは誰なのでしょうか。エマソンが書いたように、たとえ仮にその作者がこれまでに書かれたすべての本の唯一の作者であるとして、それは誰なのでしょうか。結局誰がそれらを、つまりその本と、そしてその作者とを同時に読むのでしょうか。その答えはもちろん、私たち読者なのです。

ですからボルヘスは私たちに一冊の本、一つの時間、一つの空間、一つの図書館、一つの宇宙という唯一無二のものを与えてくれますが、それらは多くの場所で様々な時に読む多数の読者によって見られ、読まれ、生きられてきたものなのです。ということは、完全な本、すべての本を含んだ本は形而上学的に完全な図書館、完全な知識、あらゆる時間と空間というものを正当化しますが、ありえないということです。なぜならば、いかなる文学作品においても時間と空間が一致するための条件は、それを読むことの実際上の（現在の）、あるいは潜在的な（未来の）多元性であるからです。

ボルヘスは物語の多くを、錬金術的完全性を生み出す反語的な前提から始めています。そうすることで人類にとって最も深い願望のひとつである、時の始まり、あるいは終わりにおける全体性への郷愁の念を思い起こさせるのです。しかし彼はすぐに、この全体主義的、あるいは牧歌的切望を滑稽な事件、ある偶然によって裏切ってしまいます。記憶の人フネスは錬金術的完全性の犠牲者です。彼はあらゆることを覚えています。時計を見なくても、常に正確な時間が分かるのです。ところが彼の問題は、心ならずも小さな神になるのでないとするなら、いかにして自分の記憶を五万とか六万くらいの手に負える数に減らすかということなのです。それは、彼が選択力を持ち、抽象化の働きを利用しなければならないということを意味しています。しかしそうすることによって、閉じた絶対的な知識体系というものはありえず、あるのは時間と空間を表すための言語を追求する相対的視点だけだということを美学的に証明してしまうのです。アレフにおいて同時存在する空間の驚異は、亡くなった愛しいベアトリス・ビテルボを垣間見るほどの価値も持ちません。彼女には天才と苦悩ゆえの狂気があり、その歩き方には何気ない優美さがあって、それとなく期待を抱かせるものでした。言い換えれば、絶対的な時間と空間の探求は、絶対的なものを不可能とするか、少なくとも相対的なものにする、多様な可能性を通してなされるのです。

トレーンの世界においては時間は否定されています。現在は無限であり、未来は現在の願望としてしか現実性を持たず、過去は現在の記憶としてしか現実性を持たない、ボルヘスはそのように書いています。また「円環の廃墟」の夢の世界では、過去、現在、未来が同時に肯定されているのに、今一度トレーンに戻ってみれば別の人たちが、すべての時間はすでに経過しており、私たちの生は回復不可能な過程の、変造され、切り刻まれた薄暗い記憶に過ぎないと断定しているのです。私たちはボルヘスの創造的批評の宇宙におり、そこでは書かれたものだけが現実なのですが、書かれたものはおそらくボルヘスによって創り出されたものでしょうから、脚注がバートランド・ラッセルの仮説——宇宙はほんの数分前に誕生したばかりで、すぐさま、起きてもいない過去を記憶する人類が登場した——を思い起こさせてくれるのは心強いことです。

　結局のところ、そしてこれがあらゆる理論の中でも最もボルヘス的であると私は言いたいのですが、宇宙の歴史と、そこでの私たちの生は、悪魔と通じ合おうとしている半神の聖典に過ぎません。ですから詩的な表現をするなら、フネスのような、ボルヘスのような私たちは、あなたと私は、彼らの読者たちは、みな芸術家にならなければならないのです。選択者、相対主義者、読者《レクトール》で選択者《エレクトール》に。

　ボルヘスが様々な物語の中で引き合いに出している、ほとんどプラトン的本質である絶対的クロノトポスは、読書を通して相対化されます。読書は絶対性という鏡の前で顔をしかめてみせ、抽象性の脇腹をくすぐり、永遠性に笑みをこぼさせるのです。それぞれの物語は、それが常に読まれ続けているからこそ、汲み尽くし可能であり、変化していくものだということを私たちに教えてくれます。物語は変化し、別の可能性へと動いていきます。それはちょうど、ある戦闘の一つの解釈では英雄であった人が、次には裏切り者とされるようなものなのです。

「八岐の園」において語り手は、個々の時間の可能性を思い描いていますが、「すべての出来事はこの今、まさに今、起きている。世紀から世紀へと時は移ろっていくが、出来事は現在にしか起こらない」と考えなければいけないように感じています。ですから私たちが物語を読むのは現在に違いありません。そして、たとえその物語が事実を語る唯一の正しい解釈であると主張したとしても、私たち読者は、団結してそのもくろみを覆してしまいます。その物語の中で語り手が、「同じ叙事詩の章」の二つの解釈を読んでいるのは示唆的です。つまり彼は第一の正説だけを読むのではなく、第二の異説も読んでいるのです。彼は自分の説を選ぶか、もしそうしたいと望むなら、その両方と、あるいは多くの歴史と共存していくことになります。ラテンアメリカの歴史について言うなら、ボルヘスの読者は征服だけでなく征服に対する抵抗を、宗教改革だけでなく反宗教改革を読むということを意味しています。さらにボルヘス的な政治的観点からは、革命だけでなく反革命を、ということです。繰り返しますが、「八岐の園」の語り手は、同じ叙事詩の二つの解釈を同時に読むことができると言うとき、まさに、叙事詩から分離していくものとしての小説を定義しているのです。オルテガ・イ・ガセットが言うように、叙事詩とはすでに知られていることであるとするなら、小説はそれに続くユリシーズの航海、未知へ向かっての旅なのです。また、バフチンが考えるように、叙事詩が完結した世界の物語であるとするなら、小説は生まれつつある世界を読む冒険、更新される創世記なのです。

小説は読者の顔を写し出す鏡です。そして読者は、ヤヌス神のように二つの顔を持っていて、その一方は未来を見つめ、もう一方は過去を向いています。当然、未来を向いている読者に対しては、小説は未完のことがらを扱い、未来を指し示しています。生成過程にある新世界を語っているのです。ナポレオンと彼の子供たちであるジュリアン・ソレル、ラスティニャック、ベッキー・シャープ、つまりワーテルローの子供たちです。しかし読者はまた、小説を通して過去にも目を向け、そこに目新しいものを見出します。ドン・キホーテと彼の子供たち、ラ・マンチャの子供たちです。

小説のもう一つの伝統、小説が伝統と創造の結婚として自分自身の誕生を祝うという隠れた伝統は、セルバンテスの創始によるもので、ホルヘ・ルイス・ボルヘスの作品において近代におけるその頂点に達しました。作家はみな自分の先駆者を創り出す、という彼の特質を象徴する警句、彼の信念のひとつを表す言葉があります。ボルヘスの有名な物語の中でピエール・メナールが『ドン・キホーテ』を書こうと決心したとき、彼は私たちに、文学においては、私たちが読んでいる作品は私たち自身の創造物になるのだと言っているのです。私たちはセルバンテスを読みながらセルバンテスを創り出しています。しかしセルバンテス（あるいはこの場合、ボルヘス）は、彼の読者である私たちを通して私たちと同時代人になるのです。ちょうどセルバンテスとボルヘスがお互いに同時代の人間となるようにです。「『ドン・キホーテ』の著者、ピエール・メナール」においてボルヘスは、文学作品を新たに読むことは、その作品を新たに書くことでもあるのだと言わんとしています。それは、最初の読者からこの次の読者までの間に起きたすべての出来事と一緒に、今は本棚のどこかに置かれているのです。

小説が古文書庫のホコリにまみれて、石のようにこり固まった歴史となってしまうどころか、ボルヘスの物語は読者に、現在を創り続け、生き続けるため、過去を再創造し、生き直す機会を与えてくれます。文学は神秘に満ちた未来だけでなく、神秘に満ちた過去に対しても働きかけるものだからです。過去は常に謎めいており、絶えず読み返されなければなりません。過去のこれからはそのこと次第なのです。

本の意味は私たちの手の届かないところではなく、目の前にあります。そして読者であるあなたは『ドン・キホーテ』の作者なのです。すべての読者は、書くという有限の行為を読むという無限の行為に変換しながら本を創り出しているからです。それを教えてくれたことに対して、私は作家としてボルヘスに恩義を感じています。

対立物の統一

——ホルヘ・ルイス・ボルヘスの散文

スタニスワフ・レム／沼野充義訳

　このエッセイが、ボルヘスの文学作品を非常に主観的に論じたものに過ぎないということは、確かである。なぜこの書評の主観的な面をそんなに強調しようとするのかと聞かれても、私ははっきりと答えることができずに困ってしまうだろう。ひょっとするとそれは、私自身が長年、このアルゼンチンの作家の最高傑作が創り出された領域に踏み込もうと努力してきたからかも知れない。もっとも、私が歩んだのは、まったく別の道だったのだが。だから、彼の作品は、私に非常に近いところにあり、同時に、私とは無縁のものだとも言える。私は自分自身の経験から、彼がその著作の文中で時折陥ってきた落し穴を知っているし、彼の文学上の方法をつねに是認することはできないからだ。

　ボルヘスの最高傑作短篇の名を挙げるのは、じつに簡単なことだ。それは、『トレーン、ウクバール、オルビス・テルティウス』、『ドン・キホーテの著者、ピエール・メナール』、『バビロンのくじ』、『ユダについての三つの解釈』などである（いずれもボルヘス『伝奇集』所載の短篇）。

　このような自分の好みに理由をつければ、以下のようになるだろうか。今名を挙げた短篇はどれも、二重の、一筋縄ではいかない構造を持っているのだが、その構造は論理的には完璧なものである。表面的に見れば、これらはギリシャのタイプの（たとえばゼノンの＊1）逆説をフィクションにしたものと言えるだろう。『トレーン、ウクバール、オルビス・テルティウス』において、ボルヘスは〝観念〟と〝現実〟というわれわれの概念をひっくり返すという発想にもとづいて物語を組み立てている。ボルヘスの示唆するところによれば、ここでは、精神が自らの外在的対象物を作り出すような新しい世界が秘密結社によって創造されており、外在的対象物はもっぱら精神によって作り出されたものだ、ということになる。

　『バビロンのくじ』では、ボルヘスは宇宙についての二つの互いに相容れない説明を対比する。つまり、（統計的な）偶然と、（全面的な）決定論である。通常、これらの概念は両立し得ないものと考えられているが、ボルヘスはくじに基づいた世界のシステムを語り、おのおのの体系の論理的な基盤をくずすことなく、二つの宇宙論的説明を互いに調和させるのだ。

一方、『ドン・キホーテの著者、ピエール・メナール』は、芸術的創造という行為の唯一性を諷刺して、その論理的な極限にまで達している(この短篇でピエール・メナールは、『ドン・キホーテ』を正確にもう一度書こうとするのである――書き写すのではなくて。この短篇が示しているのは、芸術というものが必然的に、唯一無比のものとして作り出されるという考えの背後にある逆説である。ボルヘスは、その考えが成立しないことを帰謬法によって示している)。

最後に、『ユダについての三つの解釈』は、論理的に証明できない異端の主張*2である。ボルヘスは、キリスト教の教義から架空の異端思想の体系を組み立て、そこでイエスではなくて、ユダが救世主キリストであったことを〝証明〟する。その〝過激さ〟において、この架空の異端思想は、歴史上存在する異端のあらゆるタイプを凌駕している。

今名を挙げた短篇のどれをとっても、同じ種類の方法が認められる。つまり、ボルヘスは何らかの文化の体系の堅固に確立した部分を、その体系自体の専門用語によって変形させているのだ。信仰の領域で、存在論において、そして、文学理論において、彼は人類が〝作り始めたばかり〟のものを〝継続〟させている。この巧みな芸当によってボルヘスは、現在通用する文化面価値を持つがために崇《あが》められている物事を滑稽で馬鹿げたものに変えてしまう。

しかし、ボルヘスの作品を皮相に観察するだけならば、見えるものはこの〝滑稽で論理的〟な効果だけである。ところが、これらの短篇はどれも、それに加えて別の――まったく真面目な――隠れた意味を持っている。基本的には彼の奇妙な空想がリアリスティックであることは、明らかだろう。たとえば『ユダ』に含まれている異端思想が実際に可能かも知れないという点に読者は、しばらく考えてから初めて気付くのである。贖罪の神話についてのこのような背徳的な解釈は、歴史的にはあまりもっともらしく響かないとしても、少なくとも可能とは考えられる。同じことは、『バビロンのくじ』についても言えるだろう。ここに示されている混沌や秩序といった概念についての再解釈でさえも、ある種の条件のもとでは歴史的にあり得ることかも知れない。これらの短篇は互いにひどく異なったものに見えるかも知れないが、そのどちらも存在の構造と属性についての仮説になっている。これらはどちらも境界線上にあるきわどい場合であり、対応する実際の枠組《パラダイム》の一端に孤立させられているため、これらの場合が歴史的に実現するなどということはまずありそうにない。しかし、論理的な観点から考えれば、そのどちらもまったく〝正しい〟のである。それゆえ、人類のもっとも貴重な目標を取り扱う大胆さにかけて、ボルヘスは人類そのものにもひけをとらない、ということになる。唯一の違いは、これらの順列組み合わせ論的操作をボルヘスが引き継いで、その論理的帰結を極限にまで持って行っている点である。

ボルヘスの最もすぐれた短篇は、数学の証明のようにきっちりと組み立てられている。そういった短篇の前提がいかに気違いじみたものに響こうとも、それを論理的に反駁することは不可能である。ボルヘスが成功しているのは、自分が変形させる構造モデルに本来的に伴う前提をいかなる場合にも決して問題にしないからである。たとえば彼は（ある種の人文研究者のように）、本当にすぐれた芸術作品は偶然などまったく含んでおらず、実際にある種の（より高度な）必然の結果である、と信じるふりをする。もしもそのような主張が一般的に正しいと考えるならば、傑作を逐語的に同じ形で二度作り出すことができる——しかも、その最初の誕生とはまったく無関係に——と主張することも可能であり、論理に矛盾をきたすことはない（ちょうど、数学の証明に関して実際にそういうことができるように）。こういった手続きが馬鹿げているということは、その前提そのものに当たってみなければわからないのだが、もちろんボルヘスは用心深く、そんなことは決してしようとしない。彼は新しい、自由な考案による思考の枠組《パラダイム》を決して作らないのである。彼は人類の文化史によって与えられた最初の公理の枠の中に、厳密に自分の位置を限定する。文化の統辞法《シンタックス》を決して踏み越えない以上、彼は物真似の上手な文学の異端者にすぎない。彼は、論理的な視点から見て〝整然としている〟構造上の操作を拡張するだけである。つまり、こういった構造上の操作は、論理とはかかわりのない理由のためにこれまで一度も本格的に〝試された〟ことがないのだ——もっとも、これはもちろん、まったく別の問題である。

基本的には、ボルヘスは〝トレーン〟の架空の哲学者たちに代って、自らの主張を実行しているに過ぎない（〝トレーン〟の哲学者たちが哲学の中に捜し求めているのは「真実ではなく、驚異だけなのだ」）。彼が展開しようとしているのは、幻想的な哲学である。というのも、彼の短篇の登場人物や背景は論証のための根拠とはなっておらず、他の〝正常な〟文学にあらわれる物体と同じように文学的な物体でしかないからである。これらの一連の短篇を読んでいると私は、虚構の存在論（真面目には考えられないもの）を本当の（歴史的に有効な）哲学から区別するにはどうしたらいいのか、疑問に思えてくる。この疑問に対する答えは、衝撃的なものだ。つまり、この両者を分かつ本質的な違いなど、存在しないのである。その事情はいたって単純——すなわち、ある種の思想家たちがかつて抱き、人類がその観念の宝庫に保管し、またそれゆえ人類が今なお、世界を一望の下に解釈し理解しようとする真面目な試みとして認めている存在論的・哲学的なさまざまの概念とは、要するにわれわれの宗教や哲学の体系に他ならない＊3。しかるに、その種の認証を人類の系譜の上で示すこともできなければ、人類の実際の歴史によってそのように同化吸収されることもなかった観念は（そして、ボルヘスの観念はそのようなものである）、〝でっちあげの〟、〝自由気ままな〟、〝個人的に考案された〟有意義な構造に過ぎないわけだが、その理由はまさにたった今述べた事情に他ならない。このためその種の観念は、世界と存在についての解釈としては決して真面目に考えられないのである。こういったボルヘスの短篇は、どんなに厳格な規準をあてはめたところで、決して論駁できるものではないが、それはたまたまそういう具合になってしまっているというだけのことだ。論駁のためには、それらの物語の馬鹿げた帰結を示すだけでは足りないだろう。論駁のために必要なのは、人間の思考の統辞法《シンタックス》全体を、そして人間の思考の存在論的次元を問題にすることである。それゆえ、ボルヘスの作品は、知識を目指して人間が成長する際にいかなる文化的必然性も存在しない、ということを確認するに過ぎない。というのも、人間はしばしば、偶然生じたものを必然的なものと取り違え、束の間のものを永遠と間違えるからである。

　ボルヘスの作品についてのこういった私の解釈に彼が同意するかどうかはわからないが、おそらく私は彼に相応しい以上の評価を与えてしまったように思う。彼の書いた最高傑作でさえ、それほど真面目な意図は持っていないのではないだろうか（ここで意図というのは、作品の意味論的深みに関してであって、もちろん、滑稽で逆説的な表層のことではない）。要するに、ボルヘスは自分の証明の架空の連鎖の最終到達点を〝個人的〟には見ていないのではないか、ということだ。私がこのような推量をするのも、彼の小説をすべて知った上でのことである。彼のその他の作品について語るとなれば、私は彼の作品の別の、より疑わしい側面に踏み込んで行くことになる。全体として見たとき、彼の創作は、二次的で反復される局面が隣りあっているというまさにそのことによって最高傑作までもが低められ、おとしめられてしまうような文学世界なのだ。つまり、二次的で反復される局面が、彼の最高作の内実を構造的にあばき出すのである。ボルヘスの最もすぐれた短篇の中には大変な知力の閃きが認められるので、何度読み返しても強烈な印象の失われることはない。そういった印象が弱められることがそもそもあるとすれば、それは彼のすべての作品を一息に読むときだけだろう。

　そのとき初めて、読者はボルヘス作品の創造過程の仕掛けに気づくのである。読者が作者の創造力の一定不変の構造（つまり作者の手の内を暴露するような構造）、その演算《アル》規則《ゴリズム》の体系に気づくということは、作者にとってはつねに危険なことで、命とりにもなりかねない。神が人間にとってまったくの神秘であるのは、なによりも、神の創造という行為の構造を理解することも、正確に真似することも原則として人間にはできないし、将来もできるようにはならないからである。

　形式面から見れば、ボルヘスの創作の方法はごく単純である。それは unitas oppositorum〔対立物の一致〕、つまり互いに相容れない対立物を一致させること、とでも呼べるだろうか。つねに別々にしておかねばならないとされるもの（相容れないと見なされているもの）が読者の目の前で、しかも論理を曲げることなく結び合わされてしまうのだ。ボルヘスの短篇のほとんどすべての構造上の内容は、この優雅で正確な一致によって組み立てられている。正統と異端、ユダとイエス・キリスト、裏切り者と裏切られた者、野蛮人と不死の人、混沌と秩序、個人と宇宙、貴族と怪物、善と悪、唯一のものと反復されるもの等、ボルヘスはこういった互いに対立する概念を同一のものだと呼ぶ。境界線上の曖昧な意味とのボルヘスの文学的たわむれが始まるのはつねに、対立物どうしがそれぞれに固有の力をもって互いに退けあうときである。そしてそれらの対立物が一緒に結びつけられるやいなや、彼の文学的たわむれも終わってしまう。しかし、ボルヘス作品の凡俗な弱点はまさに、いつも同じ転換（あるいはそれに密接に関係のある逆転）という仕掛けを持つという点にある。全能の神は賢明にも、そんなふうに自己反復をすることは決してなかった。神の後継者にして影、弟子であるわれわれ作家も、そんなことをしてはならない。私が示そうとしたように、時折——それも、ごく稀にだが——ボルヘス文学で用いられている変形の図式的な枠組が、本当に途方もないものを生み出すことはある。しかし、いったんこの枠組をきちんと認知し、評価してしまえば、あとはいつでもこの枠組が、変化することなく同じ形で見出されるのだ。この種の反復は、それ自体すでに不可避的に意図せぬ滑稽さという要素を伴うものだが、これがボルヘス文学全体を通じて最もよく見られる全般的な弱点である。というのも、かつてあのル・ボン（フランスの社会心理学者、一八四一－一九三一）もユーモアについての著作の中で言っているように、機械的な過程がつねに不思議なもの・驚くべきものをとり逃がしてしまう以上、人間はいつも機械的なものを軽蔑して見下すからだ。純粋に機械的な現象の未来を予言することは、簡単である。ボルヘス作品の構造的位相《トポロジー》はその最も深い所で、推理小説を含むあらゆる種類の機械的・決定論的文学と関係があることを示している。推理小説はつねに、ラプラス的決定論の定式をはっきりと含むものである。

　ボルヘスの作品が〝機械的〟な病を持っていることの理由は、こう説明できるのではないかと思う。つまり、作家としての経歴の初めから、彼には自由で豊かな想像力が欠如していた＊4。最初から最後まで彼は、図書館員だった——もっとも、図書館員としては最もすぐれた存在だったわけだが。彼は霊感の源泉を求めて、あちこちの図書館をたずね歩かねばならなかった。そして、彼はその探索を全面的に、文化的・神話的な源泉に限定したのである。それは深く、多種多様で豊かな源泉だった。そこには、人類の神話的思考の一大宝庫が含まれているのだから。

　しかし現代ではその神話的源泉は衰退しており、次々と新たな変化をとげている世界を解釈し、説明する力に関する限り、それは死に絶えつつあると言える。ボルヘスの構造的枠組も、そしてさらには彼の最高傑作でさえも、数世紀も昔に頂点に達した下降曲線の端の方に位置している。それゆえ彼は、われわれが先祖から受け継いだ聖なるもの、畏敬の念を呼び起こすもの、崇高なもの、そして神秘的なものとたわむれなければならないのだ。彼がこのたわむれを真面目に続けることに成功するのは、稀な場合だけである。その時初めて彼は、構造的枠組および文化によってもたらされた閉塞状態を打破することができるのだが、このような閉塞状態はまさに彼のたわむれの限界となっており、彼が目指す芸術的創造の自由とは正反対のものである。彼は偉人の一人だが、同時に亜流《エピゴーネン》でもある。おそらく、最後の亜流かも知れない。彼は過去からわれわれに伝えられた財宝を照らし出し、逆説的な形で復活させた。しかし、これから先長いことその財宝を生かしておくことはできないだろう。彼の知力が二流だからではない。それは、私の考えでは、はかない物事をこのようにして蘇生させることなど現代ではまったく不可能だからである。彼の作品はみごとなものではあるかも知れないが、われわれの宿命の方向とは反対側の極に全面的に位置している。論理的に完璧な逆説をあやつることにかけては巨匠であるこのボルヘスでさえ、われわれの世界の宿命と自分自身の作品を混ぜて〝合金〟を作ることはできない。彼がわれわれに説明してくれた天国や地獄は、人間にとっては永遠に閉ざされたままのものだ。われわれが作りつつあるのは、より新しく、より豊かな、より恐ろしい天国と地獄なのである。しかし、ボルヘスの著作は、それについては何も語ってくれない。

原註

＊1―両者の違いは、ゼノンの逆説が物理的過程の平凡な解釈と、その純粋に論理的な解釈の矛盾する結果を対立させるのに対して、ボルヘスの逆説が文化的事実の世界に向けられている点である。

＊2―厳密に言えば、自らの構造の内に矛盾をはらんでいないような信仰の体系は（それが正統的なものであれ、異端であれ）存在しないのだから、ここで述べたことは正しくない。信仰の体系にとって、判断をつかさどる最高の権威は啓示であって、論理的な推論ではない。たとえば、こういう例を検討されたい。論理的に不可能な三位一体を仮定するのは可能だが、ある神が存在し、なおかつ同時に存在しないということを仮定するのは不可能である――そのいずれの場合にも、論理は同様にたなあげされているにもかかわらず。『ユダについての三つの解釈』における〝厳密に論理的〟な異端とは、要するに、ユダに想定された〝救世主としての役割〟が、キリスト教神学の数多くの伝統的な立証者たちと同じ論理的手段によって証明されている点にある。異端思想がここで生じてくるのは、ひとえに、いかなる正統神学による解釈の試みも聖書に従って〝無条件に停止〟しなければならない地点でボルヘスが立ち止まらないからである。ボルヘスの結論は許容の限度を越えた点にまで行ってしまうわけだが、それでもこの限度が論理に関わりのないものである以上、論理が破壊されることはない。

＊3―もしもショーペンハウエルが存在したことがなく、そして、もしもボルヘスが〝意志としての世界〟という存在論的教義を読者に提示したならば、読者はそれを真面目に考えるべき哲学体系としては決して受けとめないだろう。読者はそれを、〝幻想的哲学〟の一例と見なすことだろう。だれも賛同するものがいなくなれば、ただちに一つの哲学体系は自動的に幻想文学になるのである。

＊4―このことは、ボルヘスが何度も他人から与えられた材料を書き直しているという点からうかがえる。彼の創作のこの側面を私が論じなかったのは、単に価値のないことを証明したいがために作家の創作の浅薄な部分をつつくなどという行為が、批評においてはこの上ない誤りだと考えるからである。その上、世界

の文学が互いに似通った散文に満ちていることは議論の余地のない事実であり、その種のあらさがしを何度も何度もやっていれば、それだけで、文体的手段によってしか自らの個性を擁護することができないような作品はすべて独創性がない、ということになってしまう。このことは、ハンザー社版の後半の二部を成している短篇（訳注・レムのエッセイは、このハンザー社版のボルヘスの独語訳作品集の書評として書かれている）から──とくにそこで用いられている文体的方法に関して──見てとることができるが、この本のバロック的性格については、ボルヘス自身が序文で強調している通りである。作品が〝文学〟に近づけば近づくほど、その独創性はますます大きくなるわけで（ここでいう独創性とは、その作品の、他のあらゆる文学作品との違いの総和によって測られたものである）、類似の要素をさらにつけ加えることによって現存するテキストの数を増やすだけというような類の作品を書くことは、水を注ぎこむことによって大洋を大きくしようとする行為にますます似てくると言わねばならない。それは実際、複製作品であって、創造的芸術よりはむしろ職人芸に近いものである。もちろん、作家全体のうち九五パーセントは職人に過ぎないのだが、文学史上の運動や、文学の歴史的変化は、発明家や、異端者、幻視者、反逆者など──要するに文学の革命家たちによって生み出されるのだ。だからこそわれわれは、文学の頂点に立つと自称するような作品は何でも、まずその独創性によって測って当然なのである。楽しませてくれる作家は多い。しかし、驚かせ、教育し、感動させてくれる作家は、ごくわずかである。もっとも、このような視点は攻撃の的になりやすいので、この書評が主観的な性格のものだという断り書きをあらかじめつけておいたのだ。

また、私にはボルヘスの作品全体を評価するつもりはない。とくに彼の詩を評価するつもりはないし、そのためには、彼の詩を原文のスペイン語で読まねばならないと思われる。彼の詩にどのような問題があるにせよ（じつは私は高く評価しているのだが）、それは幻想文学には属していない。その理由は単純なことで、私見によれば（そしてここでは、私はツヴェタン・トドロフと意見を同じくする）原則として幻想的な詩などというものはあり得ないからである。

訳者解説

スタニスワフ・レムは一九二一年生まれのポーランドのSF作家であり、『ソラリスの陽のもとに』『泰平ヨンの航星日記』『星からの帰還』といった彼の代表作の多くはすでに邦訳されて、日本でも多くの愛読者を得ている。

今回訳出した『対立物の一致──ホルヘ・ルイス・ボルヘスの散文』は、批評家、あるいは文学理論家としてのレムの（日本ではあまり知られていない）側面を示す刺激的なエッセイであるだけでなく、一九七〇年代にボルヘスに似た趣向を探りながら、ボルヘスを否定し乗り越えようとしていたレム自身の創作に対する間接的な態度表明になっている点が注目される。

文学理論家としてのレムの代表作は、『SFと未来学』（一九七〇）という全二巻、計千ページ以上にも及ぶ厖大な研究書であり、SF理論書としてはユーゴ出身でカナダ在住の学者ダルコ・スーヴィンの書いた『SFの変容』（イェール大学出版局、一九七九）以外に匹敵するものはまずないのではなかろうか。『SFと未来学』においてレムは結局のところ、現代SFの九八パーセントは〝転換〟を創作の方法として機械的に生産される無価値なものと決めつけているが、これと本質的に同じ論法がボルヘス批判にも適用されていることは明らかだろう。その他、レムには『議論とエッセイ』（一九七五）という論文集があって、ここにはやはりレムらしく刺激的で論争を挑むような文章が集められ、その論考の範囲はトドロフ、ドストエフスキー、ナボコフなどにも及んでいる。なおここに訳したボルヘス論は、初めオーストリアの雑誌にドイツ語で発表された（一九七一）ものだが、ドイツ語のオリジナルが入手できなかったため、フランツ・ロッテンシュタイナーによる英訳（『マイクロワールズ』一九八四所載）からの重訳となったことをお断りしておく。

ボルヘスのエッセイにおけるオクシモロン的構造

ハイメ・アラスラキ／大熊栄訳

これまでボルヘスのエッセイは、フィクションや詩にくらべて、あまり批評家たちの関心を集めてこなかった。彼の作品を論じた二十冊あまりの本や、膨大な数にのぼる雑誌論文を見ても、エッセイは独立したジャンルとしてでなく、むしろ「『伝奇集』や『不死の人』に収録された短篇小説群のための不可欠な補完物」*1だとか、「彼の創造的作品を完全に理解するための基礎的読物」*2などというぐあいに扱われている。なるほどエッセイは物語作品の補完物と考えることはできるけれども、エッセイを書くのはそれ自体独立した創造の営為であり、それゆえに研究上も独立したジャンルとして扱われるべきであるのは明らかである。しかしながら、エッセイスト・ボルヘスに捧げられた研究書というのは見当らない。こうした変則的事態の理由として、いくつか思い当るふしがある。すなわち(a)ボルヘスに作家としての名声をもたらした短篇小説の圧倒的成功、(b)彼の創造的作品からエッセイを除外しようとする、批評家側の、誤解を招きやすい傾向、(c)エッセイをそれ自体独立したものとしてでなく、詩や短篇のための評釈ないし補遺として見るという間違い（エッセイストが同時に詩人や短篇作家である場合にほとんど避けられない邪説）、(d)ボルヘスにおけるエッセイと短篇小説の境界の稀薄さと、その結果としての、両者を結びつけたかたちでの研究の必要性。おそらくこうしたことのために空白が生じているのであろうが、これらの理由は空白を正当化するものではない。ボルヘスの短篇は、たとえばコロンビア大学出版の『今日の短篇小説』のような、巷間に流布する短篇選集の類にしばしば収録されてきた。近頃になってやっと彼のエッセイのほうも、似たような選集に登場しようとしている。『傑作エッセイ50』（バンタム社）と題されたこの選集のなかで、言わばエッセイの専門的巨匠たちに伍し、ボルヘスが四篇のエッセイをひっさげて顔を出している。ボルヘスが短篇の巨匠に優るとも劣らないエッセイの巨匠でもあるのは、疑問の余地のないところなのだ。

　ボルヘスにはレオポルド・ルゴーネス、エバリスト・カリエゴ、それにホセ・エルナンデス著『マルティン・フィエロ』についてのすばらしい研究がある。彼の見方や評価には議論の余地があるとしても、ラテン・アメリカ文学をまじめに研究するものには見逃すことのできない仕事である。三人の詩人たちの作品を批評する上で決定的な貢献をしているからだ。しかしながら、エッセイスト・ボルヘスの本領が発揮されているのは、こういう長目の、六〇ページ以上もあるエッセイにおいてではない。エッセイというジャンルへの彼の貢献は『論議』や『続審問』に集められた短いエッセイに由来する。これらのエッセイの独創性は博覧強記の広汎な主題にあるわけではない。博覧強記と言うなら、ボルヘスに負けないくらいのエッセイストが、ラテン・アメリカに少なくとも二人いる。有名なアルフォンソ・レイエスとエゼキエル・マルティネス・エストラーダである。マルティネス・エストラーダとボルヘスのエッセイを読むものは、両者に類似した意図にすぐさま気づくはずである。二人とも写真的リアリズムの効験を否定し、アリストテレス的論理を信用しない。カフカについて語りながら、マルティネス・エストラーダはこう述べる——「彼は幻想的な作家ではないが、ただし素朴なリアリズムという点はべつで、神とか、理性とか、あるいは歴史的出来事の論理的発生などに基づく秩序を受け入れている。原始人の世界は機能の面でカフカの世界に大いに似ているのである。そこでは、神は不可解な星座であり、論理は観察可能な類似をもとにした推論の体系であり、出来事の本質的プロセスは驚異に満ちており、常に未知なるものによって左右される。手短に言えば、魔法の世界が……」＊3これに対応するボルヘスの発言。「言葉の操作によって——ちなみに哲学者がしているのは言葉の操作にすぎないのだが——そういうもので宇宙に酷似したものが作れると考えるのは向こう見ずである」(「亀の化身たち」)あるいは——「哲学における一学説は宇宙についてのまことしやかな説明として始まるが、年月が経つにつれ、それは哲学の歴史における、ほんの一節あるいはただの人名とまでは言わないまでも、単なる一章にすぎなくなる」(「『ドン・キホーテ』の著者ピエール・メナール」)ボルヘスと同様、マルティネス・エストラーダもまた、「アリストテレスとデカルトの演繹的論理」によって発明された世界像を乗り越え、もはや分類しようのない世界へ、理性的思考よりむしろ直観でとらえられた世界、ソクラテス的ギリシアよりも老子のほうに近い世界へと近づこうとしている。しかし、マルティネス・エストラーダは本質的に「世界の真の秩序」を把握する可能性を信じ、このことが神話と神話的言語への回帰としてのカフカにたいする彼の熱狂ぶりを説明してくれるわけだし、それゆえにまた、認識上の二者択一を求めるということがあるのにたいして、ボルヘスは西洋の理性と東洋の神話を対峙させるようなことはしない。彼は仏教に一種の観念論を見るし、書斎にカントの胸像と仏陀のブロンズ像を持っていたショーペンハウアーはボルヘスにとって単なる一学説以上のものを象徴する。彼によればこれこそがまっとうな現実と言うべきなのだ——「私にとってショーペンハウアーの思想や英国の言葉の音楽ほどに記憶に値するものは、ほかにはほとんどなかった」(『夢みる虎』)マルティネス・エストラーダの熱狂、つまり真の秩序を求める熱狂とは正反対に、ボルヘスは素っ気ない懐疑を表明する。仮に世界に秩序があるとしても、人間にとってそういう秩序は受け入れ難い、と。マルティネス・エストラーダもボルヘスも哲学的観念論を排除しているが、ボルヘスの場合、排除は受容の一形式でもある。ボルヘスは世界像としての哲学的観念論の妥当性を排除するが、「一種の幻想文学」としての価値を受け入れるのである。ボルヘスのフィクションは哲学理論の失敗によって、あるいは彼の言葉を借りれば「(哲学理論の)審美的価値と、そこにまつわる奇妙で驚異的なるもの」(『続審問一九三七―一九五二』「エピローグ」)によって、育まれている。さまざまな哲学理論を短篇小説の座標として機能させることによって、ボルヘスは理論の誤謬と、それらが「世界の鏡であるよりもむしろ世界に新たに追加されたもの」であるという姿を明らかにする。しかし、マルティネス・エストラーダにおける超越的志向とボルヘスにおける過激な懐疑主義という違いはあるけれども、読者は双方の作家に、西洋の伝統が絶対不変の現実として押しつけてきたものの狭隘を克服しようとする、偽りのない努力を認めるのである。

ボルヘスのエッセイがマルティネス・エストラーダのエッセイに優るのは形式の点においてだ。形式という点では、エストラーダのエッセイは彼らがやりこめようとしている正統的な合理主義的学説の範疇から脱却していない。そうした合理性こそエッセイというものの顕著な特質であり、エッセイストたるものはこの上なく難解で手に負えない主題を扱う時でさえ、最終的な分析に際してエッセイの本質そのものを形成し規定する推論の体系に従って、ことを明らかにすべきなのだ、とひとは主張するかも知れない。しかし、ボルヘスが代案を提供しているのは、まさにこの点なのである。彼の『続審問』にはラテン・アメリカのエッセイにとって新しい想像力の次元がある。ボルヘスはフィクションの場合と似たような技巧を使っている。彼のエッセイの素材は、ある程度までわれわれの文化のコンテクストを作り上げている形而上的、神学的観念に、どこかで従属しているのである。このことを忘れなければ、彼の詩、短篇、およびエッセイには、しばしば立ち帰る動機と考えていい一定の定数が、換言すればいわゆるボルヘス的トポスが、共通に存在することに気づくはずである。たとえば「バベルの図書館」「バビロンのくじ」「トレーン、ウクバール、オルビス・テルティウス」といった短篇の根底をなす秩序と混沌の主題は「ジョン・ウィルキンズの分析的言語」という題のエッセイで余すところなく語られている。ジョン・ウィルキンズの発想は短篇小説とまったく同じ扱いを受けている。「われわれは宇宙がなんであるかを知らない。デイヴィッド・ヒュームは書いたことがある――『この世界はどこかの幼い神による初めての粗雑な試作品にすぎなかった。神はのちに自らの半端な仕事を恥じ、これを見捨ててしまった……』と。しかし、宇宙についての神意が測り知れないからと言って、間に合わせにすぎないのは承知の上で人間の宇宙観を組み立てようとする意欲までが失せてしまうわけではない。ウィルキンズの分析的言語はそのような宇宙観のなかでの最もすばらしいものである」。短篇が織りなされる枠組となるような観念が同時にまたエッセイの背骨にもなっている。ジョン・ウィルキンズの分析的言語は、バベルの図書館の判読困難な書物を解読しようとする司書の努力と同様に、現実を見抜く上では無力である。ウィルキンズの分析的言語とトレーンの秩序ある世界はともに、人知の及び難いある秩序への同一の憧憬の表現である。

神の夢、あるいは神の書物としての宇宙というトポス、すなわち「円環の廃墟」「死んだ男」「死とコンパス」といった短篇の中心主題は、その一切の難解さもそのままに、「伝説の諸形式」というエッセイの中でも提示されている。ボルヘスは数多くのエッセイでやっている説明の手順に従って、仏陀の伝説における「論理の欠陥」を明らかにしようとする。その手順とはすなわち(a)当該エッセイが答えようとする主題ないし問題の提示、(b)主題の説明あるいは問題の解答を出しているさまざまな学説の要約、(c)ボルヘス自身の解釈、そして(d)結論であるが、この結論では一般に(b)と(c)の双方がどうしても誤りを免がれないものとして捨てられることになる。(c)段階でのボルヘスの説明はこうである——伝説における論理の欠陥という問題の解決のためには「インドのすべての宗教、わけても仏教は、世界は錯覚に基づいていると教えていることを思い出すだけで十分である。ラリタビスターラというのは『遊戯についての（つまり仏陀についての）短い話』という意味である……。遊戯あるいは夢は、大乗《マハーヤーナ》にとって、地上での仏陀の生活であり、これはもうひとつの夢である」

ここでもまた短篇とエッセイは同一の前提を共有する。この基本的観念によって短篇小説は寓話の出来事を説明し、強烈にする包括的価値を持つに至り、エッセイは「偶然の誤り」を克服して、それを「おおむねの真実」へと変える見通しをえることになる。「エンマ・ツンツ」のように現実のモデルに明らかに近い短篇においてさえ、ボルヘスは物語の出来事を同じ原理で解釈する。最後の一節でボルヘスは言う——「この話は実際には信じがたいものだったが、おおむねのところは真実だったから、それはみんなに感銘をあたえた」（土岐恒二訳）「伝説の諸形式」でのボルヘスの主張はこうだ——「インドの年代記はあやふやである。私の知識はもっと信頼できない。ケッペンとヘルマン・ベックも、ひょっとすると、この論文を危険にさらした編集者と同じくらい間違っているかも知れない。伝説についての私の話が、おおむねの真実と偶然の誤りからなる伝説的なものであると判明しても、私は驚かないだろう」エッセイに言う「偶然の誤り」と短篇で言う「嘘の情況」とは偶然の直観による現実把握を示すものである。そこにはアリストテレス的論理が幅をきかせる領域の限界が示されている。エッセイにおいても、短篇においても、ボルヘスはそうした論理的限界を越え、もはや便利な三段論法があてはめられないような現実を探求しようとしている。というのも、エッセイが提出する仮定はどれも間違っているが、しかし真実なのであり、エンマ・ツンツの物語における出来事は嘘ではあるけれども、おおむね真実だからだ。

エッセイと短篇とのこうした相関の実例はいくらでも引用することができる。しかし、ここでの真の関心事はエッセイというものにたいするボルヘスの貢献を明確にすることであるから、これまでの実例で十分としなければならない。カフカのメッセージをより完璧に理解するためにマルティネス・エストラーダが示唆していることがらもまた、ボルヘスのエッセイのしくみを規定する上で、ある程度われわれの役に立つだろう。「カフカにおける神話の真の意味」というエッセイで、『パンパのレントゲン写真』の著者は言っている――「カフカのメッセージを、つまり、これまでほんの一瞬垣間見られたにすぎない現実についての驚異的な黙示を理解するためには、真に生じる出来事のすべては神話の言語に従って生じるものであることが認識されなければならない。なぜなら、それは純粋の神話だからである（数字もまた神話的体系である）。それゆえ、そうした現実を表現する最も意味のある方法は、現実の内に論理的に含まれる。神話とアレゴリーによってすることである」＊[4]マルティネス・エストラーダは神話を「曰く言い難いものをよりよく理解する論理的体系」＊[5]だと理解する。カフカの場合、神話は「規範と人為的法則に条件づけられた現実の、いまわしくもありきたりな秩序を受け入れない」＊[6]ための一形式を示している。われわれはすでにボルヘスがエッセイにおいても短篇においても形而上学と神学を利用していると述べた。これら二つの学問は本質において神話のアンチテーゼである。形而上学は神話の代わりに理性を持ち出し、神学は悪魔祓いの代わりに教理を持って来る試みである。それゆえ、ボルヘスが神話を利用していると言えば、明らかな矛盾である。ところが、それが矛盾にならないのは、「宗教的観念や哲学的観念を、その審美的価値と、そこにまつわる奇妙で驚異的なるものに基づいて評価する」（『続審問』「エピローグ」）という傾向がボルヘスにあるからにほかならない。このようにしてボルヘスは哲学的、神学的観念をただの想像力の産物へ、ほかのいかなる神話的形式ともあまり変わらない直観的認識へと還元する。こういうやり方からは彼のいくつかの物語が想起される。「ザーヒル」において、宇宙を包囲する直径二、三センチの硬貨。劇場がなんであるかも知らずに《喜劇《コーモーディア》》と《悲劇《トラゴーディア》》というギリシア語を定義するアヴェロエス。解読不能な書物を所蔵する図書館。二〇世紀において『ドン・キホーテ』を書くピエール・メナール。「死とコンパス」において、自らが追われている追跡者。こうしたオクシモロン的方法はボルヘスのエッセイにおいても同様に巧みに使われている。哲学と神学の産物を神話へと還元してしまったからには、他の文化的事象についても同じ操作をしてはならないという理由はない。知性が生んだ神話はそれにふさわしい唯一の現実へと、すなわち神々が創造した迷宮でなく、人間が発明した迷宮へと戻される。現実というコンテクストでなく、人間に開かれた唯一のコンテクスト、すなわち人間自身がつくった文化のコンテクストにおいて理解するために、ボルヘスは文化的価値へ近づくのである。ジョン・ダンの「ビアタナトス」は奇禍の法則に従って理解される。「パスカルの宇宙」および「コールリッジの花」というエッセイは「宇宙の歴史とはおそらく二、三の暗喩のさまざまなイントネーションの歴史である」(「パスカルの宇宙」)ということを示す実例である。そして、ゼノンの亀の化身についてアリストテレス、アグリッパ、聖トマス、ブラッドレイ、ウィリアム・ジェイムズ、デカルト、ライプニッツ、ベルグソン、バートランド・ラッセルその他が提出した解釈は「世界は意志の作りものである」(「亀の化身」)という碑銘のような一文、ボルヘスがこよなく愛する『意志と表象としての世界』*7から引かれた一文によって説明される。オマル・カイヤームの『ルバイヤート』と後世のフィッツジェラルド版の謎は汎神論的概念を援用して解決される。すなわち——「イギリス人フィッツジェラルドはペルシア人オマル・カイヤームの生まれ変わりであったと考えられる。なぜなら二人とも本質的に神であったし、あるいは瞬時に現われては消える神の顔であったからだ」(「エドワード・フィッツジェラルドの謎」)同様な解釈は「コールリッジの夢」というボルヘスのエッセイにおけるクーブラ・カーンの問題にも、すなわちサミュエル・コールリッジが「クーブラ・カーン」と題した詩で語っている夢の中で、一三世紀の蒙古皇帝が建てた城の問題にも、適用されている。

　このようにして、エッセイにおける主題の扱い方は物語で採用されている方法と根本的に変わるものではない。短篇小説がエッセイに含まれる素材の変奏ないし敷衍にすぎない場合もあり、「バベルの図書館」と「総合図書館」(エッセイ)の関係がその一例である。この最初の結論はそれ自体でボルヘスのエッセイにおいてはっきりしている文化的視点を明らかにしている。彼のエッセイが扱う人間精神のさまざまな表現は、歴史的宇宙を把握し、解釈する試みとしてでなく、「具体的経験にはほとんどまったく訴えかけない、論理によって組み立てられた」*8世界の図式として理解されるべきなのである。本質において、この予断はカフカ研究に先立ってマルティネス・エストラーダによって述べられたものと同じである。「理性はまず世界をかたち作り、ついでそれを合理的に理解し、説明することを楽しみ……」*9というわけで、ボルヘスの独創性は前提の中には見つからない。なるほど彼は「宇宙についての神意が測り知れないからと言って、間に合わせにすぎないのは承知の上で人間の宇宙観を組み立てようとする意欲までが失せてしまうわけではない」とか「形而上学は一種の幻想文学である」など、前提となるべきものをこの上なく巧妙かつ創意豊かに定式化しているが、そうした不信の表明は、もとより彼が最初ではない。すでにカントは「半ばまじめで、半ば冗談に、スウェーデンボリーの神秘思想は、なるほど《幻想的》だが、ひょっとすると正統派の形而上学もそれに劣らず幻想的なのかも知れないと示唆した」*10ことがある。レヴィ＝ストロースは、われわれが書物で読むような歴史は現実とはほとんど関係がないということを示したが、後に彼はこう説明している——「歴史家や歴史の代理人は史的事実を選別し、切り刻む。というのも、ほんとうに総合的な歴史は彼らの前に混沌として立ちはだかるからである。そういうわけで一般に知られているような

《フランス革命》などは実際には起こらなかったのである」＊11数学者たちはわれわれに「数学的思考の特徴はそれが外部世界についての真理を伝えない点にある」＊12と告げる。しかし、次に引用する一節は暗喩や定式化の点でボルヘスの精神に酷似しているが、これはカッシラーの『言語と神話』というエッセイからの一節である――。

結局、現実世界の現象を分類し、組織立て、要約するために科学が作り上げる一切の図式は恣意的図式以外のなにものでもないことが分かる。精神の空虚な構築物であって、これは事物の性質よりも精神の性質を表現するものである。そういうわけで、神話や言語や芸術ばかりでなく知識もまた一種の虚構へと還元されてきた――この虚構は有用性という点で人に受け入れられているが、これが無へと消え去らないためには、いかなるものであれ厳密な真理の規準でこれを測ってはならないのである＊13。

どうせ虚構のものである理論や教義からフィクションを作り上げてはならない法はない。「パルメニデス、プラトン、ヨハンネス・スコトス・エリウゲナ、スピノザ、ライプニッツ、カント、それにフランシス・ブラッドレイは、幻想文学の疑いもなく最大の巨匠たちである」（『論議』「覚え書き」）と、ボルヘスは自分に言いきかせてきたように思われる。彼の短篇の主題は、何世紀にもわたる哲学の歴史から集められた形而上的仮説とか、いくつかの宗教の足場になっている神学的体系とかにヒントを得たものが多い。彼の独創性はこうした素材を創造的に活用して物語やエッセイを書くところにある。しかも物語とエッセイの双方で成果は実り多いのである。ボルヘスのおかげでエッセイは、構造が、意図された主題にたいする効果的で表現力のある手段となるという、新しい資質を獲得した。オクシモロン、すなわち言葉が矛盾する形容辞によって修飾される修辞法について言えば、ボルヘスはエッセイにおいて、以前にまったくの誤りとして自らが断罪した理論を応用することによって、ある主題に取り組むのである。オクシモロンは理性が言語に押しつけてきた内在的偏狭さを克服する試みである。それは、概念の上で言葉によって支配された現実にたいする一種の拒絶反応である。この文体的工夫こそボルヘスのエッセイに見られる技巧を最もよく明らかにしている。というのは、エッセイで扱う観念を評価したり修正したりするのに、それらの観念と矛盾する理論を使い、それによって歴史的現実における一切の超越的価値をはぎとるからである＊14。同時に、それらの理論は別な点でもオクシモロン的修飾語句として機能する。つまり、エッセイの主題である観念を、世界の説明としてでなく、人間の想像力の不思議さを例示するものとしての妥当性を取り戻せるような次元へと、戻してやるという機能である。このようにして、修飾語句の役をする理論と、名詞の役をする観念という、この二つの用語に見られる表面的矛盾は、本質において和解し合っている。従って不調和は錯覚にすぎない。オクシモロンの二つの構成要素は世間的次元で衝突し合って、より深く、より豊かな次元の現実へと達するのである。ほかのあらゆる言葉のあやと同様、オクシモロンは言葉によって言葉そのものの欠陥を矯正しようとする。これと同じで、ボルヘスのエッセイのオクシモロン的構造は、ある種の理論と観念をべつの次元へ移し、そこでもって欠陥の矯正法を同一の理論と観念の領域内で探そうとする試みである。二つの用語はしばしば互いに矛盾するように思えるかも知れない。これはただ、われわれがそれらを現実のコンテクストで見ようと固執するからにほかならない。扱われている理論と観念はもはやわれわれが考える現実には属していないのである。それらが新たに属した、人間の想像力と幻想というコンテクストにおいて、ボルヘスは新しい価値観を確立し、それによって形而上学と神学、さらには人間精神のあらゆる産物が、言わば天動説にも劣らないほど幻想的となるようにしている。このようにして、ボルヘスはJ・W・ダンの時間論に触れてこう主張する——「これほどのすばらしい命題を前にすると、著者が犯した一切の誤謬が取るに足りないものとなる」(「時間とJ・W・ダン」)

エッセイの形式として伝統的に容認された散漫な構造にべんべんとつき従っていたなら、ボルヘスのエッセイは高度な独創性を達成できなかっただろう。マルティネス・エストラーダはカフカと神話一般とに魔術的世界を認識するための魔術の効用を見た。ボルヘスは世界に関してその可能性を捨てたが、知的文化に関してはその限りではなかった。彼は神々の迷宮は捨てたが、人間の迷宮は捨てなかった*15。この人間の迷宮を認識する彼の方法はよく知られた観念に基づいている。すなわち周期的時間、汎神論、奇禍の法則、夢あるいは観念としての世界、その他。しかし、ボルヘスにとって、それらはもはやかつて主張されたような絶対的真理ではなく、驚異であり、直観的認識であり、神話である。この神話によって人間は、か弱い人知の及び難いあの魔術的現実でなく、見透せないものを見透そうとする人間精神の困難な労苦と骨の折れる努力によって織りなされた、あのもうひとつの現実を理解しようとする。それらよく知られた観念には合理的性質があるが、それにもかかわらず、それらは神話なのである。なぜならそれらはエッセイにおいて、伝統的秩序に挑戦するだけでなく、主題についてのまったく新しい理解の可能性をも押し開く、オクシモロン的関係の創造のために機能するからである。この理解に従えば、人間は世界へ近づく手立てを拒まれてきたのだった。人間は自らの手に委ねられた唯一の選択肢に面と向き合っている。すなわちもうひとつの現実を創造することによって自己の無力を現実の方向へ昇華させることである。そして、この人工の現実が人間にとって近づきうる唯一の現実となる。実際のところ、ボルヘスにとって世界はトレーンになったと言えるかも知れない。オクタビオ・パスによれば、詩人は「自分の詩の中で自己を発明し、作る」存在である。ボルヘス自身の言葉によれば、作家は「世界を描く仕事を自己に課し……、死の直前になって、辛抱強く書きためた言葉の迷宮が自分の顔の似姿を辿っていることに気づく」(『夢みる虎』)世界を知る力のない人間は文化の産物を使って自己流の世界像を発明したのだった。こうして人間は彼自身の脆弱な建築術によって設計された現実の中に住む。彼は「取り消すことのできない、堅固な」もうひとつの現実があることを知っている。それはたえず彼を包囲し、その存在の巨大さを彼に感じさせようとする。これら二つの現実、これら二つの夢、これら二つの物語（神が想像した物語と人間が発明した物語）のあわいを縫って、ひどく傷ついた人類の歴史が流れる。ボルヘスのエッセイには、この悲劇的な人間の状態を忘れ難い一文で捉える瞬間がある。その時ボルヘスは夢であるとともに夢みるものでもある人間の状態を縮図にして見せてくれるわけだが、そういう瞬間が、彼の最も印象深いエッセイのひとつである「時間への新たな論駁」の最後のところで訪れる――「世界は残念ながら現実である。私は残念ながらボルヘスである」

原注

＊1―ジェイムズ・アービイ『続審問』（オースティン、一九六四）への序文、ix頁。
＊2―エミール・ロドリゲス・モネガル「エッセイスト、ボルヘス」『レルヌ』（パリ、一九六四）三四五頁。
＊3―エゼキエル・マルティネス・エストラーダ『カフカをめぐってその他のエッセイ』（バルセロナ、一九六七）三〇頁。
＊4―同書三五頁。
＊5―同書三四頁。
＊6―同書。
＊7―ボルヘスとショーペンハウアーの関係についてのもっと詳細な議論は、拙著『J・L・ボルヘスの散文物語』（マドリッド、一九六八）第一章注13（二九―三〇頁）、第六章注9（八一頁）参照。
＊8―バートランド・ラッセル『外的世界についてのわれわれの知識』（ニューヨーク、一九六〇）一五頁。
＊9―マルティネス・エストラーダ、二四頁。
＊10―バートランド・ラッセル『西洋哲学史』（ニューヨーク、一九六五）七〇五―七〇六頁。
＊11―クロード・レヴィ＝ストロース『野蛮な精神』（シカゴ、一九六六）二五八頁。
＊12―同書二四八頁。
＊13―エルンスト・カッシラー『言語と神話』（ニューヨーク、一九四六）七―八頁。
＊14―ボルヘスの文体におけるオクシモロンの活用については拙著『J・L・ボルヘスの散文物語』「形容詞的用法」の章（一八六―一九五頁）参照。
＊15―この言及は短篇「トレーン、ウクバール、オルビス・テルティウス」からの広く引用されている一節にたいするもの。そこではボルヘスはこう書いている「現実もまた秩序をもっていると答えるのは無意味である。あるいはそうかも知れない、しかしそれはわれわれが完全には認識できない神の法則――わたしはこう言いかえる、非人間的な法則と――に従っているのである。トレーンは一個の迷路であるかもしれないが、それは人間によって計画された迷路であり、人間によって解かれるべく定められた迷路なのである」（篠田一士訳）

訳者付記

本稿は Jaime Alazraki, "Oxymoronic Structure In Borges' Essays" in *The Cardinal Points of Borges* (University of Oklahoma Press, 1971) の全訳である。著者のハイメ・アラスラキはカリフォルニア大学サンディエゴ校のスペイン文学教授。主要著書は『J・L・ボルヘスの散文物語』(一九六八)、『ホルヘ・ルイス・ボルヘス』(一九七一)。

乱丁のボルヘッセイ

柳瀬尚紀

1 「待ってもむだね」

「つまり、思想を因数と考えるとしますと、あらゆる精神の最小公倍数はあらゆる本のそれを含むといえませんかしら。逆ではないにしてもよ」

「確かにいえますね」ぼくはその喩えに嬉しくなって応じた。「それにたいそうすばらしいことになるでしょうな」とぼくは、話しかけるというよりむしろ声を出して考えているといったふうにつづけた、「その規則《ルール》を本に適用できればです。最小公倍数をみつけるとき、冪《べき》のいちばん高い数のある項を除いて、数がでてくると消去してしまいますね。そんなふうに、記録された思想を残らず消すんです、それがもっとも強烈に表現されている文章のほかは」

ご婦人は愉快そうに笑った。「白紙に返ってしまう本もできそうよ」と彼女はいった。

「でしょうね。たいていの図書館は嵩《かさ》がぐんと減ります。でも、質はよくなるはずですがね」

「いつ、そうなるかしら」彼女が乗りだすように尋ねた。

「あたしの生きているうちに見込みがありそうなら、本を読むのはやめにして、それを待つことにするわ」

「さあ、あと千年かそこらというところでしょうか――」

「じゃ、待ってもむだね」とご婦人がいった。

（ルイス・キャロル『シルヴィーとブルーノ』第二章）


「ご婦人」があっさりあきらめたように、もちろんぼくらもそれをあきらめている。実際、待ってもむだなのだ。「因数」はこのいまもたえまなくその数をふやしているし、万一その増殖運動が突如停止したとしても、すでにこの世界に存在してしまったそれはあまりに厖大な量にふくれあがっている。どれが冪のいちばん高い因数であるかを検索するすべは、もはや確実にない。それらの因数はしかも、たんに無秩序に散在するのではなく、どうやら迷宮を構築しつつあるらしい。それゆえ、無秩序を整頓するすべがないというより、むしろ迷宮の回廊の図面を描くすべが本来的にないというべきだろう。さらにこれら因数はただふえつづけているだけではなく、あくまでも有限にとどまりながらふえつづけている。いっそのこと無限であってほしいのだが、しかしこれまで記録された因数、これから記録される因数は、いかに厖大であれ、有限数である。いわば悪しき有限が一刻もやすまず仮借なき連続をつづけ、しかもけっして無限を成就しない。……

このような一種の呆然自失たる感覚に、《読み手》としてのぼくらがときおり襲われることはないだろうか。ごく卑近な例として、たとえば少し大きな書店の明るい、ときには派手ですらある新刊書コーナーに立ち寄ったときでもよい。あるいは図書館の薄暗い書庫に足を踏み入れ、くすんだ色の蔵書がぎっしりと詰まった書棚に囲まれて立つときでもよい。いや、自分の部屋の狭い空間の一部を占めるささやかで貧しい本棚をながめるときですら、ぼくにはふと、そんな感覚がやってくるのだ。

ぼく自身の場合、それは生来の怠惰に発していると認めてもよい。ぼくの読んだ「因数」といえば、それはたかがしれているのだから、そうした感覚はいわば怠惰の発作、一時のすきま風にすぎないかもしれない。たとえばあの芥川が丸善の洋書売場の梯子に昇って本を捜していたとき、不意に彼を訪れたにちがいない清澄な目眩を思うと、ぼくの発作は愚鈍きわまりないものだという気がする。そして実のところ、その発作はじきに止み、同じように発作的にぼくはまた読みはじめる。もっと正確にいえば、ぼくは読んでいく因数を片端から忘れていき、また思い直したように新たな因数を読み拾っていく。ぼくの記憶から因数の断片が音もなくこぼれ落ちていき、あたかもその空隙を埋めるかのように新たな因数の断片がはいり込む。そう、文学にかかわりをもつ以上、「待ってもむだ」なのである。

しかしながら、厖大な量の「因数」を一個も漏らさず記憶している存在をぼくらは認めざるをえない。それは世界という名の存在だ。ほかならぬ本という世界、図書館という世界だ。そこには一切が記録されている。同類項や共通因数がひしめきあい、因数の複写、そのまた複写、そのまた複写といった系列が錯綜している。そうしたただなかに、ぼくらは投げ込まれているのだ。

するとぼくは、今度はちっぽけな《書き手》として、先に書きとめた不活発な感覚へとまたもむなしく引き戻されることになる。実際、いまこのエッセイを書きつつあることによって、ぼくは世界がすでに記憶している因数をもう一度書き直すというからくりに操られているのではなかろうか。とすれば、十カ月ほど前にぼくが呻吟しつつ書きつけたつぎのような語句＊[1]をそっくり書き写すことからはじめるほうが、むしろ賢明かもしれない。

「話すということは、類語反復におちいることだった」という「バベルの図書館」のあの文句が、呪縛的なリフレインとなってこだまするのだ。あるいはまた、「不死の人」の最後のセンテンスが、もはや抗《あらが》いえない最終判決のごとく、ずっしりとした重みをもって響いてくる――「言葉、置き換えられ、寸断された言葉、それこそ時間と世紀が彼に残していった貧しい施し物であったのだ。」

いま前の文章を書き写して、このエッセイのなかに組み入れたとき、ボルヘスの語句がぼくの過去のエッセイに内包されていて、そのエッセイがまた現在書きつつあるこのエッセイに内包されているという構造ができあがったようにみえる。しかしそれは引用という、ともすれば安易に用いられる手段がつくる幻影でしかない。本当はその逆だ。すなわち、現在書きつつあるこのエッセイは過去のエッセイに内包されており、その過去のエッセイはまたボルヘスのわずかな語句に内包されているのである。端的にいうと、引用されたボルヘスにはそれを引用したボルヘス論が内包されるのだ。

このようなおぞましいことがほかの作家の場合に起こりうるかどうか、それはここでは詮索しない。だが、ボルヘスにおいてはそれが起こる。そしていま何度かつかった《内包される》という用言は、《書かれている》、いや《すでに書かれている》という言い回しと置き換えてもいっこうにかまわない。というより、置き換えるべきだろう。ボルヘスを書く行為は、たちどころにボルヘスによって書かれている行為となる。

ついに、ホルヘ・ルイス・ボルヘスの名を口にしてしまった。実は《ボルヘスを書く》ことを課せられたこのエッセイで、彼の名をけっして口に出さずに語ってやろうとする野心が最初にあったのだ。「それを描写するのに穏当な言葉はないが、すべての言葉がそれを名ざすものと考えられており、もっと正確にいえば、どんな言葉もそれをほのめかさずにはすまない」（「フェニックス宗」）といった類いのエッセイを、ぼくはもくろんでいた。そのもくろみは早くも中絶した。いま一度やり直すしかあるまい。

どこからやり直したらよいだろう。

たぶんそれは先のあの感覚を明晰にといわないまでも、少なくともいくぶん丹念に記述してみることだ。まずぼくはそれを簡単に怠惰のせいだと認めたが、これは事実、衒いでも何でもないし、またぼくの記憶がただ穴だらけだという意味での篩《ふるい》にすぎないことは誰よりも自分がよく知っている。（いま書きつけたセンテンスの前半部分は「八岐の園」のプロローグに、後半部分は「アレフ」のむすびにすでに書かれている。どうもがいてみても、ボルヘスの《鏡文《きょうもん》》のなかに映されている《自文《じぶん》》を意識しないわけにはいかないが、ひとまずその鏡には強引に覆いをかけておく。）にもかかわらず、ひとつの因数を読むたびに、それがどこかでみかけた因数だという気がすることは確かだし、なにか評判の新しい小説を読んでいるとき、どうやら以前に読んだおぼえのある現代文学の入門書をもう一度読んでいるような気分になるのも本当だ。比較文学という名のもとに共通因数を数多く収集することに嬉々として励む勤勉さは、残念ながらぼくにはない。あらゆる書き手（小説家とか批評家とかもの書きとかいう名の人々）や書く行為に対する尊敬と、T・S・エリオットふうな伝統の概念とを融合させて、すべて書かれるものが文学という有機的総体をつくっていくと認めるには、いささか苛立ちやすい性質だ。価値観こそ肝要だと思いながらも、それがともすれば動脈硬化症的な倫理観に堕しやすいことをおそれるせいもあって、いまのところぼくには確立していない。ようするにぼくは、ただ、おびただしい類語反復によって本という世界の存在が支えられていることに不思議な思いをするだけなのだ。

　たとえば、いまぼくの前にスーザン・ソンタグの『反解釈』の邦訳がある。これといった積極的な理由のないままにぼくはこの書を買わずにいたし、同じくこれといった積極的な理由もなく、ごく最近これを買った。

　まずぼくはイヨネスコに対する彼女の辛辣きわまりない批評を読んだ。（このとき、あの好好爺みたいなイヨネスコの顔と高度に知的な彼女の容貌を思い浮かべるという、かなり俗物的な興味がふとわいたことも白状しておくべきだろうか。文学とは無縁な読者という部分が内にひそんでいるのは、おそらくぼくにかぎったことではあるまい。）『ノート・反ノート』に対するややヒステリックな否定が綴られるこの小論で、ソンタグはイヨネスコの諸観念を高慢、陳腐、月並みときめつけ、彼の独創性をほぼ全面的に葬り去ろうとし、彼の「知性の放棄」に一毫の寛容も示さず、彼がこの「繰り返しの多い書物」を書いたことを二流作家たる証しとしている。イヨネスコは「水増しされた」アントナン・アルトーにすぎない、と彼女は断ずる。「小ぎれいにめかしたてられて口ざわりのよくなったアルトー、憎悪を差し引いたアルトー、狂気を差し引いたアルトーというべきだろう」という具合だ。アルトーがイヨネスコとともに、そしてイヨネスコがアルトーとともに、ぼくの関心をひくという事実、あるいはまた、「思考との関係で舌がもつれるのを感覚」したあのアルトーを思うとき、ソンタグ女史がかなり雄弁に映るという印象、そうしたことにいまはふれない。ようするに彼女はイヨネスコが「常套的文明批評用語」を用いて、すでに書かれている《因数》を、冪の低い因数を、繰り返して書いたことに我慢できないらしいのだ。

　そういう受け取り方が間違っていないことを、ぼくはつぎに読んだエッセイ「反解釈」によって確認した。というのもそこでぼくは、「現代人の生活を悩ましている元凶であるところの〈同語反復〉〈生産過剰〉の原理」という文句に出会ったからだ。女史にしたがえば、イヨネスコはこのいまわしい《同語反復》の原理にひたすら忠実なユーモア作家にすぎないことになる。しかし、いかにもマニフェストふうのタイトルをもつこの論文そのものは、はたして《同語反復》の原理からきっぱりと訣別し、それ自体を完全に解き放っているだろうか。その原理から自由であろうとする意図はまぎれもなくみえる。だが自由になりきっているかどうか、それは多少みつめる必要がありそうだ。

　彼女は「反解釈」の姿勢をこう表明する。「現代における解釈は、つきつめてみると、たいていの場合、芸術作品をあるがままに放っておきたがらない俗物根性にすぎないことがわかる。本物の芸術はわれわれの神経を不安にする力をもっている。だから、芸術作品をその内容に切りつめた上で、それを解釈することによって、ひとは芸術作品を飼い馴らす。解釈は芸術を手におえるもの、気安いものにする。」

むろんこの一節は唐突にでてくるものではないし、性急に記されたものでもないと思う。現代に横行する「俗物根性的解釈」を指摘する彼女の眼は、けっして血走っていない。にもかかわらず、いささか気になるところも二、三うかがえるのだ。まず、「芸術作品をあるがままに放っておきたがらない」ことと、「俗物根性」とが、こうもあっさりとむすびつけられてよいものかどうか。俗物根性とはしばしば便利で効果的な否定詞となるが、しかしそれが指し示すものは、先にぼくが不必要にも白状した類いの興味ではないのか。あるいはまた、ソンタグ女史の最悪の断片をひろい、倉橋由美子のたとえば「玉突き台の上の文学」のなかに多少困りもののリザーヴ（それはまぎれもなく在る）をみて、だから女はだめなのだと裁断する偏見がそれであろう。もうひとつ想像するなら、「すでに印刷機をすりへらしたほどの男なら、必ずテスト氏やジョンソン博士を気取りたがるような、ぜいたくな文学的会話の夜々に」（「ハーバート・クエインの作品の検討」）、多少名の知られてきた書き手たちが満喫したり、競い合ったりするものも、もしかすると俗物根性であるかもしれない。そしてつぎに、「解釈」が芸術作品を「飼い馴らし」ためしがたぶんこれまで皆無であることを思えば、ソンタグ女史が「解釈派」の連中に対して払っている憤慨という形態の敬意も、それほど必要ではないように思われる。せいぜいからかうだけで充分なのだ。

しかし、いまはそのような事柄にかかわるつもりはない。実は、上に引いた彼女の四個のセンテンスのなかで、もっとも手ごたえあるものがつぎのセンテンスであることを指摘したいのだ――「本物の芸術はわれわれの神経を不安にする力をもっている。」そして、この文句に一瞬ぼくらは言い当てられたという驚きをおぼえるのだが、つぎの瞬間、これはどこかですでに聞かされた文句だと、白けた気分に陥ってしまう。たとえばモーツァルトの聴き手なら、こんなことはとうに知っているはずではなかろうか。ようするにそれは常套句、同語反復なのである。

同様に、《内容》と《形式》についての講義（これは「反解釈」の発想の中核を成す）も、さほど独創的なものではない。

まず必要とされるのは、芸術の形式にもっと注目することである。内容に対する過度の関心がのぼせあがった解釈を呼びおこすとすれば、形式へのこれまでにない詳しい注目と徹底的な描写は少なくともそののぼせあがりを冷やし、黙らせるだろう。……最良の批評とは（まことに稀少なものだが）、内容への考察を形式への考察のなかに溶解せしめる種類の批評である。

こうした言葉はヌーヴォー・ロマンの作家やその理解者た

る批評家、あるいはわが国の翻訳者や解説者などによって繰り返し書かれてきたものとして、少なくともぼくには目新しくない。ごく最近までこのソンタグの言葉をみたことがなかったぼく自身ですら、これほど名文句ではないにしても、ほぼ同類の語句を、以前どこかに書き記したことがあるくらいだ。彼女がこれを書いた一九六四年という時点でみるにして、この見解が彼女の「独創性」（彼女がイヨネスコに否定したもの）を保証するようには思われないのだ。実のところ、それより三十年以上も前に、二十二歳のベケットが『フィネガンズ・ウェイク』を評していとも簡潔にこう述べたとき、すでに一切がいいつくされてしまったのかもしれない――「ここでは形式が内容であり、内容が形式である。」

そしておそらく（《おそらく》はベケットの世界において唯一の有効な副詞だ）、このわずか（《わずか》は彼の世界において一切と無をつなぐ蝶番だ）六語の英語はベケット自身の全作品を言い表わす最高の冪の《形＝容》詞となっている。（実際、Godotという一語においてすら、そこでは形式が内容であり、内容が形式である。それゆえこの語の意味をベケットに問い合わせたというあのアメリカの演出家は愚かといわないまでも、かなり滑稽な男である。）とすれば、これまでベケットについて書かれたすべてが、この六語の英語から成る《形＝容》詞を、せいぜいよくても敷衍する、悪くいけば薄めて反復するといった程度のものであることは、（怠惰のうちにも）想像できるのである。ソンタグ女史もその例外ではない。

蛭《ひる》に見まがう解釈家どもを引きつけてやまないもうひとりの作家は、サミュエル・ベケットである。深くみずからのうちにひきこもった意識のドラマであるベケットの微妙きわまる作品――ぎりぎりの本質だけに切りつめられ、切り捨てられ、しばしば動くこともできぬ人物を主人公とした作品――を、解釈家は、意味から、あるいは神から疎外された現代人の状況の表現であるとか、精神病理学の寓意であるとか称する。

蛭《ひる》という比喩の陳腐さまでは突つかない（わが国ではある種の書き手を虻《あぶ》といっている）。「神から疎外された現代人の状況」についていえば、いかに解釈家を斥けようとも、それはある意味で、たとえば『ゴドーを待ちつつ』に関して間違いなくいえることなのだ。（《ある意味で》の意味について述べる余裕はないが、いまぼくはジョン・バースの『道の果て』を念頭においてその言い回しをつかった。実際、神についてすら人間はしゃべりすぎてきたということを意識しないかぎり、ベケットの沈黙や無を理解することはできない。）そしてゴドーを神、死、終末、ただたんに未来などというふうに、どう解釈しようとも、『ゴドーを待ちつつ』は「気安いもの」にはなりえないし、まして、「飼い馴ら」されはしない。不安は水増しされるどころか、かえって増幅するのである。ぼくらはあの一対の浮浪者とともに、「きのう何をしたか？」という途方もない問いの罠にますますふかくはまり込んでいく。しかしここでも気になるのは、むしろそうしたことではなく、ソンタグ女史がベケットの作品を言いかえている語句である。「深くみずからの……」から「しばしば動くこともできぬ人物を主人公とした作品」までを読み返してみるとよい。これはベケットの読者なら誰しも知っていることだ。これはベケットについて言い古された文句だ。こうした同語反覆を読まされても、あるいは書きつけてみても、ぼくらはベケットにすこしも近付けないだろう。それよりはむしろ、「きのう何をしたか?」というおそらく解答不能の問いを繰り返しつづけたほうが、ベケットの世界を体験できるはずだ。

ソンタグ女史を種にすることで、ぼくも一匹の虻《あぶ》になっただろうか。本当は蜂になってみようとしたのだ。いずれにせよぼくはちいさな一個の《読み手》として、そしてもっとちいさな《書き手》として、類語反復という一種の掟のごときものに対する戸惑いを記してみたにすぎない。

そして、ここでまたぼくは行き詰ってしまう。その掟を平然と無視し、あたかも自分こそはじめて新しいことをしゃべるのだというふうに書くことのできるある種の人々の文才や自負は、ぼくには完全に欠落している。正面きって、あのヴィトゲンシュタインの『論理哲学論考』六・一以下の命題をここへ引きずり出してくるには、かなり勉強不足だ。ぼくはふと、この原稿用紙にすらすでに語句が記録されていて、自分はそれをなぞっているだけではないかという気がしてくる。こうなると強迫観念にも似てくる。

2 「原稿用紙のせいさ」

「創作と小説とは、比較するのが困難なくらい違うんだよ。この国では虻と蜂との区別さえつかないで暮らせるんだから……太陽の下では新しいというのは、中古を見直したときに使う敬語のひとつだと思えばいいね」
「太陽のせいにするのは、もう古いわよ」
「原稿用紙のせいさ」

(加藤郁乎『エトセトラ』)

強迫観念が、ここでは《響博歓捻》に変身している。いや、下手な造語は弄すまい。《当て字っぽう》と語呂合わせが虻と蜂ほどに違うことを、ぼくは知っているつもりだ。つまりぼくにおいては不毛なままに増大する強迫観念が、加藤郁乎氏においては巧妙に《羅ぶれ》かされ、《冗意透》かされていることに、ぼくは控えめにいっても驚喜するのである。(「巧妙に」といったが、「狡猾に」といったほうがぼくの真意を表わす。ダイダロスやホメロスやキャロルやジョイスのように、生活ではなく作品でもっと狡猾な書き手があってほしいのだ。「素直な作品」がなにかの新人賞のほめことばとして通用するのは奇妙な気がする。)

またも《文字繰り回し》てしまったが、「《羅ぶれ》かされ」ていると書いた意味を——不本意ながらも伝達のために——説明しておく必要がありそうだ。つまり、加藤郁乎氏の発想の根底には、まず、《書き手》として、類語反復に対する一種の強迫観念があるにちがいないと、ぼくは推し測るのである。その強迫観念を、氏は逆にあみにからめてしまい（羅）、それをたぶらかし、故意に幾重ものぶれをこしらえ（ぶれるのを恐れるのはカメラを持ち歩きはじめた素人写真家や焼付見習師だ）、そしておそらく文学史上最大に重要な作家のひとりフランソワ・ラブレーを自己の作品の創造に加担させてしまうのだ。

『眺望論』のようなエッセイを含めた氏の作品に対して、軽々しくわかるという言葉を発することは、確実に《懇添付《コンテンプ》徒《ト》》だ（薄めていうなら、いかにも馴々しい侮蔑である）。わからないといって拒絶することは、まちがいなく《淫猿《インサル》徒《ト》》だ（薄めていうなら、淫猥な恥辱である）。にもかかわらずぼくらは、氏が本という世界を呪縛する類語反復の原理を読みとったところから書いていることを、わかる必要があるだろう。世界の原稿用紙に、世界という原稿用紙に、書き込まれなかった語句はもはやないという意識がたえまなく氏に襲いかかり、氏はそのいとわしい意識との《筆抗》を行なっているのである。すでに書き込まれた原稿用紙の筆耕——国語辞典には「報酬を得て筆写すること」とある——こそ、氏が最大に忌み嫌う行為であろう。氏は書き込まれた原稿用紙を継ぎ接ぎするのでもない（これは筆耕の一形態だ）。そうではなくて、書き込まれた原稿用紙を幾枚も故意に不整いに重ね合わせて、その上にもう一枚ずらして置いた氏自身の原稿用紙に書いていくのである。これは一種の遊び、ただし真剣な遊びである。

まずい言葉を用いたかもしれない。かの高名なフランスの小説家にならって、もっと適切な語を求めて辞書をめくるべきだった。実のところ、遊びというのははなはだ誤解の多い言葉だし、ぼく自身にもその髄が説明しにくいのだ。けれどもそれは、たとえば大学に研究室を確保しておきながらさほど熱心に研究に打ち込むこともせず、「文学とは遊びですからなあ」などと物分りのいいところを発揮し、そのくせ自分のいっていることがまるでわかっていないらしい人種の遊びの概念とは完全に別物だ。あるいはまた、それと大同小異だが、「英文学以外は何も知らず、英語でも、学位を取るためか授業のため、あるいは何か紀要評論誌のようなものに危げのない主題について書くことでちょっとした信用を得るために読まざるを得ないものしか読まないアメリカの英語コースの教師たち」（エドマンド・ウィルソン）をこの国で真似ることが遊びとは正反対だと信じているらしい生真面目な人たちの概念とも、それはまるで別である。本物の遊びとは西脇順三郎氏の詩や吉田健一氏の小説のように一種の超然たる形態をとる場合もあるが、いまここではラブレーとかスターンとかキャロル、フラン・オブライエン、『フィネガンズ・ウェイク』のジョイス、あるいはレーモン・クノー、『エンダバイ氏の内部』のアントニー・バージェスなどを思い浮かべればよいだろう。加藤郁乎氏の遊びとはそのような系統の遊びである。

なにもぼくは、いまさら加藤郁乎氏の作品が遊びだということを声高に述べようとするのではない。遊びの文学を定義するつもりもないし、いわんやそれのみが第一級の文学だと主張する意図もない。加藤郁乎氏の作品にラブレーやスターンやジョイスの影響を力説してみても、それは無駄口に等しいのである。ぼくがいいたいのは、氏の作品の遊び、氏の《筆抗》が類語反復に対して必然的に生じたものだということだ。俳句や短歌という、しかし少なくとも制約の多い文学空間において弊があるが、しかし少なくとも制約の多い文学空間において氏が異議を唱えるのは、すでにその伝統を築きあげた過去の作品に対してではなく、このいまも相変らず行なわれているらしい伝統の筆耕に対してなのである。

このような《書き手》としての加藤郁乎氏がいかなる《読み手》であるか、それはもっと突っ込んで考えたいところだ。しかしそれは容易なことではなさそうだ。なるほど読み手としての氏は、書き手としての氏からある程度推測できるし、またあくまでも書き手としての氏から推測すべきなのだが、しかし実のところ、書き手たる氏は読み手たる氏を狡猾に隠蔽してしまっている。読み手たる氏を捜し求めようとするとき、ぼくらはあの幾枚も重ね合わされた原稿用紙の間に埋もれてしまうかのように思われる。

これは『フィネガンズ・ウェイク』のジョイスの場合、いっそう厄介になってくる。あの巨大な《リンカン塔作》の書き手は、その《夜迷語》の世界のなかに、たとえばトマス・アクイナスの読み手さえも消滅せしめてしまったようだ。そこではもはやあの《応用アクイナス》はさほど手がかりとならない。のみならず、ヴィーコの読み手、ブルーノの読み手、サー・エドワード・サリヴァン『ケルズの書』の読み手、『ブルーワー辞典』の読み手といった具合に、ジョイスが何の読み手であるかをいくら数えあげていっても、《読み手》たるジョイスは徹底的に狡猾な《書き手》たるジョイスとしてしか姿をみせないのだ。

とすれば、たぶん、何の読み手であるかということは、ぼくらがふつうに考えているほど本質的な事柄ではないのかもしれない。そういえば、ジョイスの読み手にもいろいろあるようだ。それに実際、たとえばヴァージニア・ウルフの女性読者はマーガレット・ドラブルの女性読者よりかならずしも高級であるわけではない。ジュニア小説の愛読者は大庭みな子や倉橋由美子の愛読者よりかならずしも幼稚なわけではない。(もっとも、部分否定が真実を否定のなかにくるみ込んで肯定できる便利な表現形式であることを、忘れてもらっては困る。)肝心なのは、何の読み手であるかということではなく、いかなる読み手であるかということなのだ。

いくぶん回り道と空回りをしつつたどりついた、このいささか凡庸な発見は、ここでついに、のっぴきならない問いをぼくに突きつける——ホルヘ・ルイス・ボルヘスはいかなる読み手なのか?

ボルヘスはいかなる読み手なのか?

この問いを何度か唱えてみると、どうしても、あの宇宙である図書館に、「バベルの図書館」にひとり立つボルヘスの孤独な姿を思い浮かべないわけにはいかない。

彼が存在するこの世界、「そこにはあらゆるものがある。未来の細密な歴史、大天使の自伝、図書館の信ずべきカタログ、何千というにせのカタログ、これらのカタログの虚偽性の論証、真実のカタログの虚偽性の論証、王たちのグノーシス派の福音書、この福音書の注解、この福音書の注解の注解、きみの死の真実の記述、それぞれの本のすべての言語による翻訳、すべての本の中でのあらゆる本の書きかえ」(「バベルの図書館」)。この「無窮である」図書館においては、文字通り盲目となるまでに本を読みつくしたボルヘスの厖大な読書量さえ、むなしいものとなる。「図書館のすべての男と同様にわたしも若いときに旅行した。本を探ねて、おそらくカタログ類のカタログを探ねて旅をした。もはやわたしの眼が自分のかいたものをほとんど判読できなくなったので、わたしは自分の生まれた六角形からほんの数リーグのところで死のうとしている」(「同上」)。それどころか、「すべてのことはすでに書かれているという確実さは、われわれすべてを無に帰し、幻と化する」(「同上」)。そしてこれをさらに容赦なくつきつめていくなら、「読者とはすでに絶滅した種族である」(「ハーバート・クエインの作品の検討」)というところまでゆきついてしまうのだ。

先を急ぎすぎたようだ。もう一度後戻りをして、無窮の図書館に挑戦する「冒険のために年月を浪費して使いはたしてしまった」(「バベルの図書館」)ボルヘスという読み手を考える必要がある。あの「数リーグ」をロブ＝グリエふうの物差しで確かめる必要がある。

たとえば彼は『ベオウルフ』の読者であり、チョーサーの読者であり、サー・トマス・ブラウンの読者であり、シェイクスピアの読者であり、スウィフトの読者であり、コオルリッジの読者であり、ブラウニングの読者であり、『衣裳哲学』の読者であり、『美しい港』の読者であり、『ペレランドラ』の読者であり、ラヴクラフトの読者であり、チェスタトンの読者であり、エラリー・クイーンの読者であり、「ノースモア家の失墜」の読者であり、「日脚《ひあし》」の読者であり、『ユリシーズ』の読者であり、……もしもぼくが厭きることがなければ、いや正確にはこれに圧倒されさえしなければ、この系列を数ページにわたって延長していくことも可能である。手っ取り早い方法はラングかセインツベリーかサムソンの索引を引写しすることだ。もっともそこにラングやセインツベリーやサムソンを追加することを忘れてはならない。若干の削除も必要だろうが、同時にまた、この三人のイギリス文学史家が書き漏らしたものを補足する必要も生じてくるにちがいない。

そうしてできあがる完全なリストは、確実につぎの事実を証明する。すなわち、ボルヘスはイギリス文学の読者なのだ。だが、ついさきほど、ぼくは何の読者であるかはさほど本質的な事柄ではなく、いかなる読者であるかが肝心だと確認したはずだ。ボルヘスとは、いかなるイギリス文学の読者なのだろうか。その疑問をたずさえながら、ぼくはまたも「バベルの図書館」を訪れる。するとそこにおぞましい光景がみえる。

何千という貪欲な人びとが愛する生地の六角形をすてて、自分の弁明をみつけようという空しい意図にかられて階段に殺到した。これらの巡礼たちはせまい廊下で言い争い、どすぐろい呪いの言葉を投げつけ、聖なる階段の上でしめ殺し合い、換気孔の底へ欺瞞的な本を放り、遠い地方の住人たちによって同じように空間へ投げだされて死んだ。ある人びとは気が狂った……。弁明はたしかに存在する。(わたしはその中の二冊をこの目で見た。それは未来の人びと、おそらくは非実在ではない人びとに関するものだった。)だが、それを探し求めた人びとは、自分の本かそのにせものをみつけるという確率がゼロに近いことを忘れていたのである。

このような恐ろしい一節をぼくはほとんど読んだことがない。これはぼくら普通読者《コモン・リーダー》を懐疑の深淵へといきなり突き落としてしまうかのようだ。というのもぼくらは興味とか関心とか必要とかによって本を読むのがふつうであり、そのことに関してはひとかけらの反省もしていない。のみならず、あわよくば「自分の弁明」をみつけてやろうという野心に、終始はげまされているかもしれないのだ。

　ボルヘスとてそうではないか。彼自身も興味や関心によって本を読むべきだとわれわれに勧めているではないか。読書の楽しみや喜びについてしばしば語っているではないか――そう問い返すのは性急である。どこかがまるで違っているのだ。どこが違っているのか？　ひとまずその答えをこう言い表わすことができそうだ。つまり、ボルヘスは学者として――ただし比喩的な意味で――のイギリス文学の読者なのだ、と。そのことは先の系列を、たとえばヘンリー・ミラーの百冊のリスト(これもぼくらを圧倒するものだ)と並べてみるとはっきりするだろう。もっともヘンリー・ミラーのリストは彼が「最も大きな影響を受けた」書物だが、しかし彼は明らかにいかなる意味においても学者として本を読んでいない。

　にもかかわらず、学者としてのイギリス文学の読者というふうにいってみても、ボルヘスを適切に言い表わしていないだろう。それどころか、その言い回しでは不足なのだ。というのも、かつて彼は、「イギリス文学にはすべてがある」とさえ言い切ったのだ。たとえ酒の席でもいいから、イギリス文学にはすべてがあると言い切ったイギリス文学者を、寡聞にしてぼくは知らない。

　もっともこの発言は若きボルヘスのものとして、さほど真剣に受け取らなくてもよいのかもしれない。だが、もし誰かが、「バベルの図書館」の「本の人」のごとき誰かが、個々のイギリス作家や作品ではなく、まさしくイギリス文学そのものを読みつくしたとしたならば、「イギリス文学にはすべてがある」と断言しはしないだろうか。その誤謬を証明する根拠としてぼくらが持ち合わせるのは、せいぜい穏健な分別でしかあるまい。

　そのような「本の人」にボルヘスがかぎりなく近付こうとしてきたのは確かである。とすればもはや学者としての読み手という言い回しは、不足であるどころか無効である。唯一の答えはこうだ——ボルヘスは不眠症の読み手である。この世界である無窮の図書館に一切が書かれているということを読みつくすためには、完璧な不眠症の読み手となるしかない。

不眠症の読者といえば、ジョイスの「理想的不眠症にかかった理想的読者」が思い出される。『フィネガンズ・ウェイク』の書き手は、ほかならぬ『フィネガンズ・ウェイク』のなかで、『フィネガンズ・ウェイク』の読者にそれを示唆しているのだ。ぼく自身、十年ばかり前にこの言葉に出会ったとき、それはジョイス特有のからかいだと受けとった。ところが次第に、これはたいへんなことだという気がしてきた。文学に対して不眠症となること——それはピエール・メナールが手紙にしたためたように、「不死にならなければならない」ことだ。あるいはまた、矛盾するようにみえるが、『イーリアス』を忘れ、いやギリシア語さえ忘れ、アレクサンダー・ポウプのけっして上等ではない英訳を何度も味読するホメロス（「不死の人」）になることだ。同時にまた、「ひとつの顔、ひとつの言葉、一個の羅針盤、一枚のタバコの広告でさえも、もしある人がそれを忘却することができなければ、その人を狂気に追いやる可能性をもっている」（「ドイツ鎮魂曲」）ことを洞察し、それに耐えぬくことである。（『フィネガンズ・ウェイク』の書き手も「忍耐」を読者に求めている。）不眠症とは「眠ることがとても困難」なだけではなく、「眠ることは世界からそれること」（「記憶の人・フネス」）だという覚醒した意識である。

ここまでくると、ぼくはいままで禁句としておいた《幻想》という言葉を口にしてよいように思われる。幻想とは最大な覚醒、のみならず無限に拡張可能な覚醒ではないか。

とすれば、ボルヘスとは幻想としての読む行為なのだ。彼は幻想に閉じ込められているのだが、それによって同時に図書館を閉じ込めているのだ。「囚《とら》われの身である」わたしがこの家を一歩も出ないというのは事実だが、この家の扉という扉が（その数は無限にある）人間にも動物にも、昼となく夜となく開け放たれているということも、同じ事実である」（「アステリオーンの家」）。

ここでどうやら、ようやくぼくらは《書き手》としてのホルヘ・ルイス・ボルヘスに到達することができるだろう。彼が「想像の本についてのノートを書くことをえらんだ」（「八岐の園」プロローグ）必然性を確かに受けとめることができるだろう。実在の人物や本をあたかも架空のものとして、逆に架空の存在や本をあたかも実在のごとく作品に組み入れ、アイデンティティの転轍器をいたるところに仕掛け、迷宮のあらゆる扉に狡猾にも鍵をかけず、覗く者の唇の微動をも寸刻とて解放しない鏡を隠れた隅々に嵌め込み、幾重もの《入れ子構造》を工作し……いや、こうしたことを書きとめるとき、ぼくはまたしてもあの類語反復を性懲りもなく犯すことになる。

ハーバート・クエインの「特異な作品」であるボルヘスの作品の読者は「探偵よりも明敏であることをしいられる」。しかしむしろぼくらは明敏な探偵となるよりも、世界が眠っている時間に完璧な不眠症患者となりうる《盗人》となることを要求されているのかもしれない。ただし世界が眠りという静止のうちに凝固するのは、まさしくひとつの刹那においてである。キルケゴールなら時間に突如飛び込んできた「永遠のアトム」と呼ぶようなその瞬間を、たぶん世界に対する不眠症を知らないかぎり、ぼくらはいつまでも捉えそこね、怠惰や分別や理性によってずるずると時間をひきのばすことになるだろう。その一瞬が許された者は、「かくれた奇蹟」のヤロミール・フラディークの場合のごとく、たちまち水滴は頬をすべりおち、と同時に、処刑の銃弾によって忘却のなかへとかき消される。

3　「裏をかかれた乱丁」

『早稲田文学』昭和四十九年三月号の一〇一ページから一一七ページまでを埋めたN・Y氏の「乱丁のボルヘッセイ」は、そのタイトル自体がかろうじて崩壊を免れていることに示されるように、ボルヘスを書こうとする企てが中途で挫折し、しかもまっとうなエッセイにもなりきれなかった代物《しろもの》である。

　一応それは三つの部分から成っている。しかし、なにゆえに三つの部分から成るのかを詮索する必要はまったくないだろう。たとえば弁証法的な意図をみるなどは見当違いもはなはだしく（怠惰を自認する彼が弁証法の洗礼を受けたはずはない）、あるいはボルヘスの作品にただようカバラふうの数の神秘ともむろん無縁である（神秘に憑かれるには、随所に世俗的関心をみせている）。それに、そもそも、不用意なことに三つ目の部分が欠落しているのである。

　だからといって、まとまりのなさを咎めてみてもやはり当らないだろう。というのも、まとまりという偉大なる礼儀作法の何たるかが、彼にはまるでわかっていないらしいのだ。あるいはまた、頻出する一人称単数（しかも《私》ではなく、甘えるような《ぼく》だ！）を問題にして、自意識過剰だと責めるのもやや大袈裟だろう。自意識過剰という言葉は女子学生の甲高い日常語にしておけばよいのだし、むしろ彼に対しては、R＝M・アルベレスがE・デュジャルダンの主人公について語ったように、「自分の部屋にひきこもった……不能者」の「《ぼく》と言うことに対する一種の自己満足」を指摘しておくだけで事足りる。実際、「文学内存在」であるためには彼は不能者でありすぎるのであり、ボルヘスの読者たるには畏縮、いや萎縮しすぎていると思われるのだ。彼が理解しているつもりらしいベケットの作品に登場する不具者でさえ、彼に比べればはるかにしたたかな形而上学者である。彼にまぎれもなくあるものは、読むことと書くことに対するいわば不能のコンプレクスなのだ。（もっとも筆者はおそらく彼とともに、本能的にも、潜在意識的にも、さほど心理学を信頼してはいない。）

　なお、筆者がいま用いた「文学内存在」というサルトル流の言葉は、平岡篤頼氏が（たぶんに誤読されやすい好エッセイ）「文学と文学的なもの」のなかで用いたものだ。読むことと書くことを考えようとするN・Y氏がこの平岡篤頼氏に触れることをしなかったのは「乱丁のボルヘッセイ」の数多い欠落の一例である。というのは平岡氏は、氏みずからいうように、まさしく「読むために書」いているからだ。唐突にソンタグや加藤郁乎氏を持ち出さず、読む行為である平岡篤頼を分析したならば、その「迷路の小説論」の回廊のひとつにもうひとつの(otro)迷路をつくることに、N・Y氏は成功したかもしれない。平岡氏はむろんボルヘスのような、フランス文学の読者ではない。ジョイスの読者でもないかもしれない。ところが森鷗外の読者だったり、志賀直哉の読者だったり、福永武彦や入沢康夫の読者だったりする。形而上学的な関心をほとんどみせないので、氏の書くものが形而上学的でないことが不可解だったり、不愉快だったりする人もいるだろう。平岡氏はただたんに「中間項」を、「他人の目」を、ぬけぬけと(この副詞はかなり以前にたぶん丸谷才一氏が平岡氏に対して選んだモ・ジュストだ)無視して読んでいるのである。それがときおり小説の迷路の輪廓を彷彿とさせるのはなぜか。丹念な読み方とか明敏な読み方とかいうだけでは充分ではないだろう。筆者の見解としては、読む行為である平岡篤頼は《妄想》なのである。

たとえばN・Y氏のいう普通読者《コモン・リーダー》なら、ストーリーのみを追うことによって青春大衆小説の大作として受けとるかもしれない『死の島』について、平岡氏が、「半覚半醒の状態で広島駅のアナウンスを聞く相馬鼎の耳に、〈ヒロシマ〉が〈シノシマ〉と響き、この作品全体をひたす終末論的不安を一点に凝縮したかのような戦慄を読者に味わせる」(傍点筆者)といくぶん興奮気味に記すとき、氏の《妄想》が小説の迷路の解読行為であることをわれわれは確認してよいのだ。

しかしこのへんでN・Y氏に対して多少好意的になってもよいだろう。『ドン・キホーテ』の著者であるピエール・メナールであるホルヘ・ルイス・ボルヘスの語るように、「非難と賞揚とは批評とはなんの関わりもない感傷的作業である」。

さいわい筆者の手元にN・Y氏が「乱丁のボルヘッセイ」を書きすすめつつ読んだり目を通したり読まなかったりした資料がそろっている。スペイン語の作品集、英訳本、英語の研究書、雑誌、雑誌の切り抜き、雑誌のコピー……しかし明らかに、彼がもっとも頻繁にページをめくったものは篠田一士氏訳『伝奇集』と土岐恒二氏訳『不死の人』である。(前者が久しく絶版状態になっていることはわが国翻訳文学の最大に不幸な落丁だと、N・Y氏は憮然として筆者に語った。一方後者についてN・Y氏は、それが売れてはならないのだというような口ぶりだった。事実ボルヘスは「名声は忘却の一形態」だといい、ピエール・メナールは「名声は無理解の一形式、おそらくは最悪の形式」だと断じている。)

この二冊の邦訳書を筆者は筆者自身の所有する初版で読んだ。N・Y氏の所有する二冊も同じ初版である。のみならず筆者がこの二冊を通読した回数、開いたページとその延べ数、読み返した行や語句とその回数の総和などは、すべて彼のそれと正確に一致する。だが彼の二冊には鉛筆でさまざまな印がつけられている。すなわち筆者は、「戦士と囚われの女の物語」の「わたし」のように、「それまで自分が所有していたものを、別の形で（bajo forma diversa）ふたたび所有しなおしたような印象をうけた」。筆者の所有する版に対してN・Y氏のそれはもうひとつの版なのである。（ボルヘスの「もうひとつの」がベケットの「おそらく」と同程度に重要であることは反復するまでもあるまい。）

この鉛筆の印はさほど数多くないし、またむろんそれらは比較的単純な直線と曲線との組み合わせにすぎない。しかしたとえば一気に引かれた線分、波形あるいは鋸の歯状のジグザグ、いびつな楕円、遁走する放物線、頓挫する円弧、もつれてしまった螺旋——そうしたどれひとつとして同一でないしみの数々には、彼の戸惑いとうろたえ、落ち着き払ったあきらめ、興奮と悪寒、目眩と明視、意識の充実と空白、その他多種多様なものを読み取ることができる。おそらくそこに見出せないものは哄笑と侮《あなど》りの痕跡のみである。一例をあげるなら、彼が一一一ページ下段（本書二一一頁）に引用した「バベルの図書館」の一節には、「自分の弁明を……殺到した」の所に傍線が施されており、彼はそこで恐怖を告白しているのだが、筆者には同時に一種のシニックな喜びをその傍線に読み取ることができるように思われるのだ。

そうした鉛筆の跡を拾っていくと、筆者はつぎの個所に出会った。

> それを写そうとはしなかった。彼のすばらしい野望は——単語と単語、行と行とが——ミゲル・デ・セルバンテスのそれと照応するようなページを作ることにあったのである。
> （『伝奇集』三十二ページ上段）

この三行目の「と照応するようなページを作る」の十四個の文字の上には、ほとんどそれを塗りつぶすかのように濃淡の線が上下に数回痙攣している。（奇妙なことに、「神の書跡」の「十四語」、「アステリオーンの家」の「十四（無限）」、「トレーン、ウクバール、オルビス・テルティウス」の「十四の名前」、「円環の廃墟」の「十四夜」「十四日目」、「かくれた奇蹟」の「三月十四日」、「不死の人」の「十月四日」などにはいかなる印もつけられていない。）そしてこの痙攣が「乱丁のボルヘッセイ」の書き手の意図をそのまま表示していることは、容易に察しられる。「乱丁のボルヘッセイ」そのものが痙攣なのだと評してもかまわないが、しかしボルヘスの作品「と照応するようなページを作る」ことがN・Y氏のもくろみだったことは汲み取ってやるべきだろう。

事実彼は、ボルヘスの作品の《入れ子構造》を解説することはもはや無益だと筆者に語り、謎の解明はつねに謎そのものに劣ると（たぶんボルヘス自身の言葉らしきものを）付け加えた。しかしトレーンは「人間によって解かれるべく定められた迷路だ」と筆者はいいかけたが黙っておいた。ぼくのボルヘス＝エッセイは深刻で滑稽で唐突で周到で傲慢で内気で……と彼はその他いくつかの対立的な形容語を並べ（倫理的とだけはいわなかった）、そしてひとつのエッセイにひとつのストーリーとひとつのスタイルしか許されない理由はないと主張した。筆者の脳裡にE・フロムが悪とするナルチシズムがかすめたが、それも黙っておいた。

彼の『伝奇集』の十四ページには彼のメモがはさまれている。この十四ページ上段のほぼ中央の「れも名詞の実在性を信じないことが、逆説的にその数を無限にふやして」には例のごとく傍線が引かれている。この個所と正確に対照する左ページ（すなわち十五ページ上段中央）には、「の人生はやり直しのきかない経過の漠然たる記憶、あるいはおぼろげな反映であって、疑いもなく偽りのきれぎれの断片だと断」までが傍線となっている。そしてこの個所と正確に対照する裏側の個所（すなわち十六ページ上段中央）には、「いかなる名詞も……比喩的な価値しかもたない」という傍線部分がある。この三つの傍線個所とメモを読むと、彼がひとつの名詞を禁句として書いた理由がわかる。その禁句は「八岐の園」の「チェス」や「かくれた奇蹟」の「ただひとつの形容詞」のように、それによって決定的な「結末」が瞬時に完成されるようなものではない。むしろその名詞がたんなる形容詞、しかもおそらく彼の手におえないほどに自己増殖をしていく形容詞であるからにちがいないのだ。

誰しも気付くように、N・Y氏の避けた名詞は《夢》である。彼のメモにはきっと引用したかったであろう吉田健一氏『金沢』の冒頭部分が筆写され、「我々がヘブリデス諸島を見るのは他所に寝ていて夢の中である」というセンテンスが空しく残っている。現実と夢とが瞬時に入れ替わる、あの『シルヴィーとブルーノ』を最初にもってきたからくり、「われらの人生は、すると、夢にすぎないか？」というそのエピグラフを捨てたもくろみも同様に理解できる。（ただ、dreamingly の一語までも訳し漏らすという気の配りようはいささか噴飯ものだと筆者は思う。）

毎月発行される雑誌は――と彼はいくつかの一流といわれる文芸誌の名をあげて語った――毎月確実にページが埋められる。多くの書き手たちは文芸誌に参加することで、文芸誌の歴史に参加しているにすぎない、ともいった。よくても文壇史、もう少しよければ文学史に参加しているだけで、文学に参加している書き手はほとんどいないのだ、ともいった。いったようだった。というのも筆者はこのプラトンふうの発言をよく聞いていなかったのだ。というより、このとき彼が《忘却》していたらしいつぎの語句を、筆者は正確に《記憶》していたのである。――「ぼくは芸術に属しているのではなく、芸術の歴史に属しているにすぎない」彼の心の中では歴史に劣る業はなかった（「ハーバート・クェインの作品の検討」）。

ともかくそういう考えから、N・Y氏は落丁や乱丁となるようなエッセイをもくろんだのであろう。だが、『早稲田文学』昭和四十九年三月号はいかなる落丁も乱丁もない完璧な文芸誌として、確実にページを埋めて発行されたのである。彼はあの「死人」のオカルロのように、実は「はじめから裏をかかれていたのだ」。

彼の裏をかいた主はボルヘスだろうか。『早稲田文学』という月刊文芸誌だろうか。それともたんに、《書くこと》だろうか。

追記

筆者はN・Y氏から日付のない開封したままの一通の手紙を受け取った。短い本文に付け加えられた長い追伸のなかで、彼は自分の「ボルヘス＝エッセイ」がボルヘスの「本質的な」単調さに不要な滑稽さの不協和音を「亜添付徒《アテンプト》した」のは失敗だったと書いている。「モーツァルトって、ドレミファばかりね」とほがらかに言った「ご婦人」の正確な固有名詞とその正確な語句、そしてその「ご婦人」がト短調については何と語ったかを、いま彼はどこかの本のなかのどこかの引用のなかに見つけようとしている、とも書いている。

＊1―バーギン『ボルヘスとの対話』（晶文社、一九七三年）二二一頁。なお、この論文は最初『早稲田文学』一九七四年三月号に発表された。（N. de E.）

邯鄲にて

篠田一士

No-man's-land
Between this world and the beyond,
Remote from men and yet more real
Than any human dwelling place
David Gascoyne

I

……しかし邯鄲はどこにあるのか。地理辞典は河北省邯鄲県を指示し、『戦国策』は趙の古都を想起させようとする。だが、僕たちの裡に、邯鄲とはいったい空間の一点を標示しようとするのか、あるいは時間の一瞬を明示しようとするのか。

　地理辞典も捨てよう。『戦国策』もまた、捨てよう。

　僕たちは、いま、開元十九年の邯鄲のある客舎にいる。それは、あのつつましやかな、昼もほの暗い、内陸地方の客舎だ。客舎の主人は黄粱を水にひたして、煤で黒ずんだ窯にかける。道者呂翁と盧生の対話がはじまる。呂翁は古びた袋から瓦でつくった枕をとりだす。この枕の両端には大きな穴があけてあった。盧生はこの枕を頭にかって、眠る。そして彼は夢みる。その夢は盧生がいままでに経験したいかなる夢想よりも華やかな幻想に満ちあふれていると同時に、現実家たらんと志すこの男の生涯の計算をはるかに越えて、おどろくほど巧緻なメカニスムに支えられた世界の展望であった。いや、展開というべきであろう。おそらく三十歳をこえた盧生は、鍬を畝に立てて、幾度かこうした華やかな生涯の場面を心にえがいたことであろう。そのうえ、西方の都から時折、伝わってくる成上り者の節度使たちの輝やかしい武勲の噂は、いやがうえにもこの河北の農夫の夢想に力強い現実のヴェールをかぶせたことであろう。

　呂翁がこの客舎で盧生に夢みさせたものは、こうした彼のかずかずの夢想された生涯の場面の連続ではなかった。進士、校書郎、渭南県尉、監察御史、京兆尹、御史中丞河西隴右節度使、御史大夫吏部侍郎、同中書門下平章事、趙国公……かがやかしい名誉と官位は僕たちの眼前につらなってゆくが、盧生にとっては、もはや、これはひとつづきの夢想ではなくて、ひとつの夢の世界の経験であった。農夫である盧生はこの華やかな夢の世界のどこにも位置をもたない。ここに成上り者の出世美談の入り込む余地はない。ではこれらの名誉と官位はどこにあるのか。老年の盧生はどこで天子に骸骨を乞うのか。

　枕。両端に大きな穴のあいた枕。ここに進士盧生は出現し、瀕死の老宰相として、勅使、驃騎大将軍高力士を迎える。枕のなかの世界。呂翁の姿も消える。客舎の煤けた窯も見られない。邯鄲という地名も、開元十九年という年号も不用であろう。

　この唐代の小説『枕中記』について、僕たちが教えられてきた読み方は寓話や説話の読み方であった。塩谷温博士は更に、呂翁の呂は回の字の隠語であるという論拠から、これを回教の寓話であることまで教示されている。無論こうした読み方は可能であろうし、又ある種のひとびとは、唯ひとつの正しい読み方であると言うであろう。作者の意図もおそらくこのような寓意的なものを込めることから出発したに違いない。そうすれば、結局、僕たちがこの小説から「五十年ノ栄華ハ実ニ黄粱一炊ノ夢ニスギズ」といった一行のマクシムを抽出すれば、すべては終ることになる。

　が果してそれですべては終るのであろうか。

……其夕卒。盧生欠伸而寤。見方偃於邸中。顧呂翁在旁。主人蒸黄粱尚未熟。触類如故。蹶然而興曰、豈其夢寐耶。
……

　位三公を経た盧生は卒し、農夫盧生は欠伸をしながら、目覚める。これは二つの経験の記述というよりも、二つの、異質の世界の存在を暗示したものだ。ここで僕たちは追想すべきなにものをももたないし、又なにものかを期待すべき論理の根拠も、心理の仮設をももたない。許されうる存在形式は、忘却という広々とした状態である。ふたつの世界をなんらかの形式で結びつけようとする言語の意志は遂に見出すことができない。そして、農夫盧生の目覚めを物語るふたつの句の六字音の繰返しは、広漠たる忘却の空間を僕たちに経験させるのだ。深々とした眠りから覚めた盧生はもはやあの華やかな宮廷人盧生ではない。盧生は目覚めのけだるい平原を横切りながら、転生を経験する。この小説の作者はこの転生の時間をえがくことを省略しているが、それはおそらく作者の非芸術的な意図から当然のことであろう。しかし、言語は僕たちを裏切らない。有名な黄粱の一句は、この小説の最初の部分にある「是時主人蒸黄粱為饌」の一句を僕たちに追想させようとするが、もはやそれは不可能なようだ。僕たちはこの一句のもつ異常な生々しさに驚きにも似た経験を味わうが、これはモラーリッシュなものではなくて、たしかに美的な経験なのである。忘却の広々とした平原と僕はさきに言った。しかし、この平原には、いまなお大臣盧生を中心に展開された華やかな長安の宮廷の幻影が無数のかげろうとなって燃え立っている。長安に於ける盧生の経験は決して夢ではなかった。それは輝かしい官位と名誉に彩られた、ひとりの有能な政治家の生涯であった。それをもし夢であると言いうるのは、多分、呂翁の複眼だけであろうが、しかし彼はここではその複眼の操作を完全に働かさない。

翁笑謂曰。人世之事。亦猶是矣。

翁の行動と態度はこの四字音の単調な反復のようにしらじらしく、無意味に見える。言語は作者の卑しい意図を見事に裏切ったのだ。そして又道者呂翁をも裏切ったのであろう。僕たちの眼前には玄宗の宮廷の光栄がかがやかしく映り、僕たちの野心は四百余州の大陸のように膨らむ。道者呂翁は『共和国』のプラトンに倣って枕を放逐すべきであろう。両端に大きな穴のあいた、あの枕を。

II

La connais-tu, Dafné, cette ancienne romance,
Au pied du sycomore, ou sous les lauriers blancs,
Sous l'olivier, le myrte, ou les saules tremblants,
Cette chanson d'amour qui toujours recommence ?…

Reconnais-tu le TEMPLE au péristyle immense,
Et les citrons amers où s'imprimaient tes dents,
Et la grotts, fatale aux hôtes imprudents,
Où du dragon vaincu dort l'antique semence ?…

Ils reviendront, ces Dieux que tu pleures toujours !
Le temps va ramener l'ordre des anciens jours ;
La terre a tressailli d'un souffle prophétique…

Cependant la sibylle au visage latin
Est endormie encor sous l'arc de Constantin
——Et rien n'a dérangé le sévère portique.

ダフネよ、知っているか、あのむかしのロマンスを、
楓の根もとに、あるいは白い月桂樹の下に、
オリーヴの木、ミルテの木の下に、そして又ふるえる
　柳の下に
絶えずよみがえる、あの愛の歌を。

お前は憶えているか、かぎりなく大きな柱の並ぶあの
　寺院を、
また、お前の歯あとの刻まれた苦いレモンの実を、
そしてまた、敗れた竜の古代の子孫たちがまどろむ岩
　窟を、
軽率な客たちには命とりになるというあの岩窟を。

お前がいつも悼み悲しんでいる神々は、帰えりくるで
あろう。
古き日々の秩序が回復される時がいま到来しようとし
ている。
大地は予言の息吹きにおののいている。

だが、ラテンの面影を装うシビルの女は
いまなお、コンスタンチンのアーチの下にまどろむ。
——そしていまこの閉された柱廊をみだすものはなに
もない。

これもまた、夢の世界である。シメールに誘われて詩人は夢の世界の情景を唱う。伝記的批評家はジェラール・ド・ネルヴァールのイタリー旅行の日程を調査して、この詩のなかに一八三〇年代のローマやナポリの風景を探索するであろう。しかし、このソンネの幻想的な音楽は呪術のように僕たちを魅惑して、そうした作業の可能性を忘れさせてしまう。

　僕たちは、このソンネを唱いながら、これを夢の世界であるという。なぜ僕たちは夢の世界と呼ぶのか。夢の世界が僕たちの脳髄の皮膜にかげろうのは、僕たちが夢から目覚めたときである。果して、ニンフ、ダフネは消え去ったのか。彼女はあのむかしのロマンスを忘れてしまったのか。神々は僕たちを捨てて、赤々と燃える大いなる黄昏のなかに身をひそめてしまったのか。ダフネよ、お前が悼み悲しんでいる神々はすでに死滅したものであるか。いや、そうではあるまい。少くとも、お前はそれを信じてはいまい。あのやさしいジェラールはポンペイのイシスの寺院を見て、イギリスの少女オクタヴィのために、いまは沈黙してしまった神託をよみがえらせようとしたと、批評家は僕たちに教えてくれるが、こうした註釈はこのソンネを唱う僕たちには不用なことだ。ダフネよ、お前だけは理解してくれるだろう。

　微風はおやみなく吹く。アポロの月桂樹、ミネルヴァのオリーヴ、そしてヴィナスのミルテが、絶えずよみがえるざわめきのなかに交響する。すでに僕たちの聴覚にはあのむかしのロマンスが、主導旋律となって鳴っている。「むかし」とジェラールは言う。しかしこの言葉は少くとも音楽を聴いている僕たちには、ひとつの意味として、ひとつの心理的イマージュとして入ってこない。いま、もしそうした心理的イマージュが僕たちの裡に芽生えて、それがネルヴァールの伝記研究から帰納された、この詩の素材のイマージュと結び合されたとき、生まれてくるものはエレジーであり、エレジヤックな雰囲気であろう。

　しかし、現実にこの作品『デルフィカ』はこうした雰囲気なり、風土からはかなり遠いところにある。エレジヤックな雰囲気なり、風土なりが詩の世界のして、言い換えれば、ひとつの観念として必要となってくるのは、ネルヴァールよりもう少し後のことである。ラテン詩人たちはひとりのmal-aiméとして詩を書く必要が屢々あったが、そのときに詩法はエレジーという極めて厳密な音楽法則を彼等に課した。詩人たちは黙ってそれに服従してきたのである。試みに『ロー

マ挽歌』を読んでみたまえ。そこからはアウグストゥスのローマの雑沓と十九世紀初頭の白っぽいローマ街頭のものうげな人々の往来とが、奇妙な同時音をつくりながら、息づまるような、ひとつのリアリティを現代の僕たちにも聴かせてくれる。むしろ『イタリー紀行』の散文を読む方が僕たちにはずっと悲しい。そこではゲーテが夢みたローマと彼が生活したローマとが、同心円の図形をえがいて、僕たちを身動きのならないメランコリアへ誘い込むのである。

ふたたび、あの寺院へもどろう。ここには過ぎ去った夢はない。いくつかの言語の連関は僕たちに夢想することを忘れさせ、ノスタルジーを禁ずる。文献学者はこの詩のなかに出てくる四つの動詞に僕たちの注意をうながしている。recom-ence, reconnais-tu, ils reviendront, varamener の四つなのだが、それによって読者がひとつの永久運動を印象づけられることを学者は主張する。文献学者らしい、いかにも正確な言い方である。だが、僕たちはもっと別な箇所に注目しよう。それは有名な最後の三行だ。

　だが、ラテンの面影を装うシビルの女は
　いまなお、コンスタンチンのアーチの下にまどろむ。
　——そしていまこの閉ざされた柱廊をみだすものはな
　　にもない。

この三行はそれまでの十一行をシェニエやテニスンの世界と同じように唱ってきた読者には、少くとも不可解であろう。一種説きがたい唐突感が彼等をおそう。この作品を晦渋の詩と呼ぶ俗習はこうした読者によって言いふるされたものであろうが、それは明らかに誤読である。reで始まる四つの動詞はたしかに僕たちをひとつの永久運動に導くが、僕たちはあの古代ギリシャの哲学者たちが、世界の映像を夢みたように、夢みているのではない。僕たちの眼前にはひとつの円環は結ばれていない。古代のギリシャ人は夢の世界に住むときの礼儀を心得ていた。彼等はその世界を隈なく知るために眼を固く閉じていたのだ。現代の僕たちはたとえ夢の世界に入っても、かなしい現世の習慣を守ろうとする。

Une triste demi-somnolence コンスタンチンのアーチの半円はたしかに僕たちの半ば閉ざされた眼球にくっきりと映っているが、ひとつの円環を読みとるためには、力強い想像力をもう一度かき立てなければならない。

しかし、僕たちは予想している。四つの動詞が暗示するものよりも、このアーチの半円形が僕たちに約束するものを。すでに神々はいま、ここに、帰還している。クーマエのシビルは昏昏と眠りにおちいっている。彼女が住む世界は永劫の太陽にかがやく澄きった秋の日であろう。月桂樹の葉はざわめきとともに舞い下りる。その葉になにが書かれてあるのか——それはもはや現在の僕たちには解読することができないかも知れない。

ここで僕たちはあのトリマルキオーが物語った感動的なエピソードを憶い起しておこう。彼の語るところによれば、クーマエのシビルが甕のなかに吊り下げられてあるのを彼自身目撃した。そのとき集ってきた子供達がシビルに尋ねた。「お前の望みはなんだい」するとシビルの答えはきまっていた。「わたしの望みかえ。それは死ぬことだよ」

III

「河の数は無限ではない。だれか不死の人がひとり全世界を歩き廻れば、いつか、全世界のありとあらゆる河の水を飲むことになろう。わたしたちはひとつの河を発見することを思いついたのであった」。ボルヘスの不死の人達は不死を癒す水が流れているという河を捜そうとする。彼等は不死を放棄しようとしていた。カルタフィルウスの手記によれば、それは十世紀の終りか始めであったという。すでに、パウサニウスは二世紀の頃、クーマエには、シビルの灰を入れた壺が見られることを僕たちに報告している。死ぬことを願ったシビルの望みは遂に果たされたようだ。不死の世界の円環は破られようとしている。そこにかがやく永劫の太陽の光りは消え果てようとしている。「不死の人々には、あらゆる行為、そして、あらゆる思考は過去に於いてそれに先行したものの反響であるか、未来に於いて目くるめく程繰返されるものの正確な兆候である」、という風にカルタフィルウスはこの永劫運動の世界の存在形式を記述している。まさしく、これは完全な円環形式の支配する世界であり、夢の世界の構造式である。盧生が呂翁の枕のなかに経験したものも、まどろむシビルが月桂樹の落葉を美しい面に受けながら、経験したものも、すべてこの世界であった。時間の流れはすべてこの世界には断ち切られてある。『枕中記』の冒頭と終末に現われる黄粱のイマージュが僕たちに美的な感動をそそるのは、蒸されている黄粱のイマージュが時間的世界のサンボルとして、枕のなかに展開される無時間の世界の存在を確乎たらしめているからだ。僕たちが魅せられるのは時間的なものと無時間的なものとの対比から生れたモラルの厳しさではなくて、時間的なもののかすかな暗示によって確信づけられた無時間の世界の華やかさと輝やかしさである。『枕中記』にくらべると『不死の人』はずっと複雑だ。詩のそれにも似た厳密な唐代の散文構成はこの無時間的な夢の世界を実に見事なタッチでえがき終るが、現代のボルヘスのスペイン語の散文はそれ程簡潔に美しい無時間の世界を写しだせるとも思えない。

そのうえ、ボルヘスの野心は唐代の散文家のささやかな意図にくらべて、はるかに複雑なものであった。彼は無時間の世界の経験を物語ろうともしないし、又、そうした世界の栄光を唱おうともしない。簡単に言ってしまえば、彼は無時間の世界と時間的な世界との交接点に立とうとしている。すでにそこは経験の場所ではない。いわば、それは観念する状態なのだ。ここにはいかなる世界も存在することを許されない。ふたつの世界の交接によって生ずるものは、黒々とした深淵である。いや、それは漠々たる天空であるのかも知れぬ。いずれにしても、僕たちはここでは空間を拒否されている。立つべき地点はもはや失われているのだ。『悪の華』の詩人はこの凄惨な状態をすばらしい四行詩で歌っている。

En haut, en bas, partout, la profondeur, la grève,
Le silence, l'espace affreux et captivant…
Sur le fond de mes nuits Dieu de son doigt savant
Dessine un cauchemar multiforme et sans trêve.

上にも下にも、いたるところに、あるものは、深淵、
　砂浜、
沈黙、そして身も消えるような、おそろしい空間……
果てしない僕の夜の奥では賢明な神が指で
絶えまなく、さまざまな姿に変る悪夢をえがく。

これは深刻な詩である。だが、ボードレールは時間も空間も遮断された、恐ろしい状態をひとつの世界に仕上げるために、古典的なリトムとともに、「賢明な神」のイマージュを用いている。ここで彼は仮空の空間を目指して、神のイマージュを基軸に使い、おそろしいほどリアリスチックな地図をえがく。だが、神のイマージュも見失い、古典的なリトムも忘れてしまった現代の散文家はいったいどうすればいいのか。

ブェノス・アイレスの作家の物語る、この『不死の人』は、むろん、スペイン語で書かれている。しかし、この物語の大半を占めるカルタフィルウスの手記は元来ラテニズムにみちた英文であることが冒頭に記されている。（猶この手記もコルドベロ博士の研究によれば、もうひとりのカルタフィルウスの手記の借用であるというのだが。）たしかにそうであろう。クェヴェード風の難渋なスペイン語の翻訳のスクリーンを通して、僕たちはこの手記に用いられたラテニズム独特の語彙や文章法をかすかに想像することができる。更に、このラテニズムがどういう性質のものであるかは、作者の附けた一九五〇年の後書きのなかで、コルドベロ博士が僕たちにかなり詳しく教えてくれる。無数の剽綴詩文、イミタシオン、パロディ、そしてパスティシュ。博学なコルドベロ博士のカタログもまだ充分でないようだ。あるパリの批評家は第二章にでてくる不死の市の中にある奇怪な階段の描写は、ピエール・ヴェリーの有名な『メタモルフォーズ』の正確な模写であることを指摘しているし、又、僕自身もあのトログロディット人の成立に関して、アルフレッド・ノイズのロマン、『かくれた役者』の一部を明らかにそのイミタシオンの主題にしていることを発見した。こういう発見も、指摘もなお可能であろう。しかし所詮それも無駄だ。カルタフィルウスは相変らず鈍色の無表情な顔で、アデンの英語やマニラのスペイン語を早口に喋りつづけるであろう。大切なことはなにが故にこの手記が無数の剽綴詩文やイミタシオンから成立しているかということだ。それはカルタフィルウスの二千年に余る年齢と転位が僕たちに説明する。おそらく彼の名前は彼の職業とともに幾度と変ったであろう。だが、彼は変身はしなかった。転位しただけである。彼は不死の人であった。彼が懐いていた、余りに倫理的な美学である輪廻説は、変身や変形のためのものでなく、転位という存在形式の解説だ。不死

の人であった彼には、ひとりの人間の存在よりもひとつの行為、ひとつの思考が問題であった。ひとつの行為、ひとつの思考はみずからの裡に運命を閉じこめてしまう。ここにはかずかずの変身を実現したエーネイドや、黄金の驢馬の世界を蔽っていたFatumはない。カルタフィルウスの輪廻説は行為と思考を規正する。そして、その行為と思考は無限にひろがる空間化された時間のうえに展開してゆく。まぎれもなくカルタフィルウスはそれ自体ですでにひとつの世界だ。そこでは時間が消滅してしまい、漠々たる空間の上に南極の夏のように永劫の太陽が照りつづける。

こうした無時間の世界に於ける存在や経験を時間的な世界のなかに投影させながら、ポエジーはその永劫の輝きを唱うことを可能にする。しかし、本質的に時間の波に洗われる散文ではこれをいかに処理すべきであろうか。

カルタフィルウスの手記が不死の市に到着するまでのローマ人フラミニウス・ルフースの冒険のみを物語って、不死の人の経験も生活もすべて観念的な論議のなかに包みかくしているのは非常に興味深い。第五章の前半に記録してある不死の人の遍歴の点描は、いかなる不運な人間の長々しい人生記録よりも悲痛である。ついに永劫と時間は相結ばれないものであろうか。永劫の世界に入るためには、僕たちは時間を抛棄しなければならないのか。この世界から、あの世界を観るためには、ポエジーを口ずさみつつ、ひとつの悪夢を経験するより外に手段はないのであろうか。カルタフィルウスの散文が僕たちに与えてくれた最も深刻な教訓は、呂翁の夢も失われ、クーマエのシビルに関するパウサニウスの報告も真実であったことだ。ジェラールよ。お前が見たクーマエのシビルはもしかしたら、お前の愛するオクタヴィの幻影ではなかったか。

IV

ジェラールは語る。

「夢は第二の人生である。わたしたちをあの目に見えない世界から距てる象牙の門や角の門を通るとき、わたしはいつも身慄いしたものだ。眠りの最初の瞬間に現われるものは、死のイマージュである。わたしたちの思考は星雲のような混沌のなかに麻痺し、わたしたちの『自我』が他の姿を借りて存在をつづける瞬間をわたしたちはもはや正確に定めることができない。」

これは幻想というものかも知れない。あるいは、ひとりの夢遊病者の臨床告白であるのかも知れぬ。しかし、はっきりさせておこう。なによりも先ず、これは散文である。

散文は物語る。物語りつづけねばならぬ。ひとつの夢の世界のなかに入っても、散文は目を見開いてなければならぬ。散文はつぎつぎと起る新しい事柄を、事件を物語る。そしてひとつの筋書が直線図形をえがく。散文を支えるものはこの直線である。象牙の門を通る、死のイマージュの出現。ひとつの星雲の襲来。わたしたちの思考は麻痺する。そして遂に、わたしたちの『自我』は変容して新たな生存を始める。時間的な世界から無時間の夢の世界への遍歴は、こうした一本の直線で結ばれながら、ジェラールの散文はその使命を完了する。

ここで「死のイマージュ」という言葉が用いられるが、それは単に時間的な世界からの離脱を通告するにすぎない。僕たちがこの散文から受けとるものは、ひとつの世界からもうひとつの世界への通過の報告だけであって、通過する者のみた風景なり、その風景に対する感情は知らされないのである。ボードレールの『深淵』はポエジーというジャンルを利用して、見事にこの通過の風景を定着させる。詩人は「賢明な神」のイマージュを軸にして、いくつもの抽象的な具体名詞をかえって生々しく色どりながら、それぞれの位置に安定させる。そしてドラクロア風の一枚のタブローが見事に完成する。そのうえ、この四行詩のもつ厳格なリトムは、堅牢な額縁となって、「賢明な神」のイマージュを信じない僕たちの眼前にもこのタブローを美しく見せる。僕たちはこのイマージュのつくりなすタブローを前にして、丁度ゴルゴンに魅入られたひとのように石化してしまうほどだ。僕たちは身動きひとつできない。時間の流れは停止しようとしている。あの無時間の世界に僕たちは入りつつあるのであろう。

ポエジーはイマージュを武器として、時間の進行を阻もうとする。試みにあのジェラールの『デルフィカ』をいま一度読みかえしてみたまえ。この十四の詩行を縫って、つぎつぎと現われるイマージュの断片は、最後の三行詩のところで、クーマエのシビルの女のイマージュを目指してむらがり集まる。そして僕たちの脳髄の裡にこのイマージュが実現されるときには、すでに時間の流れが広々とした空間となって横わっていることに僕たちは気附く。このとき、僕たちはこの十四の詩行の中途に唱ってきた歌も完全に忘れてしまい、ただ目を大きく開いてこの新しい世界の拡がりに見入るばかりだ。

こうしたイマージュの操作がひとつの詩法として完成するのは、ネルヴァールがこの詩を書いてから半世紀位を必要とするが、すでにネルヴァールがソンネという詩形を愛用していることはかなり重要なことである。マラルメとホップキンズによって探究され尽したように見えるこの詩形の意味を僕たちはもう一度あのシェクスピアの『ソネット集』にまで遡って調べる必要があろう。大ざっぱに言って、ソナタ形式が和声に対してもったと、殆んど同じような意味で、近代のリリスムにはソンネという詩形が可能な限りもっとも変化に富んだ実り多い形式であったように思える。こうした証明は韻律とイマージュと意味との三つの立場から実証してかからなければならないが、いまはその場所でない。

ポエジーは歌を唱いながら、最後に時間を断ち切ってしまう。ポエジーのなかにえがかれるかずかずのイマージュは散文のなかで事柄や事件が果したような役割を僕たちに予想させるが、ポエジーが終り、僕たちから歌が消え失せた瞬間に、この予想は見事に裏切られてしまう。そこにはひとつの直線図形はえがかれずに、ひとつの円環が廻っているのだ。この円環が行うものは同一運動の無限の繰返しに外ならないし、この円のどの地点に立っても、そこには円の中心を貫く時間の流れからは等しく離れている。このとき、僕たちは幻でも見たようなそらぞらしい気持に襲われて、散文を凝視めるのである。

V

おそらく、そうしたそらぞらしい気持に襲われたことであろう。不死の人がカルタフィルウスの手記を読んだのなら。この手記には不死の人はなんの関わりももっていない。そうすれば手記の最後の部分をもう一度読みかえしてほしい。そうすれば手記が、死すべきひとりの人間、カルタフィルウスの手になったものであることに更めて驚嘆されるであろう。あのエリトレ港の附近で死を獲得する経験の記述には、なんという奇怪で、陰惨な至福感がみなぎっていることか。こうした至福は明らかに不死の市のものではないし、又、この世界に生死する人間のものでもない。言ってみれば、この感情はボードレールの「深淵」のうえに立ちこめていた恐るべき瘴気と全く同質のものである。

カルタフィルウスの手記は、ひとつの回想記であった。死すべき運命の確証を己れの肉体のなかに見出した人間がかつて遍歴した不死の市を回想したのだ。いやいや、こういう言い方は誤っている。彼は不死の市を遍歴したのではない。彼は先ず不死の人であり、従って彼自身が不死の市であり、更にはっきり言えば、不死そのものであった。そこでは、経験と観念とは同一の物であり、生存と生成とはその同一物の表裏であり、ここは、いまである。そして時間と空間が完全に一致した不動の現在を支えているのが、あの奇妙な輪廻説であるのだ。そこから生死の変身が行われるこの世界へくるためには、あの広々とした忘却と恐るべき悪夢の状態を通過しなければならない。回想はもはや不可能なものになっているのだ。

僕は前にこの手記の不調和を具体的に指摘して、それを意味深いものであることを註釈しておいた。この手記を回想記と呼ぶことはどうしても無理なようだ。このなかには不思議に一種の「ひきつり」がある。その「ひきつり」が僕たちに悲痛な気分をかきたてる。それは僕たちが死ぬべき運命を荷っているからであろうか。いや、僕たちが生死の世界に生存しながら、すでに不死の市を望見しているからである。散文を読みながら、同時にポエジーの世界に夢みているからだ。

カルタフィルウスはつらかったのだ。コルドベロ博士は得意気に剽窃詩文やパスティシュを摘発しているが、生と死が戯れつづけるこの世界の住民になったばかりのカルタフィルウスには、博士のアイロニーも敵意も理解することが困難であったろう。彼は手記の後半で一種独特の文学論を僕たちに聞かせてくれる。それは不死の市の文学論であろう。「……おそらく、あの粗野な詩作品『シッド』は『エクローグ』のなかのたったひとつの形容詞、もしくはヘラクレイトスのひとつのマクシムと平衡を保つことが必要であろう」これは、時間的な世界のなかに住む僕たちには通用しない文学論である。この文学論につづいて、カルタフィルウスは僕たちに不死の市の掟を知らせてくれる。

「かりそめの想いも目に見えぬひとつの構図に従い、そしてひそかにひとつの形式を始め、それを成就するであろう。」

「目に見えぬ」と彼が言うのは、僕たちのために、彼が僕たちの言葉に翻訳してくれたのだ。不死の人には見えないことはない。いや、見る必要はないのだ。彼はクーマエのシビルのように眠りつづければいい。その市では、目を開いて見るべきものはない筈だ。僕たちの世界と違って他者などというものは存在しないからだ。「わたしは神である。わたしは英雄である。わたしは哲学者である。わたしは悪魔である。わたしは世界である。……」すべてのものはある。実を言うと、わないのは「わたし」だけである。

しかし、散文家のジェラールは「わたしたちの自我」と言った。そしてこの自我が夢のなかで他の姿を借りて存在をつづける瞬間とも言った。これは僕たちの言葉だ。この散文のなかに僕たちは「ひきつり」を感じはしない。ただ絶望するばかりである。僕たちの見開いた目は、瘴気にうるみ、新しい世界を遠望して眩惑を感ずる。

ここにもうひとつの散文がある。この散文を書いたひとはジェラールのように夢の世界を知っていた。しかし、彼はジェラールと違って、散文を書くときも、夢みることを忘れなかった。

「……そこで詩人は、より価値あるのに現在の己れを絶えず投げ捨てる。芸術家の進むべき道は絶えざる自己犠牲であり、己れの個性を消しつづけることである。」この散文はできる限り、僕たちの言葉を不死の人に解るように翻訳してある。この散文家は健全であり、しかも勇気があった。彼は大きな目を開いたまま不死の市を凝視め、夢みている。そして不死の市のあの黒々とした城壁に彼は僕たちの言葉で「伝統」と刻んだ。

この言葉は、不思議なことに、カルタフィルウスの手記の一番最後の遺書のような部分に全く一致している。「わたしはホーマーであった。まもなく、わたしはあのユリシーズのように人物になるであろう。まもなく、わたしは全世界になるであろう。わたしは死ぬであろう」。

(*décembre 1954*)

出典一覧

澁澤龍彦　ボルヘス追悼　「新潮」1986年8月号
清水徹　ひとつのボルヘス入門　「イベロアメリカ研究」1983年1月号
ジョン・バース　涸渇蕩尽の文学　『筑摩世界文学大系81』筑摩書房　1984年
目黒聰子編　ボルヘス年譜　『バベルの図書館22』国書刊行会　1990年
ホルヘ・ルイス・ボルヘス　自伝風エッセー　『ボルヘスとわたし』新潮社　1978年
辻邦生　幻想の鏡、現実の鏡　『ボルヘスを読む』国書刊行会　1980年
寺山修司　図書館の宇宙誌　「現代詩手帖」1981年11月号
入沢康夫　ボルヘスむだばなし　「現代思想」1979年2月，4月，12月号
土岐恒二　Palimpsestoとしての文学　「ユリイカ」1970年8月号
四方田犬彦　ボルヘスと映画の審問　『ラテンアメリカ文学案内』冬樹社　1984年
田中小実昌　ウソッパチのおしゃべり　『ボルヘスを読む』国書刊行会　1980年
高橋睦郎　ボルヘスの詩と真実　「青春と読書」1981年1月号
天沢退二郎　明晰なユーモア　『幻想の解読』筑摩書房　1981年
スタニスワフ・レム　対立物の統一　「SFオデッセイ」（増刊「中央公論」）1985年10月号
ハイメ・アラスラキ　ボルヘスのエッセイにおけるオクシモロン的構造　「ユリイカ」1983年9月号
柳瀬尚紀　乱丁のボルヘッセイ　『ボルヘスを読む』国書刊行会　1980年
篠田一士　邯鄲にて　『邯鄲にて』小沢書店　1986年
（その他は新訳）

ボルヘスの世界《せかい》

2000年10月31日初版第1刷発行

著者　澁澤龍彦ほか
装幀　妹尾浩也
発行者　佐藤今朝夫
発行所　株式会社国書刊行会
東京都板橋区志村1-13-15　郵便番号174-0056
電話　03-5970-7421（代表）
ファクシミリ　03-5970-7427
http://www.kokusho.co.jp

組版所　株式会社キャップス
印刷所　株式会社エーヴィスシステムズ
製本所　三松堂印刷株式会社
ISBN4-336-04281-0

原著書年表

〈凡　例〉

＊主要原著書の刊行年順リスト。書名の後の（＋………）は、共著者名である。

＊原著書名の下に邦訳書名を付し、「著作（日本語訳）」への参照となるようにした。

＊出版地のブエノスアイレスは、BA と略記した。

1923

Fervor de Buenos Aires. BA : Serantes.
ブエノスアイレスの熱狂

1925

Luna de enfrente. BA : Proa.
正面の月

1925

Inquisiciones. BA : Proa.
審問

1926

El tamaño de mi esperanza. BA : Proa.
我が待望の規模

1928

El idioma de los argentinos. BA : Gleizer.
アルゼンチン人の言語

1929

Cuaderno San Martín. BA : Proa.
サン・マルティンの手帖

1930

Evaristo Carriego. BA : Gleizer.
エバリスト・カリエゴ

1932

Discusión. BA : Gleizer.
論議

1933

Las kenningar. BA : Colombo.
ケニング

1935

Historia universal de la infamia. BA : Tor.
汚辱の世界史（＝悪党列伝）

1936

Historia de la eternidad. BA : Viau y Zona.
永遠の歴史

1937

Antología clásica de la literatura argentina. (＋Pedro Henriques Ureña) BA : Kapelusz.
アルゼンチン古典文学撰集

1940

Antología de la literatura fantástica. (＋Adolfo Bioy Casares) BA : Sudamericana.
幻想文学撰集

1941

El jardín de senderos que se bifurcan. BA : Sur.
八岐の園

1941

Antología poética argentina. (＋Silvina Ocampo, A. Bioy Casares) BA : Sudamericana.
アルゼンチン詩選集

1942

Seis problemas para don Isidoro Parodi. (＋A. Bioy Casares) BA : Sur.
ドン・イシドロ・パロディ　六つの難事件

1943

Poemas, 1922-1943. BA : Losada.
詩集（1922-1943）

1943

Los mejores cuentos policiales. (＋A. Bioy Casares) BA : Emecé.
傑作探偵小説集

1944

Ficciones, 1935-1944. BA : Sur.

伝奇集

1945

El compadrito : su destino, sus barrios, su música. (＋Silvina Bullrich Palenque) BA : Emecé.

ならず者—その運命、界隈、音楽

1946

Dos fantasías memorables. (＋A. Bioy Casares) BA : Oportet & Haereses.

忘れ難き二つの幻想

1946

Un modelo para la muerte. (＋A. Bioy Casares) BA : Oportet & Haereses.

死の手本

1947

Nueva refutación del tiempo. BA : Oportet & Haereses.

新時間否認論

1949

El Aleph. BA : Losada.

アレフ

1951

La muerte y la brújula. BA : Emecé.

死とコンパス

1951

Antiguas literaturas germánicas. (＋Delia Ingenieros) México : Fondo de Cultura Económica.

古代ゲルマン文学

1952

Otras inquisiciones, 1937-1952. BA : Sur.

続審問（＝異端審問）

1952

El idioma de los argentinos. El idioma de Buenos Aires. BA : Peña, Del Giudice.

アルゼンチン人の言語、ブエノスアイレスの言語

1952

Los mejores cuentos policiales. (＋A. Bioy Casares) Ser. 2. BA : Emecé.

傑作探偵小説集　第2集

1953

El "Martín Fierro". (＋Margarita Guerrero) BA : Columba.

マルティン・フィエロ

1953

Obras completas. Vol. 1 : Historia de la eternidad. BA : Emecé.

全集　1. 永遠の歴史

1954

Obras completas. Vol. 2 : Poemas, 1923-1953. BA : Emecé.

全集　2. 詩集（1923-1953）

1954

Obras completas. Vol. 3 : Historia universal de la infamia. BA : Emecé.

全集　3. 汚辱の世界史（＝悪党列伝）

1955

Obras completas. Vol. 4 : Evaristo Carriego. BA : Emecé.

全集　4. エバリスト・カリエゴ

1955

Los orilleros. El paraiso de los creyentes. (＋A. Bioy Casares) BA : Losada.

場末の男たち　信徒の楽園

1955

Cuentos breves y extraordinarios. (＋A. Bioy Casares) BA : Raigal.

怪奇譚集

1955

Poesía gauchesca. (＋A. Bioy Casares) México : Fondo de Cultura Económica.

ガウチョの詩

1955

Leopoldo Lugones. (＋Betina Edelberg) BA : Troquel
レオポルド・ルゴーネス

1955

La hermana de Eloísa. (＋Luisa Mercedes Levinson) BA : Ene.
エロイーサの妹

1956

Obras completas. Vol.5 : Ficciones. BA : Emecé.
全集　5．伝奇集

1957

Obras completas. Vol. 6 : Discusión. BA : Emecé.
全集　6．論議

1957

Obras completas. Vol. 7 : El Aleph. BA : Emecé.
全集　7．アレフ

1957

Manual de zoología fantástica. (＋Margarita Guerrero) México : Fondo de Cultura Económica.
幻獣辞典

1958

Poemas, 1923-1958. BA : Emecé.
詩集（1923-1958）

1960

Obras completas. Vol. 8 : Otras inquisiciones. BA : Emecé.
全集　8．続審問（＝異端審問）

1960

Obras completas. Vol. 9 : El hacedor. BA : Emecé.
全集　9．創造者

1960

Libro de cielo y del infierno. (＋A. Bioy Casares) BA : Sur.
天国・地獄百科

1961

Antología personal. BA : Sur.
自撰集

1963

El lenguaje de Buenos Aires. BA : Emecé.
ブエノスアイレスの言語

1964

Obra poetica, 1923-1964. BA : Emecé.
詩作品（1923-1964）

1965

Introducción a la literatura inglesa. (＋María Esther Vásquez) BA : Columba.
英文学入門（＝ボルヘスのイギリス文学講義）

1965

Literatura germanicas medievales. (＋María Esther Vásquez) BA : Falbo.
中世ゲルマン文学

1965

Para las seis cuerdas. BA : Emecé.
六本の絃のために

1967

Crónicas de Bustos Domecq. (＋A. Bioy Casares) BA : Emecé.
ブストス・ドメックのクロニクル

1967

Introducción a la literatura norteamericana. (＋Esther Zemborain de Torres) BA : Columba.
アメリカ文学入門（＝ボルヘスのアメリカ文学講義）

1967

El otro, el mismo, 1930-1967. BA : Emecé.
他者と自身

1967

El libro de seres imaginarios. (＋Margarita Guerrero) BA : Kier.

幻獣辞典

1968

Nueva antología personal. BA : Emecé.

新・自撰集

1969

Obra poetica de Borges. Vol. 1 : Elogio de la sombra, 1967-1969. BA : Emecé.

ボルヘス詩集　1．陰翳礼讃

1969

Obra poetica de Borges. Vol. 2 : Fervor de Buenos Aires. BA : Emecé.

ボルヘス詩集　2．ブエノスアイレスの熱狂

1969

Obra poetica de Borges. Vol. 3 : Luna de enfrente y Cuaderno San Martín. BA : Emecé.

ボルヘス詩集　3．正面の月　サン・マルティンの手帖

1969

Obra poetica de Borges. Vol. 4 : El otro, el mismo. BA : Emecé.

ボルヘス詩集　4．他者と自身

1970

Obras completas. Vol. 10 : El informe de Brodie. BA : Emecé.

全集　別巻　ブロディーの報告書

1970

The Aleph and other stories, 1933-1969. Ed. & translated by Norman Thomas di Giovanni. New York : Dutton.

アレフとその他の物語（＝ボルヘスとわたし）

1971

El congreso. BA : El Archibrazo.

会議

1972

Obra poetica de Borges. Vol. 5 : El oro de tigres. BA : Emecé.

ボルヘス詩集　5．群虎黄金

1974

Obras completas, 1923-1972. BA : Emecé.

全集（1923-1972）

1974

Les autres : scénario original. (＋A. Bioy Casares, Hugo Santiago) Paris : Bourgois.

はみだした男

1975

El libro de arena. BA : Emecé.

砂の本

1975

La rosa profunda. BA : Emecé.

永遠の薔薇

1975

Prólogos con un prólogo de prólogos. BA : Torres Agüero.

序文つき序文集

1976

Libro de sueños. BA : Torres Agüero.

夢の本

1976

La moneda de hierro. BA : Emecé.

鉄の貨幣

1976

Cosmogonías. BA : La Ciudad.

宇宙生成

1976

Qué es el budismo. (＋Alicia Jurado) BA : Columba.

仏教の手引き

1977

Roza y azul. Madrid : Sedmay.

薔薇と青

1977

Historia de la noche. BA : Emecé.

夜の歴史

1977

Nuevos cuentos de Bustos Domecq. (＋A. Bioy Casares) BA : La Ciudad.

ブストス・ドメックの新短編集

1977

Adrogué. Adrogué. (Almirante Brown), Republica Argentina : Adrogué.

アドロゲ

1977

Norah. Milano : Polifilo.

ノラ

1978

Breve antología anglosajona. (＋María Kodama) Santiago : La Ciudad.

アングロサクソン小撰集

1979

Borges oral. BA : Emecé.

ボルヘス、オラル

1979

Obras completas en colaboración. BA : Emecé.

合作集

1980

Siete noches. México : Fondo de Cultura Económica.

七つの夜

1980

Prosa completa. Barcelona : Bruguera.

全散文集

1981

La cifra. BA : Emecé.

暗号

1981

Antología poética, 1923-1977. Madrid : Alianza.

詩選集（1923-1977）

1982

Nueve ensayos dantescos. Madrid : Espasa-Calpe.

ダンテをめぐる九つの随想（＝ボルヘスの『神曲』講義）

1982

Páginas de Jorge Luis Borges. BA : Celtia.

ボルヘス自撰集

1983

Veinticinco agosto 1983 : y otros cuentos. Madrid : Siruela.

パラケルススの薔薇

1984

Atlas. (＋María Kodama) BA : Sudamericana.

アトラス

1985

Los conjurados. Madrid : Alianza.

共謀者たち

1986

Textos cautivos. Barcelona : Tusquets.

囚われたテキスト集

1986

La rosa de Paracelso. Tigres azules. Madrid : Swan, Avantos & Hakeldama.

パラケルススの薔薇、青い虎

1986

Utopía de un hombre que está cansado. Santiago de Chile : Andrés Bello.

疲れた男のユートピア

1988

Biblioteca personal (prólogos). Madrid : Alianza.

個人図書館（序文集）

1989

Obras completas, 1975-1985. BA : Emecé.

全集（1975-1985）

1989

El caudillo. BA : Academia Argentina de Letras.

カウディーリョ

1996

Cristo en la cruz y otros poemas. Mantanzas, Cuba : Vigía.

十字架のキリスト他

1997

La memoria de Shakespeare. Madrid : Alianza.

シェイクスピア回想

1998

Borges por él mismo. Madrid : Visor.

ボルヘスによるボルヘス

2000

El hogar : 1935-1958. BA : Emecé.

エル・オガール（1935-1958）

（目黒聰子・編）

著作（日本語訳）

〈凡　例〉

＊日本語訳著作35点を発表年月順に配列。収録期間は1968年から2000年９月迄。

＊記述は、日本語訳著作名（翻訳者名）出版社（叢書名と巻次）頁数。

1968. 3

不死の人（土岐恒二訳）白水社（新しい世界の短編６）264p

1968. 6

伝奇集　不死の人（篠田一士訳）世界文学全集34　ボルヘス／サンチェス・フェルロシオ／デュモーリア　集英社　p3-123, 125-142

1974. 1

ブロディーの報告書（鼓直訳）白水社（新しい世界の文学64）207p

1974. 11

ボルヘスとわたし―自撰短篇集（牛島信明訳）新潮社　255p

1974. 12

幻獣辞典　ボルヘス、マルガリータ・ゲレロ著（柳瀬尚紀訳）晶文社　225, vip

1975. 4

伝奇集（篠田一士訳）集英社（現代の世界文学）236p

1975. 5

創造者（鼓直訳）国書刊行会（世界幻想文学大系15）251p

1976. 6

悪党列伝（中村健二訳）晶文社　160p

1976. 7

ボルヘス怪奇譚集　ボルヘス、ビオイ＝カ

サレス著（柳瀬尚紀訳） 晶文社 165p

1977. 6

ブストス＝ドメックのクロニクル ボルヘス、ビオイ＝カサーレス著（斎藤博士訳） 国書刊行会（ラテンアメリカ文学叢書１） 217p

1977. 9

ブエノスアイレスの熱狂（鼓直、木村榮一訳） 大和書房 254p

1978. 5

世界の文学 9 ボルヘス（篠田一士訳） 集英社 333p （内容）伝奇集 エル・アレフ 汚辱の世界史 ばら色の街角の男 エトセトラ

1978. 11

伝奇集（鼓直訳） キリスト教文学の世界18 バレーラ／ボルヘス 主婦の友社 p151-249

1978. 11

エバリスト・カリエゴ（岸本静江訳） 国書刊行会（ラテンアメリカ文学叢書９） 203p

1979. 2

ブロディーの報告書（鼓直訳） 白水社（世界の文学） 206p（注）1974.1の改訂版

1980. 11

不死の人（土岐恒二訳） 白水社（世界の文学） 256p（注）1968.3の改訂版

1980. 12

砂の本（篠田一士訳） 集英社（現代の世界文学） 169p

1982. 5

異端審問（中村健二訳） 晶文社 320, xxip

1982. 11

天国・地獄百科 ボルヘス、ビオイ＝カサーレス著（牛島信明、内田吉彦、斎藤博士訳） 書肆風の薔薇（叢書アンデスの風） 177p

1983. 9

夢の本（堀内研二訳） 国書刊行会（世界幻想文学大系43） 277p

1984. 5

ブロディーの報告書（鼓直訳） 白水社（白水ｕブックス53） 204p

1984. 7

伝奇集 エル・アレフ ブロディーの報告書（篠田一士訳） 筑摩世界文学大系81 ボルヘス／ナボコフ 筑摩書房 p7-185

1986. 1

永遠の歴史（土岐恒二訳） 筑摩書房（筑摩叢書298） 175p

1987. 11

ボルヘス，オラル（木村榮一訳） 書肆風の薔薇（叢書アンデスの風） 175p

1989. 7

永遠の薔薇・鉄の貨幣（鼓直、清水憲男、篠沢眞理訳） 国書刊行会（文学の冒険） 197p

1990. 2

伝奇集 エル・アレフ 砂の本（篠田一士訳） 集英社ギャラリー 世界の文学19 ラテンアメリカ p15-124, 127-227, 231-302

1990. 11

伝奇集（鼓直訳） 福武書店 184p

1993. 11

伝奇集（鼓直訳） 岩波書店（岩波文庫） 282p

1995. 11

砂の本（篠田一士訳） 集英社（集英社文庫） 270p （内容）砂の本 汚辱の世界史

1996. 9

不死の人（土岐恒二訳） 白水社（白水ｕ

ブックス114)　257p

1997.　6

七つの夜（野谷文昭訳）　みすず書房　219p

1998.　6

ボルヘス怪奇譚集 J.L. ボルヘス、A.B. カサレス著（柳瀬尚紀訳）　晶文社（晶文社クラシックス）　165p

1998.　12

ボルヘス詩集（鼓直訳）　思潮社（海外詩文庫13）　189p

1998.　12

幻獣辞典（柳瀬尚紀訳）　晶文社（晶文社クラシックス）　261，8p

2000.　9

ドン・イシドロ・パロディ　六つの難事件（木村榮一訳）　岩波書店　294p

（目黒聰子・編）

ボルヘスのアンソロジー

ボルヘスはさまざまなアンソロジーを編纂しているが、ここではその中から代表的な三つを取り上げた。

Aの「個人図書館」は、アルゼンチンのイスパメリカ社から出版された。ボルヘスが最良と思う百の作品を選択し、各巻に短い序文を付すという企画で、1985年５月に刊行が始まったが、1986年のボルヘスの死によって未完に終わった。ただし、最初の72巻に相当する66の序文は書き終えられていた（４タイトルは二巻本)。マリア・コダマがこの叢書の協力者として挙げられている。

Bの「バベルの図書館」は、イタリアのフランコ・マリーア・リッチ社の企画で、ボルヘスが愛読する幻想文学作品を30巻に編纂したものである。やはりボルヘス自身の手になる序文が各巻につけられている。イタリアでは1975年から刊行が始まったこの叢書はその後、フランス、スペイン、そして日本でも出版されている（ここに記した巻数は日本語版のもの)。協力者として名前が挙がっているのはマリア・エステル・バスケスである。

ボルヘスは生涯にわたり探偵小説を愛好していたようで、ビオイ＝カサーレスと共に編集した《第七圏》という150冊にも及ぶシリーズもある。Cの「傑作探偵小説集」は短編小説をセレクトしたもので、やはりビオイ＝カサーレスとの共同作業である。第１巻が1943年に、第２巻は1952年に、ブエノスアイレスのエメセ社から出版された。

A　個人図書館

アレオラ———幻想譚集
イプセン———ペール・ギュント　ヘッダ・ガブラー
ヴェブレン———有閑階級論
ウェルギリウス———アエネイス
ウェルズ———タイム・マシーン　透明人間
ヴォルテール———短編小説集
ウォルポール（ヒュー）———暗い広場で
エッサ・デ・ケイロース———官人
エリアーノ———動物史
オニール———偉大な神ブラウン　奇妙な幕間狂言　喪服はエレクトラに相応し
カスナー＆ニューマン———数学と想像力
ガーネット———狐になった夫人　動物園に入った男　水夫還る
カフカ———アメリカ　短編集
キプリング———物語集
ギボン———ローマ帝国衰亡史
キルケゴール———おそれとおののき
グルーサック———文学評論
グレイヴズ———ギリシア神話
ケベード———分別ある運命の女神と万人の時　マルクス・ブルートゥス伝
コクトー———職業の秘密　その他
ゴメス・デ・ラ・セルナ———シルベリオ・ランサの作品序文
コリンズ———月長石
コルタサル———物語集
コンラッド———闇の奥　追いつめられて
ジェイムズ（ウィリアム）———宗教経験の諸相　人間性の研究
ジェイムズ（ヘンリー）———巨匠の教訓　私的生活　じゅうたんの下絵
ジッド———にせ金つくり
シュオブ———架空の伝記
ショー———シーザーとクレオパトラ　バーバラ少佐　カンディダ
スウィフト———ガリヴァー旅行記
スティーヴンソン———新アラビア夜話　マーカイム
スノッリ・スツットルソン———エイイットルのサガ
ダン———時間論のこころみ
チェスタトン———青い十字架　その他
デフォー———モル・フランダーズ
ド・クインシー———イマヌエル・カントの晩年　その他
ドストエフスキー———悪霊
パピーニ———悲劇の日々　盲目の水先案内　言葉と血
フィルポッツ———赤毛のレドメイン家
ブッツァーティ———タタール人の砂漠
ブレイク———全詩集
フローベール———聖アントワーヌの誘惑
ブロワ———ユダヤ人による救い　貧者の血　闇の中で
ベックフォード———ヴァテック
ヘッセ———ガラス玉演戯
ベネット（アーノルド）———生き埋め
ヘロドトス———歴史
ポー———短編小説集
マイリンク———ゴーレム
マッケン———三人の詐欺師
マルコ・ポーロ———東方見聞録
マルティネス・エストラーダ———詩作品
ミショー———アジアにおける一野蛮人
ムヒカ・ライネス———偶像
メーテルランク———温室
メルヴィル———ベニート・セレーノ　ビリー・バッド　代書人バートルビー
モミリアーノ———オルランド・フリオーソについて
ルイス（フワン）———よき愛の書
ルイス・デ・レオン———歌の歌　ヨブ記解説
ルゴーネス———イエズス会士の帝国

ルルフォ———ペドロ・パラモ
ワイルド———評論と対話
伊勢物語
ギルガメッシュの詩
聖書外典
千夜一夜物語　ガラン版

B　バベルの図書館

①**チェスタトン**———三人の黙示録の騎士　奇妙な足音　イズレイル・ガウの名誉　アポロンの眼　イルシュ博士の決闘

②**サキ**———無口になったアン夫人　お話の上手な男　納戸部屋　ゲイブリエル－アーネスト　トーバモリー　名画の額ぶち　非安静療法　やすらぎの里モールズ・バートン　ウズラの餌　あけたままの窓　スレドニ・ヴァシュター　邪魔立てするもの

③**ホーソーン**———ウェイクフィールド　人面の大岩　地球の大燔祭　ヒギンボタム氏の災難　牧師の黒いベール

④**カフカ**———禿鷹　断食芸人　最初の悩み　雑種　町の紋章　プロメテウス　よくある混乱　ジャッカルとアラビア人　十一人の息子　ある学会報告　万里の長城

⑤**ロンドン**———マプヒの家　生命の掟　恥っかき　死の同心円　影と光

⑥**ワイルド**———アーサー・サヴィル卿の犯罪　カンタヴィルの幽霊　幸せの王子　ナイチンゲールと薔薇　わがままな大男

⑦**ヴォルテール**———メムノン　慰められた二人　スカルマンタドの旅行譚　ミクロメガス　白と黒　バビロンの王女

⑧**ウェルズ**———白壁の緑の扉　プラットナー先生綺譚　亡きエルヴシャム氏の物語　水晶の卵　魔法屋

⑨**メルヴィル**———代書人バートルビー

⑩聊斎志異（蒲松齢）———氏神試験　老僧再生　孝子入冥　幻術道士　魔術街道　暗黒地獄　金貨迅流　狐仙女房　虎妖宴遊　猛虎贖罪　狼虎夢占　人虎報仇　人皮女装　生首交換
紅楼夢（曹雪芹）———夢のなかのドッペルゲンゲル　鏡のなかの雲雨

⑪**ポー**———盗まれた手紙　壜のなかの手記　ヴァルドマル氏の病症の真相　群集の人　落し穴と振子

⑫**マイリンク**———Ｊ・Ｈ・オーベライト、時間－蛭を訪ねる　ナペルス枢機卿　月の四兄弟

⑬**ブロワ**———煎じ薬　うちの年寄り　プルール氏の信仰　ロンジュモーの囚人たち　陳腐な思いつき　ある歯医者へのおそろしい罰　あんたの欲しいことはなんでも最後に焼くもの　殉教者の女　白目になって　だれも完全ではない　カインのもっともすばらしい見つけもの

⑭**ジェイムズ**———私的生活　オウエン・ウィングレイヴの悲劇　友だちの友だち

ノースモア卿夫妻の転落

⑮千夜一夜物語　**バートン版**――ユダヤ人の医者の物語　蛇の女王（ブルキヤの冒険　ヤンシャーの物語）

⑯**ロシア**短篇集――鰐（**ドストエフスキー**）　ラザロ（**アンドレーエフ**）　イヴァン・イリイチの死（**トルストイ**）

⑰**スティーヴンソン**――声たちの島　壜の小鬼　マーカイム　ねじれ首のジャネット

⑱**ルゴーネス**――イスール　火の雨　塩の像　アブデラの馬　説明し難い現象　フランチェスカ　ジュリエット祖母さん

⑲**カゾット**――悪魔の恋

⑳**アルゼンチン**短篇集――イスール（**ルゴーネス**）　烏賊はおのれの墨を選ぶ（**ビオイ＝カサレス**）　運命の神さまはどじなお方（**カンセーラ／ルサレータ**）　占拠された家（**コルタサル**）　駅馬車（**ムヒカ＝ライネス**）　物（**オカンポ**）　チェスの師匠（**ペルツァー**）　わが身にほんとうに起こったこと（**ペイロウ**）　選ばれし人（**バスケス**）

㉑**マッケン**――黒い石印のはなし　白い粉薬のはなし　輝く金字塔

㉒**ボルヘス**――一九八三年八月二十五日　パラケルススの薔薇　青い虎　疲れた男のユートピア

㉓**ベックフォード**――ヴァテック

㉔千夜一夜物語　**ガラン版**――盲人ババ・アブダラの物語　アラジンの奇跡のランプ

㉕**ヒントン**――第四の次元とは何か　平面世界　ペルシアの王

㉖**ダンセイニ卿**――潮が満ち引きする場所で　剣と偶像　カルカッソーネ　ヤン川の舟唄　野原　乞食の群れ　不幸交換商会　旅籠の一夜

㉗**キプリング**――祈願の御堂　サーヒブの戦争　塹壕のマドンナ　アラーの目　園丁

㉘**アラルコン**――死神の友達　背の高い女

㉙**リラダン**――希望　ツェ・イ・ラの冒険　賭金　王妃イザボー　最後の宴の客　暗い話、語り手はなおも暗くて　ヴェラ

㉚**パピーニ**――泉水のなかの二つの顔　完全に馬鹿げた物語　精神の死　〈病める紳士〉の最後の訪問　もはやいまのままのわたしではいたくない　きみは誰なのか？　魂を乞う者　身代わりの自殺　逃げてゆく鏡　返済されなかった一日

C　傑作探偵小説集

＊邦訳の刊本が複数ある場合、原則として現時点で入手しやすいと思われるものを優先的に掲げた。

＊未訳のものは原題のままとした。

【第 1 集】

探偵志願／ウィルキー・コリンズ

（『夢の女・恐怖のベッド』中島賢二訳、岩波文庫）

三人の黙示録の騎士／チェスタトン

（『バベルの図書館 1』富士川義之訳、国書刊行会）

Copy of the Original／ヒルトン・クリーヴァー

大空に現われた兆／アガサ・クリスティー

（『謎のクィン氏』石田英士訳、ハヤカワ・ミステリ文庫）

目覚めずして死なば／ウィリアム・アイリッシュ

（『アイリッシュ短編集 6／ニューヨーク・ブルース』村上博基訳，創元推理文庫）

暗黒の家の冒険／エラリー・クイーン

（『エラリー・クイーンの新冒険』井上勇訳、創元推理文庫）

三死人／フィルポッツ

（『世界短編傑作集 4』宇野利泰訳，創元推理文庫）

エッジウェア通りの横町のちいさな劇場／グレアム・グリーン

（『グレアム・グリーン全集13／二十一の短篇』青木雄造訳、早川書房）

目に見えぬ凶器／ジョン・ディクスン・カー

（『カー短編全集 1／不可能犯罪捜査課』宇野利泰訳、創元推理文庫）

ハンカチーフの悲劇／マイクル・イネス

（『アプルビイの事件簿』大久保康雄訳、創元推理文庫）

世界を支える十二宮／H・ブストス＝ドメック

（『ドン・イシドロ・パロディー　六つの難事件』木村榮一訳、岩波書店）

九マイルは遠すぎる／ハリイ・ケメルマン

（『九マイルは遠すぎる』永井淳訳，ハヤカワ・ミステリ文庫）

紫煙／フォークナー

（『フォークナー全集18』山木晶訳、冨山房）

ジュリエットと奇術師／ペイロウ

（『魔術ミステリ傑作選』柳瀬尚紀訳、創元推理文庫）

【第 2 集】

ヒギンボタム氏の災難／ホーソーン

（『バベルの図書館 3』竹村和子訳、国書刊行会）

盗まれた手紙／ポー

（『バベルの図書館11』富士川義之訳、国書刊行会）

バラントレーの若殿／スティーヴンソン

（『バラントレーの若殿』海保眞夫訳、岩波文庫。※長篇小説。ここに採られているのは第 9 章の一挿話。）

赤毛連盟／アーサー・コナン・ドイル

（『シャーロック・ホームズの冒険』大久保康雄訳、ハヤカワ・ミステリ文庫）

死の同心円／ロンドン

（『バベルの図書館 5』井上謙治訳、国書刊行会）

イズレイル・ガウの名誉／チェスタトン

（『バベルの図書館 1』富士川義之訳、国書刊行会）

鉄のパイナップル／フィルポッツ

（『探偵小説の世紀／上』宇野利泰訳、創元推理文庫）

藪の中／芥川龍之介

（『地獄変・邪宗門・好色・藪の中　他七篇』岩波文庫）

偶然の審判／アントニイ・バークリー

（『世界短編傑作集 3』中村能三訳、創元推理文庫）

End of a Judge／ミルワード・ケネディ

一ペニイ黒切手の冒険／エラリー・クイーン

（『エラリー・クイーンの冒険』井上勇訳、創元推理文庫）

死と**コンパス**／ボルヘス

（『伝奇集』鼓直訳、岩波文庫）

La espada dormida／ペイロウ

El vástago／オカンポ

Las señales／アドルフォ・ルイス・ペレス・ゼラシュ